KB153634

현대시의 형태와 구조

The Form and Structure of Modern Poetry

현대시의 형태와 구조

The Form and Structure of Modern Poetry

최석화 지음

경진출판

'시란 무엇인가?'

대학을 졸업하고도 한참 후에 '시'를 쓰기 시작하였다. 그러나 시를 쓰면 쓸수록 점점 더 시가 무엇인지 알 수 없었다. 시를 알아야 제대로 쓸 수 있겠다는 생각 하나만으로 뒤늦게 대학원에 진학하였다. 그 이후로 오랜 시간이 지났지만 나는 아직도 시를 정확히 모른다. 그나마 다행인 것은 그 기간, 수많은 유혹에도 오로지 처음의 목표였던 '정말 시가 무엇일까?'라는 질문 하나에 집중하였다는 점이다. 처음부터 연구대상을 김춘수로 택했던 것도 오로지 그가 시에 관해 다양하게 연구했기 때문이다.

김춘수 시 이론으로 박사논문을 쓰고도 정리되지 않은 의문이 많았다. 모든 질문을 가장 기초적인 것부터 시작해야 했다. 이후 여러 연구를 살펴보면서 하나하나 해결해 갔다. 그러나 그 과정에서도 받아들여지는 것과 받아들여지지 않는 것이 있었다. 결국은 받아들여지는 부분은 정리를, 받아들여지지 않는 부분은 나름의 방법론을 개진했다. 문제는 계속 남았다. 정리한 것은 새로운 것이 아니고 새로운 방법론은 호기로운 도전이 되기 쉬웠다. 그래도 답을 얻기 위해 그 과정을 멈출 수가 없었다.

그동안 모든 것이 어둠 속에서 혼자 벽을 더듬으며 문을 찾아가는 과정이어서 매우 불완전했다. 애초에 시의 기본적인 정의에 관해 분석한 숱한 연구를 다 살펴본다는 것부터 욕심이었고 나름의 이론을 정립한다는 것이 결코 쉬운 일이 아니었다. 그래도 시적인 것에 집중하면서 시적 요소가 시 형태 안에서의 융합하여 발현하는 구조와 역학을 밝히는 것으로 나아갔다. 결국, 여기에 실린 글은 오랜 시간 '시란 무엇인가'라는 거대한 질문에 스스로 대답한 결과물이다.

시는 창작과 공감 사이에서, 창작자와 대중 사이에서 균형을 찾으며 살아남았다. 시의 특징도 시대나 환경에 따라 달라진다. 시에 관한 정의가 움직인다. 따라서 이 책의 모든 글 역시 '움직이는 정의 속의 한순간'인 시의 다양한 논의와 제안이다. 이 모든 과정이 완전하지 않지만 시는 정의되지 않아야 살아남는다는 모순된 결론을 얻고서야 용기 내어 책으로 엮는다.

이 책은 시의 기본 요소와 구조, 즉 시적 요소와 형태의 관련성 등을 살펴보는 것이 주요 내용이다. 일반적으로 시를 구성하는 기본 요소는 리듬과 이미지이다. 따라서 이에 관한 연구를 살펴보는 것이 가장 기본적이다. 그리고 이들이 시의 구조 안에서 어떤 방식으로 작동하는지 분석하는 것이 필요하다. 문제는 리듬과 이미지는 시에만 적용하는 용어가 아닌 다른 분야, 혹은 일반적인 상황에서도 사용한다는 점이다. 이때 그들은 오히려 '시의 것'이 아닌 경우가 허다하다. 따라서 리듬과 이미지를 '시적인 요소로 삼을 수 있는 것'이 이 글의 전제 조건이다. 이를 기반으로 이 책은 다음과 같은 순서로 구성하였다.

전체적으로 1부에서는 지금까지 전개된 시의 기본적인 요소를 구체적으로 살펴보고 시의 형태 안에서 작동하는 역학 방식을 분석하였다. 그리고 2부에서는 김춘수의 시를 통해 시의 기본 요소인 리듬과 이미지가 다양한 방식으로 작용한다는 것을 설명하였다.

1부 1장은 리듬과 이미지라는 시의 구성요소가 시의 형태와 어떤 관계를 형성하며 구조적으로 작동하는가에 관한 검토이다. 현재 시 대부분은 자유시나 산문시로 존재하기 때문에 자유시나 산문시의 형태 규명이나 분석은 여전히 중요하다. 자유시나 산문시를 구성하는 주요 요소는 '리듬'이나 '이미지'이지만 다른 예술 장르와 다른 '언어'라는 속성과 융합하여 시 형태와 매우 깊숙이 그리고 민감하게 관련한다.

현대시는 리듬, 이미지, 언어를 요소로 하는 시의 형태, 즉 시의 행과 연 등과 같은 구조에 영향을 받는다. 시는 언어라는 텍스트가, 리듬이라는 음악적인 요소가, 이미지라는 의미나 정서가 별도로 작동하는 것이 아니라 시의 구조에서 중층적으로 작용하면서 발생한다. 결과적으로 시는 장르 구분 없이 정의한 언어, 리듬, 이미지가 아니라 시적 언어, 시적 리듬, 시적 이미지가 주체의 상상력과 결합하여 유기적인 미학적 형태를 완성해 가는 과정이다.

1부의 2장은 시를 구성하는 주요 요소인 '이미지'에 관한 검토이다. 이 장에서는 먼저 시에서 이미지가 중요한 요소로 포함되어 가는 과정을 살펴보았다. 낭만주의를 극복하고자 하는 것으로 시작하여 파운드의 이미지론, 로우얼이 후기 이미지론, 엘리엇의 '객관적 상관물'에 등이 그것이다. 그러나 이들을 현대시에 주관적으로 적용하거나 분류하여 시 이미지의 정확한 개념이 필요하다. 따라서 1장과 마찬가지로 이미지를 다른 예술이나 문학의 이미지와 구분하는 '시적'인 영역으로 포섭하기 위한 전제를 설정하였다. 이미지는 시를 구성하는 요소인 언어, 리듬, 행과 연이라는 구조를 중심으로 하여 중첩적으로 형성하면서 '시의 이미지'로 남는다. 이에 따라 현대시의 이미지는 언어가 주는 '언어 이미지', 리듬이 발생시키는 '리듬 이미지', 시의 구조에서 발생하는 '구조 이미지' 등으로 새롭게 분류하였다.

1부 3장인 '시의 리듬과 구조'는 또 다른 시 구성의 주요한 요소인 리듬에 관한 구체적인 분석과 서술이다. 시의 음악성을 말할 때, '운율'과 '리듬'이라는 두 언어가 혼재하는 상황을 비판하고 현대시에서 '운율' 대신 '리듬'이라는 용어를 사용해야 하는 이유를 증명한다. 또한 '리듬'을 시적 영역으로 포섭하기 위해 배제하거나 전제할 요인을 설정하여 '시의 리듬'을 정리하였다. 따라서 이장에서는 '운율'과 '리듬'이라는 용어에 대한 개념규정이 우선적이다. 두 번째는 앙리 메쇼닉의 리듬론으로 촉발된 한국 현대시 리듬론의 적절성을 살핀다. 세 번째는 리듬과 시 구조의 역학을 증명한다.

이를 위해 선행한 작업은 기존의 '운율'론이나 '리듬'론 등을 살펴보는 것이다. 이 과정에서 시적 리듬으로 활용할 수 없는 경우가 다수 발견되었다. 그 이유를 살펴보면 다음과 같다. 첫째, 시는 음악이 아닌 언어로 표현하기 때문에 의미를 형성하지 못하거나 동일한 의미로 존재하지 못하는 음성이나 음운 등은 시적 요소에서 배제되어야 함에도 많은 연구가 여기에 의지해 있다. 둘째, 앙리 메쇼닉의 이론에서 촉발한 리듬론은 '시적인 것'보다는 산문에 집중한 것이어서 시적 리듬으로 적용하는 것에 무리가 있음에도 새로운 시 리듬론으로 받아들여지고 있다. 더구나 앙리 메쇼닉의 이론은 외국어를 기반으로 한 것이기 때문에 한국시에 대한 적용에는 적합하지 않다. 셋째, 시의 리듬을 일반적인 생이나 운동, 자연의 리듬으로 다룸에 따라 시의 리듬을 더욱 혼란하게 한다.

위의 문제점을 극복하기 위해 시적 리듬을 다음과 같이 전제하였다. 첫째, 언어의 차원에서 리듬은 의미의 최소단위인 음운의 결합 즉 음절에서 시작하여 단어, 어휘 등의 반복이나 유사한 통사구조에서 발생한다. 둘째, 시는 이미지의 반복으로도 리듬이 발생한다. 이것은 정서나 심리를 포함하며 단순히 동일한 대치물만이 아니라 낯선 대치물로 반복하기도 하여 병치나 병렬, 변주로도 가능하다. 셋째, 행과 연은 하나의 단위로 존재하는 자유시만의 구조로 시의 리듬에 매우 중요한 역할을 한다. 이 과정에서 리듬은 다시 시의 의미나 이미지 단위를 재설정한다. 이에 따라 시의 리듬은 '언어 리듬', '이미지 리듬', '구조 리듬'으로 새롭게 분류하였다.

2부는 시의 형태에 구체적인 관심과 연구를 기울이며 창작 활동을 한 김춘수에 관한 검토이다. 그는 시 창작 전 기간 독특한 시론과 시적 실험과정을 거쳐 왔으며 이는 시를 구성하는 요소에 관한 여러 가지 기초적인 질문을 던져주었다. 김춘수는 실제 다양한 시 형태를 실험하였고 이는 리듬과 이미지에 관한 분리, 제거, 융합하는 형태로 표현하였다.

먼저 그는 자유시에서 리듬과 관련하여 '행'의 중요성에 집중하였다. 이것은 시의 요소들이 구조와 민감하게 반응한다는 점을 밝히는 데 결정적인 역할을 한다. 김춘수는 시론에서 자유시는 리듬이 시의 구조적인 특징인 행과 결합하여 단어나 구, 절, 구문이나 구문 유형의 반복으로 발생한다는 점을 증명하였다.

다음으로 김춘수는 시의 또 다른 요소인 이미지를 주된 요소로 삼는 형태를 시도하였다. 그는 관념을 제거하기 위해 대상을 무화하는 서술적 이미지를 추구하였다. 이후에도 리듬과 이미지를 주된 요소로 삼은 다양한 시적 실험을 한 그는 자신의 시 세계를 완전히 변화시키는 단계에 이른다. 산문시 창작이 그것이다. 그러나 애초에 이분법에 의지한 산문시는 실제 시 창작에서 한계를 보였다. 그런데도 마지막까지 김춘수는 시의 리듬과 이미지의 다양한 변주를 시도하였다.

이러한 김춘수의 다양한 시적 실험은 그가 시를 통해 구원을 얻고 역사와 현실에서 해방되고자 하는 열망에서 비롯된 것이지만 끝내 성공적이지는 않았다. 하지만 다양한 시적 실험을 통해 얻은 그의 시 형태에 관한 탐구는 현재에도 시가 무엇인가를 연구하는 것에 시사하는 바가 크다.

이 책은 시란 무엇인가에 관한 의문과 검토과정에서 발표한 연구물을 하나로 묶은 것이다. 발표 시점은 김춘수의 시 창작을 살펴본 2부가 먼저이지만 2부에 적용한 이론은 오히려 이후 1부의 1, 2, 3장에서 구체화하였다. 따라서 이 책에서는 김춘수의 시 분석 이전에 필요한 이론을 1부에 먼저 실었다. 애초에 그랬어야 했기 때문이다. 따라서 2부의 시에 관한 정의나 리듬과 이미지에 대한 분석은 어설프거나 수정되어야 할 부분이 많음을 고백한다. 책으로 엮으면서 전체적으로 일부 문단이나 문장만 정리하였다.

부족한 결과물이 있기까지 많은 분의 지도와 도움이 있었다. 지금까지도 감히 따라갈 수 없는 열정적인 연구로 본이 되어 주시는 이경수 교수님, 연구와 지도를 이어갈 수 있도록 여러 면에 힘이 되어주신 김홍식 교수님(이 책의 발간을 미루는 바람에 생전에 이 책을 드릴 수 없게 되어 너무나 안타깝고 죄송하다), 새로운 방향을 보여주셨던 박명진 교수님, 박식함과 겸손, 격려의 힘을 알게 해주신 유성호 교수님, 알게 모르게 지금의 나를 세워주신 이상숙 교수님, 그 외, 끝없는 자극이 되었던 여러 교수님과 이 지난한 과정을 함께한 동료에게도 감사의 마음을 드린다. 지난 시간을 생각해보면 어느 한 분이라도 없었다면 지금의 내가 없었다.

그리고 뒤늦게 공부를 한다고 뛰어든 나에게 할 수 있다고 격려해주고 대단하다고 넘치는 표현을 해준 가족에게 진심으로 미안한 마음과 감사를 전한다.

2023년 5월
최석화

제2부 리듬과 이미지의 변주: 김춘수의 경우

제1부 시의 구조와 시적 요소의 역학

제1장 현대시의 구성요소와 형태

1. 형태 변화에 따른 리듬의 움직임

T. S. 엘리엇은 시의 특징이 시를 구성하는 요소인 정서의 위대함이나 강렬함이 아니라, 예술 제작 과정의 강렬함, 다시 말해 요소들을 융합시키는 강렬함에 있다고 하면서 시적 요소의 결합과 융합의 중요성을 강조하였다. 시가 철학이나 논리학, 사회학과 다른 점을 이렇게 시를 구성하는 미학적인 요소에 있다. 특히 웰렉은 시의 중심적인 구조 원리로 리듬과 은유를 제시하였고 이는 리듬과 이미지가 시를 구성하는 가장 기본적이며 본질적인 요소라는 것을 말해준다. 따라서 시는 리듬과 이미지가 융합되는 과정에서 시의 미학적 형태를 완성한다.

시에 관한 연구 대부분은 시를 구성하는 요소를 각각 분리하여 분석하는 것에서 시작한다. 시 구성요소를 결합한 시의 형태1)에 관한 연구라고 하더라도 그 내용을 자세히 살펴보면 대부분은 리듬이나 이미지를 별도로 나누어 분석한다. 현대시를 구성하는 주요한 요소가 리듬과 이미지라고 할 때, 리듬과 이미지의 분석은 매우 중요하며 현대시의 형태 분석에 기본적인 작업이다. 그러나 이것은 말 그대로 일부의 분석일 뿐 현대시의 형태에 관한 연구는 아니다.

현대시의 형태에 관한 통합적이며 본격적인 연구는 김춘수에 의해서이다. 김춘수의 『한국 현대시 형태론』은 시의 형태를 종합적으로 거론한 초기 시론이다. 『한국 현대시 형태론』에서 김춘수가 일차적으로 관심을 가진 것은 정형시에는 볼 수 없었던 자유시의 행과 연에 관한 것이다. 새로운 시 구조인 행과 연은 자유시의 주요한 기능을 담당한다. 김춘수는 행과 연을 통시적인 관점에서 접근하는데 그 이유는 애초에 시 형태의 변화가 자유시나 산문시로 이행하는 과정에서 나타났기 때문이다.

김춘수가 제시한 정형시와 자유시, 산문시를 구분하는 기준은 운율의 유무, 시각적, 청각적 양상(이미지)이다. 김춘수의 이와 같은 기준은 에즈라 파운드가 1913년 3월호의 시지 『포에트리(poetry)』에 기고한 시의 근본원칙에 의지한 것이다. 이 기고에서 파운드는 언어

---

1) '시의 형태'에서 '형태'는 매우 다의적으로 해석할 수 있다. 일반적으로 형태는 존재하는 것의 외면적인 형식이며 모양이나 생김새를 말한다. 따라서 시에서의 형태는 시를 구성하는 외면적인 형식이나 모양이다. 외면적으로 크게 시는 음수, 행과 연, 줄글 등에 의해 정형시, 자유시, 산문시로 구분한다. 그러나 미래파 선언 이후 '형태주의'에서는 다른 빛깔, 활자의 체나 회화적인 언어 배열 등으로 시의 외적인 '형태'에 변화를 주기도 하였다. 이후 나타난 띄어쓰기의 변화나 마침표 쉼표, 혹은 단어의 분절 기호의 사용 등도 시의 형식에 다양한 변화를 준 예이다. 그러나 이러한 구체적인 형식의 변화는 이 글의 범위를 넘어서는 것으로 이 글에서 말하는 '시의 형태'는 행과 연 줄글 등에 의해 구분하는 기본적인 정형시, 자유시, 산문시 형태를 말한다.

의 음율에 치중한 자연발생적인 시(포르포에이아), 투명한 이미지의 시(패노모에이아), 시의 효과를 위한 새로운 언어논리를 가진 시(로고포에이아)의 3단계를 제시하였다. 김춘수는 여기에서 로고포에이아를 제외한 포르포에이아와 패노모에이아를 시의 발전, 혹은 형태를 구분하는 기준으로 삼았다. 이와 같은 기준에 의하면 정형시에서 자유시나 산문시로 시의 형태가 변화할 때, 시가 운율에서 이미지를 중심으로 변화한다.

김춘수의 형태론에서 주목할 점을 정리하면 다음과 같다. 첫째, 김춘수는 새로운 시들의 다양하고 급작스러운 출몰에서 장르 혹은 시 형태에 관한 규명을 시도했다. 이것은 문학의 장르가 해체되어 가는 과정에서 나름대로 시 형태를 바로잡고 시에 대한 명료한 기준을 제시하고자 했다는 점에서 의의가 있다. 두 번째는 그가 제시한 두 가지의 기준, 즉 운율의 유무나 시각적, 청각적 양상은 현재도 시를 구성하는 주요한 요소이며 시의 본질에 관한 질문이다. 셋째, 행과 연에 의한 운율과 이미지 분석은 자유시를 해명하는 것에 기여한 바가 크다.

그런데도 김춘수의 형태론은 이분법적인 혹은 단계적인 구분으로 인해 여러 가지 문제점이나 모순을 드러낸다. 가장 큰 문제점은 그가 운율이 강해지면 시각적 청각적 양상이 약해지고 청각적 시각적 양상이 강해지면 운율이 약해진다고 판단했다는 것이다. 이에 따르면 이 두 요소가 동시에 드러나는 시는 혼란한 시 형태이며 행과 연이 없는 산문시는 운율이 사라지고 이미지만 남는 결과가 되기 때문이다.[2]

---

2) 최석화, 「김춘수의 산문시 인식 연구」, 『한국시학연구』 34, 한국시학회, 2012.8 참조.

시는 단계적으로 혹은 통시적으로 형태가 변화하였으며 시를 구성하는 중요한 요소가 운율에서 이미지로 바뀌어 간 것이 사실이다. 하지만 그 두 가지 요소 중 어느 하나가 포기되었을 때, 그것이 '시'라고 할 수 있는가라는 문제는 끊임없이 제기될 수밖에 없다. 현대시는 새로운 형태가 나타나지 않는 한, 여전히 운율이나 이미지가 매우 중요한 구성요소이다.

따라서 이 글은 위의 두 요소, 즉 운율(이후 '리듬'이라는 용어로 통일함)[3]과 청각적 시각적 양상(이후 '이미지'라는 용어로 통일함)이 시를 구성하는 본질적인 요소이며 시의 형태와 직접으로 관계한다는 것을 밝힌다. 또한, 이것은 기존의 리듬과 이미지를 분리하는 연구를 지양하여 시에서 리듬과 이미지가 별도로 작동되는 것이 아니라 융합적으로 존재하면서 시의 미학적 형태를 완성해 간다는 것을 증명하기 위함이다.

---

3) 정형시란 '일정한 어떤 것'을 반복하여 생기는 형식을 말한다. 여기서 일정한 어떤 것이란 음수나 음보, 음절이나 악센트 등이다. 우리나라의 경우는 대부분 음수율에 의지하여 정형시를 규정하였다. 3·4 또는 4·4, 7·5 또는 8·5조의 자수율에 의지한 시 형식이 대표적이다. 이때의 시 리듬은 '운율'로 해명한다. 우리나라의 시 리듬 연구에서는 대부분 '운율'과 '리듬'이라는 용어를 혼재하여 사용해 왔다.

'운율'은 '소리의 규칙이나 법칙'이며 정형성이 강조되나 현대시에서는 율격이나 음절의 수, 강세 등으로만 설명하는 추상적인 율격의 개념으로 설명하기에는 한계가 있다. 이 글에서는 용어의 혼선을 피하고 의미와 이미지를 포함하는 현대시의 구성 원리로 '리듬'이라는 용어를 사용한다. 이와 관련하여 시적인 의미로의 '리듬'은 기존의 발표 글에서 구체적으로 설명하였다(최석화, 「한국 현대시 리듬론 재고」, 『한국근대문학연구』 30, 근대문학회, 2014 참조).

2. 행과 연의 기능과 한계

현대시가 정형시에서 자유시와 산문시로 이행하는 과정에서 시를 형성하는 구성요소는 그 지배 상황을 달리하였다. 리듬은 다른 문학과 시를 구분하는 중요한 요소 중 하나이다.4) 그러나 현대시의 산문화 경향은 시의 리듬을 기존의 운율론으로 해명하는 데에는 한계가 있다. 이에 따라 근래에는 다양한 시의 리듬론이 나타났다. 정형시에서 단순히 음수율로 정의하던 리듬론이 단어나 어휘, 구나 절의 반복을 살펴보는 통사론적인 관점이나 행과 연을 포함한 구조론적 관점으로 확대한 것이 그 예이다. 대표적으로 자유시 초기, 행과 연의 기능에 관해 구체적인 시론을 펼친 이는 김춘수이다. 그의 이론을 구체적으로 살펴보면 다음과 같다.

김춘수는 자유시에서의 행 구분이 '정형시나 신체시에서 운율이나 음율에 대적하고도 남음'5)이 있다고 하여 그 기능을 강조하였다. 그는 황석우의 「벽모의 묘」가 세기말적 시의 분위기와 함께 시 형태상으로 획기적이라고 하면서 그 이유를 율이 안으로 숨어버린 '행 구분의 의식적 배려' 때문이라고 하였다. 그에 의하면 자유시에서는 행이 시의 리듬을 지배하기 때문에 행 구분의 의식적 배려는 새로운

---

4) '리듬'의 정의나 범위는 매우 광범위하다. 리듬은 '흐름'이나 '움직임'을 뜻하는 그리스어인 '리트머스'에서 유래하여 운동, 시간, 공간과 관계한다. 홍문표에 의해 리듬을 '생존하는 모든 것들의 원리'로 보면 천체 운행, 계절의 바뀜, 밀물과 썰물, 온몸의 맥박도 리듬이다. 이때의 리듬은 음악적인 어떠한 현상뿐만이 아니라 광대하다. 반대로 앙리 메쇼닉의 이론 전파로 인해 리듬을 '소리의 반복' 혹은 '음운이나 음소의 반복'에까지 이르면 모든 문자, 산문, 즉 디스크루 전반에도 리듬이 나타난다. 따라서 리듬은 어디에나 있다. 그러나 이 글에서의 '리듬'은 일반적이거나 문학 전반이 아닌 시의 형태 안에서 시를 구성하는 요소나 특성과 결합하여 발현하는 리듬을 말한다(위의 책 참조).

5) 김춘수, 「한국 현대시 형태론」, 『김춘수 시론전집 1』, 현대문학, 2004, 53쪽.

형태를 드러내는 주요한 요인이다.

한편 김춘수는 산문시가 행이 없으므로 리듬이 사라지고 시를 구성하는 요소로 이미지를 선택한다고 하였다. 이에 따라 김춘수는 정지용의 「백록담」이 산문시의 정형이라고 판단한다. 왜냐하면 「백록담」은 음율에 무관심한 이미지가 도처에서 전개되고 있기 때문이라는 것이다. 이와 같은 이미지=산문시라는 도식으로 김춘수는 정지용의 「호수·1」이라는 시에 다음과 같은 의문을 제기한다.

① 얼굴 하나야
　손바닥 둘로
　폭 가리지만

　보고 싶은 마음
　호수만 하니
　눈 감을 수밖에

김춘수는 이 시가 기지로 된 시로 전체적인 분위기가 시각으로 옮겨져 갔는데도 산문시 형태를 가지지 못한 것이 이상하다고 하였다. 다음의 김영랑 시도 마찬가지이다.

② 굽어진 돌담을 돌아서 돌아서
　달이 흐른다 놀이 흐른다
　하이야 그림자
　은실을 즈르르 돌아서
　꿈밭에 가고 가고 또 간다

위의 시는 김영랑의 「꿈밭에 봄마음」이다. 김춘수는 이 시 역시 '이런 선연한 영상을 산문시로 썼으면 어떨까?'라고 하면서 이미지화를 산문시와 연결하고 있다.[6] 즉 김춘수는 자유시에서는 행과 연이 주는 리듬을, 산문시에서는 이미지를, 형태 결정의 중요한 요인으로 보았다. 만약 김춘수의 주장에 의해 위의 시들을 산문시 형태로 바꾸어 보면 다음과 같다.

③ 얼굴 하나야 손바닥 둘로 폭 가리지만 보고 싶은 마음 호수만 하니 눈 감을 수밖에

④ 굽어진 돌담을 돌아서 돌아서 달이 흐른다 놀이 흐른다 하이야 그림자 은실을 즈르르 돌아서 꿈밭에 가고 가고 또 간다

두 시를 모두 줄글로 바꾼 것이다. 그러나 김춘수의 의도와는 달리 ①의 시를 ③과 같이 바꾸었을 때 이 시의 이미지는 오히려 그 선명성을 잃는다. ①에서는 '얼굴 하나', '손바닥 둘' '폭 가림', '보고 싶은 마음', '호수', '눈 감음' 등이 개별적인 영상으로 맺으며 진행하여 하나의 이미지를 각기 담고 가기 때문에 선명하게 나타난다. 그러나 모두 이어 쓴 ③의 시에서는 앞의 언어가 '눈 감을 수밖에'로 수렴하면서 오히려 서술적인 상황으로 읽힌다. 즉 행은 리듬만이 아니라 이미지를 선명하게 드러내는 것에 결정적인 역할을 한다. 다시 말해 이미지는 산문시에서보다 행이 있는 자유시에서 더 두드러지게 작용하기도 한다.

②와 ④는 앞의 시와는 다른 양상을 보인다. ④는 행이 없는 줄글의

---

6) 위의 책, 75~78쪽.

형태이지만 리듬이 사라졌다고 보기 어렵다. 동일하지는 않지만 ②에서도 ④에서도 리듬은 존재한다. ④에서는 ②와 달리 '돌아서 돌아서', '흐른다 흐른다', '가고 또 간다'가 연속적으로 등장하면서 좀 더 역동적인 리듬을 보여준다. 다시 말해 ②의 시를 ④로 바꾸어 쓴다고 해서 시의 리듬이나 이미지가 사라지거나 사라져야 하는 것이 아니다. 단지 형태의 영향을 받은 언어가 그 리듬이나 이미지를 달리하면서 발현한다. 이와 같은 리듬의 분석은 시의 리듬을 행과 연보다는 단어나 어휘의 '반복'이라는 것에 집중할 때 가능하다.

이때 시는 산문의 형태라고 해서 리듬이 없거나 없어야 하는 것이 아니며 '행'만으로 리듬이 발현하는 것도 아니다. 즉 자유시와 산문시의 리듬은 행과 연에 의해서만이 아니라 음절이나 단어, 구의 반복으로도 나타난다. 정형시에서 리듬을 '음수'로 판단할 때에 중요한 것은 '숫자'였다. 대부분 3음절 4음절 등과 같은 한국어의 특성에 어울리는 동일한 음절수가 반복할 때 리듬이 발생한다고 보았다. 이처럼 리듬이 그 어떤 것의 '반복'으로 발생한다고 한다면, 그 범위는 '음운'에서 단어나 구를 넘어 '이미지'까지 매우 넓은 범위에 적용할 수 있다. 결론적으로 행과 연은 자유시만의 독특한 구조를 형성하며, 위와 같이 다른 요소들과 중층적으로 작용하면서 시의 리듬을 발생시킨다.

근래에 시의 리듬에 관한 연구가 매우 치밀하게 '음운'의 반복에 집착하게 된 것은 이처럼 다양하게 발현하는 리듬을 분석하기 위한 노력의 일부이다. '음운' 반복에 의한 리듬의 생성이라는 것은 자유시나 산문시와 같은 시 형태와는 무관하게 리듬을 해명할 수 있다. 이 지점에서 앙리 메쇼닉의 리듬론 등장은 음운 반복 연구에 매우 중요한 점을 시사하였다. '의미를 포함한 리듬'이라는 것을 바탕으로 시작한 프로조디 개념은 산문화되어 가는 시의 리듬에 매우 적합한 이론으로 받아들여졌기 때문이다. 그러나 한편으론 한국어의 특징이나 시의 형태를 생각할 때 여러 가지 문제점을 동시에 던져주었다.

3. 형태의 소멸과 유지

2004년에 소개되기 시작한 앙리 메쇼닉의 이론을 기존에 발표한 글을 중심으로 하여 요약하면 다음과 같다. 메쇼닉은 글쓰기에서 '디스크루의 조직', '이분법의 비판', '리듬의 의미작용', '프로조디의 개념' 등을 제시하고 그 중요성을 설명한다. 그는 문학 전반에서 벌어지는 의미의 주관적 배치에 관심을 가지고 리듬이 형식적인 요소만이 아니라 의미와 관계하는 주체적인 성격을 가진다는 것을 강조하였다. 리듬이 의미와 관계한다는 것은 리듬이 형식적인 차원을 넘어선다는 것을 말하므로 그의 이론은 산문화하고 있는 현대시의 리듬을 해명할 수 있는 새로운 방향을 제시하였다. 그의 이론에 힘입어 시의 리듬에 관한 연구는 매우 의미 있는 결과를 도출하였다. 그러나 한편으론 각각의 연구자에 의해 더욱 혼란한 리듬 용어와 정의를 만들어내었고 외국어에 의존한 이론이라는 점, 시 형태와는 다른 지점에서 시작하였다는 점 등으로 인해 여러 가지 문제점을 드러내기도 하였다.[7]

메쇼닉의 이론은 '문학' 전반을 대상으로 한 것으로 '시'의 리듬만을 해명하기 위한 이론이 아니다. 또한, 그가 강조한 '프로조디' 개념

---

7) 최석화, 앞의 글(「한국 현대시 리듬론 재고」) 참조.

은 프랑스의 자음을 중심으로 하여 형성하는 의미를 증명하는 것으로 자음과 모음의 구성으로 의미를 형성하는 한국어에는 적합하지 않다. 따라서 메쇼닉의 이론을 한국의 현대시에 적용하면 자칫 리듬론이 주관적으로 흐르거나 기계적 또는 음성화하는 경향이 발생한다.[8]

앙리 메쇼닉의 리듬론이 주는 주요한 의미는 리듬이 단순히 음성이나 소리가 아니라 의미와 관계한다는 것을 밝혔다는 점이다. 이것은 나아가 산문시 영역의 리듬 해명을 가능하게 했다. 또한, 그가 강조한 리듬이 '디스크루에서 벌어지는 의미의 주관적 배치'라는 견해는 작가의 주관에 의해 리듬이 의미를 달리하며 배치한다는 것을 밝힐 수 있다. 그러나 현대시는 다음과 같은 옥타비오 파스의 견해를 동시에 상기할 필요가 있다. 즉 현대시의 리듬은 율격이나 음절의 수, 강세 등으로 설명하는 추상적인 개념으로가 아니라 구나 이미지,

---

8) 음운과 의미를 연결하는 리듬론은 장철환, 박슬기, 장석원, 권혁웅에 의해 다양하게 연구되었다. 장철환은 앙리 매쇼닉과 밴브니스트의 이론을 참조하여 리듬의 작동기능을 '운', '율', '선율'로 정의하고 음가의 반복 양상으로 리듬을 연구하였다. 박슬기는 '율'과 '향률'을 통해 리듬을 구두점, 즉 마침표와 쉼표에 의한 휴지와 종결을 통해 설명하였다. 장석원은 통사 단위에 의해 구획되는 의미 단위 각각의 분절체의 강세를 통해 산문에도 리듬이 존재한다고 하였다. 권혁웅은 의미를 품은 음소적 조직인 프로조디를 '소리−뜻'으로 명명하고 개별 발화에서 수행되는 의미론적 강세를 강조하였다.

그러나 이들은 현대시의 리듬 연구에 다양한 성과를 보였음에도 불구하고 몇 가지 문제점을 드러낸다. 즉 '시'에서 리듬의 기준을 음운이나 마침표 분절체 등 다양하게 포섭하여 그 정의나 범위가 매우 주관적이다. 또한, 일부에서는 단순히 동일 음운의 숫자 반복을 리듬으로 정의하여 메쇼닉의 의도와 달리 시 분석을 오히려 기계화 음성화한다. 이에 관한 것은 최석화, 「한국 현대시 리듬론 재고」를 통해 구체적으로 설명하였다. (장철환, 「김소월 시의 리듬 연구: 진달래꽃을 중심으로」, 연세대학교 박사논문, 2009; 장철환, 「정지용 시의 리듬 연구: 음가의 반복을 중심으로」, 『한국시학연구』 36, 한국시학회, 2013; 박슬기, 「한국 근대시의 형성과 율의 이념」, 서울대학교 박사논문, 2011; 박슬기, 「한국 근대시의 새로운 리듬론, 리듬 음성중심주의를 넘어서: 주요한의 「불노리」에서의 내면과 언어의 관계」, 『한국시학연구』 36, 한국시학회, 2013; 장석원, 「백석 시의 리듬: 「古夜」의 강세를 중심으로」, 『한국시학연구』 36, 한국시학회, 2013; 권혁웅, 「이육사 시의 리듬 연구」, 『한국시학연구』 39, 한국시학회, 2014; 권혁웅, 「정지용 시의 리듬 연구」, 『한국근대문학연구』 29, 한국근대문학회, 2014.)

의미와 반드시 관계한다고 한 그것이 그것이다.[9]

다시 말해 현대시는 각각의 요소를 분리하는 것이 아니라 리듬이나 이미지, 의미가 동시에 작동한다. 여기서 중요한 것은 시는 다른 문학과 달리 독특한 형태를 가지고 있으므로 시의 리듬이나 이미지, 혹은 의미는 동일한 음운이나 단어, 구라도 그 형태에 따라 다르게 발현한다는 점이다.

⑤ 님은 갔습니다. 아아 사랑하는 님은 갔습니다.
　　푸른 산빛을 깨치고 단풍나무 숲 향하여 난 적은 길을 걸어서 차마
　　떨치고 갔습니다.
　　황금의 꽃같이 굳고 빛나던 옛 맹서는 차디찬 티끌이 되어서, 한숨
　　의 미풍에 날아갔습니다.
　　날카로운 첫「키스」의 추억은 나의, 운명의 지침을 돌려놓고, 뒷걸음
　　쳐서, 사라졌습니다.
　　나는 향기로운 님의 말소리에 귀먹고, 꽃다운 님의 얼굴에 눈멀었습
　　니다.
　　사랑도 사람의 일이라, 만날 때에 미리 떠날 것을 염려하고 경계하
　　지 아니한 것은 아니지만,
　　이별은 뜻밖의 일이 되고 놀란 가슴은 새로운 슬픔에 터집니다.
　　　　　　　　　　　　　　　　　　　　　　　　—「님의 침묵」[10] 부분

---

9) 옥타비오 파스, 김홍근·김은중 역, 『활과 리라』, 솔, 1998, 89쪽.
10) 한용운의 「님의 침묵」은 현대시 리듬론에서 다양한 연구를 진행해 온 장철환과 권혁웅에게서 분석대상이 된 시로, 두 분석을 비교하기 위해 선택하였다. 두 연구자는 자신의 방법론을 면밀하게 제시하기 위해 초기의 원문을 사용하였으나 이 글에서는 비교를 위해 선택한 것이기 때문에 현대어로 표기한 자료를 인용하고 일부 생략하였다(한용운, 『님의 침묵』, 미래사, 1991).

산문시 형태에서는 리듬이 부재하다고 믿은 김춘수는 이 시에서 '상'을 중요한 분석요인으로 삼았다. 그는 이 시가 연을 끊지 않음으로써 얻는 상이 어느 정도 통일성이 있다는 것이 오히려 의문스럽다고 하면서 '퍽 심리적이고 미묘한 현상'이라는 결론을 내린다.[11] 산문시를 토의적인 성격으로까지 끌고 가는 김춘수에게서 정지용의 「백록담」이나 위와 같은 시들은 리듬이 점차 사라지고 이미지가 강한 중간 과정의 시이다.

그러나 만약 이 시를 단어나 구의 반복으로 리듬을 분석한다면 일부 단어의 반복, 문장 끝에 등장하는 '-습니다'의 반복 때문에 리듬이 발생한다. 또한, 이 시의 리듬은 자유시의 호흡개념으로도 분석할 수 있다. 장철환은 위의 시를 행을 구성하는 각각의 마디 수로 구분하였다. 그는 한용운의 띄어쓰기가 고유한 호흡을 표시한다고 전제하고 그 호흡이 텍스트 사이에서 마디로 표시된다는 것이다. 그 기준에 의하면 「님의 침묵」은 시행을 구성하는 마디 수가 최소 4~14이며 가장 많은 것이 6개의 마디이다. 따라서 위의 시는 정형화된 마디 수보다 규칙적이고 안정적이진 않지만, 한용운의 호흡에 의한 패턴을 이룬다. 또한, 율독의 차원으로 가면 마디의 크기는 음절 수와 일치하는 것이 아니라 속도에 영향을 주는 요소에 의해 동일한 속도를 가지며 '호흡률'로 리듬이 발현한다는 것이다.[12]

한편 앙리 메쇼닉의 이론에 힘입어 음운의 반복으로 리듬을 분석한다면 위의 시는 더욱 복잡하면서도 구체적인 작업을 거친다. 대표적인 것이 권혁웅의 연구이다. 그는 '음운'을 기준으로 소리와 의미

---

11) 김춘수, 앞의 책, 57쪽.
12) 장철환, 「『님의 沈默』의 리듬 연구: '호흡률'을 중심으로」, 『비평문학』 46, 한국비평문학회, 2012, 420~426쪽.

의 통합체인 리듬을 강조한 앙리 메쇼닉의 이론을 발전시켜 소리-뜻의 결합으로 리듬을 분석하였다. 그에 따르면 「님의 침묵」은 비음 대 유기음, 경음을 중심으로 한 두 개의 다른 소리-뜻을 중심으로 리듬을 구성하며, 그 둘을 통합하는 가장 높은 차원의 통일(혹은 모순이 가장 높은 단계에서 구현되었다고 말해도 좋다)이 제목이 된 「님의 침묵」이라고 한다.[13]

결과적으로 산문시에 리듬이 없다는 것을 전제로 한 김춘수의 분석을 제외하면 「님의 침묵」의 리듬은 마디, 호흡이나 음운의 반복에서 발생한다. 자유시나 산문시의 리듬을 해명하는 작업이 명료하지 않은 상황에서 이러한 분석은 현대시의 리듬을 해명하는 데에 새로운 가능성을 제시하였고 나름의 성과를 거두었다. 그러나 이와 같은 시도가 형태 변화에서 생긴 리듬의 새로운 분석임에도 불구하고 오히려 형태와 무관하게 시도하고 있다는 점에서 몇 가지 문제점을 드러낸다. 이를 알아보기 위해 위의 시를 앞 장에서 시도한 것처럼 다음과 같이 바꾸어 본다면 시 형태와 관련한 문제가 더 명료해진다.

⑥ 님은 갔습니다.
　아아 사랑하는 님은 갔습니다.
　푸른 산빛을 깨치고
　단풍나무 숲 향하여 난 적은 길을
　걸어서 차마 떨치고 갔습니다.
　황금의 꽃같이 굳고 빛나던 옛 맹서는

---

13) 권혁웅, 「소리-뜻을 중심으로 구성되는 현대시의 리듬: 님의 침묵, 별헤는 밤을 중심으로」, 『한국문학이론과비평』 59, 한국문학이론과비평학회, 2013, 31~37쪽.

차디찬 티끌이 되어서,

한숨의 미풍에 날아갔습니다.

날카로운 첫「키스」의 추억은

나의, 운명의 지침을 돌려놓고, 뒷걸음쳐서, 사라졌습니다.

나는 향기로운 님의 말소리에 귀먹고,

꽃다운 님의 얼굴에 눈멀었습니다.

사랑도 사람의 일이라,

만날 때에 미리 떠날 것을 염려하고 경계하지 아니한 것은 아니지만,

이별은 뜻밖의 일이 되고 놀란 가슴은 새로운 슬픔에 터집니다.

(이하 생략)

⑦ 님은 갔습니다. 아아 사랑하는 님은 갔습니다. 푸른 산빛을 깨치고 단풍나무 숲 향하여 난 적은 길을 걸어서 차마 떨치고 갔습니다. 황금의 꽃같이 굳고 빛나던 옛 맹서는 차디찬 티끌이 되어서, 한숨의 미풍에 날아갔습니다. 날카로운 첫「키스」의 추억은 나의, 운명의 지침을 돌려놓고, 뒷걸음쳐서, 사라졌습니다. 나는 향기로운 님의 말소리에 귀먹고, 꽃다운 님의 얼굴에 눈멀었습니다. 사랑도 사람의 일이라, 만날 때에 미리 떠날 것을 염려하고 경계하지 아니한 것은 아니지만, 이별은 뜻밖의 일이 되고 놀란 가슴은 새로운 슬픔에 터집니다.

(이하 생략)

⑥은 원문보다 조금 더 행을 나누어 정형적인 형태로 바꾼 것이고 ⑦은 산문시 형태인 줄글로 바꾸어 본 것이다. 원문을 ⑥, ⑦처럼 바꾼다고 해서 이 시의 기본적인 단어나 마디 수, 음운은 변하지 않는다. 행이 주는 호흡은 약간 변화하지만, 근본적인 마디 수는 같

다. 다시 말해 동일한 마디 수의 반복이나 몇 가지 마디 수의 결합으로 리듬을 분석하는 것에는 변화가 없다는 것이다. 또한 ⑤, ⑥, ⑦ 모두 음운 역시 같아 비음, 유음, 경음 등에 의한 리듬의 분석도 유사하다.

그러나 과연 ⑤, ⑥, ⑦의 리듬이 모두 같다고 할 수 있을까. 더하여 위의 세 형태가 주는 이미지나 의미가 모두 같다고 할 수 있을까. 결론적으로 위의 세 시에서 보이는 리듬이나 이미지는 같을 수가 없다. 호흡의 측면에서 보면 ⑤의 경우는 하나의 행으로 이루어진 문장은 호흡이 매우 빠르게 진행한다. 전체적으로 한 문장이 마무리되기까지 한 호흡을 가지고 가면서 진행하기 때문이다. 그러나 ⑥에서는 하나의 행마다 호흡을 끊게 되며 빠르게 율독하지 않는다. 반대로 ⑦의 경우는 호흡을 어디에서 끊고 가야 할지 판단이 어려울 정도로 쉼 없이 율독하게 한다.

다시 말해 마디 수나 띄어쓰기가 여전히 같다고 하더라도 행 바꿈 혹은 행 붙임 하나만으로도 호흡은 매우 다르다. 음운의 측면에서도 마찬가지이다. 위의 시 모두 같은 음운을 가지고 있지만, 앞에서 설명한 것처럼 하나의 행 변화 때문에 리듬은 매우 다르게 발생한다. 다시 말해 시의 형태가 변한다면 단어나 마디 수, 음운이 같다고 하더라도 리듬이 다르게 발현한다는 것이다. 따라서 시의 리듬은 형태와 밀접하게 관계하면서 달라지기 때문에 시의 형태를 벗어난 리듬 분석은 엄밀하게 시의 리듬 분석이라고 할 수 없다. 한편 이와 같은 현상은 시의 이미지와 의미에도 유사하게 나타난다.

4. 주체에 의한 형태의 변형과 영향

이 글은 앞에서 요약한 「한국 현대시 리듬론 재고」와 「한국 현대시 이미지론 재고」의 이론적 분석을 토대로 하였다. 두 글은 현대시의 형태를 분석하기 위한 기초적인 작업으로 시도한 것이며 현재 진행되고 있는 리듬론과 이미지론의 성과와 문제점들을 나름대로 정리하였다. 두 글은 그 목적에 의해 리듬과 이미지를 분리하여 분석한 것이지만 결과적으로는 리듬과 이미지가 불가분의 관계를 맺으며 형태 안에서 유기적으로 변화한다는 점을 밝히기 위함이다. 그것은 리듬이나 이미지가 시적 영역을 넘어서는 것을 경계하고 시적 영역으로 포섭하고 해명하는 리듬과 이미지론을 제시하기 위한 것이기도 하다.

이 지점에서 다시 김춘수를 상기하면 김춘수가 처음 현대시의 형태론을 분석하기 시작한 것은 시의 형태가 급작스럽게 변화하기 시작한 자유시와 산문시의 출현에서부터이다. 정형적인 음수율에 의지한 시 영역이 산문화하는 언어로 표현하기 시작하면서 시의 형태 혹은 형태를 구성하는 주요한 요인에 대해 다시 규명해야 할 필요가 생겼기 때문이다. 운문과 산문이라는 극점에 있는 것과 같은 두 가지 요소가 자유시나 산문시라는 이름으로 결합하여 갈 때 과연 시란 무엇인가, 시를 구성하는 요소는 무엇인가, 혹은 시의 본질은 무엇인가에 대한 새로운 질문이 열린다. 이처럼 만약 자유시와 산문시로 규정하고 있는 현재를 넘어서는 새로운 시 형태가 등장한다면 위와 같은 질문들은 얼마든지 다시 새로운 방향으로 대두될 수 있다.

그러나 현재 시 대부분은 자유시나 산문시의 영역 안에 설명하고 있으므로 자유시나 산문시의 시 형태에 관한 기본적인 규명이나 분석은 여전히 중요하다. 따라서 자유시나 산문시를 구성하는 주요 요인인 '리듬'이나 '이미지', 그리고 다른 예술 장르와 구분되는 '언어'라는 속성은 시 형태와 매우 깊숙이 그리고 민감하게 관련한다. 기존 발표 글에서 제안한 '리듬 이미지'나 '구조 이미지' 역시, 리듬과 이미지가 시의 형태 안에서 어떻게 변화하고 작동하는지를 설명하기 위해 전제이다. 위의 글에서 '리듬 이미지'를 해명하기 위해서는 이상의 「오감도」를, '구조 이미지'를 설명하기 위해서는 박목월의 「불국사」를 인용하였고 요약하면 다음과 같다.

「오감도」는 '아해가무섭다고그리오', 그리고 이와 유사한 구절을 연속적으로 반복하고 있다. 주지하다시피 이 구절의 반복은 단순히 리듬의 발생을 위한 것은 아니다. 또한, 위의 단어가 주는 '의미'만의 해석에 머물지도 않는다. 「오감도」에서의 구절 반복이나 행과 연의 구분은 의미나 리듬을 넘어서는 독특한 이미지를 던져주는 데 중요한 역할을 하기 때문이다.

한편 명사형의 모습으로 한 행을 끌고 가는 박목월 「불국사」는 행과 연이 시의 미학에 많은 영향을 끼친 경우이다. 다시 말해 아무리 명사형으로 마무리된 단어라도 이를 모두 줄글로 쓴다면 기존의 「불국사」가 보여주는 선명한 이미지의 서경적 효과가 일부 사라진다. 결국 「불국사」가 보여주는 리듬이나 이미지는 단어나 음운 때문만이 아니라 행과 연이 보여주는 구조적인 특성에서 기인한다.[14] 위의 두 시는 시 형태가 리듬과 이미지, 의미와 관계하는 대표적인 사례다.

그러나 앞에서 말한 것처럼 기존의 리듬과 이미지에 관한 대부분의 연구는 리듬과 이미지를 각각 분석한 후, 이들이 가지는 의미를

---

14) 최석화, 「한국 현대시 이미지론 재고」, 『어문론집』 62, 중앙어문학회, 2016, 556~560쪽.

해명하는 방식으로 전개한다. 이러한 연구는 리듬과 이미지를 세밀하게 파악하여 시가 보여주는 혹은 시인이 의도하는 의미들을 선명하게 규명하는 것에 용이하다. 그러나 의미는 결과론적으로 생겨나는 것이 아니다. 그것은 시인 자신이 애초에 보여주고자 하는 어떤 의도에 따라 리듬과 이미지를 형태 안에서 선택하고 배치한다. 다시 말하면 이러한 배치는 단순히 리듬이나 이미지가 보여주는 별개의 특성을 강조하기 위한 것이 아니라 시인이 각각의 시에서 보여주고자 하는 의도에 따라 결정한다는 것이다. 리듬과 이미지, 양쪽에 걸쳐 의미 있는 시사점을 주는 정지용의 시를 보면 이와 같은 점이 더욱 명료하다.

바다는
푸르오,
모래는
희오, 희오,
水平線우에
살포-시 나려안는
正午 한울,
한 한가온대 도라가는 太陽,
내 靈魂도
이제
고요히 고요히 눈물겨운 白金팽이를 돌니오.

—「바다 7」[15]

---

15) 정지용, 『정지용전집 시』(3판 9쇄), 민음사, 2010, 90쪽.

위의 시를 기존의 리듬 분석에 의지하면 연구자에 따라 다양한 결과를 도출한다. 2~4음절의 반복, 유사한 마디의 분포, '-오'의 반복, 'ㄴ' 또는 'ㅇ' 등과 같은 유음의 반복 때문에 전개되는 리듬 등이 그것이다. 그러나 위의 시를 '바다는 푸르오, 희오, 희오, 水平線우에 살포-시 나려안는 正午 한울, 한 한가온대 도라가는 太陽, 내 靈魂도 이제 고요히 고요히 눈물겨운 白金팽이를 돌니오.'라고 줄글의 형태로 바꾼다 해도 기존 분석에 의한 리듬에는 크게 변화가 없다. 그러나 앞 장에서 설명한 것처럼 시의 형태가 변화할 경우 그 시의 리듬과 이미지는 동일하지 않다. 한편 정지용은 위의 시를 형태에 대한 의식 없이 당시의 유행에 따라 쓴 것이 아니다. 왜냐하면 위의 시는 1930년도에 발표하였지만 「백록담」을 비롯해 여러 산문시를 발표한 이후인 1940년도에도 이와 유사한 형태의 시가 다시 여러 편 보이기 때문이다. 결국 정지용은 시의 형태를 자신이 보여주고자 하는 의도에 따라 치밀하게 선택하였다.

⑧ 伐木丁丁 이랬거니 아람도리 큰솔이 베혀짐즉도 하이 골이
　울어 멩아리 소리 저르렁 돌아옴즉도 하이 다람쥐도 좃지 않고
　뫼ㅅ새도 울지 않어 깊은산 고요가 차라리 뼈를 저리우는데 눈
　과 밤이 조히보담 희고녀! 달도 보름을 기달려 흰 뜻을 한밤 이골
　을 길음이란다? 웃절 중이 여섯판에 여섯 번 지고 우소 올라 간
　뒤 조찰히 늙은 사나히의 남긴 내음새를 줏는다? 시름은 바람도
　일지 않는 고요에 심히 흔들리우노니 오오 견듸랸다 차고 兀然히
　슬픔도 꿈도 없이 長壽山속 겨울 한밤내 ―

—「장수산 1」[16]

1939년 『문장』에 발표한 정지용의 산문시이다. 문장 전체를 이어 쓰고 있지만, 띄어쓰기를 한 칸이 아닌 두 칸으로 의식적으로 배열한 경우이다. 이 시 역시 앞 장의 다른 예시처럼 임의적으로 형태에 변화를 주면 다음과 같다.

⑨ 伐木丁丁 이렀거니
　아람도리 큰솔이
　베혀짐즉도 하이
　골이 울어
　멩아리 소리
　저르렁
　돌아옴즉도 하이

　다람쥐도 좃지 않고
　뫼ㅅ새도 울지 않어
　깊은산 고요가
　차라리 뼈를 저리우는데

　눈과 밤이
　조히보담 희고녀!
　(이하 생략)

「장수산 1」은 전체적으로 "행과 연의 구분이 없이 줄글로 쓴, 일종

---

16) 위의 책, 157쪽.

의 산문시 형태"를 취하며 "겨울 산중에서 맞는 달밤의 정경을 섬세하게 묘사"[17]한 것이다. 그러나 이 시를 ⑨와 같이 형태에 변화를 주면 이 시는 마디 수나 음운이 앞의 「바다 7」과 유사하다. 위의 시를 형태 변화와 무관하게 분석한다면 2~4음절의 반복이나 유음의 반복 등에 의해 리듬이 발생한다.

그러나 ⑧과 ⑨가 주는 시의 호흡이나 율독은 매우 다르다. ⑧의 경우 마침표나 행이 없는 대신 두 칸 띄어쓰기에서 호흡을 쉰다. '伐木丁丁 이랬거니', '아람도리 큰솔이 베혀짐즉도 하이', '골이 울어 멩아리 소리', '저르렁', '돌아옴즉도 하이' 등을 묶어서 읽고 쉬면서 두 칸 띄어쓰기가 행과 같은 역할을 한다. 마침표가 없거나 마침표가 있으나 모든 문장을 이어 쓴 시와는 다른 호흡을 시도하였다. 하지만 전체적으로 보면 모든 문장을 행이 없는 줄글로 쓴 산문시 형태로 행과 연이 있는 경우와는 다른 리듬을 보여준다.

⑨의 경우, 형태 변화로 '伐木丁丁 이랬거니', '아람도리 큰솔이', '베혀짐즉도 하이' 등이 별도로 존재하여 한 행이 한 호흡의 역할을 한다. 이어서 연이 바뀔 때는 조금 더 긴 호흡의 간극이 필요하다. 즉 아무리 동일한 음운이나 단어, 구, 절이라도 그 형태에 변화를 주면 리듬이 변한다. 그러나 여기서 중요한 것은 형태의 변화가 리듬에만 영향을 주는 것이 아니라는 점이다.

이미지 측면에서 ⑧은 이미지가 연속적으로 흐르지만 ⑨에서는 행 혹은 연에 의해 하나의 이미지가 맺히고 새롭게 시작하기를 반복한다. 다시 말해 ⑧에서는 '큰솔'과 '저르렁' '내음새' 등의 시각과 청각, 촉각이 연속적으로 섞이며 동시에 드러나지만 ⑨에서는 '큰솔

---

17) 권영민, 『정지용 詩 126편 다시 읽기』, 민음사, 2004, 532쪽.

의 베혀짐' '골이 울어 멩아리', '눈과 밤이 조히보담 희고'와 같이 각각의 감각이 강하게 드러나면서 하나의 감각에서 다른 감각으로 서서히 이동한다. 또한 ⑧에서는 시어들의 연속성으로 인해 마지막 장면인 '長壽山속 겨울 한밤'이라는 전경과 함께 앞의 모습이 동일 선상의 이미지로 수렴되지만 ⑨에서는 산속을 한 걸음씩 들어가면서 산속의 겨울밤에 다다르게 되는 것으로 인식한다.

결과적으로 시에서는 동일한 음운이나 단어라도 그의 배치, 혹은 형태 변화에 따라 그 리듬과 이미지가 달라지며 결국 시가 추구하는 방향성 또한 달라진다. 이처럼 리듬과 이미지는 시의 형태 안에서 분리되는 것이 아니라 리듬에 의해 변화하는 이미지인 '리듬 이미지', 혹은 이미지에 의해 변화하는 리듬인 '이미지 리듬'이 동시에 작동하며 존재한다.

또한, 시 형태가 발생시킨 리듬이나 이미지의 변화는 작가에 의해 치밀하게 배치될수록 그 의도가 면밀하게 드러나며 그 간극도 크다. 다시 말해 시는 시인이 가지고 있는 시 형태에 대한 인식, 혹은 그를 구성하는 요소들의 결합과 융합에 따라 그 미학적 측면이 각기 다르다.

결론적으로 이 글에서 제시하고 있는 분석은 기존의 행이나 연, 혹은 음운, 단어, 구나 절, 호흡과 같은 기존의 리듬 발생 요인을 부정하는 것이 아니라 시의 형태 안에서 그들이 각각 다르게 작동하는 지점을 해명한다. 한편 리듬과 이미지는 천체와 일상생활, 문학 전반에도 가능한 이론이며 자칫하면 리듬과 이미지가 시적인 영역을 벗어난 모호한 것이 되기도 한다. 따라서 이 글은 시의 리듬이 시를 구성하는 여러 요소와 시 형태 안에서 중층적으로 결합, 융합하면서 변화하고 움직인다는 것을 증명함으로써 리듬과 이미지의 연구를 시적 영역으로 포섭하여야 함을 보여주고자 하였다. 또한, 리듬과 이미지는 결과론적인 것이 아니라 시인의 주체 의식에 의해 선택, 배치하면서 다양한 시 형태를 형성한다는 것을 확인하였다.

5. 시적 리듬과 형태

현대시의 형태 변화는 시의 리듬과 이미지에 영향을 주었고 이에 따라 시 분석을 위한 리듬론과 이미지론 역시 다양하고 심도 있게 발전하였다. 이와 관련한 지금까지의 과정과 문제점들을 간단히 정리하면 다음과 같다.

첫째, 현대시가 정형시가 아니라는 것은 시의 음악성을 다양하게 분석하는 계기가 되었다. 그러나 일부에서는 리듬에 관한 연구가 여전히 정형적이거나 형태와의 관련성을 무시하는 현상을 보인다. 둘째, 시는 언어로 표현한다는 점에서 구체화한 리듬 분석이 가능하다. 이에 따라 시의 리듬을 음운이나 음소의 반복 등을 분석한다면 산문으로 쓰인 시의 리듬을 음수의 반복과는 다른 차원에서 분석할 수 있다. 그러나 그것은 반대로 시 텍스트만이 아닌 문학 전반의 텍스트로 확장하거나 의미를 고려하지 않은 분석이어서 시적 리듬으로 적절하지 않다.

셋째, 음운과 의미의 결합으로 리듬을 분석하는 앙리 메쇼닉의 이론으로 시의 리듬론이 다시금 본격화했다. 이 이론은 내용과 형식 혹은 리듬과 의미를 이분법적으로 분리하는 것을 넘어서는 방향을 제시했다는 점에서는 의의가 있다. 그러나 강세가 없고[18] 음운이 의미의 최소단위가 될 수 없는 한국어에 적용하는 데에는 몇 가지 문제점을 드러내었다.

행과 연, 혹은 호흡이나 음운에 의한 리듬론은 시 형태의 변화에서 촉발하였다. 따라서 자유시나 산문시를 넘어서는 또 다른 시 형태가 출현한다면 정형시의 음수율이 자리를 잃어가듯이 현재의 리듬론은 일부분 그 자리를 잃을 수 있다. 그러나 현재는 시의 리듬이나 이미지 혹은 시를 구성하는 본질적인 요소가 형태의 영향을 받아 변한다.

시는 다른 예술이나 문학과 달리 시를 구성하는 독특한 요소와 형태를 가지고 있으며 이것이 시를 존재하게 하는 이유이기도 하다. 이 과정에서 시를 구성하는 요소나 형태는 별개로 실행하는 것이 아니라 유기적인 관계를 맺으면서 융합한 상태로 존재한다. 따라서 시 형태를 무시한 리듬론이나 이미지론은 일반의 리듬론이나 이미지론과 다를 바가 없으며 그것은 시적인 영역으로의 해명이 아니다.

결론적으로 시는 리듬이 이미지에 혹은 이미지가 리듬에 서로 영향을 주면서 형태 안에서 언제든지 변화할 요소를 남기면서 움직인다. 또한 이것은 시 형태에 관한 명료한 의식을 가진 주체가 배치하면서 그 미학적 형태를 완성한다.

---

18) 어떤 언어든 자의적으로, 작가의 의도에 따라 문장에 강세를 만들 수 있다. 특히 방언 등에 나타나는 강세는 지역적 특성을 포함하고 의미를 달리하는 예도 있어 언어의 강세는 매우 넓게 해석할 수 있다. 이 글에서 '강세가 없다'라는 것은 앙리 메쇼닉이 기본으로 한 불어나 영어 등이 가지고 있는 단어를 구성하는 음운 자체의 강세가 한국어에는 없다는 것으로 자의적 언술이나 사회적 특성 등으로 인해 생기는 강세를 말하는 것은 아니다.

제2장 이미지와 시의 구조

1. 이미지와 이미지즘

　현대시를 구성하는 요소나 원리는 일반적으로 리듬, 이미지, 언어 등이다. 정형시보다 음악성이 약해지고 산문화한 현대시에서 '이미지'는 시라는 장르를 형성하는 데에 중요한 역할을 한다. 그런데도 이미지에 관한 연구는 리듬 연구와 비교하면 다양한 방향으로 진척하지 못하였다. 김준오는 자신의 시론에서 이미지를 '심리학적 현상인 동시에 문학적인 현상'이라고 정의하면서 구체적으로 '한 편의 시나 기타 문학 작품 속에서 언급하는 감각, 지각의 모든 대상과 특질'이라고 하였다. 또한, 좁은 의미로는 '시각적 대상과 장면의 요소'이며 일반적으로 '비유적 언어, 특히 은유와 직유의 보조관념'을 가리킨다고 하였다. 따라서 시의 이미지는 "시인이 전달하고 싶은 관념이나 실제 경험 또는 상상적 체험들을 미학적으로 그리고 호소력 있는 형태로 형상화시킬 수단"1)이다. 이미지에 관한 이러한 정의는 이후 조금씩 구체화하거나 확장하지만 대부분 이 기준을 크게 벗어나지 않는다.

이에 따라 시의 이미지에 관한 연구나 분석은 다음과 같은 방향으로 전개된다. 첫째, 비유의 방법론적인 것으로 '은유'나 '직유' 그리고 '환유'와 '제유'를 포함하여 분석하는 것이다. 둘째, 이미지를 '감각'을 중심으로 하여 파악하는 연구이다. 셋째, 언어나 어휘 등을 통해 시인의 전반적인 이미지 흐름을 살펴보는 것이며 넷째, 일부이지만 '이미지'라는 개념을 다른 예술과의 관계를 통해 규명하려는 시도 등이다. 그러나 일부에서는 이들이 시적 범위를 넘어서거나 부분적인 시 텍스트의 해명, 혹은 시인의 의도나 의미 파악을 위해 적용하면서 시의 이미지란 과연 무엇인가 하는 문제를 환기하게 한다. 따라서 이 글은 기존의 이미지 분류와 방법론을 재고하는 과정에서 이미지를 시의 특성과 구조 안에서 해명할 수 있는 '시적 이미지' 방법론 제안한다.

'이미지'라는 용어를 일반적인 시각에서 검색하면 매우 다양한 관점에서 확인할 수 있다. 실제로 이미지는 언어학, 형이상학, 신학, 예술사, 심리학, 정신분석학, 철학, 사회학 등 거의 전 분야에 걸쳐 있으며 이미지와 관련한 용어도 각기 다른 양상을 보인다. 즉 이미지의 기원은 아이콘(이미지를 이해하는 핵심적 단어로 '닮음'의 뜻 가짐), 에이돌론(모양, 형태), 판타스마(빛나게 해서 보이게 한다는 뜻으로 환영, 꿈, 유령 등), 이마고(모방 혹은 닮음) 등으로 설명하며 이들에게 어떤

---

1) 김준오, 『시론』, 삼지원, 2011, 158~159쪽.

속성을 부여하느냐에 따라 그 범주가 달라진다. 이를 구체적으로 정리하면 다음과 같다.

첫째, 이미지를 모든 지각적 인상을 포괄하는 감각적 표현으로 간주한다. 이때 이미지는 대상에 주관적, 직관적 인상을 가미한다. (이미지－인상) 둘째, 이미지가 단순히 감각적 표현에 국한하지 않고 보다 추상적인 관념의 표현으로 확장한다. 이는 경험주의적 전통에서 인간의 모든 지적 활동을 포괄한다. (이미지－관념) 셋째, 이미지라는 용어를 지각이나 개념과는 대립하는 제한된 경우로 사용한다. 이때 이미지는 기억 때문에 직관을 고정해 놓는 표현, 상상력에 의해 그것을 변형시키는 표현을 일컫는다. (순수하게 지각된 사물과 개념의 중간)[2] 이처럼 이미지는 감각적인 것과 지적인 것 사이를 큰 폭으로 움직이면서 다양하게 설명할 수 있다.

이미지 정의를 위해 위의 범주에서 추출할 수 있는 요인은 대체로 감각, 지적 활동, 직관, 상상력 등이다. 에즈라 파운드는 이미지를 '한순간에 있어서 지적이고 정서적인 것의 복합체, 전혀 별개의 여러 관념을 통일시키는 것'으로 정의하였다. 이때 이미지는 어떠한 '상(像)'으로 나타나며 실제적 혹은 비실재적일 수 있다. 위와 같은 이미지에 관한 기본적인 개념을 문학의 범주로 간략하게 정리하면 "우리의 마음에 어떤 감각적인 영상을 떠올리게 만드는 일체의 언어적 진술"[3]이다. 이를 좀 더 구체적으로 명시하면 이미지는 "감각적 오관(시각, 청각, 미각, 후각, 촉각)을 통한 육체의 지각 작용 때문에 파악한 어떤 인상이 일정한 외부적 자극을 통해 마음속에 재생된 결과"[4]

---

2) 유평근·진형준, 『이미지』, 살림, 2013, 22~25쪽.

3) 오세영, 『시론』, 서정시학, 2013, 214쪽.

4) 송하춘 외, 『문학에 이르는 길』, 서정시학, 2014, 63쪽.

가 언어화한 것으로 정의할 수 있다. 그러나 이미지 정의는 그 범위가 방대하여 그대로 시적 이미지에 적용하면 다음과 같이 몇 가지 문제점을 드러낸다.

첫째, 부분적으로 나타나는 현상이긴 하지만 '문학'의 이미지를 일반적인 이미지와 구분 없이 사용한다. 이때 이미지는 자칫 '언어'를 잃는다. 둘째, 이미지를 어떠한 '상'으로 마무리할 때, 그것이 조형적일 수 있지만 대부분 시각적, 회화적인 것으로 고정한다. 셋째, 이미지의 정의나 분류에서 보이는 이미지 인식과 방법론이 매우 혼란이다. 넷째, 일부 방법론적인 것을 제외하면 대부분 시의 분석에서 시인, 혹은 시의 의미를 파악하기 위해 이미지를 이용한다.

이 중에 언어를 잃거나 회화적 성격을 가지는 문제점을 구체적으로 살펴보면 다음과 같다. 이미지를 '감각이나 직관 때문에 형성하는 어떠한 상'으로 인식할 때, 시는 언어를 사용하지 않고도 가능하다. 이미지를 더 중시하여 언어가 없는 '상'을 제시할 수 있기 때문이다. 이는 이상 시의 일부에서 보이는 것처럼 형태가 매우 정교하고 회화적 혹은 조형적인 모습을 취하지만 언어를 사용하지 않는다. 현대시에서 이상의 시를 초현실주의 시라고 파악할 때 이러한 형태는 다양한 가능성과 충격을 준다. 만약 언어를 사용하지 않는 어떤 '상'으로의 시가 가능해진다면 이는 다른 장르의 예술과 긴밀하게 소통하고 연결하는 것으로 새로운 혹은 복합적인 장르의 탄생을 예고할 수 있다.

실제 이상의 시는 예술뿐만이 아니라 수학, 건축, 기하학, 기호 등과도 관계하여 설명하는 것이 일반적이다. 그러나 문제는 이와 같은 예를 '시'로 인정한다면 언어를 사용하지 않은 '어떠한 상태'들 또한 모두 '시'가 될 수 있다. 비록 일시적이긴 하지만 실제 일부에서는 이와 비슷한 형태를 시도한 적이 있다. 어찌하였든 이는 시를 언어나 리듬보다는 '이미지'라는 기능에 더 천착한 결과이다. 이러한 경향은 시의 이미지를 분석할 때, 시의 구조나 언어적 기능보다는 일반적인 이미지론을 적용한다.

반대로 옥타비오 파스처럼 시의 이미지를 "모든 언어적 형태", 즉 시인이 말하는 구와 이것이 모여서 시를 구성하는 "구들의 총체"[5]라고 했을 때. 이는 이미지를 '언어'의 속성에 더 기울인 것이다. 따라서 시가 '언어로 이루어진 어떤 것'으로 간주하여 시 이미지는 대부분 '언어로 그려지는 상'을 중심으로 논의한다. 여기서 '상'은 조각과 같은 조형적인 것과 '영상'과 같은 종합적인 성격의 상으로 구분할 수 있으나 대부분은 회화적인 것을 말한다.

이와 같은 이미지의 회화적 혹은 시각적 특성은 '흄'으로부터 시작하였다. 흄은 낭만주의가 지닌 감정의 상투적 표현과 의미의 추상화로부터 탈피하고 '자신이 보는 모든 것들을 잘 통제된 시각적이고 구체적인 언어로 정확한 곡선으로 정밀하게 그려낼 것'을 강조하였다. 이것은 시의 인상을 '물질적인', 혹은 '시각적인' 것으로 표현하는 것으로 "유기체적인 것이 아니라 기하학적인 것"[6]이다. 흄의 이론은 '은유의 덩어리를 사용하는 시적 기법이 바로 이미지를 창출하는 언어의 기법'이라는 것과 이를 위해 자유로운 리듬을 허용하기 시작했다는 점에서 현대시에 매우 의미 있는 결과를 주었다. 이후 이미지는 엘리엇과 리차즈의 비평을 통해 좀 더 발전적인 방향으로 나아갔다.

---

5) 옥타비오 파스, 『활과 리라』, 솔, 2007, 129쪽.
6) 현영민, 「에즈라 파운드의 이미지스트 시학」, 『영어영문학연구』 47(1), 한국현대영어영문학회, 2003, 208쪽.

한국 현대시에서 이미지는 김기림을 중심으로 하여 회화적 기법에 더하여 조소적이며 입체적인 방향으로 발전했다. 이미지의 엄격한 조형성 추구는 정지용과 '신시론', '후반기' 동인을 통해 한국 현대시의 모더니즘 시론으로 정착한다. 이와 같은 과정에서 드러나는 문제점은 단순히 '회화적'이라는 것을 시적 이미지로 정의한다는 것이다. 이것은 한국 현대시사에 흄이나 파운드보다 로우얼의 이론이 먼저 이입되었기 때문이다.[7] 에이미 로우얼을 중심으로 한 후기 '이미지즘'은 현대시에 중요한 여러 가지 제안을 하고 있으나[8] 이미지

---

7) 홍은택은 영미 이미지즘을 처음 한국 문단에 소개한 사람은 황석우라고 하였다. 황석우는 1919년 『매일신문』에 기고한 「詩話」에서 처음으로 '寫象派'라는 명칭을 사용하였으며 이때 이미지즘은 내용보다는 감각적 요소들의 배열과 자유시형 등 형식적인 면을 중시하였다. 1924년에는 박영희가 『개벽』 제2호에 이미지스트를 '寫象主義者(임매지스트)'로 부르며 로윌, 툴리틀, 올딩턴, 플린트, 플래처 등을 소개하였다.
한편 1925년 『개벽』 제4호에 「현시단과 시인」이라는 글에서 이상화를 이매지스트라고 칭하고 환상 시인이라고 평한 것에 대해 양주동이 'Image'란 말이 보통 '映像', '影象' 등으로 번역된다고 하면서 이미지즘을 '寫象主義'라고 불렀다. 이후 이미지즘은 최재서의 흄에 관한 소개와 김기림에 의해 초기 이미지즘을 극복한 모더니즘 시학으로 나아갔다. 반면 김유중은 김억이 모더니즘 시인인 리처드 올딩턴과 에이미 로우얼의 시를 소개하였고 이후 최재서 김기림, 임학수, 이양하 등에 의해 체계적으로 수입, 소개되었다고 하였다.
홍은택과 김유중은 영미 이미지즘 혹은 영미 모더니즘이 한국에 영입된 상황에 대하여 조금의 차이를 보이지만 이미지와 관련하여서는 에이미 로우얼의 시나 이론을 한국에 먼저 소개하였다는 것과 김기림에 의해 좀 더 발전하였다고 보는 점이 공통적이다(홍은택, 「영미 이미지즘 이론의 한국적 수용 양상」, 『국제어문』 27, 국제어문학회, 2003, 163~167쪽; 김유중, 「영미 고전주의적 경향의 모더니즘 시론이 한국 현대시에 미친 영향에 대한 고찰」, 『우리말글』 26, 우리말글학회, 2002, 249~250쪽).
8) 에이미 로우얼의 지원으로 편찬된 『몇 명의 이미지스트 시인들』이라는 시집의 서문에는 올딩턴이 쓰고 로우얼이 수정한 여섯 개의 이미지즘 원칙을 제시하였다. 이것을 요약하면 다음과 같다. 1. 일상용어를 사용하되, 정확한 단어를 사용한다. 2. 새로운 분위기를 표현해야 하므로 새로운 리듬을 창조한다. 시에서 새로운 리듬은 새로운 생각을 뜻한다. 3. 시 제제의 선택에 있어서 완전히 자유로워야 한다. 4. 하나의 이미지를 제시한다. 구체적인 것을 정확하게 표현한다. 5. 딱딱하고 명료한 시를 쓴다. 5. 압축이 바로 시의 본질이라고 믿는다(김재근, 『이미지즘 연구』, 정음사, 1973, 26~27쪽). 이 정의는 현대시에 매우 의미 있는 원칙을 제시하였다. 그러나 이는 현재까지 이미지를 고정된 형태로 인식하는 데에 영향을 미쳤다.

를 '회화적', 고정적인 형태로 머무르게 하는 결과를 만들었다. 결국, 한국의 현대문학사에서도 이미지가 "에즈라 파운드의 이론이 결여된, 회화성만을 중시하는 기법적인 면의 이입에 치우치는 폐단"[9]을 낳게 된다.

이에 따라 이미지의 대상을 '사물'로 한정하거나 그 정의가 '글을 눈으로 읽고 머릿속에서 그 글이 자아내는 상태나 모습을 그림으로 그려 보는 것'[10]으로 고정한다. 여기서 '시각적 이미지'는 '시각적 표현', '시각적 언어'와 혼재하는 양상도 보인다. '시각적 표현'이라는 것은 '듣는 시'에서 '읽는 시' 혹은 '보는 시'로의 변화와 관련한다. 문자 자체의 조형성에 관심을 보이거나 문자의 해체, 기호 쓰기나 띄어쓰기 등 타이포그래픽 관점이나 행의 독특한 배치 등을 말한다. '시각적 언어'는 언어 표현의 감각적 측면, 다시 말해 시각, 청각, 촉각, 미각, 후각 등의 오감각 중에 시각과 관련한 언어 사용을 말한다. 따라서 같은 시각적 이미지라고 해도 면밀하게는 시각적 표현과 시각적 언어를 구별하여야 한다. 그러나 더 중요한 점은 이러한 '시각적 이미지'는 시가 '언어'를 사용한다는 것과 시의 구성요소와 결합한다는 점에서 일반적인 회화의 이미지와 다르다는 것이다.

김기림은 시의 회화성과 관련하여 '문자가 활자로써 인쇄될 때의 자형 배열의 외형적인 미'와 '독자의 의식에 가시적인 영상을 출현시키는 것을 목적으로 하는 때의 그 시의 내용으로서의 회화성'[11]으로 구분하였다. 이는 시의 회화적 측면을 형식 즉 시각적인 표현과 내용 즉 언어로 그리는 어떤 것으로 구분한 것이다. 시각적 이미지는 이

---

9) 홍은택, 앞의 글, 152쪽.
10) 이재철, 『시와 시론』, 탐구당, 1985, 392쪽 참조.
11) 김기림, 『김기림 전집 2』, 심설당, 1988, 106쪽 참조.

둘을 포함한다. '시각적 표현'이나 '시각적 언어'는 모두 '시각적 이미지'에 영향을 주는 것이 사실이지만 구별이 필요하다.

정리하면 한국 현대시에서 이미지는 '이미지즘'의 영향으로 회화적 성격이 강조되었으며 이로 인해 발생하는 '시각적 이미지' 또한 그 언어 표현과 함께 혼란하게 적용하였다. 이후 '감각'이나 '상징'을 포함하여 시의 이미지론을 확대하지만, 그 구분과 정의는 여전히 모호하다. 그러나 '시각적 이미지'는 시의 이미지 전부가 아니며 시의 이미지는 언어, 시적 구조와 관련하여 좀 더 유기적인 성격을 가진다.

2. 이미지 분류와 발생 과정

앞 장에서 설명한 것처럼 시의 이미지는 회화적, 혹은 시각적 측면에 기울어 있다. 이후 이미지에 관한 탐구는 감각의 확장으로 이어졌다. 다시 말해 시각만이 아닌 오감각을 비롯한 기타의 감각과 관련하여 시의 이미지를 분석하였다.[12] 또 다른 방향으로 이미지는 대부분 비유법, 특히 '은유'를 통하여 설명한다. 시에서 은유는 정서나 사상

---

12) 윤의섭은 복합감각에 관심을 가지면서 시의 감각에 관한 분석을 다양하게 시도하였다. 그는 "1930년대 모더니즘의 회화성이 복합 감각적 지각으로 이루어지고 있다 하더라도 시의 감각적 특질이 여전히 시각적 감각으로 수렴"된다고 하였다. 이것은 대상을 인지하거나 언어로 표현할 때 모든 감각을 사용하고 복합적인 감각어를 사용한다는 것으로 결국은 시각적 이미지, 즉 '회화성'을 보여준다(윤의섭, 「감각의 복합성과 모더니즘 시의 '회화성'연구: 1930년대 김기림, 김광균, 정지용 시를 중심으로」, 『한중인문학연구』 25, 한중인문학회, 2008 참조).

　이는 감각의 확장이나 복합감각을 다루었다는 점에서는 의의가 있으나 감각적 인지, 감각적 언어 표현, 감각적 이미지, 시각적 감각, 시각적 이미지 등이 구별되지 않고 있어 매우 혼란한 모습을 보인다.

을 직접 토로하는 산문과 달리 비유를 통해 명확하고 구체화하며 미적 가치를 획득하기 때문이다. 위와 같은 경향을 포함하여 이미지를 흔히 다음과 같이 분류한다.

1) 지각적 이미지: 독자의 마음에 무엇이 일어났는가를 따지는 것으로 시각(명암, 선명도, 색채, 동작 등), 청각, 후각(향기, 악취), 미각, 촉각(열기, 냉기, 감촉 등), 신체조직 기능(심장박동, 혈압, 호흡, 호화 등의 인식), 그리고 근육운동(근육의 긴장과 이완 등)으로 세분된다. 이때 특정 시인은 즐겨 사용하는 감각적 이미지가 있다.

2) 비유적 이미지: 일반적인 유형들은 제유, 환유, 직유, 은유, 의인화, 풍유 등 여섯 가지로 크게 나뉜다.

3) 상징적 이미지: 단일한 감각적 이미지나 비유적 이미지가 아니라, 한 시인이나 작가의 작품 전체를 통하여 반복적으로 드러나는 이미지 패턴이나 이미지군으로 원형적 이미지까지 포함하는 복합적 개념을 말한다.13)

일찍이 김준오는 이미지를 비유나 상징과 구별하고 이를 각각 시를 구성하는 원리 일부로 삼았다. 위의 분류에서 상징을 '이미저리' 즉 '이미지군'에 포함했다. 현재 대부분의 시론에서 이미지는 대체로 김준오의 이미지 구분이나 위의 분류, 혹은 그 외의 것(상상력, 역설, 신화 등과 같은 것)들을 첨가하거나 빠지면서 정리한다. 다시 말해 시의 구성 원리로 이미지와 비유, 상징을 구분하여 분류하거나 이들

---

13) 최동호, 「이미지란 무엇인가·1」, 『현대시학』 243, 현대시학회, 1989, 185~191쪽; 최동호, 「이미지란 무엇인가·2」, 『현대시학』 244, 현대시학회, 1989, 194~195쪽.

을 모두 이미지에 포함하여 재분류하는 경향을 보인다. 그러나 위와 같은 분류는 시의 이미지 발생 과정과 표현 방법, 이미지의 효과 등이 각각 매우 다른 층위에 있다는 점을 간과한다. 또한, 시각적 이미지를 대체로 감각적 이미지와 구별 없이 사용한다.14)

이미지 발생 과정을 좀 더 구체적으로 살펴보면 다음과 같다. 먼저 감각은 어떠한 대상(이때 대상은 단순히 사물을 말하는 것이 아니라 실재적, 비실재적인 모든 것을 말한다)에 대한 일차적인 접촉이다. 대상을 접촉하는 일차적인 주체는 감각적 체험을 통해 대상의 성질을 파악하거나 인식한다. 이것은 주체에게 기억이나 경험의 형태로 남아 접촉하지 않은 다른 대상의 성질을 추측하거나 상상하게 한다. 이렇게 일차적인 주체가 인식한 감각은 지각 과정과 상상력을 통해 언어로 표현한다. 감각을 언어로 기호화할 때, 시는 감각적 언어를 사용하여 이를 그대로 드러내기도 하지만 대체로 객관적인 사물 또는 현상으로 변용시킨다. 이 감각은 이차적으로 다시 감각으로 인지한다. 다시 말해 감각은 "의미나 이념과 무관하거나 그것들로 보충되어야 하는 것이 아니라 그것들의 필연적인 출발지이자 정박지"15)이다.

이 과정에서 시의 언어는 "대상의 고유한 존재, 혹은 그것과 접촉함으로써 얻어지는 감각의 충만을 되살리는 것"16)이다. 이때 방법론적으로 직유나 은유, 제유나 환유, 의인화 등을 선택한다. 또한, 비유한 언어를 시의 구조에 따라 다양한 방법으로 배치하거나 배열한다.

---

14) 유성호는 이미지의 분류를 크게 '감각적 이미지', '비유적 이미지', '상징적 이미지'로 분류하였다. 감각적 이미지는 위에서 제시한 지각적 이미지와 유사하나 오감각과 공감각을 중심으로 설명하였다(송하춘 외, 앞의 책, 69쪽).

15) 권혁웅, 『시론』, 문학동네, 2010, 531쪽.

16) 오성호, 『서정시의 이론』, 실천문학사, 2006, 107~108쪽.

이 모든 과정이 표면적으로 드러나면서 이미지가 형성된다. 위와 같이 하나의 이미지는 여러 층위의 과정을 거친다.

이를 바탕으로 기존의 이미지 정의와 분류의 문제점을 확인할 수 있다. 첫째, 대상을 지각하는 과정이나 새로운 인식을 위한 상상력 등을 모두 '이미지'에 막연하게 포함하고 있다는 것이다. 그것은 시의 이미지를 위해 필요한 것이지만 시적 이미지 자체는 아니다. 둘째, 결과적으로 시의 독특한 특성, 즉 리듬이나 시의 구조에서 발생하는 이미지를 제외하고 있다. 셋째, '상징'은 오히려 '죽은 은유'이며 새로운 시의 이미지를 저해한다.

먼저 감각은 대상을 체험하고 인식하는 일차적인 과정이지만 모든 예술에도 해당한다. 이것이 문학이라는 형태로 나타날 때는 언어로 기호화한다. 즉 감각은 대상의 인식과 인지에 작동하는 요소이지만 그것만으로 시의 이미지는 아니다. 시의 '감각적 이미지'는 인식이나 인지만이 아니라 언어 표현, 리듬이나 구조에 의해서, 혹은 이들의 종합적인 현상으로 나타나기 때문이다. 즉 '감각적 이미지'는 '감각적 언어'와 동일한 것이 아니며 시의 감각 이미지는 표현이나 구조 등을 포함한 개념어야 한다.

한편 비유는 '은유'를 시작으로 하여 시의 중요한 구성요소 중에 하나로 강조된 지 오래다. 파운드에 의해 '이미지'라는 용어가 사용되기 이전에 '은유'는 '리듬'과 함께 시의 중요한 구성 원리로 설명하였다. 비유는 대체로 일차적인 감각이나 관념을 다른 대상으로 바꾸어 언어화한 것으로 은유, 직유, 환유, 제유 등이 방법론으로 사용한다. 이들은 시의 이미지를 설명하는 주요한 방법론이지만 이들만으로 시의 이미지가 결정되지 않는다.

두 번째의 문제점은 '리듬'이 시의 중요한 구성요소 중의 하나임은 분명하지만 대부분 음성적 차원, 혹은 음악적 차원에서 논의하여 이미지와 다른 위치에 서 있는 것처럼 취급한다는 점이다. 하지만 '리듬'은 실상 시의 이미지에 상당한 기여를 한다.17) 같은 단어나 어휘라도 시에서 리듬을 발생시키는 다양한 상황18)에 의해 이미지를 강조하거나 심화하기 때문이다.

또한, 언어나 리듬이 시의 구조와 관련할 때, 기존의 정의나 구분과는 매우 다른 이미지를 발생시킨다. 레비−스트로스가 "의미를 드러내는 것은 각각의, 개별적 언어들이 아니라 언어들이 맺고 있는 관계"19)라고 한 것처럼 이미지는 시의 구조 속에서 새롭게 조직되기 때문이다. 다시 말해 같은 단어나 어휘, 문장이나 그들의 반복도 정형시, 자유시, 산문시라는 형태에서 이미지가 달라진다. 결국, 이미지는 언어나 리듬과 함께 시의 구조나 형태에 따라 매우 다르게 발현한다.

---

17) 오세영은 이미지를 감각에 따라, 대상의 인지 과정에 따라, 통사구문에 따라, 비유어와의 관계에 따라 분류하면서 대상의 인지 과정은 '속박된 이미지'로 '분절적 이미지'를 포함한다. 그는 음절이나 단어를 구성하는 음소의 이미지에 관심을 가지며 'ㄴ', 'ㄹ', 'ㅁ', 'ㅇ' 같은 유성음이나 'ㅋ', 'ㅌ', 'ㅍ'과 같은 격음이 반복될 때의 이미지를 설명한다(오세영, 앞의 책, 219쪽 참조).
　　오세영은 이들의 반복과정이 음성학적 측면에서 리듬을 가질 수는 있으나 리듬보다는 '음'이 주는 이미지에 주목한 것이다. 이는 이 글의 다음 장에서 제시한 '리듬 이미지'와는 개념이 다르다. 리듬은 의미를 포함하는 최소단위로 설정되어야 하며 한국어에서는 음절이 의미의 최소단위이기 때문이다. 이는 앙리 매쇼닉의 시학과 관계되는 것으로 다음 장에서 구체적으로 설명하였다.

18) 리듬에 관한 연구는 처음의 음보율, 마디, 율마디, 호흡 등으로 시작하여 최근 다양한 이론이 제시되었다. 특히 앙리 매쇼닉의 이론이 퍼지면서 리듬을 단순히 음성적인 측면만이 아니라 의미와 관계하거나 그 외의 요소들에 의해서도 발현한다는 것을 증명하였다. 그러나 리듬은 단순히 의미 반복이 아니며 일반적인 리듬과 구별하여 시적인 리듬으로 존재하여야 한다. 이를 위해 리듬 역시 시를 구성하는 요소의 관계 속에서도 변화하고 있다는 점을 밝혀야 한다. 시적인 리듬은 시의 구조 안에서 다양하고 긴밀하게 결합하면서 새로운 형태로 발현하기 때문이다. 또한 리듬의 변화는 시의 이미지 변화에도 상당 부분 기여한다(최석화, 「한국 현대시 리듬론 재고」, 『한국근대문학연구』 30, 한국근대문학회, 2014 참조).

19) 유평근·진형준, 앞의 책, 193쪽.

마지막으로 상징에 대한 문제점이다. 지금까지 상징은 이미지가 '이미지군'을 형성하면서 시, 혹은 시인의 대표적인 사상이나 시의 의미를 파악하고 해명할 수 있는 중요한 요소로 보았다. 그러나 상징은 그 유효성에도 불구하고 오히려 창조적인 이미지 분석을 방해한다. 즉 한 시인이 하나의 이미지군으로 상정되면 개별적인 시 텍스트가 이미 정해진 하나의 의미 파악을 위해 도구화되어 개별성이나 특수성을 상실한다. 시인의 사상이나 관념은 수시로 변화할 수 있다. 이 변화가 하나의 '상징'에 종속된다면 시나 시인의 흐름을 면밀하게 파악할 수 없다. 또한, 하나의 이미지군이 하나의 상징으로 통념화되면 그것은 오히려 이미 '죽은 은유'이다. '원형적 심상'으로의 상징 역시 주관적으로 판단하거나나 관념화할 수 있다.[20] 원형적 심상은 시대에 따라 다른 의미로 전환할 수 있기 때문이다.

따라서 시인이나 개별적 시 작품의 '주도적 이미지'가 하나의 '상징적 의미'를 획득할 수는 있으나 대표적 '상징'으로 고정해서는 안 된다. 그것은 오히려 "주도적 신화에 수동적으로 순종하도록 마비시키는 이미지"[21]를 만든다. 시의 이미지는 하나의 상징이 되지 못하고 지속해서 '낯설게 하기'에 성공할 때 늘 새롭게 탄생하며 살아 움직인다. 현실이나 본질을 새롭게 인식할 수 있게 해주는 이미지는 의미를 위해 종속되거나 사상에 의해 고정화하는 것이 아니라 살아 있는 유기체로 존재하기 때문이다. 이때 이미지는 텍스트 속에서

---

20) 오성호는 '상징'이 주도적 이미지 군이거나 개인적 상징으로 가능하지만 '관습적, 제도적 상징처럼 일정한 제도나 관습에 의해서 기능하는 것이 아니라고 하였다. 그는 과거의 작품에서 존재했던 적이 없지만, 특정한 작품 속에 등장하는 주도적인 이미지가 자체의 문맥 속에서 상징적인 의미를 획득한 것'이라고 강조한다(오성호, 앞의 책, 253~254쪽). 이는 일반적인 상징과 작품의 '이미지군'을 분류하여 설명한 것이다.

21) 위의 책, 223쪽.

어떤 징표로 각인되기도 하지만 끊임없이 다른 것으로 확장한다. 즉 이미지는 다음에 오는 자극을 예고하고 "미끄러지고, 흘러나오고, 넘치고, 그 자체를 넘어서는 어떤 목적"[22]을 가진다. 따라서 시인에게 늘 새로운 상상력을 요구한다.

추가로 시에서 상상력은 또 하나의 중요한 요소이다. 칸트는 상상력을 현상계에서 경험의 한계와는 무관하게 절대의 관념을 만들어내는 이성의 활동 영역에 포함했다. 상상력을 발휘한 미적인 이미지란 우리를 단순히 감동하게 하는데 그치는 것이 아니라 모든 사물의 객관적 표현 너머에 존재하는 '전체Tout'에 대해 성찰할 수 있게 해주기 때문이다.[23] 바슐라르도 시는 '그 자체의 존재와 그 자체의 힘'을 가진다고 하였다. 이 존재론은 이미지를 기성의 관념이나 때묻은 언어로 해석하려는 태도를 거부하고 사물을 그대로 드러내는 현상학적인 태도이다.[24] 이때의 상상력이 "세상의, 사물의 감추어진 의미를 파악하여 존재의 근원으로 나아갈 수"[25] 있는 이미지를 만든다. 존재의 근원을 향한 이미지를 고정하지 않고 늘 새롭게 재창조하며 '순간적으로 지적, 정서적 복합체'를 끊임없이 제시하면서 스스로 존재하는 것이다.[26] 이를 위해 "이미지를 형성하는 상상력이 우리

---

22) 피에르 마슈레, 박인기 역, 「시, 이미지, 생산」, 『현대시론의 전개』, 지식산업사, 2001, 273쪽.

23) 유평근·진형준, 앞의 책, 153~154쪽 참조.

24) 문혜원, 「김광림의 이미지 시론 연구: 바슐라르 시론과의 관련성을 중심으로」, 『비교문학』 31, 한국비교문학회, 2003 참조.

25) 하상협, 「시적 활동에서의 이미지의 존재론적 의미」, 『대동철학』 50, 대동철학회, 2010, 247쪽.

26) 권혁웅은 상상력이 이미지를 낳은 것이 아니라 주어진 이미지 간의 역학 관계를 상상력이라고 불러야 한다고 하였다. 그는 이미지의 생성, 변화, 소멸에 간여하는 것이 상상력이지만, 상상력이 먼저 있어서 이미지들을 생산하는 것이 아니라 이미지들이 먼저 있어서 태어나고 변화하고 사라지기 때문이라고 설명하였다. 그가 이미지가 먼저 있다고 한

내부에서 항상 역동적으로 활동"27)해야 한다.

결론적으로 기존의 시 이미지 방법론의 문제점은 매우 막연하고 방대하거나 언어의 의미에 의존하는 경향을 보인다는 것이다. 그러나 '시적 이미지'는 일반 이미지와 달리 고유한 시적 특징이 이미지 형성에 주요한 기여를 하며 좀 더 다른 차원에서 정의되고 구분하여야 한다.

3. '시적 이미지' 방법론

앞에서 살펴본 것처럼 이미지는 매우 다양하게 정의하고 분류할 수 있으나 실상 그것은 각각의 층위가 다르거나 시의 특징과 무관한 구분이었다. 시의 이미지가 사회적으로 혹은 역사적으로 어떠한 이미지를 창출해내고 있는지 분석하는 일은 이미지를 시의 영역 안에서 전제하여야 한다. 시적 이미지를 시의 고유한 특징 안에서 발생하는 이미지로 규명하고 통합하는 방법론이 필요하다. 이에 따라 시를 구성하는 일반적인 요소에 의해 새롭게 이미지를 분류하면 크게 ① 언어 이미지, ② 리듬 이미지, ③ 구조 이미지로 나눌 수 있다.

① '언어 이미지'는 앞에서 설명한 것처럼 언어로 표현되는 모든 이미지를 말한다. 여기에는 감각적, 비유적인 언어를 포함하며 방법

것은 세계나 본질이 애초에 이미지로 존재함을 말한다. 따라서 하나의 '이것임'인 이미지는 보편성이나 일반성으로 환원되지 않고 개별적이고 특수한 감각의 지평에 놓인 그 무엇이라고 하였다. 이때의 이미지는 애초에 '스스로 존재하는 어떤 것'이라는 대상의 본질이다(권혁웅, 앞의 책, 528쪽 참조).

27) 홍명희, 「이미지와 상상력의 존재론적 위상」, 『한국프랑스학논집』 49, 한국프랑스학회, 2005, 427~428쪽.

론적으로 은유, 직유, 환유, 제유를 활용한다. 언어를 대신하는 기호나 형태는 명백하게 언어로 표현되는 시의 속성에서 벗어나므로 제외한다.28) ② '리듬 이미지'는 시에서 음절이나 단어, 어휘 등을 반복적으로 사용하면서 발생하는 이미지를 말한다. 이때 이미지는 반복 때문에 강화하거나 심화하면서 하나의 언어가 표현할 수 있는 이미지를 확대한다.

최근 관심을 끈 앙리 매쇼닉의 시학은 리듬이 음성적인 측면만이 아닌 의미와의 관계 속에서 형성된다는 것을 강조하여 리듬과 이미지의 관계를 증명하였다. 그러나 그의 이론은 외국어의 특성인 프로조디나 강세의 개념을 적용한 것이어서 '한국어'에 적합한 것은 아니다. 따라서 한국어에서 리듬 이미지는 최소한의 의미를 형성시키는 음절의 반복에서부터 시작한다.29) 파운드는 시에서 '시각적 이미지'

---

28) 언어 이미지는 시의 속성이 근본적으로 '언어'를 가지고 형성한다는 것을 전제한 다. 만약 시의 이미지를 다른 예술의 이미지와 구분하지 않는다면 그림이나 사진, 광고 등을 포함하는 다양한 형태를 포함한다. 그러나 이것은 시는 '언어'로 표현한다는 기본적인 속성을 벗어난다. 다시 말해 이러한 현상은 시의 이미지를 확장할 수 있으나 한편으론 시의 이미지가 다른 모든 이미지와 구분하지 않고 혼재되는 것으로 나타나기 때문에 언어를 기본으로 하는 시적 이미지에서는 제외한다.

29) 앙리 매쇼닉에 의하면 리듬은 말의 지형도이며 그 거점은 강세이다. 강세는 통사의 조직과 관계하여 리듬은 통사구조를 헤아리는 것, 즉 프로조디의 조직이다. 또한 의미가 발생하는 순간이 리듬이 개입하는 순간이며 의미생성과 불가분의 상태에서의 리듬은 존재하지 않는다고 하였다. 이는 리듬이 단순히 '소리'가 아닌 의미와의 통합체라는 것을 증명하는 것으로 리듬의 새로운 방향을 제시하였다(조재룡, 「리듬과 의미: 프랑스어 리듬의 전제 조건에 비추어 본 한국어 리듬의 문제들」, 『한국시학연구』 36, 2013, 133쪽 참조).
    그러나 한국어를 사용하는 시에서는 강세나 프로조디가 의미의 시작이라고 할 수 없다. 한국어에는 강세가 존재하지 않으며 의미의 가장 작은 단위는 음운이 아닌 음절이다. 음운 즉 모음과 자음은 같은 자음, 같은 모음이라도 그들이 결합하는 다른 자음이나 모음에 따라 그 의미가 달라지기 때문이다. 음운이 동일한 것은 음성학적으로 '동일한 소리'일 수는 있으나 의미를 포함하는 통합체가 될 수 없다. 따라서 앙리 매쇼닉이 제시하는 '소리와 의미의 통합체'는 한국어에서 자음과 모음이 결합한 '음절'이 기본단위다.

와 함께 '청각적 이미지'를 중요하게 생각하였다. 여기서 '청각적 이미지'가 리듬이다. 앞의 시각적 이미지에서 설명한 것처럼 '청각적 이미지' 역시 '청각적 언어'와는 다르다. '청각적 이미지'는 청각 언어 표현이 아니라 언어의 움직임을 통해 발생하는 리듬을 말한다. 즉 리듬 이미지는 언어의 반복, 언어의 독특한 배열 속에서 발생하는 이미지이다.

③ '구조 이미지'는 행과 연으로 이루어지는 시의 구조 안에서 발생하는 이미지를 말한다. 행과 연은 여타의 문학이나 예술과는 다른 자유시의 독특한 구조이다. 시는 동일한 언어나 어휘라도 행이나 연을 어떻게 배치하느냐에 따라 그 이미지가 달라진다. 예를 들어 하나의 단어나 어휘를 정형적인 형태로 한 행으로 구성하면 이미지는 단독으로 존재한다. 그러나 동일한 단어나 어휘라도 산문적인 형태로 나열하면 그 언어의 앞, 혹은 뒤의 단어와 연계되면서 이미지가 연속, 종속 또는 확장한다.

언어는 하나의 의미를 고정하고, 리듬은 통사론적으로는 단일하지만, 이들이 행과 연을 달리하면 매우 다른 이미지를 형성시킨다는 것이다. 파운드의 소용돌이 운동이나 김기림의 이미지 병치, 배열과 관련한 여러 가지 시론도 넓게는 구조 이미지로 설명할 수 있다. 이들은 '운동성'을 중심으로 하느냐 '조형성'을 중심으로 하느냐의 차이에도 불구하고 시의 이미지를 구조 안에서도 발생시킨다는 점에서 주목할 필요가 있다.[30]

---

30) '청각적 이미지'와 '시각적 이미지'라는 두 가지 측면을 모두 중요시했다. 파운드는 로우얼의 지원을 받은 이미지즘 시 운동이, 정적인 '시각 이미지' 창출에 매달려 인상적으로 기울자 '에이미지즘'이라고 비판하면서 결별하고 '소용돌이주의'로 나아갔다. 그는 병치의 방법을 통해 이미지를 보다 큰 패턴으로 유도하면서 역동적인 이미지를 도입한 예술 운동을 전개한다. 김기림 역시 이미지즘이 기법 차원에 머문 나머지 인상적인 그림을

중요한 것은 위에 제시한 이미지 분류가 각각 별도로 작동하는 것이 아니라는 점이다. 언어와 리듬은 시의 구조 안에서 복합적으로 형성하면서 이미지를 발생시킨다. 다시 말해 시의 이미지는 다른 예술이나 문학의 이미지와 달리 시를 구성하는 요소들에 의해 복합적이고 중층적으로 발생하여 '비재현적 패턴'[31]을 만든다.

기존의 시 이미지 분석은 감각적인 언어의 내포적인 의미 혹은 비유된 언어의 숨은 의미를 주로 파악하였다. 이것은 시나 시인의 의도와 의미를 깊이 있게 분석하는 것에 기여하였지만 기실 시적 이미지라고 할 수 없다. 왜냐하면, 시의 이미지는 의미를 파악하기 위한 도구가 아니라 그 자체로 드러나기 때문이다. 따라서 '시적 이미지 방법론'으로의 이미지 분류는 시의 구성요소에 의해 이미지를 종합적으로 분석하는 것이며 의미에 종속하는 이미지가 아니라 존재하는 이미지를 해명한다.

13인의아해가도로로질주하오.

(길은막다른골목이적당하오.)

제1의아해가무섭다고그리오.

그리는 데 그쳤다고 비판하였다.

　그는 시가 오직 한 개의 이미지나 메타포를 가져야 한다는 말을 거부한다. 그는 다른 두 개의 이미지를 결합함으로써 갖게 되는 입체적인 구성의 효과에 관심을 가지며 회화적 기법으로의 이미지 개념을 넘어서서 조소적 명확성을 지닌 시 구성을 시도하였다. 이때 각 행이 대표하는 이미지는 한 이미지가 다른 이미지를 그 이미지는 또 다른 이미지를 불러오는 '연상의 비행'을 부른다고 하였다(현영민, 앞의 글, 210~214쪽; 홍은택, 앞의 글, 168~169쪽 참조).

31) 권승혁, 「에즈라 파운드 시의 추상화: 소용돌이주의자의 모반」, 『현대영미시연구』 11(2), 한국현대영미시학회, 2005, 7쪽.

제2의아해도무섭다고그리오.

제3의아해도무섭다고그리오.

제4의아해도무섭다고그리오.

제5의아해도무섭다고그리오.

제6의아해도무섭다고그리오.

제7의아해도무섭다고그리오.

제8의아해도무섭다고그리오.

제9의아해도무섭다고그리오.

제10의아해도무섭다고그리오.

제11의아해가무섭다고그리오.

제12의아해도무섭다고그리오.

제13의아해도무섭다고그리오.

13인의아해는무서운아해와무서워하는아해과그렇게뿐이모였소.

(다른사정은없는것이차라리나았소)

그중에1인의아해가무서운아해라도좋소.

그중에2인의아해가무서운아해라도좋소.

그중에2인의아해가무서워하는아해라도좋소.

그중에1인의아해가무서워하는아해라도좋소.

(길은뚫린골목이라도적당하오.)

13인의아해가도로로질주하지아니하여도좋소.

.

—「오감도」

이상의 「오감도」를 언어의 표현으로 분석한다면 '무섭다'라는 언어를 중심으로 공포심을 일으키는 이미지를 형성한다. 또한 그 주체가 '아해'라고 할 때 '아해'가 가지는 공포심을 보여주는 이미지이다. 이러한 이미지 분석은 시어를 가지고 분석하는 것이며 언어가 지시하는 의미를 파악한다. 그러나 이러한 방법론만으로 이 시에서 보여주고 있는 이미지를 충분히 설명할 수 없다. 다시 말해 이 시에서 중요한 것은 '아해가무섭다고그리오'의 연속적인 반복이다. 만약 이를 이미지와 분리하여 분석한다면 이 반복은 단순히 리듬을 형성시키는 것에 기여할 뿐이다.

그러나 주지하다시피 이 시는 반복이 주는 효과는 리듬만을 위한 것이 아니라 시인이 말하고자 하는 이미지를 점차 강화하거나 암시하는 방향으로 전개한다. 이 시는 '제10의아해'와 '제11의아해' 사이를 분리하고 '제11의아해'와 '제13의아해'의 공포를 하나의 연으로 구성하고 있다. '제10의아해'까지 무섭도록 빠르게 질주하던 공포가 잠시 휴식을 취하고 다시 세 명의 아해가 새로운 공포로 묶여 있다. 즉 앞 연에서 제시한 10명의 아해와 뒤 연에서 제시한 3명의 아해가 나타내는 공포가 다르다. 이처럼 행과 연의 구분과 배치는 세 명의 아해가 주는 공포와 앞의 10명의 아해가 주는 공포를 분류한다.

다시 말해 위의 시가 보여주는 이미지를 각기 해석할 수 있지만 분명한 것은 이들이 단순히 언어의 의미해석으로만 이루어질 수 없다는 점이다. 이 시의 이미지는 시어의 반복적인 재생이나 행과 연의 배치를 통합적으로 파악해야 가능하다. 다시 말해 이 시는 '아해'나 '무섭다고 그리오' 등과 같은 언어가 주는 이미지와 '아해가무섭다고그리오.'의 반복이 주는 리듬 이미지, 그리고 행과 연의 합침과 구분으로 발생하는 구조 이미지가 종합적이며 중층적으로 이미지를 형성한다. 더하여 이 시에서 띄어쓰기를 무시한 방법 역시 '시의 문법' 안에서만 가능하며 시의 이미지 형성에 기여한다.

시의 이미지가 일반적인 혹은 다른 예술, 문학의 이미지론과 다른 것은 시의 형태나 구조 안에서만 가능한 언어나 구절의 반복, 행과 연의 구분, 문법적 파괴 등이 중요한 기능을 하기 때문이다. 따라서 시의 이미지 분석은 이러한 시의 특성을 고려하여 종합적으로 분석할 때, '시적 이미지'로의 방법론을 구축할 수 있다.

① 흰 달빛
　자하문

　달 안개
　물 소리

　대웅전
　큰 보살

　바람 소리
　솔 소리

　부영루
　뜬 그림자

　흐는히
　젖는데

흰 달빛
자하문

바람 소리
물 소리

─「불국사」

위의 시는 한 부분을 제외하곤 행을 명사로 마무리하면서 반복하는 형태로 쓰인 시이다. 이 시에서 시어로 표현한 '달빛', '자하문', '바람 소리', '부영루', '뜬 그림자' 등이 주는 이미지는 시의 제목인 '불국사'를 대신한다. 그러나 만약 이 시를 아래와 같이 바꾸어 쓴다면 위의 시가 주는 여유 있고 한적한 것과는 또 다른 이미지를 보인다.

② 흰 달빛 자하문 달 안개 물 소리 대웅전 큰 보살
   바람 소리 솔 소리 부영루 뜬 그림자 흐느히 젖는데
   흰 달빛 자하문 바람 소리 물 소리

③ 흰 달빛 자하문 달 안개 물 소리 대웅전 큰 보살 바람 소리 솔 소리
   부영루 뜬 그림자 흐느히 젖는데 흰 달빛 자하문 바람 소리 물 소리

②는 ①과 동일한 시어지만 임의로 그 배치를 달리한 것이다. 이 경우 1행은 ①에서처럼 명사 하나하나의 이미지를 단독으로 연상하며 나아가는 것이 아니라 앞의 시어가 '큰 보살'이라는 이미지로 수렴된다. 또한, 2행의 '젖는데'라는 ①에서보다는 그 서술적 성격이 두드러져서 단지 조사가 생략된 자유시형의 시이다. 즉, ①이 불국사

에 대한 서정성을 개별적 물질적 이미지로 보여준다면 ②는 좀 더 서술적인 이미지로 바뀐다. ③의 경우는 시어를 모두 이어 쓴 것이다. 이때 시는 산문적 속성이 강해진다. 이미지는 앞의 경우보다 숨 가쁘게 흘러가며 ①에서처럼 어느 한 시어의 이미지에 오래도록 머물지 않는다. 한편으론 의미가 동일하지 않지만 비슷한 음절 수를 가진 단어가 반복되면서 리듬의 속성이 두드러지고, 새로운 이미지를 형성한다.

이처럼 시의 이미지는 동일한 시어라도 행과 연을 달리하면 리듬과 이미지가 다르게 발생한다. 위의 예는 단순히 행과 연의 변화에 따른 것을 보여준 것이지만 좀 더 확대한 독특한 구성으로 바꾼다면 리듬은 물론 시의 이미지를 매우 다르게 변화시킬 수 있다. 결국, 시의 이미지는 시어의 의미로 인한 이미지만이 아니라 시만의 특징과 구조 안에서 다르게 발현하는 것으로 이것이 '시적 이미지'를 다른 이미지와 명백하게 구별하는 지점이다.

4. 상상의 유기체

이상의 글을 간단히 정리하면 다음과 같다. 이미지는 자신의 감정이나 정서를 그대로 드러내는 낭만주의를 극복하고자 하는 것으로 시작하여 파운드의 이미지론에 힘입어 현대시의 중요한 창작요인이 되었다. 한국 현대시에서 이미지는 로우얼의 후기 이미지론이 먼저 이입되어 '회화성'에 고착되는 양상을 보인다. 파운드는 이러한 '에이미지즘'을 비판하고 리듬과 함께 시의 운동성을 강조한 '소용돌이'를 주장하면서 회화성에서 벗어나고자 하였다. 한편 이미지는 초현실주의와 맞물려 언어를 잃는 형태로 나타나기도 한다. 이와 같은 양상은 시의 이미지 분석에 있어 사진이나 회화의 용어를 사용하거나 일반적인 이미지론을 구별 없이 사용하게 하였다.

현대시의 이미지에 관한 관심은 엘리엇의 '객관적 상관물'이라는 개념을 중심으로 하여 좀 더 심화하고 발전한다. 이에 따라 이미지를 주로 감각적 이미지, 비유적 이미지, 상징적 이미지로 분류한다. 감각적 이미지는 감각적 체험을 감각적 언어로 기표화한 것으로 이미지의 주된 방법론이다. 또한, 비유적 이미지는 애초의 '은유' 개념에서 출발하여 직유, 제유, 환유로 확장된다. 상징적 이미지는 하나의 시 작품이나 시인의 '이미지군'에 관심을 가지는 것으로 시나 시인의 의미를 파악하는 것에 유용하다. 그러나 이러한 기존의 이미지 분류는 이미지의 발생 과정을 고찰하는 과정에서 매우 다른 층위에 있다.

그러나 시의 이미지가 다른 예술이나 문학의 이미지와 다른 것은 시가 언어, 리듬, 행과 연이라는 요소를 중심으로 하여 형성한다는 점이다. 따라서 시의 이미지를 시의 구조를 포함하여 새롭게 분류하면 이미지는 크게 '언어 이미지', '리듬 이미지', '구조 이미지'로 나눌 수 있다. 대부분의 기존 이미지 분류는 언어 이미지에 포함된다. 감각 이미지나 비유 이미지는 시의 '언어'로 표현한다는 점에서 언어 이미지에 속한다.

중요한 것은 리듬이 시의 이미지에 기여한다는 점이다. 리듬은 기타 문학 장르와 구별되는 시의 독특한 구성요소로 현대시에 이르러 기능이 많이 약화하였다고는 하지만 여전히 중요하다. 현대시의 리듬은 단순히 음성이나 음악적 측면에 머무르는 것이 아니라 의미와 관련하여 새로운 이미지를 만들어내기 때문이다. 또한, 언어나 리듬을 단일한 하나의 형태로 고정하는 것이 아니라 시의 구조 안에서 새롭게 변용되어 기존과는 다른 이미지를 만들어낸다. 행과 연의 변화에 따라 달라지는 구조 이미지가 그것이다. 상징은 '이미지군'으로 시를 해석하고 시인의 사상을 이해하는 데 중요한 역할을 하지만 그것은 오히려 고정화되어 '죽은 은유'를 만든다.

결국, 시의 이미지는 언어, 리듬, 행과 연의 구조가 종합적이며 중층적으로 작용하여 유기체적으로 존재한다. 또한, 이미지가 시인의 주체나 사상만을 대신하기 위해서가 아니라 현실이나 대상의 본질을 드러내고자 할 때, 기존의 관념이나 의미에 종속되지 않는다. 이를 위해 시인은 늘 새로운 상상력이 필요하다. 이미지를 향한 끊임없는 '낯설게 하기'가 시인의 책무이기 때문이다.

유기체로의 이미지는 시를 읽는 독자에게도 새로운 상상력을 불러일으킨다. 바슐라르는 시가 '공명'과 '반향'을 가져야 하며 이것이 이미지라고 하였다. 다시 말해 '시는 공명하는 반향'을 가져야 하며, 이 반향을 불러일으키는 것은 이미지이고 이미지는 독자와 시인 사이를 소통할 수 있게 하는 '존재의 생성'이다.[32] 김기림이 역경험과 추경험을 통해 시의 비평을 설명할 때, 시를 독립적인 존재로 보고 독자에 주목했다는 점에서 바슐라르와 유사하다.[33] 이 과정에서 시인과 독자 사이에 생성된 이미지는 그 어느 것에도 한정되거나 고정화하지 않고 스스로 창조성을 가진다.

---

32) 문혜원, 앞의 글, 227쪽.

33) 김기림은 주지성이 시를 창작하는 과정에서만 작용하는 것이 아니라, 독자가 그 시를 읽고 감상할 때에도 똑같이 기능한다고 하였다. 즉 시를 읽는 과정은 시를 거쳐서 거꾸로 시인의 체험에까지 거슬러 올라가는 '역경험'과 시인이 간 길을 좇아서 다시 시인의 경험을 거치는 '추경험'이다. 이때 과학의 개념은 시를 독립적인 존재로 보고 그것을 해석하는 태도에서, 시가 독자에게 미치는 효과까지를 밝히는 학문적인 영역으로 변화한다(문혜원, 「김기림 시론에 나타나는 인식의 전환과 형태 모색」, 『한국문학이론과비평』 8(2), 한국문학이론과비평학회, 2004 참조).

한편 이미지가 기존의 관념이나 의미에 종속되거나 도구화하는 것을 거부하면서 대상의 본질에 접근하려는 독특한 시도도 있었다. 방법론으로 이미지를 병치, 배열, 충돌, 연쇄하는 방식을 취하였다. 김춘수, 오규원, 문덕수, 이승훈이 대표적이다. 이들의 공통점은 고정화된 관념을 거부하고 본질의 실체에 접근하고자 했다는 것이다. 이들의 이미지에 대한 깊은 관심은 결과적으로 완전하지 않더라도 그 영역을 확대하고 심화하였다는 데에 의의가 있다.

결론적으로 '시적 이미지'는 시를 구성하는 언어, 리듬, 구조를 기본으로 하여 새롭게 창조하고 존재하는 이미지로 그 영역을 구축해야 한다. 이때 이미지는 고정된 의미의 수단이 아니다. 시의 이미지는 시적인 형태로 드러나며 일차적인 주체의 상상력과 이차적인 주체의 상상력 사이에서 생성하고 존재하는 유기체이다.34)

---

34) 데카르트 이후 서양의 근대철학이 주관적 관념 철학의 영향 아래에 놓였을 때, 주체와 객체를 대립적으로 구분하여 인식의 모든 대상을 객체로 규정해 왔다. 또한, 그 객체의 의미를 인식자의 주관성에 의해서 정의한다. 여기서 주체가 객체를 타자로 규정하고 그 타자를 자신의 동일성 속으로 전유 및 착취하는 과정이 존재한다.
　　데리다는 이러한 '절대 주체' 아니면 '무' 주체라는 식의 이원적 대립적 인식론 자체를 해체하여 관계성, 변별성, 타자성을 포함한 열린 '역동적 주−객체' 개념을 밝혔다. 라캉 역시 주체가 타자를 인정함으로써, 그리고 타자의 관점과 자기에 대한 타자의 견해를 고려함으로써 진정한 주체가 되는 '과정 중에 있는 주체'를 강조하였다(윤효녕 외, 『주체 개념의 비판: 데리다, 라캉, 알튀세, 푸코』, 서울대학교 출판문화원, 2010, 2~8쪽).

제3장 리듬과 시의 구조

1. 시의 운율과 리듬

리듬은 '흐름'이나 '움직임'을 뜻하는 그리스어 '리트머스(rhythmos)'에서 유래되어 운동, 시간, 공간과 관계한다는 것이 일반적인 견해이지만 그 정의는 시대나 민족에 따라 다르다. 플라톤이 말한 '운동의 질서'나 에드가 윌리엄이 말한 '운동과 질서 사이의 관련성', R. Fowler의 '파도의 모양과 크기와 속도만큼이나 무한히 다양한 흐름'이라는 정도가 리듬에 관한 일반적인 논의이다.

홍문표는 리듬을 '생존하는 모든 것들의 살아가는 원리'로 보고 주기적인 반복 교대, 동과 반동, 낮과 밤, 그 밖에 천체의 운행이나 계절의 바뀜, 밀물과 썰물, 물결의 움직임, 나뭇잎의 설렘, 우리 몸의 호흡작용은 물론 심장이 뛰는 것, 온몸의 맥박도 리듬이라고 하였다.

좁게는 오른발, 왼발을 교대로 움직이는 걸음걸이도 전형적인 리듬이고 말의 어조에도 리듬이 나타나므로 리듬은 음악이나 시가의 요소일 뿐 아니라 천체나 우주의 운행에서부터 모든 존재의 생존 방식[1]이라고 정의하였다. '리듬'이라는 용어를 존재들의 생존 방식으로 보면 이는 매우 넓은 범위로 적용되며 때로는 모호해진다.

시의 '리듬'은 기본적으로 시에서 음악적인 어떠한 현상을 설명할 때 사용하지만 한편으로는 방대하게 전개하는 리듬의 일반적인 속성상 매우 다양한 방법이나 성격을 포함하기도 한다. 시의 음악성, 혹은 시의 특징을 설명할 때, 운율보다는 '리듬'이라는 용어 사용이 늘어나고 있는 것도 현대시가 단순히 음수율만이 아닌 다양한 패턴으로 리듬을 발현시키기 때문이다. 이 과정에서 '운율'과 '리듬'을 매우 혼재된 상태로 사용하였다.

'운율'에 관한 정의는 시론에 따라, 혹은 시대의 흐름에 따라 다소 다르지만 대략 김준오의 정의가 기본적이다. 김준오는 운율을 운(rhyme)과 율(meter)로 나누고 '운'을 리듬(rhyme), 즉 소리의 반복, '율'을 율격, 즉 고저, 장단, 강약의 규칙적인 반복이라고 하였다. 이때의 리듬은 '운'으로 한정한다. 그러나 그는 다시 시의 리듬을 '운'과 '율'을 종합적으로 지칭하는 용어로 정의하고 리듬이 기표의 '반복성'이며 이 반복성이 소리의 반복을 비롯하여 음절 수, 음절의 지속, 성조, 강세 등 여러 상이한 태도로 이루어진다고 하였다. 또한, 음수율을 제외한 고저율, 강약률, 장단율이 한시나 영시에 적용되는 리듬 패턴이라고 판단하고 한국 시가의 율격 개념으로 음보율을 소개하기도 하였다.[2] 이처럼 그는 운율의 정의에서 시의 '리듬'과 '운으로의 리

---

1) 홍문표, 『시어론』, 양문각, 1994, 280~281쪽.

듬'을 혼재하여 사용하였다.

김준오의 '시의 리듬'은 다음과 같은 김대행, 박철희의 논의에서 기인한다. 그들은 운율법을 '소리의 반복과 리듬의 반복 그리고 소리와 리듬을 포함하는 베리에이션의 패턴'으로 정의하였다. 율동에 어떤 규칙성이 가해져서 모형화한 것을 meter, 곧 율격이라 하여 엄격히 구분하였다. 즉 우리말의 운율은 이 meter와 소리의 반복인 rhyme을 포괄하는 용어라는 것이다.[3] 이것은 '리듬'을 운율 안에 포함되는 용어로 사용한 것으로 콜웰의 '운율법' 개념을 바탕으로 하였다. '리듬'을 단순히 '운'으로 보느냐, 시를 구성하는 하나의 원리로써 어떠한 형태의 반복되는 패턴으로 보느냐에 따라 '리듬'이 선택되었다. 이처럼 리듬은 일반적인 우주, 천체, 혹은 인간의 속성과 관련한 의미에서부터 음악적 용어, 또는 시의 특징을 말하는 것이나 작게는 '운'을 말하는 것으로 설명한다. 이러한 용어의 혼란은 대부분의 다른 시론에서도 마찬가지로 나타난다.

김영길은 시가 '인간의 존재 원리인 자연의 리듬을 수용한 것'이라고 하면서 '자연현상을 예술적으로 수용한 것이 바로 시의 운율'이라는 말로 일반적인 리듬과 운율을 거론하였다. 그러나 이후 전개한 논의에서는 수많은 해외이론을 소개하면서 리듬과 운율을 구별 없이 혼란스럽게 사용하였다.[4] 김준오가 인용한 박철희 역시 운율을 운(rhyme)과 율격(meter)으로 보고 운율이란 '시에 나타나는 말소리

---

2) 김준오, 『시론』(제4판), 삼영사, 2011, 134~148쪽.

3) 위의 책, 135쪽. (카터 콜웰, 이명섭·이재호 역, 『문학개론(A Student Guide to Literature)』, 1991, 56쪽; 김대행, 『한국시가구조연구』, 삼영사, 1975, 28~29쪽; 박철희, 『문학개론』, 형설출판사, 1975, 132~133쪽 참조.)

4) 백윤복 외, 윤채한 편, 『신시론』, 우리문학사, 1994, 139~152쪽.

및 말뜻을 배열하는 양식'이라고 설명하면서 리듬을 양식 일부로 포함했다.[5]

이들이 자연의 리듬과 시의 리듬을 거론하고 시적인 리듬을 '운율' 로 한정한 것이나 구조와 의미 속에서 파악하고자 하는 시선은 매우 의미가 있다. 그러나 리듬을 운율에 포함하거나 '율이란 말을 리듬이 란 말로 바꿔 생각하자' 등의 표현을 보면 여전히 운율, 율, 리듬을 명확히 구별하여 사용하지 않은 것을 알 수 있다. 이러한 혼란은 한자어이면서 정형시나 고전 시가의 분석에 적용했던 '韻律'의 개념 을, 자유시나 산문시에 적용하기 위해 서구의 'rhyme'이라는 용어에 대응시키면서 그 정의나 개념이 매우 자의적으로 번역되었기 때문 이다.

시론 대부분 근거가 된 콜웰의 운율법은 곧 시작법(versification)으 로 하위 개념에 리듬을 포함한다. 그의 시작법은 크게 프로소디, 베 리에이션, 리듬으로 나뉘며 프로소디에는 각운, 두운, 모음운, 자음 운을, 베리에이션에는 연이나 특정 시형, 자유시, 후렴 등을, 리듬에 는 음보, 율격, 음절 계산, 강세 계산 등이 존재한다고 하였다. 이것은 'versification'이 '운율법'이라기보다는 '시작법'(그중에 형식적인 수법) 의 성격을 띠고 있으며 하위 개념으로 'rhyme'을 선택하였다.[6]

일부 외국어는 언어의 특성상 각운이나 두운, 모음운이나 자음운, 강세 등이 시작법의 중요한 요소라고 할 때, '비유적인 언어'를 제외 하면 이 시작법 자체가 운율법의 상당 부분을 포함하고 있는 것은 사실이다. 그러나 이 시작법이라는 것이 언어체계가 다른 한국어의

---

5) 박철희, 『문학이론입문』, 형설출판사, 2009, 153~159쪽.
6) 카터 콜웰(C. Colwel), 앞의 책, 42~48쪽.

정형 시가에서 사용하였던 '운율법'이나 현대시의 '리듬론'으로 바로 번역하기에는 개념적 차이가 있다. 이외에도 많은 연구자가 시의 '운율'이나 '리듬'을 다양하게 정의하고 사용하지만, 개념 정의나 용어의 사용은 여전히 주관적이거나 혼란하다. 이러한 현상은 현대시가 자유시와 산문시로 넘어오는 과정에서 다양하게 나타난 리듬을 설명하기 위해 여러 가지 방법론을 시도하였던 것과도 관계한다.

'韻律'을 그대로 풀이하면 '소리의 규칙이나 법칙'이다. 이 용어는 대부분 고전 시가나 정형시를 설명할 때 적용하였던 것으로 풀이 자체를 개념화한다면 자유시나 산문시로 대변되는 현대시의 특징을 설명하기에 적절하지 않다. 만약 자유시나 산문시의 특징 중 하나를 '운율'로 정의하고 분석한다면 그 범위는 매우 다양하다. 김종길은 운율의 범위를 '말소리의 모든 자질은 물론 휴지와 의미, 분행 분절, 구두점의 종류 및 유무, 한글과 한자의 시각적 효과'로 넓혔다. 마찬가지로 강홍기는 운율이 모든 음성적 구조가 드러내는 효과를 포함하여 구조적 요소나 내용, 의미 구조에까지 침투한다고 보고, 의미의 진동, 의식의 흐름, 심리적, 정서적 진폭, 이미지 간의 연결, 시각적 요인, 통사적 구조 등을 포함한다고 하였다.7) 이처럼 '운율'이라는 용어로 리듬을 설명할 때 운율은 여러 가지 요소를 포괄한다.

김춘수 역시 기존의 운율이 "음성율, 음위율, 음수율을 말하는 것으로 자유시에서의 자유란 이러한 운율로부터의 자유"8)라고 설명한 것처럼 현대시는 음운이나 음수로 설명할 수 없는 부분이 존재한다. 이 말은 반대로 현대시는 기존의 정형시에서 드러나는 운율만이 아

---

7) 강홍기, 『현대시 운율 구조론』, 태학사, 1999, 28~49쪽.
8) 김춘수, 「한국 현대시 형태론」, 『김춘수 시론 전집 1』, 현대문학, 2004, 43쪽.

닌 좀 더 다른 방향으로 리듬을 분석해야 한다는 것이기도 하다. 즉 "산문과 운문 사이의 대립 붕괴, 산문시, 자유시, 시적 산문 등의 출현과 리듬의 개념적 전환은 서로 불가분의 관계를 맺"9)고 있어 새로운 흐름에는 새로운 정의와 범위 설정이 필요하다.

옥타비오 파스가 현대시를 단순히 율격이나 음절의 수, 강세 등으로 설명하는 추상적인 율격 개념을 반대하면서 구나 이미지, 의미와 불가분의 관계를 맺고 있는 리듬을 강조한 것이 그 예이다.10) 따라서 자유시 이후로 현대시에서는 정형시나 한시에 적절하게 사용하였던 '운율'의 개념을 넘어서거나 그 대상이 확대되었지만 '운율'과 '리듬'의 구별 및 개념 정의가 혼란하였다. 위의 내용을 다시 정리하면 다음과 같다.

시의 분석에서 '운율'이 소리의 규칙이나 법칙으로 정의될 때, 기존 정형시에서 작용했던 동일한 리듬을 발생시키는 음수나 소리의 기본단위인 음소, 의미를 구분 짓는 음운은 시의 음악성에 중요한 역할을 한다. 외국에서는 강세 등을 포함하여 그 기능을 담당했다. 따라서 일정한 수의 음절을 반복하거나 각운이나 두운 등이 동일하게 작동되어 소리의 규칙이나 법칙을 찾아낼 때는 '운율'의 용어가 적합하며 이에 관한 연구들은 매우 다양하게 이루어졌다.

그러나 자유시에서는 위와 같은 '운율' 기능이 약화하며 내용이나 의미, 이미지를 포함하는 개념의 필요에 따라 '리듬'이라는 용어를 사용하기도 하였다. 강세를 중심으로 한 외국의 리듬론이나 김종길, 강홍기의 연구는 '운율'이라는 용어를 사용하여 다양한 층위의 리듬

---

9) 조재룡, 「리듬과 의미: 프랑스어 리듬의 전제 조건에 비추어본 한국어 리듬의 문제들」, 『한국시학연구』 36, 한국시학회, 2013, 104쪽.
10) 옥타비오 파스, 김홍근·김은중 역, 『활과 리라』, 솔출판사, 1998, 89쪽 참조.

분석을 시도하였다. 하지만 그 다양한 층위라는 것이 오히려 '운율'과 '리듬'을 명료하게 정의하지 않아 두 용어의 변별이 필요하다.

이 글에서는 용어의 혼선을 피하고 의미와 이미지를 포함하는 현대시의 구성 원리로, 음악적인 특징을 포괄하는 개념으로 '리듬'이라는 용어를 사용한다. 여기서 '리듬'은 앞에서 설명한 것처럼 리듬이 매우 방대한 의미를 담고 있다는 점에서 일반적인 리듬이 아닌 시적인 범위 안에서의 '리듬'이어야 한다는 점에 집중하였다. 그렇다면 시적인 범위 안에서의 '리듬'이라는 것은 과연 무엇일까. 그것은 '시'가 무엇으로 구성되어 있는가에 따라 달라진다.

따라서 시가 언어로 되어 있다는 점(한국의 현대시는 한국어로 되어 있다는 것), 이미지를 중요한 요소로 삼는다는 점, 시의 구조나 형태와 밀접한 관계를 맺는다는 점 등이 중요한 바탕이 된다. 즉 시가 일반적인 리듬을 수용하지만 '시의 리듬' 그 자체는 아니기에 시의 미학적 특징을 가지고 살펴보아야 한다.

2. 운율과 앙리 매쇼닉

현대시가 자유시와 산문시로 넘어오면서 정형시에서 사용하였던 운율의 기능은 월등히 저하되었다. 한국어의 특성상 일부의 압운이나 음수율에 의지하던 시의 음악성이 완전히 새로운 국면에 접어든 것이다. "리듬의 폐기를 통한 리듬의 재개"[11]라는 말처럼 기존의 정형성을 벗어나거나 넘어서는 이론이 요구되었다. 따라서 현대시

---

11) 조재룡, 앞의 글, 105쪽.

는 기존의 시가에서 정의한 운율론으로는 충분한 설명이 불가능하다. '운율론'이 전통적인 시가연구에 더 적절하게 활용되는 것처럼 현대시는 자유시나 산문시의 구조나 형태에 따른 새로운 리듬론이 필요하다.

이에 따라 '운율의 연구'로 정의한 다양한 리듬론이 나타났다. 현대시 리듬론의 본격적인 연구는 대부분 1970년대에 활발하게 전개되었다. 약간의 이론적 차이는 있지만 김대행, 조동일, 정병욱, 성기옥, 조창환으로 대표되는 '음보율', '마디', '율마디' 개념이나 조동일의 '호흡' 개념이 대표적이다. 강홍기는 이를 포괄하여 황석우나 양동주의 리듬을 설명하는 '호흡', 정한모의 '외재율', '내재율'과의 관계를 밝히면서 그 외의 몇몇 연구를 정리하여 내재율의 핵심을 정의하였다.[12]

이후 2004년부터 출간되기 시작한 앙리 메쇼닉의 시학 이론을 계기로 현대시의 새로운 리듬론을 촉발한다. 앙리 메쇼닉의 이론을 번역하고 소개한 조재룡은 메쇼닉 이론의 중요한 논의를 다음과 같이 요약하였다.

① 리듬은 말의 지형도인데, 이 지형도에서 그 거점은 강세이다.
② 리듬에서 강세는 통사의 조직과 연관된다. 통사구조를 헤아리는 작업이 리듬 연구의 초석이다.
③ 리듬은 또한 프로조디의 조직이다. 프로조디의 조직이 리듬의 지표

---

12) 강홍기가 중요하게 생각한 내재율의 개념은 정리하면 다음과 같다. 그는 내재율이 호흡률이며 의미의 진동으로 기능하고 이미지들, 관념, 낱말, 구문 등의 반복 곧 정서적 리듬과도 관계한다고 하였다. 따라서 그는 통사론적 혹은 행, 연의 중층적인 반복만이 아니라 자연 순환의 모든 것을 리듬에 포함한다(강홍기, 「한국현대시운율연구: 내재율론」, 성균관대학교 박사논문, 1988).

가 된다.

④ 통사의 조직과 프로조디의 조직이 텍스트의 의미를 관장한다. 의미
가 발생하는 순간이 바로 리듬이 개입하는 순간이며, 의미생성과
불가분의 상태에서 논의되는 리듬은 존재하지 않는다.13)

매쇼닉 이론에서 중요하게 거론되는 것은 '프로조디', '의미작용',
'디스크루의 조직', '이분법의 비판', '주체' 등이다. 매쇼닉은 밴브니
스트는 고정되지 않을 뿐만 아니라 본질적인 필요성도 결여한 '배치'
나 '지형', 그리고 항상 그 주체가 변화하기 마련인 '배열'에 기인한다
는 리듬의 개념을 바탕으로 하였다. 디스쿠르에서 벌어지는 의미의
주관적인 배치(배열 혹은 지형도)에 관심을 가진 것이다.14) 앙리 매쇼
닉의 이러한 이론과 더불어 근래의 리듬론은 장철환, 박슬기, 장석원
등에 의해 구체적으로 나타났다. 이들은 2013년 '한국시학회'에 세미
나에서 기존의 논의를 확대하였다.

장철환은 앙리 매쇼닉과 밴브니스트의 이론을 참조하여 리듬이
시의 조직화 원리이며 의미−형식의 통합체라고 전제하였다. 그는
'휴지', '어순', '병치', '속도', '어조', '억양' 등이 시적 리듬을 구성하
는 요소로 보고 이것을 '운', '율', 그리고 '선율'이라는 용어로 분별하
여 분석한다.15) 그가 중요하게 생각한 시적 리듬의 작동기능은 '프로
조디'와 '호흡률', '억양'으로 다분히 앙리 매쇼닉의 이론에 의지하였
다. 그는 정지용의 리듬을 '음가의 반복 양상'을 중심으로 하여 문장,
구절, 단어, 음운의 층위로 나누어 분석하였다.16)

---

13) 조재룡, 앞의 글, 133쪽.
14) 루시 부라사·앙리 매쇼닉, 조재룡 옮김, 『리듬의 시학을 위하여』, 인간사랑, 2007, 39쪽.
15) 장철환, 「김소월 시의 리듬 연구: 진달래꽃을 중심으로」, 연세대학교 박사논문, 2009.

박슬기는 율격과 운율을 포함한 개념을 '율'이라고 하고 그 율이 '시각의 청각적인 인상'으로 존재하며 이를 구체적으로 '향률'이라고 정의하였다. 그는 '향률'의 요소를 구두점, 즉 마침표와 쉼표로 보고 휴지와 종결을 중시하였다.[17] 위의 세미나에서 박슬기는 앞선 글에서 거론한 '주체 충동'의 문제와 연관하여 서술 그 자체를 리듬의 현상으로 간주하는 라꾸라바르의 견해를 받아들였다. 이것은 시각적 청각적 인상을 강조하며 타이포그라피를 통한 형식과 주체의 발화 관계를 분석한 것이다.[18]

장석원은 백석 시의 리듬 체계를 통사적 구조에 기반을 둔 통사 그룹 선상의 의미 단위로 구획하는 시도를 하였다. 그는 통사 단위에 의해 구획되는 의미 단위 각각의 분절체에서는 강세가 단위의 앞 음절에 온다는 것을 협약으로 제시하고 이에 따라 백석 시에 실현된 강세의 배치를 살펴보고 리듬이 산문에도 존재한다는 것을 밝혔다.[19]

근래에 권혁웅 역시 리듬에 관한 이론을 제안하고 각 시인의 시를 분석하여 발표하였다. 그는 의미를 품은 음소적 조직인 프로조디를 '소리-뜻'으로 명명하고 리듬의 자질을 규명하기 위해 개별 발화에서 수행되는 의미론적 강세를 강조하였다. 또한, 소리-뜻을 품은 장을 '강세', '반향', '계열'로 칭하고 유음반복과 유사반복을 중시하

---

16) 장철환, 「정지용 시의 리듬 연구: 음가의 반복을 중심으로」, 『한국시학연구』 36, 한국시학회, 2013, 61~92쪽.

17) 박슬기, 「한국 근대시의 형성과 율의 이념」, 서울대학교 박사논문, 2011.

18) 박슬기, 「한국 근대시의 새로운 리듬론, 리듬 음성중심주의를 넘어서: 주요한의 「불노리」에서의 내면과 언어의 관계」, 앞의 책, 10~17쪽.

19) 장석원, 「백석 시의 리듬: 「古夜」의 강세를 중심으로」, 『한국시학연구』 36, 한국시학회, 2013, 35~59쪽.

며 동심원들의 간섭과 섞임을 통해 다층적인 리듬을 품게 된다고 하였다.[20]

위 논의의 중점은 기존의 운율론에 대한 한계와 확대의 중요성을 강조한다는 것과 언어를 중심으로 한 리듬론, 그리고 그 외의 요소(발화나 부호, 휴지) 등을 리듬의 기준으로 삼고 있다는 것이다. 이들은 각각 리듬을 발생시키는 요소와 방법에 차이를 두고 나름의 새로운 리듬론을 정립하여 현대시 리듬론에 관한 몇 가지 중요한 논점을 제시하였다. 먼저는 리듬이 시의 형식적인 요소만이 아니라 의미와 관계하는 주체적인 성격을 가진다는 것이다. 이것은 기존의 정형적이거나 음성적, 형식－의미의 이분법적인 '운율'의 개념을 뛰어넘는 리듬론으로 시에서 '리듬'의 중요성을 상기하게 한다. 또한, 산문화하고 있는 현대시의 리듬을 해명할 수 있는 여러 가지 접근법과 층위를 제시하여 자유시나 산문시의 답보된 리듬 연구에 새로운 가능성과 활기를 주었다.

그러나 한편으론 현대시의 리듬에 관하여 여러 가지 의문점을 동시에 던져주었다. 첫 번째는 일단 대략 살펴보더라도 앞에서 설명한 '운율'이나 '리듬'이라는 개념보다는 더욱 다양하고 주관적인 용어나 개념이 매우 혼재하여 나타나고 있다. 정형적인 틀을 벗어난 자유시나 산문시의 특성상, 일정한 규칙이나 동일한 방식을 적용하기는 어렵다. 다양한 시 유형에 다양한 리듬이 발생하는 것도 어찌 보면 당연한 일이다. 그러나 각각의 연구자에 따라 각기 정의한 용어나 이론이 과연 한국의 현대시라는 것을 설명할 수 있는 보편적인 리듬

---

20) 권혁웅, 「이육사 시의 리듬 연구」, 『한국시학연구』 39, 한국시학회, 2014, 89~110쪽; 권혁웅, 「정지용 시의 리듬 연구」, 『한국근대문학연구』 29, 한국근대문학회, 2014, 231~234쪽.

론으로 존재할 수 있는가 하는 의문이 든다.

두 번째는 앞 장에서 설명한 것처럼 외국의 이론을 적용할 때 발생하는 문제점이다. 이전에도 '운'이나 '운율'이 동시에 rhyme으로 번역되거나 시작법(versification)이 운율법으로 변용되었다. 마찬가지로 메쇼닉의 이론에서 말하는 '시학에서의 리듬'이 현대시의 '리듬'과 동의어일 수 있는지 판단이 필요하다. 그가 말한 '시학'은 단순히 '현대시'만을 지칭하는 것이 아니라 디스쿠르 전반의 '문학'을 전제로 한다. 따라서 그의 '시학'은 '글쓰기' 전반을 나타내며 '리듬' 역시 시의 영역으로만 해명한 것이 아니다. 이것은 한편으로는 '리듬'이라는 것이 '시'에만 적용되는 것이 아니라 산문과 의식 전반으로 확대되는 장점이 있지만 반대로 그것이 '시'에 바로 적용되는 개념이 아니라는 점을 구별해야 한다. 다시 말해 그의 리듬은 언어를 중심으로 한 글쓰기 전반 자체를 포용하는 개념이며 그것은 글쓰기 전반에 적용할 수 있지만, 과연 '시의 리듬'과 동일한 것인가는 의문이 남는다.

세 번째는 두 번째의 의문과 맞물려 외국어를 중심으로 하여 형성된 언어체계로의 리듬론이 한국어에도 그대로 적용될 수 있는지이다. 앙리 매쇼닉의 이론을 집중적으로 번역 소개한 조재룡도 이에 관한 몇 가지 문제점을 제시하였다. 그는 한국어에서 음절은 서로 간에 동등한 길이를 취하는가, 우리말에 강세가 존재하느냐는 의문을 스스로 던졌다. 특히 앙리 매쇼닉의 프로조디 개념에서 프랑스어는 자음을 중심으로 의미를 형성해 가지만, 한국어에서는 자음으로 구성되기보다는 음절의 중복이 의미를 발생시키는 최초 단위라는 것이다.[21] 조재룡은 위의 의문을 제시하면서도 최대한 이를 해명하

---

21) 조재룡, 앞의 책, 108~132쪽.

기 위해 한국어의 음절과 강세를 설명하려고 시도하지만, 주관적인 척도나 한국어의 특징에 지속적인 의문을 제기한다. 언어체계가 다른 시에 같은 방식의 이론을 적용할 수 없기 때문이다.

네 번째는 이 과정에서 리듬이 오히려 음성적. 음향적 성격으로 환원하거나 정형화되는 경향이다. 장석원이 "시의 리듬을 음성의 상징적 의미로 고정해 '그 음성이면, 그 리듬'으로 환원하는 리듬 분석 방법은 문학이라는 예술을 과학으로 재단하겠다는 기계 주의적 면모에서 조금도 벗어나지 못한다"[22]라고 지적한 것처럼 리듬은 단순한 기계적인 해명이 아니다. 그는 앙리 매쇼닉의 성과라고 할 수 있는 정형적인 '운율학'을 비판하면서 '주체적'으로 형성되는 '의미'로의 리듬론이 오히려 고정화, 형식화, 음성화되어 버린다는 점에 주목하였다.

다섯 번째, 음운이 청각적인 리듬의 한계를 가지는 것처럼 시각적인 효과로의 '리듬'을 어디까지 허용할 수 있는지다. 언어로 표현하는 시에서 언어의 음성적, 통사적 성격은 당연한 분석의 대상이지만 마침표나 띄어쓰기 혹은 글자의 크기 등의 '보이는 요소'들을 과연

---

22) 장석원은 2014년 6월 광운대학교에서 열린 근대문학회 학술대회에서 일련에 발표된 리듬론의 일부를 비판하면서 '소리 단위'들이 리듬 전체로 확장되는 과정에서 리듬이 순수한 소리의 '구조'로 축소, 왜곡되는 것의 문제점을 지적하였다. 그는 음성(운)이 상징적 의미를 획득하고 음운론의 도움을 받기도 하지만, 시 텍스트는 그것마저도 거부한다고 하였고 연구자에 의해 자의적으로 정해진 규칙이 개별 시 텍스트의 고유성을 무시하면서 무차별적으로 정해진 의미의 구조를 양산해내는 것의 문제점 또한 지적하였다.
  이 발표는 조재룡이 '리듬은 그 리듬이 아니다'라고 한 것처럼 앙리 매쇼닉이 말하고자 하는 주체, 의미의 '리듬'은 '소리'로의 리듬이 아니며 문학이 과학이나 수학적 형태로 분석되는 것을 경계한다는 점에서 의미 있는 발표이다. 그러나 그의 이 발표문은 리듬을 템포, 즉 시와 산문에 공통으로 존재하는 리듬을 분석하기 위해 시도한 것으로 리듬을 '시의 리듬'으로 한정하기 위한 이 글과 매우 다른 접근법이라고 할 수 있다(장석원, 「4·19 리듬: 산문(散文)의 리듬에 대한 시론」, 『전국학술대회발표문』 30, 한국근대문학회, 2014.6 참조).

시의 주요한 리듬 구성 원리로 볼 수 있는지다. 이들이 언어, 혹은 시의 리듬이나 이미지 정서에 일정 부분 기여하지만 그것이 주체화한 현대시 리듬을 설명하는 기본적인 전제이거나 전부일 수는 없다.

이 과정에서 단순히 시의 리듬을 형성하는 요인은 무엇인가라는 질문을 넘어서서 '시란 무엇인가' 아니, '시적인 요소를 어디까지 삼을 것인가'하는 물음을 상기하게 한다. 좀 더 과장하면 이상이 일부 시에서 시도하였던 시각적인 효과가 두드러지는 여러 가지 형태의 시를 비롯하여 근래에 나타났던 광고나 그림으로 표현한 형태를 과연 시라고 할 수 있는가 하는 의문으로도 확대할 수 있다.

앙리 매쇼닉의 리듬은 말의 지형도이며 그 거점은 강세이고 강세는 통사구조와 관련됨으로 기초적으로는 통사구조 연구가 리듬의 연구이다. 또한, 리듬은 프로조디의 조직이므로 통사 조직과 프로조디 조직이 텍스트의 의미를 관장하며 여기서 의미가 발생하는 순간이 리듬이 발생하는 순간이다. 그러나 그의 리듬론은 강세가 허용되는(그것도 자음 중심의) 언어의 특성을 중심으로 '글쓰기' 전반에 관한 리듬을 분석한 것이다.

그의 리듬론은 프로조디가 단순히 소리만이 아니라 의미를 발생시키는 순간을 중시한다는 것이나 주체에 의해 형성되는 조직의 중요성을 강조한다는 점에서는 현대시 리듬론에 여러 가지 중요한 논의를 제시하였다. 하지만 그것을 그대로 '한국 현대시의 리듬'에 적용하기에는 여러 가지 문제점이 나타난다. 그렇다면 결국 한국 현대시에서 '시의 리듬', '시적인 리듬'이라는 것은 과연 무엇인가 하는 물음으로 되돌아온다.

3. 시적 요소의 역학

지금까지 논의를 요약하면 다음과 같다. 다양한 형태로 발현하는 현대시에서 '리듬'은 새로운 정의와 개념이 필요하다. 이에 따라 기존의 '운율' 범위를 벗어나거나 넘어서는 리듬론이 나타났다. 그러나 그 과정에서 '리듬'이 시적인 영역을 벗어나거나 '시작법', '글쓰기의 리듬'과 복잡하게 얽히면서 정의와 개념을 혼란하게 설명하고 용어나 방법론이 혼재하는 경향을 보인다.

자음 중심의 프로조디 개념과 강세가 존재하는 언어에서 리듬은, 그들을 중심으로 한 운문과 산문의 영역 구분을 넘어서는 의미체계의 시학으로 존재한다. 여기에서의 '시학'은 일반적인 '글쓰기'와 맞닿아 있어 '시의 리듬'과 구별된다. 이와 마찬가지로 '리듬'은 일상의 여러 가지 현상이나 음악적인 요소를 포괄하는 용어로 사용할 수 있으므로 이것 역시 '시의 리듬'과 구별하여야 한다. 현대시의 '리듬'은 음성이나 음악성만을 말하는 것은 아니다. 리듬이 여러 가지 정서나 의미를 다양한 방법으로 발현한다는 점에서 글쓰기나 일반적인 '리듬'의 특성을 수용한다. 하지만 '시의 리듬'은 시적 요소를 중심으로 한 시의 구조 속에서 파악하여야 시의 리듬이다.

앙리 매쇼닉의 이론은 몇 가지 중요한 논의를 제공하기도 하고 여러 가지 의문을 남기기도 하였다. 매쇼닉을 중심으로 기존의 운율론을 넘어서기 위한 몇몇 시도는 리듬이 단순히 음성이나 소리가 아니며 정서나 이미지 등 여러 가지 층위로 형성됨을 증명하였고 소리와 의미의 관계망에서 리듬을 설명하였다. 이와 관련한 연구는 리듬 연구에 새로운 방법론을 정초하는 과정이었으며 개별화하고 주관화한 다양한 리듬의 해명을 시도하였다는 점에서 의미가 있다.

문제는 이것이 과연 한국 현대시의 리듬론에 적합한 것인가 하는 것이다. '시의 리듬'은 음악의 그것, 산문의 그것과 다르고 일상의 리듬과 다르며 '시의 리듬'은 시라는 장르의 구조와 특성이 최소한의 기준이 되어야 한다.

시가 정형시에서 자유시나 산문시로 넘어가는 과정에서 정형성이 줄어들고 산문의 언어, 즉 일상어로 형성되어 그 언어적 속성이 더 중요해지는 것은 사실이지만 시는 여전히 일반적인 산문과는 다른 요소와 구조로 되어 있기 때문이다. 형식과 내용의 이분법이 비판되어야 한다는 선상을 넘어서서 산문과 시의 장르 구분이 사라지는 시점에서는 시의 구조나 형태와 관계한 리듬론은 폐기될지 모른다. 그때의 리듬은 소설의 문체론과 결합하는 '시학—글쓰기'의 어떠한 형태를 나타낼 것이며 언어의 특성과 문법적 구조에 힘입어 연구될 수도 있다. 그러나 산문시 역시 시의 장르 안에서 설명되어야 하는 현시점에서 시는 엄연히, 아직도 시가 고유한 조직과 형태를 가지고 있으며 시의 리듬 역시 시적인 범위 안에서 해명되어야 한다.

이를 위해 '시의 리듬'을 정의하기 위해 전제되는 첫 번째 요소는 시가 언어로 되어 있다는 것, 특히 한국의 현대시는 한국어로 되어 있다는 점이다. 매쇼닉의 시학이 제시하는 중요한 지점은 소리와 의미의 관계망이다. 시는 음악성을 가지지만 음악은 아니므로 시의 리듬이 단순한 음성학이나 음운학으로 전락하는 것을 넘어서기 위해서는 '의미'를 포착하는 최소단위의 설정이 필요하다. 강세, 혹은 음운이나 음절의 동등한 길이가 보장되지 않는 한국어에서 애초에 강세를 동반한 의미의 조직은 불가능하다. 또한, 자음을 중심으로 설명되는 프로조디의 개념 역시 자음과 모음의 조합으로 각각의 의미가 변화하는 우리말에는 적합하지 않다. 매쇼닉 이론의 중요한 지점은 프로조디의 기계적인 조합에 의미를 부여하는 것이 아니라 리듬을 만드는 어떠한 '조직'을 강조한다는 것이다.

만약 리듬이 소리와 의미가 동시에 일어나는 속성이며 음성학 혹은 내용 형식의 이분법에서 벗어나고자 한다면 한국어에서는 자음과 모음이 결합한 음절, 그 음절이나 단어의 조직을 통한 통사구조 속에서부터 리듬의 존재를 설명해야 한다. 왜냐하면, 한국어는 같은 자음이라도 어떤 모음과 결합하느냐 혹은 같은 모음이라도 어떤 모음과 결합하느냐에 따라 형성되는 의미가 달라지기 때문에 하나의 음운이 동일한 의미가 있다고는 단정할 수 없다.23) 더 넓게 같은 단어라도 어떠한 단어나 어휘, 구조와 결합하느냐에 따라 그 의미가 달라질 수 있기 때문이다.

한편 한국어는 띄어쓰기나 마침표 등이 통사구조 속에서 호흡의 단절이나 연속과 관계하는 요소로 시의 리듬에 영향을 주기는 하지만 시의 리듬 전반에 일정하게 작용한다고 보기는 어렵다. 시는 언어를 가지고 시의 구조 안에서 표현되며, 소리−의미의 통합체로서 존재한다고 할 때, 리듬은 언어의 통사론은 물론 '시의 구조' 안에서 다르게 발생하기 때문이다.

---

23) 한국어에서의 음운은 말의 뜻을 구별해주는 소리의 가장 작은 단위이며 모음과 자음을 말한다. 그러나 같은 자음이라도 혹은 같은 모음이라도 그것과 결합하는 다른 자음이나 모음에 따라 의미가 달라진다. 예를 들어 '바다'나 '사자'에서 모음은 모두 'ㅏ'를 사용하여 'ㅓ'를 사용하는 경우와는 구별되지만, 그것이 'ㅂ', 'ㄷ', 'ㅅ', 'ㄹ'의 자음과 각각 결합할 때 완전히 다른 뜻을 가지기 때문이다. 따라서 리듬을 소리와 의미의 통합체로 분석할 때, 'ㅏ'가 가지는 음성이나 의미가 'ㅓ'와는 달리 보인다 해도 불어나 영어처럼 각각의 자음이나 모음이 홀로 존재할 수는 없다. 그것이 의미로 발현될 때는 다른 모음과 결합하면서 다른 의미로 나타나기 때문이다. 만약 이것이 음성학적 관점에서 '동일한 소리'를 낸다고 할 때는 가능한 분석이 될 수 있지만 '동일한 소리와 의미'를 가지는 통합체로의 분석에서는 음운을 의미를 구별해주는 단독의 통합체로 설정할 수 없다. 다시 말해 음운은 '구별'해주는 기능은 하지만 그렇다고 '동일한 의미로 존재'할 수 없다는 것이며 동일한 의미 단위는 '음절'에서 시작한다.

두 번째로 시에서 이미지도 중요한 구성요소라는 점이다. 시는 일반 서술이 아닌 비유나 응축으로 존재하고 그것은 단순한 비유가 아니라 동일하거나 혹은 차이가 나는 의미나 정서를 전제로 한다. 여기서 이미지는 하나의 회화나 단어, 음절의 대치가 아니라 언어로 표현하는 시의 또 다른 형태이다. 따라서 통사론적인 반복만이 아니라 같은 이미지나 정서의 병치, 변주로도 더 넓은 의미의 리듬이 발생한다.

세 번째 리듬은 시의 구조나 형태와도 관계한다는 것에 주목해야 한다. 일찍이 김춘수는 자유시에서의 리듬이 행이나 연에서 발생한다고 하였다. 음수의 정형에서 벗어난 자유시는 행이나 연이 하나의 의미 단위이며 의미 단위의 반복이 리듬을 만들어낸다고 보았기 때문이다.[24] 이러한 설명은 행이나 연이 존재하지 않는 산문시의 리듬을 설명하기에는 적합하지 않지만, 자유시의 리듬을 설명하기 위해서는 무시할 수 없는 요소이다.

한편 이경수는 '반복'을 시의 중요한 언술 구조로 설정하여 기존의 운율론을 극복하는 시의 구성 원리로의 방법론을 제시하였다. 이것은 시의 '리듬'을 중심으로 살펴본 논의는 아니지만 '반복'이라는 리듬을 발생시키는 요소를 시의 구조 안에서 파악한 것으로 리듬이 시적 구조와의 상관이 있다는 것에 주목했다는 점에서 기존의 운율론과는 또 다른 의의가 있다.[25]

결국, 한국의 현대시에서 '시의 리듬'은 한국어의 특징과 시의 요소, 구조와 밀접하게 관계하며 이들이 각각의 요소로만 작용하여

---

24) 김춘수, 「시론: 작시법을 겸한」, 『김춘수 시론 전집 1』, 현대문학, 2004, 188쪽.
25) 이경수, 『한국 현대시와 반복의 미학』, 월인, 2005.

리듬을 발생하는 것은 아니다. 이들은 각기 혹은 다른 요소들과 중층적으로 결합하여 또 다른 리듬을 만들어내기 때문이다. 또한, 군이 야콥슨의 지배소 이론을 적용하지 않는다고 해도 각각의 시인이나 시 작품에 따라 이들의 요소는 강조되거나 배제되기도 하고 결합하기도 한다. "개별적인 시적 삶은 자신만의 단어를 소유하고 있다"(여기서 단어는 의미와 음성의 연합적인 연쇄이다)[26]거나 "리듬, 프로조디, 그리고 이를 지탱시키는 문법체계는 오로지 작품 속에서만 의미를 갖는다"[27]는 메쇼닉의 강조처럼 시 작품에서 리듬은, 형성하는 주체의 의지에 따라 선택하고 구조 안에서 배열하기 때문이다.

다시 말해 시나 시 작품은 하나의 요소가 강하게 작용하여 리듬을 지배할 수는 있으나 반드시 하나의 요소만이 시 작품 전체의 리듬을 장악하는 것은 아니다. 때로는 하나 혹은 둘 이상의 요소가 역학적으로 작용하면서 리듬을 추동해 간다. 따라서 시 작품은 동일한 하나의 리듬 방식으로 해명되지 않는다.

현대시는 여전히 유사어휘나 단어, 음절의 반복으로도 리듬을 발생하여 산문시에서조차 리듬을 분석할 가능성을 가진다. 그러나 이들은 행이나 연의 구조 속에서 시의 다른 요소와 함께 중층적으로 작용하면서 다른 리듬을 발생시킨다. 특히 산문시에서도 시의 리듬은 일반적인 리듬과 구별되며 산문의 리듬과도 구별되어야 한다는 점에서 시의 요소나 시적인 구조에 따른 시의 리듬이 중요하다.

---

26) 앙리 메쇼닉, 조재룡 역, 『시학을 위하여』, 새물결, 2004, 68~69쪽.
27) 위의 책, 112쪽.

4. 시의 구조와 리듬

정형성을 벗어난 자유시에서는 시의 언어가 일상어에 가까워지고 형태가 변하면서 통사론적 반복을 넘어서는 다양한 연구가 이루어졌다. 이 과정에서 리듬은 일반적인 리듬의 영역으로 확대, 주관화, 고정화되기도 하였다. 따라서 이러한 현상에 관해 "운율론의 지나친 확대는 운율론의 자기 해체로 귀결될 위험이 있다"라거나 "내재율이라는 용어로 주관적인 것으로 신비화하는 것은 문제가 있다"[28]는 지적은 타당하다. 근래에 앙리 매쇼닉의 이론으로 촉발된 다양한 리듬론 역시 앞 장에서 지적한 것처럼 언어의 소리와 의미를 결합하는 새로운 리듬론을 해명하는 역할에 기여하였지만 매우 '주관적'이거나 '지나친 확대'의 우려를 안고 있었다.

시의 리듬에 관한 새로운 논의가 정형시에서 자유시로의 형태 변화에서 촉발하였다고 볼 때, 이 과정에서의 가장 큰 변화는 일상어를 사용한 이미지 구현과 행과 연이라는 구조이다. 그러나 시의 구조에서 파악하는 리듬의 연구는 매우 미비하거나 혹은 일부 있다 하더라도 구조와는 관계없는 의미 분석일 경우가 많다. '호흡' 혹은 '행 걸침' 등과 관련하여 자유시 리듬 발생 과정을 해명한 연구는 다시 단어나 어휘 등의 반복이나 위치의 변화와 관련한 분석이 대부분이다.[29] 즉 행과 연이 일으키는 구조적인 측면의 리듬 연구와는 거리가

---

28) 한수영, 「현대시의 운율 연구 방법에 대한 검토」, 『한국시학연구』 14, 한국시학회, 2005, 7쪽.

29) 앞에서 제시한 강홍기의 글에서 '내재율'로 설명되는 부분 역시 행의 반복이나 연의 반복에 따라 분석한다. 하지만 그것은 행과 연의 구조적인 분석이라기보다 행이나 연에서 같은 어휘나 의미 혹은 이미지가 반복되는 경우에 가깝다. 반복이 행과 연으로 구분되어 있지만 직접 리듬의 발생에 관여한다고 본 것은 아니다.

있다.

벤야민 호루쇼브스키는 "시의 구조에서 특유한 리듬을 구현하지 않으면서, 비유적이거나 모호한 시적 언어만으로 시의 의미론적이거나 '존재론적인' 특유성을 설명할 수 있다는 것은 환상에 불과"[30]하다고 하여 시의 구조와 리듬을 중요시하였다. 특히 람핑은 시행의 존재야말로 시 작품을 다른 작품과 구별지어주는 확실한 지표라고 강조하였다. 그러나 그것은 아무런 기준이 없는 '산문 언어의 나눔'이 아니라 '일정한 심미적 기능'을 수행한다.[31] 올슨 역시 '물자체의 행동'을 곧 리듬으로 인식하였으며 한 행을 리듬적인 한 단위로 보았다. 그는 음절이 시의 가장 기초적인 요소이지만 음절의 연결이 곧바로 한 행으로 도약하도록 하는 것이 시의 다음 호흡임을 강조[32]하여 행의 호흡, 즉 행의 리듬을 중요시하였다.

이러한 측면에서 김춘수가 『한국 현대시 형태론』에서 자유시의 리듬이 행과 연에서 발생한다고 보는 것은 시의 리듬을 구조적으로 접근한 경우이다. 그러나 이때도 리듬과 관계하는 행이나 연에 관한 분석은 구체적으로 이루어지지 않았으며 행과 연이 리듬을 발생시킬 수 있다는 본인의 시론에 몇 가지 모순과 한계를 남겼다.[33] 그런

또한, 한수영과 오성호는 이어지는 단어나 어미를 행의 앞에 배치하거나 어휘의 행을 이용하여 다양하게 배치하는 리듬을 설명하고 있다. 행 걸침에 따라 부분적으로 의미가 달라지거나 리듬의 패턴이 달라지고 있다는 것을 보여준다. 그러나 행과 연이 적극적으로 리듬 발생과 관여한다고 분석한 것은 아니다(강홍기, 앞의 글 참조; 한수영, 위의 글 참조; 오성호, 『서정시의 이론』, 실천문학사, 2006 참조).

30) 로만 야콥슨 외, 박인기 편역, 『현대시론의 전개』, 지식문학사, 2001, 320쪽.

31) 오성호, 앞의 책, 156~158쪽.

32) 박정필, 「이미지에서 물자체로, 물자체에서 추상으로 : 모더니즘과 포스트모더니즘 미국 시에서 이미지즘의 역사적 변화 양상」, 『안과 밖: 영미문학연구』 25, 영미문학연구회, 2008, 316 ~319쪽.

33) 김춘수는 자유시의 경우 통사론적인 리듬이 매우 다양하게 나타나는 시를 창작하였으며

데도 자유시에서 행과 연이 하나의 의미 단위이면서 리듬의 단위라
고 파악한 것은 시의 형태 변화와 구조를 리듬과 결부시켰다는 점에
서 시사적이다.

분명한 것은 자유시에서의 행과 연은 시의 리듬에 매우 적극적으
로 관여한다는 점이다. 이것은 띄어쓰기나 부호 등으로 인한 '호흡의
맺힘이나 풀림' 등으로 분석되는 어법적 차원이 아니라 물자체의
호흡과 의미를 포함하는 구조적인 측면의 리듬 발생이라 할 수 있으
며 매우 주체적인 성격을 가진다.

① 만일에
　이 時間이
　고요히 깜작이는 그대 속 눈섭이라면

　저 느티나무 그늘에
　숨어서 박힌
　나는 한알맹이 紅玉이 되리.

　만일에
　이 時間이
　날카로히 부디치는 그대 두 손톱 끝 소리라면

좀 더 구체적으로 우리나라의 리듬에 관심을 표명하여 『타령조』 연작을 발표하기도 하였
다. 그러나 이들에게서 발견되는 리듬은 행과 연의 구조적 측면보다는 동일 어휘의 반복
에서다. 반대로 김춘수가 산문시를 시도할 때에는 산문시에 자유시에 있는 행과 연이
없어 리듬이 발생할 수 없다는 결론을 내린다. 따라서 그의 산문시는 산문의 논리적
속성만을 강조하는 시론을 펼치면서 산문의 조각과 같은 형태의 시를 창작하고 발표하는
모순을 보인다.

나는
날개 돋혀 내닷는
한개의 활살.

그러나
이 時間이
내 砂漠과 山 사이에 느린
그대의 함정이라면

나는 그저 咆哮하고
눈 감는 獨子.

또
만일에 이 時間이
四十五分만큼식 쓰담던
그대 할아버지 텍수염이라면
나는 그저 막걸리를 마시리.

—서정주, 「古代的적 時間」[34] 전문

　위의 시와 관련하여 강홍기는 1연에서 6연까지 객체(그대)와 주체
(나)의 대립이 두 연 단위로 질서 있게 반복되고 마지막 연에서는
두 대립을 포괄하면서 끝을 맺고 있다고 하였다. 하나의 대립 관계를
한 단위로 생각한다면 이 작품은 4개의 상황을 병치한 병렬구조를

---

34) 서정주, 『미당 시전집 1』, 민음사, 1994, 235~236쪽.

만들면서 리듬을 발생시킨다는 것이다.35) 그러나 이러한 분석은 행과 연을 달리한다 해도 가능하다. 다시 말해 위의 시를 다음과 같이 바꾼다 해도 이 분석에는 커다란 변화가 없다.

② 만약에 이 시간이 고요히 깜작이는 그대 속 눈섭이라면
　저 느티나무 그늘에 숨어서 박힌 나는 한알맹이 홍옥이 되리.
　만일에 이 시간이 날카로히 부디치는 그대 두 손톱 끝 소리라면
　나는 날개 돋혀 내닷는 한개의 활살.
　그러나 이 시간이 내 사막과 산 사이에 느린 그대의 함정이라면
　나는 그저 포효하고 눈 감는 독자.
　또 만일에 이 시간이 사십오분만큼식 쓰담던 그대 할아버지 텍수염
이라면
　나는 그저 막걸리를 마시리.

③ 만약에 이 시간이 고요히 깜작이는 그대 속 눈섭이라면 저 느티나무 그늘에 숨어서 박힌 나는 한알맹이 홍옥이 되리. 만일에 이 시간이 날카로히 부디치는 그대 두 손톱 끝 소리라면 나는 날개 돋혀 내닷는 한개의 활살. 그러나 이 시간이 내 사막과 산 사이에 느린 그대의 함정이라면 나는 그저 포효하고 눈 감는 독자. 또 만일에 이 시간이 사십오분만큼식 쓰담던 그대 할아버지 텍수염이라면 나는 그저 막걸리를 마시리.

②의 경우처럼 한 행을 좀 더 길게 써 놓는다 해도 '연'과 '행'의 용어만 변할 뿐, 위의 분석과 같이 4개의 상황이 병치 되는 결과는

---

35) 강홍기, 앞의 글, 66~67쪽.

같다. 이것은 위의 분석이 시의 내재적인 의미나 이미지 분석일 수는 있으나 행과 연의 시적 구조와는 무관하다. 다른 관점에서 위의 시에는 약하게 나타나지만 '~리'로 끝나는 어미의 반복, 동일한 음절로 끝나는 단어가 주는 반복 또는 반복하는 어휘의 리듬을 해명할 경우 역시, 위의 시를 모두 ③처럼 이어서 쓴다 해도 결과는 같다. 다시 말해 행과 연의 구조와는 그다지 관계가 없는 음운론적, 통사론적 혹은 의미론적인 리듬 분석이다. 그러나 ①, ②, ③의 세 가지 형태의 시에서 리듬의 발현은 매우 다르다. 원래의 구조인 1)처럼 행과 연을 나눈다면 리듬은 확연히 두드러진다.

①의 시를 보거나 읽을 때, 각 연의 첫 행에 해당하는 '만일에', '저 느티나무 그늘에', '나는', '그러나', '나는 그저 포효하고', '또' 등은 하나의 덩어리, '하나의 물자체', 호흡(여기에서 호흡은 '띄어쓰기'나 '부호'로의 호흡과는 다르다.)으로 읽힌다. 이 경우 단어나 구 등이 일부 동일한 경우가 있긴 하지만 음운이나 음절, 어휘가 반복되어 일어나는 현상이라기보다는 첫 행의 위치에 단일하게 놓여 있다는 이유로 하나의 리듬 단위를 형성한다. 이러한 현상은 각 연의 두 번째 행이나 세 번째 행에서도 마찬가지로 작동한다. 이들은 모두 시를 쓰는 주체 때문에 배열된 '행'의 구조적인 힘으로 발생하는 리듬이라고 할 수 있다.

②의 형태로 바꾸어 놓은 시의 경우에도 일부 위와 같은 현상이 발견된다. 1행과 3행 5행, 2행과 7행, 4행과 6행 등이 동일한 덩어리로 읽히게 된다. 물론 ①의 시와 마찬가지로 동일한 어미나 단어의 반복, 또는 어휘의 구조가 비슷하게 전개되는 것 또한 리듬에 영향을 미치고 있으나 ①의 리듬과 분별 되는 지점은 '행'의 구별에 있다. 다시 말해 ①과 ②는 행의 배열에 따라 각기 다른 리듬감을 준다.

더 확대하여 위의 시를 행 구분 없이 ③처럼 모두 붙여 쓴다면 처음과는 전혀 다른 리듬을 형성하고 이 경우 리듬은 매우 약화하거나 음운적, 혹은 어휘적 반복으로의 리듬만을 강조한다. 따라서 자유시에서 발생하는 '행의 리듬'이라고 할 수 있는 리듬은 의미나 이미지의 반복이나 병치, 혹은 단어나 어휘의 동일한 구조나 의미로 발현되기도 하지만 '행'이라는 구조가 주는 영향이 매우 크다. 즉 동일한 단어나 어휘의 구조를 지닌 시라 해도 행에 의해 다른 리듬을 가질 수 있으며, 또한 반대로 다른 음운이나 음절, 혹은 어휘 구도를 가진 경우라도 '행'에 의해 동일한 리듬 차원이 될 수 있다.

한편 ①에서 시의 의미나 이미지는 한 단어, 혹은 한 어휘가 한 행으로 위치한 경우 매우 강조된다. '속 눈섭, 홍옥, 두 손톱, 활살, 사막, 산, 텍수염, 막걸리' 등이 홀로 존재하면서 다음 이미지로 서서히 이동한다. 그러나 ③의 형태에서는 앞의 이미지가 뒤의 이미지로 빠르게 전이되면서 문장의 마지막에 있는 '홍옥, 활살, 막걸리'에 집중한다. 이러한 현상은 선택되어 반복하는 음운이나 어휘가 동일하다 하더라도 시의 구조 변화 즉 행의 변화 때문에 리듬이나 의미, 이미지의 흐름이 매우 다르다는 것을 말한다. 이미지 병치의 대표적인 시로 제시한 김춘수 경우에도 리듬의 발생은 어휘가 같거나 혹은 낯선 이미지의 배열만은 아니다.

사랑하는 나의 하나님, 당신은
늙은 비애다.
푸줏간에 걸린 커다란 살점이다.
시인 릴케가 만난
슬라브 여자의 마음 속에 갈앉는

놋쇠 항아리다.

손바닥에 못을 받아 죽일 수도 없고 죽지도 않는

사랑하는 나의 하나님, 당신은 또

대낮에도 옷을 벗는 어리디 어린

순결이다

삼월에

젊은 느릅나무 잎새에서 이는

연두빛 바람이다.

—김춘수, 「나의 하나님」 전문

앞에 제시한 시와 마찬가지로 위의 시에서도 동일한 어휘나 몇 개의 이미지의 배열이 리듬을 발생시킨다는 것은 기존의 글에서 이미 밝혀 왔다. 그러나 이 시 역시 위의 시처럼 다른 형태의 행으로 배치하거나 모두 이어 붙인다면 리듬은 매우 다르다. '당신은, 만난, 갈앉는, 않는, 또, 어린, 이는, ~다'로 끝나는 행에서 리듬은 하나의 의미와 이미지로 존재하면서 반복되지만 이를 모두 이어 붙여서 행 구분을 하지 않을 경우, 대부분은 '~다'로 끝나는 리듬의 단위가 나타난다.

이처럼 리듬은 시의 형태나 구조 변화에 따라 시의 이미지를 단독으로 존재시키며 의미를 강조하거나 혹은 빠르게 이어져 약화 혹은 연쇄하면서 다르게 존재한다. 이러한 리듬론이 기존의 리듬론과 다른 지점은 낭독과 같은 '듣는 시'의 청각적 기능을 강조한 리듬에서 '보는', '보여지는' 혹은 '읽는' 시각적인 기능의 리듬 변화에 있다.[36]

---

36) 그러나 '보여지는' 혹은 '보이는' 시라 할지라도 숫자나 그림 혹은 만화와 같은 일부

달리 말해 행과 연의 존재는 시의 형태 변화로 인해 '듣는 시'에서 '읽는 시'로의 변화와도 관련이 있으며 이때 리듬은 구조에 매우 영향을 받는다. 이것은 또한 리듬이 이미지의 단위나 의미 단위의 반복과 함께 행, 연의 구조 속에서 중층적으로 일어난다는 것을 증명한다.

정리하면 자유시에서의 리듬은 음운이나 음절, 동일한 어휘나 어휘 구조의 반복에서도 발생하지만 '행'이나 '연'이라는 자유시의 구조와 밀접하게 관계한다. 즉 시가 언어로 표현한다는 점에서 혹은 반복이 리듬을 발생시킨다는 점에서 언어나 통사론적 측면의 리듬 발생은 당연하지만(이것이 산문시의 리듬도 해명할 수 있게 하지만) 이와 함께 행과 연이 이미지, 의미와 구조적으로 작동하면서 매우 다른 리듬을 발생시키는 점에 주목해야 한다. 따라서 시의 리듬은 시의 구성요소인 언어, 이미지 등을 중심으로 이들의 요소나 방법을 강조하거나 배제하면서 시의 형태에 맞는 구조의 틀 안에서 선택하고 패턴화한다.

5. 시적 리듬

리듬은 시의 주요한 구성 원리 중의 하나임은 분명하다. 산문어 혹은 일상어의 형태로 표현하는 현대시의 리듬은 언어학적 통사론적 기능이 중요하다. 그러나 언어학을 중심으로 한, 특히 외국어의 특징을 중심으로 한 리듬론이 시의 모든 성격을, 혹은 시의 모든

형태주의 시와는 다르다. 이들이 하나의 물자체 혹은 단위로 반복하는 경우를 보인다 해서 모두 리듬을 포함한 시는 아니다. 그것은 시가 언어를 사용한다는 기본적인 전제를 부인하여 이미지나 호흡만으로도 시가 될 수 있다는 발상으로 나타난 형태이기 때문이다.

리듬을 장악하는 것은 아니다. 또한 모든 산문에 적용 가능한 리듬론이 '시의 리듬'이라고 하기에도 적절치 않다.

애초에 일괄된 패턴을 담보할 수 없는 현대시의 리듬을 정의하거나 분석하기 위해 중요한 것은 시의 리듬을 구성하기 위한 최소한의 조건을 전제하는 것이다. 그것은 리듬을 '시'의 영역 안으로 포섭하는 것이며 '시'의 영역을 넘어서는 것을 배제하는 것이다. 이때 배제할 때의 중요한 전제는 다음과 같다. ① 시는 음악이 아닌 언어로 표현한다. 따라서 의미를 형성하지 못하거나 동일한 의미로 존재하지 못하는 음성이나 음운은 어떠한 어조나 정서를 남길 수는 있으나 그것이 '시의 리듬' 전반일 수는 없다. ②①과 연관하여 소리와 의미 통합체로의 리듬은 '산문'의 리듬 분석에도 적용하는 것으로 시는 산문이 아니기에 전적으로 의존할 수 없다.

시적 산문과 산문시의 구분은 그것이 '시적인 요소를 드러내는 산문'인가와 '산문의 모습을 가진 시'의 차이에서 발생한다.37) 산문시는 산문의 형식을 가졌으나 시적인 요소를 반드시 포함해야 '시'일 수 있으며 그것은 행과 연을 제외한 그 외의 모든 요소를 존재시

---

37) 김준오는 시적 산문과 산문시를 다음과 같이 구분하였다. "산문시는 짧고 압축되었다는 점에서 '시적 산문'과 다르고, 행을 파괴한다는 점에서 자유시와 다르고, 보통보다 명백한 운율과 소리효과, 이미저리 그리고 표현의 밀도를 갖춘 점에서 짤막한 한 산문의 토막과 다르다"고 하였다. 산문시가 행은 파괴되었으나 명백한 운율과 소리효과, 이미저리, 응축을 보이는 점에서 '산문'과 구별되는 시의 요소를 가지고 있으며 '시적 산문'은 시의 다른 요소들, 즉 운율이나 소리효과를 가진다 해도 시처럼 짧거나 응축되지 않는다는 것이다.
　다시 말해 리듬과 이미저리는 시와 산문을 구별하는 중요한 요소로 작동하며 시와 산문을 구별하고 산문과 산문시를 구별하는 요소이다. 또한 '행'은 자유시의 구조와 관계하며 산문시에서는 '행' 이외의 다른 요소들이 산문시의 특징과 리듬을 담당한다. 이에 관한 논의는 필자의 박사논문에서 김춘수의 산문시 기준의 오류를 지적하면서 일부 거론하였다(김준오, 앞의 책, 155쪽 참조; 최석화, 「김춘수 시 연구: 리듬과 이미지를 중심으로」, 중앙대학교 박사논문, 2013, 95~110쪽).

키는 상황에서 '시의 리듬'이 가능하다. ③ 시의 리듬은 일상적인 리듬 개념과 다르다. 내용이나 형식, 의미를 포함한 시의 전반이 일반적인 생이나 자연의 리듬을 수용하거나 타나낼 수는 있으나 시의 리듬 그 자체는 아니다. 따라서 모호한 내재율의 개념으로부터 일반화한 모든 리듬의 논리를 적용하는 것을 피해야 한다. ④ 주체 충동으로 형성한 자유로운 현대의 시 작품에서 리듬론은 하나의 정형태로 존재하기 어렵다.

리듬은 어디에나 있다. 그러나 '시의 리듬'은 시의 예술성, 즉 시의 미학적 특성과 결합할 때 발생한다. 이때 리듬은 시를 구성하는 요소를 최소한의 조건으로 하여 정형화하지 않은 다양한 패턴으로 존재한다. 또한 시를 구성하는 최소한의 조건은 단순히 그들이 각각의 요소로만 작용하는 것이 아니라 하나 혹은 둘 이상이 중층적으로 작용한다. 여기서 시를 구성하는 최소한의 조건은 언어, 리듬과 이미지 그리고 시의 구조이다.

① '언어 리듬'은 의미의 최소단위인 음운의 결합 즉 음절에서 시작하여 단어, 어휘 등의 반복이나 유사한 통사구조를 포함한다. ② '이미지 리듬'은 정서나 심리를 포함하나 단순히 동일한 대치물만이 아니라 낯선 대치물로 반복하기도 하여 병치나 병렬, 변주로도 가능하다. 그러나 ①과 ②는 모두 시의 구조에 영향을 받는다. ③ 행과 연은 하나의 단위로 존재하는 자유시만의 구조로 시의 리듬에 매우 중요한 기여를 한다. 이 '구조 리듬'은 다시 시의 의미나 이미지 단위를 재설정한다. 자유시에서는 이 세 가지 요소를 기본으로, 산문시에서는 행과 연을 제외한 기타의 요소들이 개별, 혹은 역학 관계 속에서 리듬을 만들어낸다. 이때의 리듬은 당연히 다양한 패턴으로 존재가능하며 그 자체로, 혹은 중층적으로 작용한다.

위와 같은 리듬론은 현대시의 리듬을 시의 영역 안에서 포섭하기 위한 방법론이며 하나의 정형성을 벗어난 시의 구조 속에서 다양한 패턴의 리듬론을 허용하기 위한 것이다. 리듬은 정형화된 하나의 이론이 모든 시 텍스트들을 장악할 수도 없고 모든 텍스트가 아무런 틀도 없이 개별화 주관화하는 것 또한 아닐 것이다. 따라서 시와 산문의 경계가 무너지고 문학과 다른 장르의 경계가 무너지고 자연 발생적인 리듬의 모습만 남겨지는 상황이 되기 전까지 최소한 '시의 리듬'은 시 형태와 시를 구성하는 요소의 구조 속에서 연구되어야 한다.

지금까지 살펴본 현대시의 리듬에 관한 여러 가지 전제나 방법론에도 불구하고 현대시의 리듬론을 확정하고 증명하는 데에는 또 다른 문제점들이 도출될 것이다. 하나의 이론으로 확정할 수 없는 리듬론의 특성에도 부딪힐 것이다. 또한 이러한 리듬론을 각각의 시 작품에 적용할 때에는 주관적인 판단이 개입할 수 있는 여지가 여전히 남아 있다. 르네 웰렉이 '이 분야를 계속 연구하려는 사람은 누구나 엄청나게 다양한 운율 이론에 빠져들고 마는 헛수고를 겪는다'라거나 '운율 연구에 어떤 확신이 한 가지 있다면, 그것은 이 분야에서 의견의 불일치가 시작에서 끝까지 규칙처럼 존재해 왔다는 점'이라고 말한 카알 샤피로의 말처럼 현대시의 리듬론 연구는 단순화하거나 확정하기 어려운 것은 분명하다. 그런데도 시의 리듬을 해명하는 과정은 각기 다양한 성과를 남기면서 현대시 연구의 중요한 부분으로 지속해야 한다.

제2부 리듬과 이미지의 변주

: 김춘수의 경우

제1장 김춘수 시의 구성

1. 리듬과 이미지의 시적 변용

김춘수(金春洙, 1922~2004)는 유고 시집인 『달개비꽃』을 포함하여 17권의 시집과 9권의 시선집을 발간하였다. 또한, 그는 자신의 시 창작이나 시에 관한 생각을 담은 시론도 수시로 발표하였다. 이러한 다수의 시집과 시론에서 살펴지듯 그는 시 창작에 매우 다양한 실험 과정을 거쳐 왔다. 따라서 김춘수에 관한 많은 연구가 시 창작의 변모 과정을 다루고 있는 것은 당연한 일이다. 그의 시적 변모 과정을 다룬 연구 대부분은 그의 대표적인 시와 시론이라고 할 수 있는 '무의미시'를 중심으로 하여 각 시기를 구분하였다. 그러나 이 구분의 문제점은 시론과 시 창작의 과정이 명확하게 분리되지 않는다는 것이다. 다시 말해 김춘수의 시 창작 과정이 그의 시론에 의지하여 연구됨으로써 시 창작 행위의 의도나 시 자체의 특징이 명확하게 분리되지 않았다.

자신이 추구하고자 했던 시 세계에 관해 구체적인 내용을 발표해 왔던 김춘수의 시론은 시 창작 방법에 영향을 미쳤음을 부인할 수 없다. 김춘수의 시 연구가 시론 연구와 함께 이루어지는 것도 이러한 이유에서이다. 시는 시론의 예증적 사례이며 그의 시론은 시 창작에 관한 '의도'를 보임과 동시에 그의 시가 지향하는 바를 분명히 밝히고 있다는 점에서 함께 연구되어야 한다. 그러나 시인이 의도한 시 창작과 실제 시 창작이 반드시 일치하는 것은 아니다.

이승훈은 리차즈를 인용하면서 리차즈가 언어 기능을 네 가지 유형으로 나누었다고 하였다. 이승훈은 이 네 가지 기능이 바로 시적 의미(meaning)의 네 가지 기능이라 하였다. 여기서 말하는 네 가지 기능은 의미(sense), 감정(feeling), 어조(tone), 의도(intention)이다.[1] 한편 김준오는 그의 시론에서 시의 의미를 추적할 때 세 가지 측면을 지닌다고 하였다. 시인이 원래 작품 속에 표현(혹은 전달)하고자 한 의도적 의미(intentional meaning)와 작품 속에 실제로 표현된 실제적 의미(actual meaning), 그리고 독자가 해석한 의의(significance)가 그것이다. 또한, 이 세 측면이 반드시 일치하는 것은 아니라고 하였다.[2] 시 창작에서 시의 의도적 의미와 실제적 의미는 다르게 실현될 수 있다는 것이다.

시 분석에서 '시적 의미'라는 면을 가늠해 볼 때 가장 큰 오류는 '의도적 의미'와 '실제적 의미'의 혼란에서 발생한다. 이승훈이나 김

---

1) 이승훈, 『시론』, 태학사, 2005, 417쪽.
2) 김준오, 『시론』, 삼지원, 1982, 161쪽.

준오의 분류는 시를 분석할 때 위의 구분이 필요하다는 점에서 매우 중요한 지적이다. 시를 분석하는 데 우선되어야 할 것은 시인의 '의도'와 실제적 '의미'의 구분이다.[3] 자신의 시에 관해 많은 시론을 밝혀온 김춘수에게 있어 이는 더욱 중요하다.

따라서 자신의 시가 추구하는 '의도'를 명확하게 했던 김춘수의 시론과 그의 시 작품에 표현된 실제적인 '의미'는 구분하여야 한다. 이것은 또한 단순히 시 작품의 의도나 의미만을 파악하기 위한 것에 머무는 것이 아니라 김춘수가 이러한 시 창작을 통해 이루고자 했던 것은 무엇인지를 파악하기 위함이다. 의도적 의미와 실제적 의미의 구분은 김춘수의 무의미시를 구분하는 데에도 매우 중요하게 작용한다.

오세영은 김춘수의 무의미시에 관하여 들뢰즈가 말한 의미론을 중심 논리로 삼아 비판하였다. 그는 김춘수의 무의미시를 "주관을 주관적으로 묘사한 시의 한 유형이자 무의식의 내면세계를 언어에 의해서 회화적으로 그려 보인 초현실주의 시의 한 변종이며 아류"라고 평가하면서 무의미시가 김춘수의 개인적 용어가 될 수 없다고 하였다.[4] 이것은 김춘수의 무의미시가 의도하였던 것에 관한 고찰이라기보다는 '무의미'라는 용어에 대한 것을 중심으로 평가한 것이다. 이러한 평가는 김수영이 "모든 시는 무의미 시"[5]라고 한 것과

---

3) 시의 의미 분석에서 '시인의 의도'와 '실제적 의미'는 구분할 필요가 있으나 '실제적 의미'와 '독자가 해석하는 의의'는 구분이 모호하다. 독자나 비평가에 의해 분석된 의미가 '실제적 의미'와 '독자가 해석한 의의'의 둘 사이에 동시에 놓일 수도 있기 때문이다. 따라서 이 글에서는 이 둘의 사이를 명확히 구분하지 않고 '시인의 의도'와 시 작품에서의 '실제적 의미'를 구분하는 것에 중점을 두었다.

4) 오세영, 「무의미시의 정체: 김춘수론」, 『20세기 한국 시인론』, 월인, 2005, 180~186쪽.

5) 김수영은 김춘수가 넌센스를 추구한다고 하면서 그가 말하는 넌센스는 시의 승화 작용이며 모든 진정한 시는 무의미시라고 하였다. 그는 오든의 참여시나 브레히트의 사회주

같은 맥락으로 '의도적 의미'와 '실제적 의미'의 차이를 무시한 것이며 더 명확하게 말하면 '의도적 의미'와는 무관하게 '무의미'라는 용어에 대한 비판에 머문 것이다.

무의미시로 알려진 김춘수의 시 일부는 의미의 해석 문제에서 비판을 받기도 하였다. 김춘수의 무의미가 의미의 잔영을 남기므로 실패했다고 평가하는 것이 대표적이다.[6] 이러한 비판은 의미론적 측면인 무의미시라는 용어 문제와 김춘수가 새로운 시 형태로 정의한 '무의미시'에 관한 개념 정의의 차이를 혼동한 데서 발생한 결과이다. 따라서 김춘수에 관한 연구는 '의도적 의미'와 '실제적 의미'를 구분하여 분석할 때 비로소 온전한 분석이 될 수 있다.

시까지도 종국에 가서는 모든 시의 미학이 무의미의—크나큰 침묵의—미학으로 통한다고 하였다. 김수영은 김춘수의 시가 본질적인 의미와 무의미의 추구를 하는 것이 아니라, 먼저 의미를 포기하고 들어간다고 비판했다.

김수영은 작품 형성의 과정에서 볼 때, 의미를 이루려는 충동과 의미를 이루지 않으려는 충동이 서로 강렬하게 충돌하면 힘 있는 작품이 나온다고 보았다. 이런 변증법적 과정은 어떤 선입관 때문에 충분한 충돌을 하기 전에 어느 한쪽이 약화한다. 그것은 작품의 감응 강도에 영향을 줄 뿐만 아니라 작품의 성패를 좌우하는 치명상을 입히는 수가 있다고 하면서 김춘수의 무의미시를 비판하였다(김수영, 「변한 것과 변하지 않은 것」, 『김수영 전집―산문』, 민음사, 1981, 367~368쪽).

그러나 김춘수의 무의미시가 애초에 관념을 제거하고자 하는 시도이지만, 시 자체에 '아무런 의미를 남기지 않기 위해서' 쓰였다고 말하기에는 무리가 있다. 김수영의 말대로 김춘수의 시는 살아나는 관념과 제거해내려는 관념 사이에서 미묘한 음영을 남기기 때문이다. 이 미묘한 음영을 의미의 영역에 포함할지에 관하여는 정확한 기준을 매기기 어렵다. 따라서 이 글에서는 김춘수의 시가 무의미한 것이냐 아니냐의 논의를 밝히기 위한 것이 아니라, 김춘수가 무의미시 창작을 통해 얻고자 했던 시적 성취가 무엇이었는지에 집중하고자 한다.

6) 무의미시에 관한 비판은 황동규와 김종길이 대표적이다. 황동규는 김춘수가 무의미 시론을 밝힐 때 오히려 확실한 의미가 있는 시를 쓰고 있다고 비판하였다(황동규, 「언어의 생기」, 『사랑의 뿌리』, 문학과지성사, 1976, 179~224쪽). 김종길은 애초에 무의미시라는 것은 결코 성립할 수 없다고 하면서 시에서 관념이나 의미를 배제하는 것이 그 자체에 이미 시적 의미를 빚어낸다고 하였다(김종길, 「시의 곡예사: 춘수시의 이론과 실제」, 『시에 대하여』, 민음사, 1986, 272~277쪽). 이에 관한 자세한 논의는 이 책의 2부 3장에서 살펴보고자 한다.

한편 기존의 시 연구의 문제점을 지적하며 김춘수는 시 분석이 "유행하는, 변덕을 부리는 이론이나 사조에 억지로 편입하여 시를 시 자체로 놓아두지 않는다"[7]고 하였다. 시를 "심상 그대로 보지 않고 비유나 알레고리로 읽는 과잉 노력"[8]을 한다는 것이다. 이는 시 분석을 어떠한 사조나 이론에 의지하지 않고 '시' 자체로 보는 것이 중요하다는 것을 말한다. 즉, 시 분석이 다른 장르의 분석과 다른 점은 시적 미학이 바탕이어야 한다는 것이다.

　T. S. 엘리엇은 시를 정서의 깊이가 아니라 재료의 결합과 융합이라고 하였으며, 시에서 달라지지 않는 것은 내용이며 달라지는 부분은 형식이라고 하였다. 시 창작에서 중요한 것은 "시를 구성하는 요소인 정서의 위대함이나 강렬함이 아니라, 예술 제작 과정의 강렬함, 다시 말해 요소들을 융합시키는 압력의 강렬함"[9]이다. 이에 따라 같은 내용이라 할지라도 시는 시를 지배하는 시적 요소[10]에 따라 표현이 달라지고 이것은 시 혹은 시인의 특징을 좌우한다. 시가 논리학이나, 철학, 사회학과 다른 점은 이렇게 시를 구성하는 시의 미학적 요소에 있다. 시에 관한 분석이 다른 문학 장르의 분석과 크게 달라지는 지점 역시 여기에 있다.

---

7) 김춘수, 「시의 위상」, 『김춘수 시론 전집 2』, 현대문학, 2004, 354쪽.

8) 김춘수, 「의미와 무의미」, 『김춘수 시론전집 1』, 현대문학, 2004, 657쪽.

9) T. S. 엘리엇, 황동규 역, 「전통과 개인의 재능」, 『엘리어트』, 문학과지성사, 1978, 151쪽.

10) 시를 지배하는 시적 요소, 즉 지배소에 대해 야콥슨은 다음과 같이 말하였다. "지배 인자는 한 문학예술 작품에서 초점화된 구성요소라고 정의될 수 있다. 그것은 나머지 구성요소를 지배하고, 결정짓고, 변형시킨다. 작품 구조의 통합성을 보증하는 것도 지배인자이다. 지배인자는 작품을 특수화한다. (…중략…) 그러나 우리가 항상 유념해야 할 것은 주어진 몇 가지 유형의 언어를 구체화하는 요소가 전체적 구조를 지배하는, 강제적이고 절대적인 구성요소로서 나머지 요소들을 규제하고 그들에게 직접적인 영향을 행사한다는 점이다." 이처럼 시 작품에서 지배소는 작품의 표현이나 특징에 결정적인 영향을 미친다(로만 야콥슨, 신문수 역, 『문학 속의 언어학』, 문학과지성사, 1989, 40~41쪽).

특히 이 두 요소를 깊이 있게 탐색, 구분하고 각각의 요소를 극단으로 몰고 가는 시 창작을 해 왔던 김춘수에게 있어 리듬과 이미지에 관한 연구는 필수 불가결하다. 김춘수의 시 창작에 대한 다양한 시적 실험은 리듬과 이미지에 관한 치밀한 탐색에서 시작한다. 그는 시의 중심적인 요소이면서 시의 미학을 나타내는 리듬과 이미지에 대한 분석을 통해, 본인만의 독특한 시론과 시를 만들어냈다. 따라서 김춘수의 시에 관한 연구는 리듬과 이미지를 중심으로 할 때 그 변모 과정과 시의 특성이 명확하게 드러난다.

'리듬'은 "가장 보편적이며 일반적으로 받아들여진 시적 발화의 자질"11)이다. 또한 '이미지'는 "한순간 속에서 이루어지는, 감성과 지성의 복합체"12)이며 "전형적인 시적 상황에서 가장 구체적인 요소"13)이다. 따라서 시인의 사상이나 관념, 체험, 혹은 정서를 '시'라는 형식을 통해 표현하고자 할 때, 리듬과 이미지는 하나 혹은 그 이상의 것들이 혼합, 변용, 강조된다. 리듬과 이미지는 시를 구성하는 기본적인 요소이면서 이 둘의 지배적인 상황에 따라 시의 표현이나 창작 방법이 달라지는 것이다. 김춘수의 리듬과 이미지에 관한 관심은 다른 시인의 경우에 비해 더욱 극단적인 실험과정을 거친다. 그의 시적 실험은 이 두 요소를 극단적으로 분리, 제거, 융합하는 단계를 거치며 이루어진다.

김춘수의 대표적인 시론과 시라 할 수 있는 무의미시의 중요한 시 창작 방법 역시 시의 관념을 제거하기 위해 리듬과 이미지를 분리하여 각각의 요소가 시의 지배적인 상황을 형성하게 하는 데에 있다.

---

11) 유리 로트만, 유재천 역, 『시 텍스트의 구조 분석: 시의 구조』, 가나, 1985, 90쪽.

12) Ezra Pound, *Make It New*, Yale University Press, 1935, pp. 35~36.

13) 필립 윌라이트, 김태옥 역, 『은유와 실재』, 문학과지성사, 1982, 63쪽.

여기서 리듬과 이미지는 단순히 지배소로 머무는 것이 아니라 리듬과 이미지만을 강조하는 극단적인 모습까지 보인다. 이러한 실험과정에서 김춘수는 다른 시인과 다른 자신만의 시적 성과를 얻었다. 따라서 이 글은 '리듬'과 '이미지'라는 좀 더 본질적인 시적 요소를 바탕으로 하여 김춘수의 시 창작 과정을 분석해 보고자 한다. 또한, 김춘수의 시가 위와 같은 과정을 거치면서 변모하였음에 주목하였다.

그러나 김춘수의 무의미시란 무엇인가에 집중하기보다는 리듬과 이미지를 중심으로 전개해 나간 무의미시의 형태를 세밀하게 분석하여 무의미시에 대한 비판의 일부분을 수정하고자 한다. 이것은 위에서 지적한 대로 시 작품의 실제적 의미와는 다른, 시의 의도에 대한 분석이기도 하다. 시 작품의 실제적 의미에 대한 분석은 이후 다루어질 것이다.

구체적으로 이 글에서 진행하고자 하는 리듬과 이미지에 대한 논의는, 일차적으로 그 개념의 일반적인 정의와 김춘수가 정의한 개념을 구분하는 것에서 시작한다. 왜냐하면, 김춘수가 추구하고자 했던 시 세계를 분명히 하기 위해서는 리듬과 이미지에 대한 그의 개념 정의를 일반적인 정의와 비교, 분석해 보는 것이 선행되어야 하기 때문이다. 이것은 리듬과 이미지라는 요소를 통해 시적 실험의 특성을 보였던 김춘수의 시 창작에서 그의 의도를 파악하기 위함이다. 이는 또한 김춘수의 시에 대해 '의도'와 '의미'를 혼용하고 있는 기존의 연구 방법들을 지양하고자 함이다. 리듬과 이미지에 대한 김춘수의 정의는 김춘수 시의 특징과 한계를 동시에 보인다는 점에서도 반드시 살펴보아야 할 부분이다.

한국의 현대시에서 '리듬'에 관한 이론은 대부분 서양의 이론에 근거하여 한국어의 특성에 맞지 않는 경우가 많다. 따라서 리듬은 운율, 율격 등 다양한 용어가 혼재하였다. 혹은 논자에 따라 자신만의 리듬의 개념을 확정하고 그에 따라 시의 리듬을 분석하기도 하였다. 이 글에서는 시의 음악적 특성을 보여주는 개념을 크게 '리듬'이라고 정의하여 운율이나 율격과 구분하여 분석할 것이다. 자유시에서의 리듬은 정형시와 달리 시의 구조적인 측면과 함께 이루어진다고 할 때, 시의 음악성을 형성하는 기능은 더욱 다양해진다. 이와 함께 산문시에서 리듬은 자유시의 그것과는 다른 양상으로 나타날 가능성을 가진다.

자유시 이전, 정형시에서는 시 형태를 구성하는 기본적인 조건으로 '운율'이 강조되었다. 여기에서 운율은 음성, 음위, 음수를 말하는 것이지만 한국에서는 그 언어의 특성상 음수율을 중심으로 한 정형시의 형태를 만들어 왔다. 한국의 현대시에서 리듬에 관한 연구가 꾸준히 진척되지 못한 것은 음수율에 의지한 한국 정형시의 특징 때문이기도 하다. 애초에 자유시에서의 '자유'란 모든 시적 요소나 기능들의 제거가 아니라 기존의 정형시에서 강조되었던 음성, 음위, 음수 등으로부터의 자유를 말한다. 따라서 자유시에서의 리듬을 논하기 위해서는 정형의 틀이 아닌 좀 더 구체적이고 현대시에 맞는 시선이 필요하다.

김춘수가 생각한 자유시의 리듬은 '행의 기능'과 밀접한 관련이 있다. 정형시에서 벗어난 자유시에서는 '행'에 의한 음악적 특성을 간과할 수 없다. 행은 "율격적, 억양적, 통사론적, 의미론적 차원"[14]에서 나타난다. 김춘수가 '행'을 리듬, 의미의 단위로 정의하면서 시의 음악성이 단순한 음성이나 음수만이 아닌 의미를 포함한 기능

---

14) 유리 로트만, 앞의 책, 159쪽.

으로 확장한다. 따라서 리듬의 형성에는 통사론적 기준과 구조적 기준이 함께 작용한다. 하지만 김춘수의 리듬은 '행'과 밀접하게 관련하면서 음악성을 도출하지만 강조된 행의 기능으로 인해 형태상의 오류를 낳기도 한다. 형태상의 오류는 그의 '산문시'에서 두드러지는데, 이는 김춘수만의 리듬과 이미지에 관한 개념과 관련한다.

또한, 김춘수는 이미지를 '어떤 말이 우리 마음속에 불러일으키는 모습(상)'으로 정의하고 비유적 이미지와 서술적 이미지로 나누었다. 시에서 관념을 제거하기 위해서 시작된 서술적 이미지에 관한 그의 고찰은 관념이나 감상을 그대로 나타내거나 직접적인 사물로 대치하여 표면화하지 않는다. 여기서 이미지는 관념에 종사하지 않기 위해 이미지 그 자체로 '서술'되고, 대상을 제거한다. 절대적 묘사주의를 추구하는 김춘수의 이러한 시도는 대상이 있는 사물시나 즉물시와는 다르다.

그러나 관념이나 대상을 제거하였다고 해서 시의 음영이나 분위기마저 사라진 것은 아니다. 이것은 관념이나 대상의 제거가 실패한 것이 아니라 김춘수 자신이 스스로 의도한 결과이다. 김춘수가 자신의 시론에서 다양한 음영을 남기는 시를 예로 들면서 밝힌 것을 보면 그가 관념이나 대상을 제거한 시에서도 의도적으로 음영과 분위기를 남기려 했음을 알 수 있다. 결국 김춘수는 자신이 정의한 '리듬'과 '이미지'의 개념에 따라 시를 창작하고 이 두 요소를 극단적인 상황으로 몰고 가는 시적 실험을 하였다.

김춘수의 리듬과 이미지에 관한 극단적인 실험이나 시 형태에 관한 정의는 이후 시도된 새로운 시 형태에 결정적인 영향을 미친다. 산문시가 대표적인 예라고 할 수 있다. 김춘수의 산문시는 대부분 '자기 표절'에 관한 문제로 분석, 비판되었다.[15] 이 글에서도 김춘수의 '자기 표절'을 부인하는 것은 아니다. 하지만 이 글에서는 이에 대한 관점을 달리하여 새로운 시 형태를 시도하기 위해 '자기 표절' 이라는 방법을 활용한 것으로 판단하고, 그 이유에 관해 구체적으로 분석할 것이다.

김춘수의 산문시는 그의 시 창작 전반이 리듬과 이미지에 관한 철저한 분리와 시도로 이루어지는, 시의 본질적인 구성요소에 대한 탐색을 극단화한 상황 이후 형성된다. 이렇게 형성된 산문시는 한마디로 리듬과 이미지를 제거하는 형태를 만들었다. 따라서 김춘수의 산문시는 그의 시작 과정에서 매우 큰 변화를 일으킨 중요한 단계이다. 또한 "시적(예술적) 작품의 범위는 감각에서 인식으로, 시에서 산문으로, 구상에서 추상으로 확대된다"[16]는 말처럼, 김춘수의 산문시 역시 위와 같은 과정을 거치면서 시도한다.

마지막으로 이 글은 위와 같이 리듬과 이미지라는 시적 요소에 대한 세밀한 고찰과 극단적인 실험, 제거로까지 이어졌던 김춘수가 그 이후 두 요소를 어떻게 적절하게 배합하며 나아가는지를 분석한다. 언제나 시적 미학의 실험으로 인해 긴장 상태에 있던 그는 이 과정에서 다시 초기의 정서를 회복한다. 그러나 위의 과정을 거친

---

15) 김춘수의 '자기 표절'에 관한 대표적인 비판으로는 이창민의 연구를 들 수 있다. 그는 김춘수가 '자기 표절'의 기교에 관해 "나의 과거를 현재에 재생코자 하는 방법"이라고 한 것을 납득하기 어렵다고 하였다. 왜냐하면, 김춘수의 '자기 표절'로 된 작품은 그 시기가 비슷하게 쓰인 작품이므로 '재생'이나 '반복'이 될 수 없다는 것이다. 그는 김춘수의 '자기 표절'로 쓰인 작품 대부분이 산문시 창작 이후에 이루어졌다고 하면서 표절로 이루어진 작품을 구체적으로 도표화하여 보여주었다(이창민, 「김춘수 시 연구」, 고려대학교 박사논문, 1999, 168~199쪽). 그러나 이 글에서는 김춘수의 '자기 표절'을 단순한 재생이나 반복이 아닌 시 장르의 변화에 의한 시도라는 측면에서 분석한다. 자세한 논의는 이 책의 2부 3장에서 설명하였다.

16) 쉬클로프스키 외, 한기찬 역, 「기술로서의 예술」, 『러시아 형식주의 문학 이론』, 월인재, 1980, 34쪽.

김춘수는 초기 시와는 다른 서정시의 창작에 도달한다.

지금까지 살펴본 것을 토대로 이 글의 목적을 정리하면 다음과 같다. 김춘수는 시의 기본적인 요소라고 할 수 있는 리듬과 이미지에 관한 세밀한 탐색으로 시 창작의 특징을 형성하였다. 리듬과 이미지는 시를 구성하는 기본적인 요소이며, 이 둘의 지배적인 상황에 따라 시의 표현이나 창작 방법이 달라진다. 리듬과 이미지는 다른 장르와는 달리 시의 시적 미학을 보여주는 중요한 요소이다. 따라서 이 글은 김춘수 시의 창작이나 변모 과정을 리듬과 이미지를 중심으로 하여 구분하고 이에 따라 그의 시를 분석하고자 한다.

시의 음악성은 기존의 논의에서 매우 다양하게 정의되었다. 이 글에서는 이를 종합적으로 '리듬'이라 정의하고 김춘수 시의 음악적 특성을 분석할 것이다. 김춘수는 자유시에서 리듬과 관련하여 '행의 기능'을 매우 중요시하였다. 그러나 자유시에서 '행'은 시의 음악성을 나타내는 데 중요한 기능을 하지만 반드시 '행'만으로 자유시의 음악성을 형성하는 것은 아니다. 즉, 리듬은 통사론적이나 구조적으로 함께 이루어진다.

김춘수는 '이미지'에 관한 탐색 역시 치밀하고 독특한 과정을 거친다. 그는 대상이 없는 이미지를 추구함으로써 기존의 사물시나 즉물시와는 다른 형태의 시를 창작한다. 또한, 리듬과 마찬가지로 이미지 역시 극단으로 몰고 가는 실험을 한다. 이러한 리듬과 이미지의 극단적인 실험은 이후 이 두 요소를 완전히 버리는 과정으로 이어진다.

한편, 김춘수의 시론은 그의 시 창작 의도를 분명히 하지만 그 의도가 실제 시 창작에서 반드시 그대로 실현된 것은 아니다. 따라서 시론에서 밝힌 김춘수의 시 창작 의도와 실제적인 시의 의미를 구분하여야 한다. 또한, 이러한 과정에서 김춘수 시의 특징을 명확하게 함으로써 기존 논의의 일부를 수정하여야 한다. 한 마디로 이 글은 김춘수의 시를 리듬과 이미지를 중심으로 하여 분석함으로써 그의 시 창작의 변모 과정을 포괄적으로 연구한 것이다.

2. 시의 구조와 창작 방법

김춘수에 관한 연구는 매우 다양한 방식으로 축적됐다. 연구의 대부분은 김춘수 시의 변모 과정을 중심으로 하거나 그의 시론인 무의미시를 중심으로 하였다. 그 외에 김춘수에 관한 연구는 특정한 주제나 특정 시기의 시집에 관한 연구가 다수 발표되었다.

김춘수에 관한 기존 연구는 크게 네 가지 측면으로 구분된다. 먼저 특정한 주제나 부분적인 시 형태 혹은 특정 시집에 관한 연구,[17]

---

17) 김현, 「테로리즘의 문학: 50년대 문학소고」, 『문학과지성』, 1971년 여름호; 김용직, 「아네 모네와 실험 의식」, 『시문학』, 1972년 4월호; 김윤식, 「한국시에 미친 릴케의 영향」, 『한국 문학의 논리』, 일지사, 1974; 송하춘·이남호, 『1950년대의 시인들』, 나남, 1994; 서준섭, 「순수시와 향방: 1960년대 이후의 김춘수 시세계」, 『작가세계』 33, 1997; 김현, 「김춘수와 시적 변용」, 『상상력과 인간: 시인을 찾아서』, 문학과지성사, 1991; 서진영, 「김춘수 시에 나타난 나르시즘 연구」, 서울대학교 석사논문, 1998; 이형권, 「김춘수 시의 작품 패러디 연구」, 『한국언어문학』 41, 한국언어문학회, 1998; 권온, 「김춘수 시와 산문에 출현하는 '천사'의 양상: 릴케의 영향론 재고의 관점에서」, 『한국시학연구』 26, 한국시학회, 2009; 김현, 「김춘수에 대한 몇 개의 단상」, 『책 읽기의 괴로움: 살아있는 시들』, 문학과지성사, 1982; 박윤우, 「김춘수의 시론과 현대적 서정시학의 형성」, 『한국현대시론사』, 모음사, 1992; 문혜원, 「김춘수의 시와 시론에 나타나는 이미지 연구」, 『한국 문학과 모더니즘』, 한양출판, 1994; 김동환·한계전 외, 「김춘수 시론의 논리와 그 정체성」, 『한국 현대시론 사 연구』, 문학과지성사, 1998; 김현, 「존재 탐구로서의 언어: 김춘수론」, 『세대』 제12권, 1964; 조남현, 「김춘수의 꽃: 사물과 존재론」, 『김춘수연구』, 학문사, 1982; 이승훈, 「시의 존재론적 해석사고」, 『김춘수연구』, 학문사, 1982; 김용태, 「김춘수 시의 존재론과 하이 데거와의 거리 (1)」, 『어문학교육』 12, 한국어문교육학회, 1990; 이승훈, 「김춘수론: 시적 인식의 문제」, 『현대시학』, 1977.11; 이은정, 「김춘수와 김수영 시학의 대비적 연구」, 이화여자대학교 박사논문, 1992; 이민호, 「현대시의 담화론적 연구: 김수영, 김춘수, 김 종삼의 시를 대상으로」, 서강대학교 박사논문, 2001; 오형엽, 「김춘수와 김수영의 시론

김춘수의 대표적 시론인 무의미시를 중심으로 한 연구18)와 변모과 정을 중심으로 분석한 연구19) 등이 있으며, 마지막으로 김춘수 시의

비교 연구: 한국 근대비평의 구조와 계보 2」, 『한국문학이론과비평』 16, 한국문학이론과 비평학회, 2002; 김종태, 「김춘수 처용연작의 시 의식 연구」, 『우리말글』 28, 우리말글학회, 2003; 이주열, 「하이데거의 철학적 사유와 김춘수 시의 대비적 논고」, 『한국어문학연구』 19, 한국외국어대학교 한국어문학연구회, 2004; 강영기, 『한국 현대시의 대비적 인식: 김수영과 김춘수』, 푸른사상사, 2005; 이찬, 「20세기 후반 한국 현대시론 연구」, 고려대학교 박사논문, 2005; 이은실, 「김춘수와 김수영 시의 모더니티: 자유에 관한 사유를 중심으로」, 『동북아문화연구』 12, 동북아시아문화학회, 2007; 김영태, 「처용단장에 관한 노우트」, 『현대시학』 2(8), 1970.7; 김현자, 「한국현대시의 구조와 청자의 반응에 대한 연구」, 『이화여대논총』 52, 이화여자대학교, 1989; 허만하, 「김춘수와 언어」, 『시와반시』 51, 2005; 김명철, 「김춘수 후기시 연구: 유형에 따른 화자의 태도 변화를 중심으로」, 고려대학교 석사논문, 2007; 송승환, 「김춘수 사물시 연구」, 중앙대학교 박사논문, 2008; 전병준, 「김수영과 김춘수의 시 비교 연구」, 고려대학교 박사논문, 2010; 주영중, 「조지훈과 김춘수의 시론 연구: 시론 형성의 문학사적 맥락을 중심으로」, 고려대학교 박사논문, 2009; 김지녀, 「김춘수 시에 나타난 주체와 타자의 관계 양상 연구」, 고려대학교 박사논문, 2012.

18) 김윤식·김현, 『한국문학사』, 민음사, 1973; 오규원, 「김춘수의 무의미시」, 『현대시학』, 5(6), 1973.6; 이기철, 「무의미시, 그 의미의 확대」, 『시문학』 59, 1976.6; 황동규, 「감상의 제어와 방임」, 『창작과비평』, 1977년 가을호; 정한모, 「김춘수의 의미와 무의미 확대」, 김춘수연구간행위원회 편, 『김춘수연구』, 학문사, 1982; 권기호, 「절대적 이미지: 김춘수의 무의미시를 중심으로」, 김춘수연구간행위원회 편, 『김춘수연구』, 학문사, 1982; 원형갑, 「김춘수와 무의미의 기본구조」, 『현대시론총론』, 형설출판사, 1982; 최원식, 「김춘수 시의 의미와 무의미」, 김용직 외, 『한국현대시사 연구』, 일지사, 1983; 이승훈, 「김춘수의 시와 시론」, 『현대문학』, 1982.11; 이승훈, 「무의미 시론의 문학사적 의의」, 『시와반시』 14(1), 2005; 이승훈, 「무의미시의 세 유형」, 『현대문학』 51(1), 2005; 김준오, 「무의미와 서정양식: 김춘수의 2분법 체계」, 『한국현대장르비평론』, 문학과지성사, 1990; 남기혁, 「김춘수의 무의미시론 연구」, 『한국문화』 24, 서울대학교 한국문화연구소, 1999; 최라영, 「김춘수의 무의미시 연구」, 서울대학교 박사논문, 2004; 오세영, 「김춘수의 무의미시」, 『한국현대문학연구』 15, 한국현대문학회, 2004; 이영섭, 「김춘수 시 연구: 무의미시의 허와 실」, 『현대문학의 연구』 22, 한국문학연구학회, 2004; 김예리, 「김춘수 시에서의 무한의 의미 연구」, 서울대학교 석사논문, 2004; 장경렬, 「무의미 시의 의미: 대여 김춘수의 방법론적 고뇌와 한계」, 『시인세계』 13, 2005; 이준우, 「김춘수의 무의미시에 대한 연구」, 『인문과학』 15, 목원대학교 인문과학연구소, 2006; 노지영, 「무의미의 주제화 형식과 독자의 의사소통: 김춘수의 처용단장을 중심으로」, 『현대문학의 연구』 3, 한국문학연구학회, 2007; 함종호, 「김춘수 '무의미시'와 오규원 '날이미지시' 비교 연구: '발생 이미지'를 중심으로」, 서울시립대학교 박사논문, 2008; 김두한, 「김춘수의 무의미 시와 포스트모더니즘」, 『비평문학』 32, 한국비평문학회, 2009.

19) 권혁웅, 「김춘수 시 연구: 시 의식 변모를 중심으로」, 고려대학교 석사논문, 1995; 이경철,

창작 방법론적 측면에서의 연구가 있다.

위의 연구 중에서 김춘수 시의 창작 방법론에 관한 연구는 권혁웅, 임수만, 정효구, 노철, 이창민, 김의수, 지주현, 진수미, 조점숙, 조윤경 등이 발표하였다. 권혁웅은 김수영의 시 유형과 김춘수의 시 유형, 신동엽의 시 유형을 비교한 글에서 김춘수의 시는 중첩과 연접의 원리, 즉 은유적인 중첩과 환유적인 연접의 방식이 두드러진다고 하였다. 김춘수에게 있어 중첩은 하나의 풍경을 다른 풍경과 겹쳐 놓는 방법이며, 연접은 하나의 풍경을 그와 인접한 다른 풍경으로 잇는 방법이라는 것이다. 이러한 서경적 언술에서는 화자의 기능이 약화하지만 이렇게 숨은 화자는 특정 인물의 내면을 전면에 부각하는 방법으로 나타난다.[20] 권혁웅은 김춘수의 시를 은유와 환유라는 특징으로 분석하였다. 이것은 김춘수의 시 창작 방법에 대하여 구체적인 방법론을 제시하였지만 김춘수 시의 변모 과정을 포괄적으로 다루지는 않았다.

임수만은 의미와 무의미를 동시에 바라보는 방법론으로 기호학적 입장에서 김춘수 시의 '반복'을 다루었다. 그는 내용 층위와 표현 층위의 등가적 반복이 텍스트 속에서 어떠한 기능을 하는가에 주목하였다. 그는 이들을 의미론적 확장과 해체로 구분하였는데 전자는 시 작품을 이루고 있는 요소가 하나의 의미핵을 중심으로 긴밀한 상호연관을 맺고 있다고 하였다. 후자는 시편에서의 언어 요소가

「김춘수시의 변모양상: 초기시에서 무의미시까지」, 『동악어문논집』 23, 동악어문학회, 1988; 이민정, 「김춘수 시 연구」, 경원대학교 박사논문, 2006; 권온, 「김춘수시의 유희적 특성 연구: 중기시와 후기시를 중심으로」, 『한국문학평론』 12, 한국문학평론가협회, 2008.

20) 권혁웅, 「한국 현대시의 시작방법 연구: 김춘수, 김수영, 신동엽의 시를 중심으로」, 고려대학교 박사논문, 2000, 49~56쪽, 161~162쪽.

의미 연관이 모호할 뿐 아니라 의도적으로 차단되면서 시의 부수적인 자질이던 것들, 즉 회화성이나 음악성 등이 전면에 배치되는 지배인자의 전도 현상을 설명하였다. 또한 그는 김춘수의 시를 통시적인 관점에서 고찰할 때 의미-무의미의 단절은 계속 되풀이되고 있다고 하였다.21)

임수만은 김춘수의 시를 기호학적 입장에서 의미의 반복과 해체의 측면에서 다루고 있지만, 그 이론을 명확하게 대응하여 연구하였다고 보기는 어렵다. 그가 김춘수 시의 전체적인 변모 과정을 의미를 형성하고 제거해 가는 과정으로 본 것은 김춘수의 시가 의미와 무의미를 되풀이하고 있다는 점에서는 이 글의 관점과 부분적으로 일치한다. 그러나 김춘수의 시 창작 방법을 반드시 의미론만으로 다룰 수는 없다. 김춘수의 시는 미학적 기준, 즉 형식적인 측면의 실현도 중요하기 때문이다.

정효구는 김춘수 시의 변모 단계를 세 단계로 나누어 시 창작 방법을 살펴보았다. 그 첫 번째는 이데아를 향한 대상의 의미부여 단계이며 두 번째는 자아와 세계를 부정하면서 방심에 가까운 심리 세계를 남기는 단계이다. 마지막 단계는 무의미 단계를 벗어나 현실을 있는 그대로 수용하는 과정이다.22) 정효구의 글은 실질적인 시 창작 방법의 분석이라기보다는 변모 단계를 거치는 의식이나 지향하는 바를 설명하는 연구에 더 가깝다. 하지만 정효구가 김춘수 시의 변모 단계의 마지막을 산문 시집인 『서서 잠자는 숲』으로 봐야 한다고 주장한 것은 매우 타당해 보인다. 또한, 그는 이후 김춘수의 시 창작을 예상

---

21) 임수만, 「김춘수 시의 기호학적 연구」, 서울대학교 석사논문, 1996, 66~68쪽.

22) 정효구, 「김춘수 시의 변모 과정 연구: 창작 방법론을 중심으로」, 『개신어문연구』13, 개신어문학회, 1996, 448~457쪽.

하기도 하는데, 이러한 예측이 그의 마지막 유고 시집을 통해 성취되는 것을 보면 김춘수 시의 의식 변화를 매우 정확하게 포착했던 연구이다.

노철은 김수영과 김춘수의 시 의식과 시 작품을 비교 분석하였다. 그는 김춘수가 유토피아를 향한 의식을 가지고 순수 세계를 지향하며, 그 시작 방법은 추상적 풍경을 묘사하는 것으로 나타난다고 하였다. 그는 김춘수가 대상의 기존 형태를 해체하여 부분만을 취하거나 대상을 다른 환경에 배치함으로써 독자적인 세계를 구성한다고 하였다.23) 이 글은 김춘수의 시 의식을 통하여 시 창작 방법을 고찰한 것이다. 김춘수의 시가 유토피아를 지향하고 있고 방법상으로 추상적 풍경을 묘사하고 있다는 것은 매우 적절한 분석이다. 그러나 이 논의는 그 연구대상을 김춘수의 시 일부에 한정하고 있다는 점에서 한계를 지닌다.

이후 이창민은 김춘수의 시 전반에 대한 양식과 작법을 연구하였다. 그는 통사적인 방법으로 김춘수의 시를 분석하였으며 구체적으로 '존재와 역사', '언어와 심상', '예술과 현실'의 단계 과정을 따라 그의 시가 창작되었다고 하였다.24) 이 논의는 김춘수에 대한 논의가 어느 한 부분에 집중되어 선택적으로 연구되는 것을 지양하고 세밀하게 시 세계의 변모를 살펴본 것이다. 이것은 김춘수 시의 창작 방법 연구에 있어서, 하나의 사상이나 이론을 중심으로 설명하는 한계를 극복하고 시의 내재적 창작 방법에 주목하였다. 그러나 김춘수의 산문시 이후 과정을 분석하면서 시 창작의 의도나 의미보다는

---

23) 노철, 「김수영과 김춘수의 시작 방법 연구」, 고려대학교 박사논문, 1998, 130~134쪽.
24) 이창민, 『양식과 심상』, 월인, 2000, 8~12쪽, 169~199쪽.

'자기 표절'에 집중하고 있다는 점에서 김춘수의 마지막 시 세계를 정확히 판단하였다고 하기는 어렵다.

김의수는 김춘수의 시 전반에 대한 창작 방법을 설명하고 있다. 이 논의는 김춘수 시의 창작 방법의 특징을 상호텍스트성으로 보고 매우 구체적이고 전반적으로 분석하였다. 또한, 김춘수의 시에서 자주 사용하고 있는 단어나 어휘, 문장들을 상세하게 도표화하고 있다.[25] 김의수의 글은 김춘수의 시 창작 방법을 상호텍스트 측면에서 고찰한 것으로 전반적인 김춘수 시의 특징을 설명하고 있다는 점에서 의미가 있다. 그러나 이 논의는 김춘수의 시 전반을 해체적 측면에서만 다루고 있어 김춘수 시의 의도나 시 자체의 의미를 명확하게 설명하지 못하고 있다.

지주현은 김춘수 시의 형태 형성 과정을 전체적으로 조망하려고 하였다. 김춘수의 시가 회화적으로 묘사되었던 것을 '장면적 기법'이라는 좀 더 확장된 개념으로 설명하였으며, 김춘수의 시는 쇼트의 사용, 시점의 응용 및 파노라마 기법을 통한 고도의 묘사주의를 사용하였다고 보았다.[26] 이 글의 주요한 점은 김춘수 시 전체의 형식미를 보여주는 기법으로 '반복'을 다루었다는 것이다. 그러나 이 역시 장면적 기법을 더욱 고취하는 원리의 하나로 반복을 부분적으로 다루고 있다는 점에서 김춘수 시 전체를 조망한 것으로 보기는 어렵다.

진수미는 김춘수 시의 회화적 측면을 논의하였다. 그는 김춘수의 무의미시를 탈관념의 단계, 탈 이미지의 단계, 통사 해체의 단계로 나누었다. 이 단계에서 김춘수의 시는 세잔의 비구상 회화를 접목하

---

25) 김의수, 「김춘수 시의 상호텍스트성 연구」, 서울대학교 박사논문, 2002, 153~159쪽.
26) 지주현, 「김춘수 시의 형태 형성 과정 연구」, 연세대학교 석사논문, 2002, 83~86쪽.

거나 잭슨 폴록의 액션 페인팅 기법을 창작 방법으로 끌어들였다고 하였다.27) 이 글은 김춘수 시의 회화적 측면에 주목하여 인접 학문과의 연계를 다루었다는 점에서 의의가 있다. 그러나 액션페인팅 기법 등은 김춘수가 시론에서 거론한 것으로 그의 시론에 의지하여 연구한 결과이다. 또한, 이 논의는 김춘수의 시 창작 방법이나 대상을 매우 한정적으로 다루고 있다.

조점숙과 조윤경은 패러디 기법을 중심으로 연구하였다.28) 이들은 김춘수의 창작 방법을 포스트모던이라는 입장에서 다룬 것이나 결국 이러한 논의 역시 김춘수 시의 창작 방법을 하나의 이론 안에 가둠으로써 김춘수 시 전반에 대한 창작 방법을 규명하기에는 부족하다.

위에서 살펴본 바와 같이 김춘수의 시 연구는 매우 다양한 관점에서 다루어졌다. 그러나 이러한 연구들의 문제점은 첫째로 김춘수의 특정 주제나 시 형태, 시집에 연구가 집중되어 있다는 것이다. 또한, 변모 과정을 다루고 있는 연구 역시 김춘수의 무의미시를 중심으로 나누고 있다는 점이다. 이러한 구분은 김춘수의 시론에 의지한 결과이다. 이처럼 시론에 대한 의존도가 높다는 것은 김춘수의 시에 관한 선행 연구의 중요한 문제점이다.

한편 서구의 이론을 김춘수 시에 일부분 적용하거나 확대하여 연구한 것이 많고 연구대상 또한 김춘수의 유고 시집을 포함한 연구는 부재한다. 김춘수의 시 창작 방법을 다룬 논의는 대부분 김춘수의

---

27) 진수미, 「김춘수 무의미시의 시작 방법 연구: 회화적 방법론을 중심으로」, 서울시립대학교 박사논문, 2003, 211~216쪽.

28) 조점숙, 「김춘수 시 연구: 무의미시의 포스트모더니즘적 경향」, 한신대학교 석사논문, 2003, 91~94쪽; 조윤경, 「김춘수의 시정신과 창작방법」, 『용봉논총』 33, 전남대학교 인문과학연구소, 2004, 126~128쪽.

시 창작 방법이 매우 다양한 형태로 실현되었다고 본다는 점에서 이 글의 관점과 일치한다고 할 수 있다. 그러나 그 연구 방법에서는 대부분 김춘수의 시론이나 특정한 이론에 의지하는 한계를 가진다. 따라서 이 글은 기존 연구들의 문제점을 지양하고 김춘수의 시 전체를 포괄하는 분석을 위해 시를 구성하는 기본적인 요소인 리듬과 이미지를 중심으로 하여 김춘수 시의 변모 과정을 설명하고자 한다. 또한, 김춘수의 첫 시집에서부터 유고 시집까지를 포함하여 그의 시 전체를 다루고자 한다.

정리하면 이 글은 김춘수의 시 창작 방법을 리듬과 이미지를 중심으로 하여 설명할 것이다. 또한, 김춘수가 시론에서 밝히고 있는 '시의 의도'와 '실제적인 의미'를 구분하여 좀 더 면밀히 다룰 것이다. 따라서 김춘수의 시 전반에 걸친 변모 과정을 중심으로 살펴보되 그의 시론을 분석함과 동시에 시 창작의 기준을 리듬과 이미지 변화로 구분한다. 이러한 구분은 대부분 시간적 흐름에 따르게 되지만 일부는 특징을 중심으로 살펴본다.

또한, 리듬과 이미지에 대해서는 특정한 사조나 이론에 의지하기보다 시의 기본적이면서 중심적인 요소로 판단하여 시적 미학의 기본적인 틀을 지키고자 한다. 이러한 기준은 김춘수의 시 창작이 대표적인 시적 요소를 구분하고 극단화시키는 특징을 보인다는 점에서 매우 유용하다.

'운율'이나 '리듬'은 대부분 특별한 구분 없이 사용되었다. 시의 음악성에 관한 기존의 정의는 자유시의 음악적 특징보다는 정형의 틀 안에서 고정된 운율의 개념을 유지하였다. 정병욱의 '음보율'이나 오세영의 '마디', 조창환의 '율마디' 개념은 음절의 특징이나 음수율을 기본으로 한다. 조동일은 율격의 휴지에 의한 '호흡'으로 '운율'을 정의하고 작품마다 독자적인 율격이나 율독을 가진 것으로 파악하였다.29) 하지만 이는 권혁웅의 지적대로 음보의 규칙성 안에서 이루어진다고 할 때, 기존의 정형성에서 완전히 벗어난 것은 아니다.30)

이와는 다른 측면에서 성기옥은 음절의 자질에 근거한 기층에 관심을 가졌다. 이것은 음운, 시어, 음보, 구로 이루어지는 계층적 질서를 확보하기 위한 것이다.31) 하지만 이것 역시 음보를 결정하는 원리가 독자의 율독에 의한 것이 아니라 음절의 자질에 근거한 것으로 언어의 음성적 한계를 가진다.

그러나 자유시의 음악성은 정형화된 것이 아니며 음성적 차원에서만 형성되는 것이 아니다. 이에 따라 현대시의 음악성은 운율론에서 거론된 고정화한 형태나 음성적 차원을 넘어서는 개념이 필요하다. 따라서 이 글에서는 시의 음악성을 정형의 틀 안에서 논의한 '운율론'과 음성적 차원을 넘어서기 위해 의미론을 포함한 개념으로 '리듬'이라는 용어를 사용한다. 리듬에 관한 좀 더 면밀하고 발전된 최근의 논의는 김춘수의 논의와 비교하면서 시적 리듬을 정의할 것이다.

한편, 김준오는 이미지를 문학 작품 속에서 감각, 지각의 모든 대상과 특질, 시각적 대상과 장면의 요소, 비유적 언어(은유, 직유) 등의 단계로 제시하였다. 따라서 이미지는 "시인이 전달하고 싶은 관념이나 실제 경험 또는 상상적 체험들을 미학적으로 그리고 호소력 있는

---

29) 정병욱, 『한국고전시가론』, 신구문화사, 2000; 오세영, 『한국 근대 문학론과 근대시』, 민음사, 1996; 조창환, 『한국 현대시의 운율론적 연구』, 일지사, 1996; 조동일, 『한국 민요의 전통과 시가율격』, 지식산업사, 1996.

30) 권혁웅, 『시론』, 문학동네, 2010, 426쪽.

31) 성기옥, 『한국 시가율격의 이론』, 새문사, 1986, 99쪽.

형태로 형상화시킬 수단"[32]이다. 이미지의 유형은 이론가에 따라 직유, 은유, 상징, 알레고리를 포함하여 다루어진다. 하지만 김춘수의 이미지는 독특한 자신만의 개념으로 실현되었다.

따라서 이 글에서는 일반적인 리듬과 이미지의 개념을 김춘수의 개념과 비교하는 것을 통해 김춘수의 시적 성취와 한계를 구분한다. 이것은 김춘수의 시 창작 방법론 대부분이 그의 시론에 의지하여 연구되어 온 것을 지양하고, 김춘수가 '의도한 시의 의미'와 '실제적인 시의 의미'를 구분하기 위한 것이다. 또한 김춘수의 시론을 세밀하게 분석하여 그 의도를 파악하고 그의 시 작품을 별도로 분석함으로써 의도와 의미의 구분을 명확하게 할 것이다. 또한, 김춘수 시 연구의 대상은 일정 시기나 특정한 부분에 한정하지 않고 시 전반을 포함하기 위해 첫 시집부터 그의 유고 시집을 포함한 전체를 연구대상으로 하였다.

전체적인 글의 서술 방법은 대략 다음과 같다. 먼저 김춘수의 시 창작 방법에 있어 그의 의도를 파악하기 위해 그의 시론을 집중적으로 분석한다. 이 분석은 단순히 그의 시론에 의지하는 것이 아니라 이 글에서 중심으로 하는 리듬과 이미지의 두 요소에 관한 기존의 논의와 김춘수의 논의를 비교하는 과정을 거친다. 여기서 두 요소를 활용하여 성취되는 김춘수의 시 창작 과정이 성과와 함께 한계를 동시에 드러내고 있다는 점을 서술할 것이다. 또한, 이 과정의 분석을 통해 기존의 김춘수 시 창작 방법 연구에서 김춘수 시의 의도와 의미의 혼란 때문에 발생한 오류의 문제점을 함께 지적하고자 한다.

다음으로 이 글은 그의 실제적인 시 작품 분석을 통해 앞에서 보여

---

32) 김준오, 앞의 책, 158~159쪽.

준 김춘수의 의도가 어떻게 구현되며 의미화되고 있는지를 살펴볼 것이다. 김춘수는 리듬과 이미지를 중심으로 시를 창작하되, 자신만의 새로운 방식을 추구하였다. 리듬에서는 전통적인 우리 가락의 변용을 통해 현대시의 리듬을 새롭게 시도하였다. 이미지 면에서 김춘수는 비유적 이미지를 통한 시 창작을 우선하였다.

그러나 이후 김춘수는 시에서 관념을 제거하고자 하는, 서술적 이미지라는 새로운 방법론으로 시 창작을 시도한다. 이 과정에서 그가 생각하는 대상은 제거되지만, 시의 음영은 남는다. 이미지의 절대성을 추구하는 상황에서 남는 시의 음영이나 분위기는 애초에 김춘수가 의도한 것으로, 앞의 시론 분석을 통해 이에 대한 특징과 한계를 지적할 것이다. 다음으로 김춘수 시의 창작 방법에서 중요한 변화를 맞는 시기인 리듬과 이미지가 제거, 융합되는 단계를 살펴볼 것이다.

구체적인 글의 구성은 다음과 같다. 먼저 2부 2장에서는 시 창작 방법에서 중요한 요소인 음악적 특성을 리듬으로 정의하는 과정을 설명한다. 기존의 논의에서 다양하게 정의되고 있는 리듬은 정형시보다 자유시에서 그 개념이 확장된다. 따라서 시의 음악적 특성인 리듬을 자유시에서 구조적으로 형성하고 있다는 점에 주목한다. 특히 김춘수는 자유시에서 '행의 기능'을 통해 리듬을 정의하고 개념화하였다. 이것은 김춘수가 '행'을 통한 리듬을 의도했음을 말한다. 실제 시 창작에서도 김춘수에게서는 행을 활용한 리듬의 특징이 감지된다. 그러나 그렇다고 해서 정형시에서 시도되었던 리듬의 개념들이 완전히 사라졌다고는 볼 수 없다. 다시 말해 정형시의 음성이나 음위, 혹은 음수율로 표현되었던 운율은 자유시에서 의미를 포함하는 리듬론을 포괄하면서 확장한다. 이것은 시의 리듬이 매우 다양한 방식과 기층을 형성하고 있음을 증명한다.

김춘수가 자유시에서 행의 기능에 주목한 것은 매우 당연하고 타당해 보인다. 하지만 행의 기능에 관한 과도한 해석은 산문시에서 형태상의 오류를 남겼다. 따라서 이 장에서는 산문시에서 형태상의 오류를 드러내게 되는 기초적인 과정으로서의 행의 기능을 추가로 분석한다. 또한, 김춘수는 그의 시에서 리듬을 시도할 때, 전통적으로 실행되었던 리듬의 개념을 현대시에 변용하여 끌어 온다. 우리의 장타령의 가락을 변용하여 「타령조」 연작이 대표적이다. 이후 그는 리듬에 대한 극단의 실험으로 관념을 완전히 제거하고 구원을 이루는 주술성의 시에 관심을 가진다.

정리하면 이 장에서는 김춘수의 리듬에 관하여 시론에서 보이는 의도를 규명하는 것을 우선으로 하고 그의 시 창작에 그 의도가 어떠한 방식으로 실현되고 있는지 분석할 것이다. 주의할 것은 위의 특징을 가지면서 시도되는 김춘수의 리듬은 반드시 시간순으로 나타나는 것은 아니라는 점이다.

2부 3장은 김춘수의 이미지에 관한 분석이다. 2장과 마찬가지로 3장에서도 기존의 이미지에 대한 개념을 살펴보고 김춘수가 생각하는 이미지의 개념과 비교하는 것을 우선으로 한다. 이것은 김춘수 시의 이미지의 특징을 설명하는 과정이다. 김춘수의 이미지에 관한 시적 실험은 관념을 제거해 보고자 하는 의도에서 독특하게 나타난다. 그는 이미지를 비유적 이미지와 서술적 이미지로 나누고 특히 서술적 이미지의 중요성을 강조한다. 따라서 이 장에서는 서술적 이미지를 시도한 이유와 특징을 설명해 보고자 한다.

김춘수는 서술적 이미지를 통해 대상을 제거하고자 하는데, 여기서 말하는 대상(對象)이란 무엇인지에 관하여도 면밀히 고찰할 것이다. 김춘수가 도달하고자 했던 관념을 제거한 이미지는 대부분 '무의미시'라는 용어 안에서 정의되지만, 이 글에서는 '무의미시'라는 용어가 가지는 무확정성이나 한계를 지양한다.

　김춘수의 이미지에 대한 시론과 시 창작은 그의 개념 설정으로 의도된 것이다. 따라서 이 장에서는 무의미시냐 아니냐의 문제보다는 이미지를 통해 그가 추구하고자 했던 시 형태는 무엇인지를 분석하는 것에 중점을 둘 것이다. 이러한 분석은 무의미시에 관한 기본적인 김춘수의 의도에 대한 파악 없이 자신의 개념을 통해 성패를 논하는 일부 논의의 모순을 지적하기 위함이기도 하다. 다시 말해, 그가 관념을 제기하는 방법으로서 대상이 제기된 서술적인 시를 창작하는 의도는 무엇인지를 파악하는 것이 우선이다. 따라서 김춘수의 시는 '사물시'나 '즉물시'와는 다른 위치에 있음을 추가로 분석한다.

　2부 4장은 위에서 정의했던 김춘수의 리듬과 이미지에 관한 시도를 극단적인 실험을 통해 성취한 후, 다시 그것을 회의하는 과정을 살핀다. 이러한 회의는 산문시라는 새로운 시 형태를 추구하는 것으로 표면화한다. 앞에서 지적한 대로 자유시의 행이 리듬의 기능을 담당한다고 보는 김춘수는 관념으로 돌아가고자 하는 산문시에서, 리듬이 없는 형태로 산문시를 정의한다. 즉 김춘수는 리듬과 이미지가 담당할 수 있는 모든 시적 가능성을 극단까지 실험한 후, 다시 극단적으로 이 둘을 완전히 제거하는 모습을 보인다.

　이처럼 그의 산문시에 관한 시론이나 견해는 매우 독특하지만, 한계 또한 명확하다. 이는 김춘수의 초기 시론인『한국 현대시 형태론』의 영향이다. 따라서 이 장에서는『한국 현대시 형태론』을 중심으로 형성된 산문시가 어떻게 리듬과 이미지를 제거한 상태로 나타나는지를 분석한다. 또한, 일반적으로 '자기 표절'로 평가되어 온 김춘수의 산문시 시도는 '자기 표절'만으로 정의할 수 없는 면이 있다는 점도 함께 고찰할 것이다. 김춘수는 위의 과정을 거치면서 끊임없이 갈등해 온 자신에 대해 고백한다. 이러한 갈등은 이후 자신을 좀 더 익숙한 것들에 놓아 보고자 하는 시적 시도로 나타난다.

2부 5장은 리듬과 이미지를 극단적인 실험 과정으로 삼아왔던 김춘수가 이 두 요소를 시의 정서 속으로 용해하는 과정을 설명한다. 지금까지 '리듬'과 '이미지', 그리고 '내용'(관념)을 중심으로 하여 구분하는 그의 시 창작은 정서가 고양된 시의 모습으로 돌아간다 해도 그대로 버려지는 것이 아니다. 따라서 김춘수가 리듬과 이미지에 관한 극도의 긴장 상태에서 벗어나면서 어떻게 정서를 표출해 가는지를 분석하고자 한다.

한편, 그는 지금까지 시도해 왔던 시 창작 방법을 다시 다양하게 풀어나가기도 한다. 대표적인 것이 '말놀이'에 관한 것으로 이의 구체적인 의도와 의미를 살펴본다. 김춘수는 끊임없이 새로운 시 창작 방법에 몰두한 시인으로 그의 유고 시집인 『달개비꽃』에서도 새로운 시도를 꿈꾼다. 따라서 이 장에서는 리듬과 이미지, 그리고 시의 내용으로부터의 완전한 해방을 꿈꾸던 그의 모습을 마지막 시집을 통해 확인해 보고자 한다.

정리하면 이 글은 리듬과 이미지라는 시의 본질적인 요소를 가지고 시도한 김춘수의 시 창작 방법을 구체적으로 보여준다. 이것은 시론에 의지하거나 시간적인 배열로 그의 변모 과정을 살펴보는 것이 아니다. 또한, 시인의 의도와 실제적인 의미를 구분하기 위해 시론과 시 창작의 분석을 분리해서 적용한다. 한편 시론의 분석에서 김춘수의 견해를 일방적으로 따라가는 것을 피하고자 시의 요소나 시 형태에 대한 기본적인 개념을 우선 살펴볼 것이다. 이에 따라 김춘수 시의 창작 방법에 대한 특징을 변별하고 실제 시 창작을 분석하는 방법으로 서술하고자 한다.

한편 이 글은 김춘수의 첫 시집부터 마지막 유고 시집까지를 포함하여 김춘수의 시 전체를 대상으로 한다. 김춘수는 17권의 시집과 함께 9권의 시선집을 발간하였는데 이들을 구체적으로 살펴보면 다음과 같다. 먼저 김춘수는 첫 시집인『구름과 장미』(행문사)를 1948년에 출간하였다. 이어서 그는 1950년『늪』(문예사), 1951년『기』(문예사),『인인』(문예사)을 출간하였다. 이후 김춘수는『구름과 장미』와『늪』이 각각 한 시집으로 개성이 희박하다고 판단하여 1954년에 첫 시선집인『제1시집』(문예사)을 발간하였다.

이어서 1959년에는 네 개의 장으로 되어 있는 시집『꽃의 소묘』(백자사)를 발간하고, 같은 해에 '시선집'이라는 제목을 별도로 붙이지는 않았지만, 시선집 형태인『부다페스트에서의 소녀의 죽음』(춘조사)을 발간하였다. 이후 김춘수는 10년이 지난 1969년에 리듬에 대한 구체적인 시적 실험을 보여준『타령조·기타』(문화출판사)를 발간하였다. 이어 1974년에는 세 번째 시선집인『처용』(민음사), 1976년에는 시선집『김춘수 시선』(정음사), 1977년에 시선집『꽃의 소묘』(삼중당)를 발간하였다.『꽃의 소묘』는 1959년에 발간한 시집과 제목은 같지만『타령조·기타』에 포함되지 않았던「타령조(打令調)」연작을 몇 편 포함하여 발간한 다섯 번째 시선집이다.

같은 해인 1977년에 발간한『남천』(근역서재)은 이중섭과 예수에 대한 김춘수의 관심을 표명한 시들을 묶은 것이다. 1980년대에 들어 김춘수는 두 권의 시집과 시선집을 발간하는데 이는 1980년에 낸 시집『비에 젖은 달』(근역서재), 1982년의 시선집『처용이후』(민음사), 1987년의 시선집『꽃을 위한 서시』(자유문화사), 1988년의 시집『라틴점묘·기타』(탑출판사) 등이다.

　1990년대에 이르러 김춘수는 1990년에 8번째 시선집인『샤갈의 마을에 내리는 눈』(신원문화사), 1991년에『처용단장(處容斷章)』(미학사)을 발간하였다.『처용단장』은 1991년에 발간되었지만 1960년대 후반에 시작하여 1991년까지 20여 년에 이르는 기간 동안 창작한 시들을 모은 것이다. 이 시집은 앞선 시집들에서 간간이 시도되었던 '무의미' 시들을 본격적으로 창작하여 발표한 것으로 그의 오랜 시론과 시 창작에 대한 모든 것을 집결한 시집이다.

　『처용단장』이후 그의 마지막 시선집인『돌의 볼에 볼을 대고』(신원문화사)를 1992년에 발간한 김춘수는 오랜 시작에 대해 힘겨움을 토로함과 동시에 자신의 시 세계를 완전히 변모한다. 이에 발간된 시집이 그의 본격적인 산문 시집인『서서 잠자는 숲』(미학사)이다. 이어서 김춘수는 1993년에『호(壺)』(한밭미디어), 1997년에는 극시라는 새로운 시적 실험을 보여준『들림, 도스토예프스키』(민음사), 1999년에는『의자와 계단』(문학세계사)을 발간한다.

　2001년에 김춘수는 죽은 아내를 그리며 쓴 시들을 모아『거울 속의 천사』(민음사)를 발간하고 2002년에 다양한 시적 실험을 보여주고 있는『쉰한 편의 비가(悲歌)』를 마지막으로 그의 시적 여정을 마무리하였다. 따라서 이 글은 그가 작고한 2004년에 발간된 유고 시집인『달개비꽃』(탑출판사)을 포함하여 총 17권의 시집과 9권의 시선집을 분석대상으로 한다.

　한편, 이 글은 김춘수의 시집, 시선집과 함께 동화출판공사에서 1975년에 발행한『민족문학대계』제6권에 실린 서사시「낭산의 악성—백결 선생」도 분석대상으로 하였다. 위와는 별도로 2004년에 현대문학에서 발간된『김춘수 시 전집』을 참고로 하였으며 김춘수의 시론에 대한 분석은 함께 발간된 『김춘수 시론 전집 Ⅰ』과 『김춘수 시론 전집 Ⅱ』를 참고로 하였다. 또한, 전집에 수록된 시론집이지만 1959년 해동문화사에서 발행한 『한국 현대시 형태론』과 1971년 송원문화사에서 발행하고 1988년 중판 인쇄된 『시론』, 1976년 문학과지성사에서 발행한 『의미와 무의미』 등 세 권을 참고로 하였다.

시론의 인용은 다른 시론과의 균형을 위하여 현대문학에서 발행한 『김춘수 시론 전집』을 활용하였다. 그러나 이 글에서 분석한 시는 김춘수 개별 시집의 원문을 그대로 인용하였다. 왜냐하면 김춘수의 텍스트 일부분은 시집과 시론집, 전집에서 조금씩 차이를 보이기 때문이다. 구체적으로 김춘수가 발표한 시집의 시와 전집에 수록된 시는 제목이나 맞춤법, 띄어쓰기, 마침표, 쉼표, 한자 등에서 차이가 발견된다. 이 글은 되도록 원문에 충실히 하고자 각 시집의 원본을 분석 텍스트로 삼았다.

제2장 현대시의 리듬과 자유시의 행

1. 행의 기능을 강조한 리듬 의식

김춘수는 자유시의 음악성을 설명하면서 '운율'과 '리듬'을 동일 개념으로 사용하였다. 시의 음악성을 논할 때 자주 거론되는 운율이나 리듬은 현대시에서 정확하게 정의하기 어렵다. 이 글에서 시의 음악성은 '리듬'이라는 용어를 사용한다. 리듬은 자유시의 음악성이 운율론적, 통사론적, 구조적인 관계에서 일어난다고 볼 때 그 모두를 통합하여 지칭하기 때문이다. 현대시의 리듬 연구는 크게 진척되지 않았으며 정의하는 과정에서 혼란한 양상을 보인다.

김준오는 운율이 곧 리듬, 즉 운(rhyme)과 율(meter)을 지칭하는 개념으로 율격만이 아닌 기표의 '반복성'이라고 하였다. 그에 따르면 리듬은 소리의 반복을 비롯하여 음절수, 음절의 지속, 성조, 강세 등 여러 상이한 토대에서 실현된다.[1] 그는 김춘수와 같이 운율과 리듬을 같은 개념으로 보았다.

강홍기는 자유시에서의 리듬은 모든 음성적 구조가 드러내는 효과를 포함하여 시적 표현의 모든 구조적 요소나 내용, 의미 구조에까지 침투한다고 하였다. 따라서 자유시의 리듬은 성음 분절 현상뿐만 아니라 의미의 진동, 의식의 흐름, 심리적, 정서적 진폭, 이미지 간의 연결, 시각적 요인, 통사적 구조 등을 포함한다고 하였다.[2] 이러한 정의는 자유시의 리듬을 포괄적으로 설명하기 위한 것이지만 시의 특징을 바탕으로 한 리듬이라고 보기는 어렵다.

이와는 다른 각도에서 이경수는 음악성이 줄어든 현대시에서 새로운 시 형식의 변화에 걸맞은 방법론을 모색하였다. 그는 반복이 리듬을 구성하는 원리만이 아니라 차이를 생성하는 원리라는 것에 집중하였다.[3] 따라서 반복을 시의 언술 구조를 구성하는 원리로 파악함으로써 운율론을 확장한 새로운 방법론을 제시하였다는 점에서 의의가 있다.

장철환은 리듬을 의미 – 형식의 조합체로 본 앙리 메쇼닉과 에밀 벤브니스트의 이론을 이용하여 현대시의 음악성을 분석하였다. 그는 시적 리듬을 '운'과 '율' 그리고 '선율'이라는 차원으로 분별하고 '프로조디' 개념을 적용한다. 그의 논의는 시의 운율을 단순한 음성적 차원이 아니라 의미론적 차원으로 확대하여 설명하고자 한다는 점에서 의의가 있다.[4] 그러나 '프로조디'[5] 개념은 프랑스의 자음과

1) 김준오, 『시론』, 삼지원, 1982, 135쪽.
2) 강홍기, 『현대시 운율 구조론』, 태학사, 1999, 28~49쪽.
3) 이경수, 『한국 현대시와 반복의 미학』, 월인, 2005, 50~69쪽.
4) 장철환, 「김소월 시의 리듬 연구:『진달래꽃』을 중심으로」, 연세대학교 박사논문, 2009,

모음을 중심으로 하여 형성된 개념이다. 음절의 강세를 중심으로 형성된 프로조디 개념은 애초에 우리의 언어 구조와 다른 바탕에서 생성되었다. 이 개념은 음성만으로도 운율과 의미를 적용할 수 있다. 따라서 프로조디는 디스쿠르 전체에 적용됨으로써 시 장르의 '리듬'에 적용하기에는 무리가 있다.

권혁웅은 운율이 운[압운(rhyme), 곧 일정한 위치에 일정한 소리가 위치하는 규칙성]과 율[율격(meter), 곧 일정한 소리의 시간적 반복에서 나타나는 규칙성]을 결합하는 말로, 운문을 이루는 소리의 반복에서 나타나는 규칙성을 뜻하는 말이라고 하였다. 그는 음운의 반복에 압운의 가능성을 인정하고 현대시의 운율이 전체가 아닌 부분에서 관철되며 정형시의 운율론에서 도출되지 말아야 한다고 강조하였다.6) 운율론이 정형시의 관점이 아닌 새로운 관점이 필요하다고 말한 부분은 매우 중요한 지적이다. 하지만 그 역시 운율이라는 정형시의 용어 정의에서 완전히 벗어난 새로운 리듬에 관한 논의를 적극적으로 전개했다고 보기는 어렵다.

박슬기는 기존의 논의를 통합 정리 분석하면서 율격과 운율을 포함한 개념을 '율'이라고 하였다. 그는 율을 '시각의 청각적인 인상'으

8~12쪽.

5) 프로조디란 '한 텍스트의 모음적, 자음적 조직체, 특히 자음 중심주의에 의한 리듬 요소 즉 철자 변화주의에 의한 의미의 요소'이다. 따라서 프로조디는 모음에서만이 아니라 모든 음절, 시구뿐만이 아니라 디스쿠르 전체에서의 강세와 억양을 의미한다. 이는 언어 활동을 음성의 차원에 머물게 하는 것이 아니라 의미작용에 기여하는 개념적인 위상을 지닌 시니피앙스 즉 시니피앙에 의해 생성된 의미작용으로 본다. 메쇼닉의 프로조디 개념은 기호와 의미의 이원론적인 도식을 붕괴시키며 언어 활동 속에서 개별적이고 문화적인 주체성에 관심을 가진다(앙리 메쇼닉, 조재룡 역, 『시학을 위하여』, 새물결, 2004, 89~113쪽; 루시 부라사, 조재룡 역, 『앙리 메쇼닉 리듬의 시학을 위하여』, 인간사랑, 2007, 124~129쪽).

6) 권혁웅, 『시론』, 문학동네, 2010, 425쪽.

로 존재한다고 보고 '향률'이라고 정의하였다. 이에 따라 김소월과 이상화의 텍스트를 '향률'로 분석하면서 그 요소를 구두점, 즉 마침 표와 쉼표라고 하였다. 그는 휴지와 종결을 중심으로 이 원리가 한국 근대시의 형성 과정을 추동하는 원리로 '주체 충동'과 '민족'이라는 심층적 뜻을 내포한다고 보았다.[7] 이 논의 역시 라꾸라바르의 용어 를 참조한 것으로 현대시의 음악적 특성인 리듬을 포괄하기 어렵다.

새로운 창작 방법론을 제안한 논의를 제외하고 대부분의 리듬에 관한 집중적인 논의를 보면 현대시의 음악성을 모두 포함하지 못하거 나 개별적인 정의에 그친다. 또한, 외국 이론의 자의적인 해석과 이에 따른 개념 정의로 인혜 한국 현대시의 일부분을 분석하는 것에 머물 거나 리듬을 텍스트 전반으로 확대하는 경향이 있다. 이처럼 현대시 의 음악성에 관한 분석은 자유시의 리듬에 대한 개념 정의가 통합되 어 있지 않고 용어 역시 다양하게 제시하고 있음을 알 수 있다.

현대시에서는 시의 음악성이 점차 작아지고 있는 것이 사실이지 만 그것이 '시(詩)'인 이상 음악성은 기본적인 요소이다. 따라서 현대 시에서의 리듬을 설명하기 위해서는 정형시의 운율을 포함한 좀 더 확장된 개념이 필요하다. 결론적으로 현대시의 리듬은 정형시의 운 율론을 넘어서 의미를 포함하는 리듬론까지 확장할 필요가 있다.

이 글에서는 시의 음악성에 관한 정의와 혼란을 피하고, 현대시의 모든 음악적 특성을 포괄하기 위해 '리듬'이라는 용어를 사용한다. 또한, 그 리듬이 텍스트 전반으로 확장되는 위험을 피하고자 음성론 적 관점은 배제한다. 즉 이 글에서 '리듬'은 통사론적 입장, 그리고 자유시의 시행을 통한 구조적인 리듬의 가능성에 집중하고자 한다.

---

7) 박슬기, 「한국 근대시의 형성과 율의 이념」, 서울대학교 박사논문, 2011, 11~28쪽.

그것이 현대시의 리듬이기 때문이다. 먼저 현대시 형태에 깊은 관심을 가졌던 김춘수가 생각한 시의 리듬은 다음과 같다.

김춘수는 운율이란 음성율(평측법), 음위율(압운법), 음수율(조구법)을 말하는 것이라고 하였다. 따라서 자유시에서의 자유란 이러한 운율로부터의 자유이며 이들을 포기한 산문으로의 자유이다. 정형시에서의 운율은 음수율과 한국어에는 잘 나타나 있지 않은 소리의 고저, 음운과 음절의 반복을 이루는 음악성이다. 이 운율 개념은 대부분 정형시의 운율을 설명할 때 적합하다. 자유시가 정형시의 운율, 즉 음성이나 음위, 음수의 리듬에서 벗어나는 것이라면 자유시에서 음성이나 음위, 음수율로 음악성을 고찰하는 것은 적절하지 않다. 1959년에 발표한 시론인 『한국 현대시 형태론』에서 김춘수는 다음과 같이 말한다.

우선 이 '자유'란 무엇으로부터의 자유일까? 운율로부터 자유일 것이다. 즉 음성율(평측법), 음위율(평측법), 음수율(조구법)로부터의 자유일 것이다. 서구나 중국에 있어서는 이 말이 그대로 타당하다. (…중략…) 다음 이 '자유'란 무엇에서부터의 자유일까? 산문에로의 자유일 것이다. 즉 음성율, 음위율, 음수율을 포기한 새로운 형태 선택에로의 자유일 것이다. 그러나 한국에 있어서는 이 경우에도 성격상 약간의 설명이 필요할 것이다. 한국의 전통적 시가는 한국어의 성격상 주로 음수율에만 의지해온 불완전한 정형시이기 때문에 음성율, 음위율은 처음부터 고려의 여지가 없었던 것이다. 하여 한국의 자유시는 음수율만의 포기에로의 자유를 가지고 있었을 따름이다.[8]

---

8) 김춘수, 「한국 현대시 형태론」, 『김춘수 시론 전집 1』, 현대문학, 2004, 43쪽.

이에 따라 김춘수는 한국 정형시의 운율이 음수율에만 의지하여 오랜 기간 지속한 것을 오히려 의아해한다. 그러나 반대로 한국의 정형시는 그만큼 정형성을 포기하기 쉬웠을 것으로 예상할 수 있다. 그렇다면 정형시의 음수율을 포기한 자유시에서의 음악성은 무엇으로 나타나는지가 문제이다. 김춘수는 자유시가 운율을 포기한다고 할 때, 음악성이 '행'에 있다고 하였다. 그는 "자유시에 있어서의 행 구분이란 정형시나 신체시에서 운율이나 음율에 대적하고도 남음이 있다"[9]라고 하면서 행의 기능을 강조하였다.

자유시의 구성에 있어서는 행 구분이 대단히 중요하다. 행은 원래가 음율(metre)과의 관계에서 생긴 것이다. (…중략…) 자유시에서의 행은 정형시에서와 같이 문장의 리듬과 의미의 깊은 관계를 가지고 있다.[10]

자유시에서 그 형태의 특성은 행이 주로 보여주고 있다.[11]

같은 운율이라도 행 구분 여하에 따라 그 효과와 음영은 달라진다.[12]

행 구분을 하는 데에는 몇 가지의 중대한 이유가 있다. 먼저 리듬을 들 수 있다. (…중략…) 행 구분은 의미의 단락도 표시하는 것이라고도 말할 수 있게 되었다. (…중략…) 이미지의 움직임(이행)을 선명히 하기 위하여 행이 구분되어 있는 듯하다.[13]

---

9) 위의 책, 53쪽.
10) 김춘수, 「시론: 작시법을 겸한」, 위의 책, 188쪽.
11) 위의 책, 192쪽.
12) 김춘수, 「의미와 무의미」, 위의 책, 559쪽.

위의 인용에서 김춘수는 자유시에서의 행을 강조하면서 행 구분의 중요함을 설명한다. 행은 운율(이 글에서의 '리듬')뿐만 아니라 의미와 이미지의 움직임과 관련한다는 것이다. 따라서 행에서 생성된 리듬은 단순히 음악성에만 관계하는 것이 아니라 시의 의미나 이미지 변화하면서 리듬의 또 다른 기능으로 확장한다. 이는 김춘수 시에서 리듬이 단순히 음악성으로만 분석되는 것이 아니라 행에 의한 의미와 이미지의 전환과도 관계함을 말한다는 점에서 매우 중요하다.

그는 산문시 이외의 모든 시는 행 구분을 하고 있다고 하면서 한국 자유시 정착 과정에서 '행'의 기능이 중요함을 강조하였다. 김춘수는 한국의 자유시가 상아탑 황석우에 와서 비로소 정착되었다고 판단한다. 그 이유는 황석우의 「벽모(碧毛)의 묘(猫)」가 세기말적인 분위기와 함께 형태상으로 획기적인 "행 구분에서 의식적인 배려"가 눈에 띄기 때문이라는 것이다. 한편 「벽모의 묘」는 "운율이 안으로 숨어버린 산문"이며 '율적 산문'과 구분된다고 하였다.14) 람핑은 시 작품의 발화가 시행을 통해서 이루어진다고 하면서 시행이야말로 시 작품과 다른 작품을 구별지어주는 뚜렷한 지표라고 하였다.15) 이처럼 자유시의 행은 시를 규정하는 매우 중요한 구조이다.

한편 옥타비오 파스는 시의 음악성을 '리듬'이라는 용어를 통하여 설명하였다. 그에 의하면 리듬은 구와 관련이 있고 시의 의미 단위는 리듬이다. 그는 리듬과 운율이 동일하지 않다고 하면서 운율이 내용

---

13) 김춘수, 「시론: 작시법을 겸한」, 위의 책, 266~267쪽.

14) 김춘수는 리듬적 산문과 산문체, 산문을 구분하여 사용하였다. 리듬적 산문이란 산문으로 쓰여 있지만 리듬적인 모습이 보이는 것을 말한다. 그러나 산문시는 '산문체'로 되어 있다. 왜냐하면 '산문체'는 줄글을 말하며 '리듬이 없는 산문'이기 때문이다. 따라서 산문시 형태로 되어 있지만, 리듬이 있는 것을 '리듬적 산문'이라 하여 산문시와 구분하였다.

15) 디터 람핑, 장영태 역, 『서정시: 이론과 역사』, 문학과지성사, 1994, 38~39쪽.

을 담지 못해 공허해지고 활력이 없는 상태로 변할 때, 즉 단지 음성적인 껍질로 변할 때 리듬은 계속해서 새로운 운율을 만들어내야 한다고 하였다.

리듬은 구와 떼어놓을 수 없다. 리듬은 조각난 말들로 이루어져 있지 않으며, 단순히 율격, 혹은 음절의 수, 강세, 그리고 휴지가 아니라 이미지이며 의미이다. 리듬, 이미지, 그리고 의미는 분리 불가분의 조밀한 단위들인 시구와 시행에 동시에 주어져 있다. 반대로 운율은 이미지와는 별개로 추상적인 음격이다. 운율이 요구하는 것은 단지 각각의 시행에 필요한 음절과 강세이다. (…중략…) 운율은 의미가 빠진 음격이다. 반대로, 리듬은 결코 독자적으로 주어지지 않는다. 리듬은 양이 아니라 질이고 구체적인 내용이다. 모든 언어적 리듬은 자신 안에 이미 이미지를 포함하고 있으며 실제적으로, 혹은 잠재적으로 완전한 시구를 구성한다.16)

파스는 조각난 말들에 의한 추상적인 운율을 비판하면서 의미와 이미지를 포함하는 잠재적이면서 완전한 리듬의 시구에 집중하였다. 따라서 리듬은 율격, 음절의 수, 강세, 휴지보다는 '의미나 이미지의 단위, 즉 표면적으로 시구나 시행을 통해 나타나는 음악성'을 말한다.

그러나 한 편의 시 작품에서 말소리의 흐름은 시행 때문에 명확히 분절된다. 행과 행, 연과 연 사이에는 침묵이 개입한다. 연속적인 말소리의 흐름이 일시적으로 정지됨으로써 나타나는 침묵은, 말소

---

16) 옥타비오 파스, 김홍근·김은중 역, 『활과 리라』, 솔출판사, 1998, 89쪽.

리와 마찬가지로 시적 의미의 구축에 큰 영향을 미친다. 침묵은 한 행에서 다음 행으로 이어질 때, 오래 남으면서 깊은 울림을 가져온다. 이처럼 한 편의 시는 행에서 행으로, 연에서 연으로 이어지는 동안 말소리의 맺힘과 풀림, 그리고 침묵의 복합적인 구성을 보여준다. 시의 리듬은 이러한 복합적인 구성을 통해서 구현된다.[17]

따라서 자유시의 행은 다른 문학 작품과 구별되는 매우 중요한 구조이면서 시의 음악성이나 의미의 변화나 이미지의 전환과 관계한다고 할 수 있다. 결론적으로 자유시의 행은 다른 문학 장르와 구별되는 지표이면서 리듬을 형성하고 의미를 활성화하거나 확충시키는 역할을 한다.

김춘수 역시 자유시가 정형시의 운율을 벗어나고 의미와 이미지를 포함하는 리듬 개념을 인식하면서 행이 가지는 기능을 강조하였다. 즉 자유시의 행은 시의 리듬을 만들어냄은 물론 의미나 이미지의 확충이나 구체화 혹은 변화와 밀접한 관련을 맺는다는 것이다. 행에서 실현되는 리듬은 시의 호흡을 자연스럽게 만들어내고 의미나 이미지가 만들어내는 음악성을 동시에 포함한다. 행이 자유시에서만 있는 구조적 특징이라고 할 때 행의 중요성을 파악한 것은 매우 당연하다. 문제는 김춘수가 '행'의 중요성을 리듬과 관련하여 강조하면서 '행'만이 시의 리듬을 형성한다고 본다는 점이다.

그러나 앞에서 제시한 것처럼 시의 전체적인 음악성을 리듬이라고 보면 자유시에서의 음악성은 반드시 행을 통해서만 이루어진다고 볼 수 없다. 하나의 행 안에서도, 혹은 행에 의지하지 않고도 형태소나 구, 절, 문장의 반복으로 인한 음악성도 무시할 수 없기 때문이다.

---

17) 오성호, 『서정시의 이론』, 실천문학사, 2006, 159~160쪽.

또한, 정형시에서 주로 시의 운율을 담당하였던 음위나 음수가 자유시에서 완전히 사라진 것이 아니다. 그것이 정형시에서 만큼의 정형화된 틀로 나타나는 것은 아니지만 하나의 행 속에서 혹은 하나의 시 작품에서 여전히 시의 음악성을 담당하고 있기 때문이다. 형태소나 구, 절, 문장의 반복으로 인한 시의 리듬은 정형시에서의 음악성보다 다소 약화하였다 하더라도 그 가능성을 부인할 수 없다. 결론적으로 자유시에서의 음악성인 '리듬'은 음운, 음절, 단어, 구, 절, 문장의 부분적이거나 전체적인 반복을 포함하고 구조적으로 행을 통한 의미나 이미지의 반복을 통해 나타나는 리듬론을 포함하여야 한다.

따라서 김춘수가 생각한 자유시에서 리듬을 행만이 담당한다는 인식은 자유시의 다양한 리듬을 파악하거나 이후 발생하는 시 형태의 음악성을 판단하는 데에 매우 큰 오류를 남긴다. 행이 자유시의 리듬, 그리고 의미와 이미지에 끼치는 영향이 크지만, 위에서 설명한 것처럼 시의 음악성은 좀 더 다양하게 나타날 수 있기 때문이다. 따라서 김춘수의 행과 리듬에 관한 판단은 스스로 몇 가지 문제점에 직면한다. 먼저 김춘수가 자유시에서의 리듬은 행이 만들어낸다고 할 때, '행'은 없으나 '리듬'이 있는 몇몇 시편들은 그 형태를 정의하기가 어려워진다.

김춘수에 의하면 그의 시론에서 자주 거론되고 있는 박두진의 「해」는 자유시도 산문시도 아닌 '잡거 시대'에 해당한다. 왜냐하면 「해」는 행이 없는 산문으로 되어 있으면서 리듬이 보이기 때문이다. 그의 개념에 따르면 행이 없는 산문시는 리듬이 없어야 한다. 따라서 행이 없는데도 리듬을 보이는 시들은 그 어느 것에도 속할 수 없다. 박두진의 「해」가 산문시인지 아닌지에 대한 판단은 논자에 따라 다르겠지만, 행이 없는 산문시에 리듬이 존재하지 않는다는 김춘수의 견해에 따르면 「해」는 산문시가 아니다. 이러한 결론은 이후 산문시 형태의 정의와 창작에도 영향을 미치는데 그에 대한 자세한 검토는 2부 4장에서 구체적으로 확인할 수 있다.

한편, 김춘수는 행이 이미지를 선명하게 하는 기능을 한다고도 하였다. 그렇다면 행이 없는 산문체의 시는 행이 있는 자유시보다는 이미지에서 선명함을 잃는다는 결론에 이른다.[18] 그러나 반대로 그는 정지용의 「호수·1」이나 김영랑의 「동백잎에 빛나는 마음」[19]을 설명하면서 행이 없는, 즉 리듬이 없는 산문시 형태가 보다 이미지즘적인데 이들의 시가 행을 가지고 있음이 의아하다고 한다. 위의 시들은 매우 시각적, 촉각적인데 행이 있고 산문시 형태가 아님을 이상하다고 한 것이다. 다시 말해 김춘수는 더욱 감각적인 언어는 공간적으로 퍼져나가는, 즉 산문시 형태가 되어야 한다고 말하며 행과 이미지의 관련성에 혼란을 보인다.

---

18) 실제로 김춘수의 산문시에서는 이미지가 거의 보이지 않는다. 행이 이미지를 선명하게 한다고 볼 때, 행이 없는 산문체로 된 산문시에서는 이미지가 약화한다. 산문시의 이미지 약화는 김춘수의 산문시에 관한 정의가 정지용에서 김구용으로 이어지면서 관념, 내용이 더 중요해졌기 때문이다. 그의 산문시는 '산문체로 된 행이 없는 줄글'이다. 이에 관한 논의는 이 책의 2부 4장에서 자세하게 분석한다. 본문에서 인용하고 있는 '산문체로 된 시에서 이미지가 더 강하다'는 김춘수의 논의는 김춘수 전반의 시론에서 매우 예외적이다.

19) 김춘수가 예로 들고 있는 김영랑의 시 제목은 「동백잎에 빛나는 마음」이지만 『한국 현대시 형태론』에서는 이 시의 제목을 「동백잎」이라고 표기하였다. 김춘수가 시의 제목을 잘못 인지한 것인지 표기상의 오류인지는 알 수 없으나 본래 시의 제목과는 다르다. 「동백잎에 빛나는 마음」은 김영랑이 1930년 『시문학』 3월호를 통해 시를 발표하고 정식으로 등단한 작품 중의 하나이다. 이 시는 이후 「끝없는 강물이 흐르네」로 제목이 바뀌었지만 1935년 발간된 김윤식의 첫 시집 『영랑시선』(시문학사)에는 제목의 자리에 숫자 '1'을 표기한 것 이외에 별다른 제목을 붙이지 않았다.

지용이 서정주의의 바탕에서 보다 영상이 명확한 이미지즘 쪽에 더 많이 고개를 돌리고 있다고 하면(시 형태상으로는 더 많은 산문시의 쪽으로 갈 가능성을 가졌다). (…중략…) 영랑의 시의 언어는 비단이 시에서 뿐만이 아니라, 퍽 시각적 촉각적이다. 설명적 개념적인 것을 되도록 피하고, 구체적 감각적인 것을 사용한다. (…중략…) 감각적 언어에 예민한 감각을 가진 그의 시가 공간적으로 퍼져나가는 형태를 가지지 못하고 (산문시의 형태를 가지지 못하고) 되려, 음율을 중심으로 유동하는 정형시에 더 가까운 형태를 가졌다는 것은 (이 시는 3.3, 3.4, 4.3 등 3음을 중심한 리듬이 서 있다), 모순인 것 같지만 그것만으로서는 얼마든지 빛날 수 있는 언어들이 한 편의 시 속에서 반만 죽어있다는 그것으로 이 모순을 설명될 수 있는 것이 아닌가 한다.[20]

김춘수는 정지용의 「백록담」이 '음율에 완전히 무관심한 도저한 산문'으로 된 산문시 형태를 갖추고 있으며 그 이유는 단순한 서경이나 사생이 아닌 함축하고 있는 이미지가 도처에 있기 때문이라고 하였다. 즉 김춘수는 시가 함축된 이미지를 보여주기 위해서는 산문체가 적당하다는 것이다. 앞에서 정의한 행이 이미지를 선명하게 한다는 것과도 모순된다. 즉 행이 자유시의 리듬과 의미, 이미지와 관계한다는 것과는 다르게 전개된 시론이며 앞에서 정의한 행의 기능과 반대되는 설명이다.

김춘수의 시론에 나타나는 이러한 모순과 한계는 다음과 같은 두 가지 이유로 인한 것이다. 첫 번째로 그는 「한국 현대시 형태론」에서 시를 분석할 때 에즈라 파운드의 시 발전 단계에 의지했다. 파운드는

---

20) 김춘수, 「한국 현대시 형태론」, 앞의 책, 76~77쪽.

시 발전이 '운율'이 승한 것에서 '시각적 촉각적 이미지'가 승한 것으로 발전하였다고 정의하였다. 따라서 시각적 촉각적 이미지의 시들은 이전 형태인 운율이 퇴보하면서 발전한다.

이에 의하면 김춘수는 시각적 촉각적 이미지가 발달한 시가 자유시의 행과 운율을 보이는 것이 의아한 것이다. 이미지는 산문시에 더 적합하기 때문이다. 그러나 시가 이미지를 중요해지는 형태로 발전했다고 해서 리듬, 즉 여기서 행을 완전히 제거해야 하는 것은 아니다. 물론 여기서 리듬과 이미지는 정형시와는 다르다. 그렇다고 리듬과 이미지 중 하나의 요소가 발전 단계에 따라 이전의 요소가 반드시 사라져야 하는 것은 아니다.

두 번째 이유는 앞서 지적한 바와 같이 김춘수가 시론에서 하나의 시적 요소를 강조하다 보면 다른 시적 요소는 제거되어야 할 것으로 간주한다는 것이다. 그는 시의 본질적 요소를 각기 분리하여 그 극단을 시도하는 과정에서 대표적 개념인 무의미시를 탄생시켰다. 김춘수의 시적 요소에 대한 극단적인 시적 실험은 하나의 요소가 강조될 때, 다른 요소가 제거하면서 실현해 간다. 그에 의하면 이미지가 강조되면 리듬은 없어야 한다.

하지만 작품이 '시'인 이상 시의 지배소가 달라질 수는 있어도 시적인 요소가 하나 또는 모두 사라져야 하는 것은 아니다. 김춘수의 리듬과 이미지, 이미지와 산문체 사이의 끊임없는 갈등과 시적 실험은 자신만의 독특한 시론을 형성하고 시 창작으로 실현하지만 동시에 극적인 분류로 인해 모순에 직면한다.

정리하면 김춘수가 행의 기능을 강조한 리듬의 개념은 몇 가지 중요한 시사점을 주는 동시에 문제점을 가지고 있다. 김춘수가 리듬과 이미지를 분리하여 극단적인 시 형태의 실험을 시도하는 것은 시론 자체에서 시작되어 시 창작에서 새로운 모습을 성취해낸다. 하지만 그 분리된 시선은 때론 시론이나 시 분석에서 오류를 낳는다. 다시 말해 '분리'에 의한 시 이론이나 창작은 김춘수의 시론과 시에 지속해서 영향을 미치면서 성과와 함께 한계를 동시에 드러낸다고 할 수 있다. 따라서 김춘수의 시 창작이나 분석은 그가 차례로 관심을 보여 온 리듬과 이미지의 순서를 따라간다 해도 그가 정의한 리듬이나 이미지가 일반적이거나 그의 시론 사이에서 서로 일치한다고는 볼 수는 없다.

이러한 모순에도 불구하고 김춘수가 자유시에서 행의 기능을 중요시한 것은 타당한 절차며 행이 리듬을 만들어낸다는 것 또한 타당한 판단이다. 행이 리듬만이 아니라 의미나 이미지와 관련할 때 행의 기능은 매우 중요하다. 따라서 김춘수의 자유시에서 리듬의 여부를 판단할 때 우선되어야 할 것은 행이다. 그러나 앞에서 지적한 대로 자유시가 정형시보다는 리듬이 약화하였다 하더라도 정형시에서 보였던 리듬의 모습이 완전히 사라진 것은 아니다. 또한, 자유시가 산문으로 쓰이는 속성을 가진다고 할 때, 구나 절 혹은 문장의 반복으로 인한 리듬의 가능성도 부인할 수 없다. 다음 장의 논의에서도 알 수 있듯이 실제 김춘수의 시 작품에서는 '행'이 아니더라도 다양한 리듬이 발생한다.

오규원은 자신의 시론에서 김춘수가 밝힌 행의 기능을 중심으로 설명하면서 행이 리듬의 단락이거나 의미, 혹은 이미지의 단락일 수 있다고 하였다. 이것은 자유시에서 행이 리듬의 단락으로 기능하지만, 행만이 리듬을 만들어낸다는 견해와는 다른 것으로 김춘수의 행의 기능을 확장하였다고 할 수 있다. 오규원은 자유시의 리듬이 유사한 어구나 어절의 사용에서도 가능하며 이에 따라 산문시에서도 리듬이 가능함을 설명하면서 김춘수가 말한 행의 기능을 빌려오지만, 실제는 다른 위치에 서 있었다.21) 따라서 김춘수의 실제 자유시 작품에서 '리듬'을 판단할 때, 행으로 인한 리듬의 발생과 함께 통사론적으로 발생하는 리듬을 분석하여야 한다. 이로 인해 김춘수의 리듬은 실제 시 작품 분석에서 좀 더 다양하게 확장한다.

한편 김춘수는 '리듬'을 다른 측면에서 시도한다. 먼저 그는 자유시에서의 리듬을 전통의 우리 가락에서 끌어와 현대적으로 변용하여 적용하고자 한다. 이것은 김춘수 리듬의 특성을 보여주는 결정적인 실험이다. 장타령을 변용한 「타령조(打令調)」 연작이 대표적이다. 두 번째로 그는 시가 리듬만을 남길 때를 상정한다. 이것은 시의 요소 중에 단 하나의 요소가 지배적인 역할을 할 때 나타나는 형태이다. 따라서 다음 장에서는 김춘수가 위와 관련하여 적극적으로 리듬의 문제를 실험한 「타령조(打令調)」와 「처용단장 제2부」를 통해 리듬에 관한 그의 특성을 중점적으로 설명할 것이다.

2. 전통 리듬의 현대적 변용

자유시에서 '리듬'은 모든 텍스트로 확장할 위험이 있는 음성으로서의 리듬을 제외하면 통사론적, 구조적으로 발생한다. 그러나 단어,

---

21) 오규원, 『현대시작법』, 문학과지성사, 1990, 383~403쪽. 오규원은 자유시가 리듬을 살리는 방법으로 세 가지를 들었다. 그 첫 번째는 전통적인 시 리듬격이 변형하는 것이며, 두 번째는 전통적인 시가나 무가, 민요의 어투를 사용하는 것이다. 세 번째는 동일한 형태소나 낱말, 이미지, 어절, 통사나 그 형식이 반복되는 것으로 어미나 접사의 활용, 동일한 낱말이나 형식의 반복, 동일한 어구나 어절, 또는 그 형식의 반복 등이다. 이러한 구분은 자유시에서 발생하는 '리듬'은 정형시에서의 리듬격이 변형되면서 활용되고 낱말이나 어구, 어절, 또는 그 형식의 반복을 포함하여 다양하게 일어날 수 있음을 말한다.

구, 절, 혹은 문장이 동일한 어휘로 구성되어 있더라도 배치되는 행의 위치에 따라 그 의미가 달라진다. 혹은 반복되는 동일 구문이라도 하나의 행에서 구문, 즉 말의 짜임을 달리하면서 의미가 다양해진다. 김춘수는 자유시의 리듬이 '행'과 밀접한 관계를 맺고 있다고 강조하였다. 그러나 실제 시 작품에서는 리듬이 반드시 행에 의해서만 발생한 것이 아니다. 다시 말해 김춘수의 자유시에서 리듬은 동일 구문이나 동일 구문 유형의 반복이 행의 기능과 결합하면서 매우 다양하고 복합적으로 발생한다.

① 불이 켜인다
　밤이면 집집마다
　불이 켜인다

　멀리 가까이
　우는 듯 속사기는 듯
　불이 켜인다

　사랑하는 이들의
　사랑하는 이들의
　우는 듯 속사기는 듯
　밤이면 집집마다에
　불이 켜인다

　따스한 손결들
　보고 싶은 이름들

저마다 마음 속

솔도 없이……

불이 켜인다

밤이면 집집마다

불이 켜인다

　　　　　　　　　　　—「밤이면」22)(고딕 강조와 밑줄은 인용자의 것임)

② 너도 아니고 그도 아니고, 아무것도 아니고 아무 것도 아닌데, 꽃인듯
눈물인듯 어쩌면 이야기인 듯, 뉘가 그런 얼굴을 하고, 간다. 지나간다.
환한 햇빛속에 손을 흔들며……

　아무 것도 아니고 아무 것도 아니고 아무 것도 아니라는데, 왼통 풀냄이
를 널어놓고, 복사꽃을 울려 놓고 울려만 놓고,

　환한 햇빛속에 꽃인듯 눈물인듯 어쩌면 이야기인듯, 뉘가 그런 얼굴
을 하고……

　　　　　　　　　　　—「서풍보(西風譜)」23)(고딕 강조와 밑줄은 인용자의 것임)

---

22) 김춘수, 『구름과 장미(薔薇)』, 행문사, 1948, 38~39쪽.
23) 위의 책, 47~48쪽.
　「서풍보」는 1948년에 출간된 김춘수의 첫 시집 『구름과 장미』에 수록된 시로 『부다페
스트에서의 소녀의 죽음』(1959)과 시선집 『꽃의 소묘』(1977)에 재수록되어 있다. 이 시는
제목이나 마침표, 쉼표나 어휘들이 시집마다 조금씩 달리 나타나고 있다. 『구름과 장미』
에서 이 시의 제목은 「서풍보(西風譜)」이며 그 외의 시집에는 「서풍부(西風賦)」로 되어
있다. '譜'는 족보나 계보라는 뜻으로 '서풍보(西風譜)'는 서쪽 바람의 족보나 계보를 말한
다. 시선집인 『제1시집』에는 이 시의 제목을 「바람 속을」이라고 한 것으로 보아 '서쪽
바람의 이야기'라는 의미의 제목을 취하였다. 그러나 '賦'는 한문 문체의 일종이라고
할 수 있다. 『문심조룡』에서는 '賦'에 대해 『시경』에는 육의(六義)가 있으며 그 두 번째가
바로 '賦'라고 설명하고 있다.
　다시 말해 '부(賦)'란 포(鋪)이며 문장의 수식을 펼쳐서 문학 작품을 제작하고, 사물을
관찰하여 감정과 사상을 표현한 것'으로 시와 구분한다(유협, 최동호 역, 『문심조룡』,
민음사, 1994, 121쪽). 따라서 김춘수가 이 시의 제목을 「서풍부(西風賦)」로 바꾼 것은
단순하게 바람의 족보나 계보를 말하기보다 내용으로는 사물을 관찰하여 감정과 사상을

위의 시들을 보면 시의 리듬이 반드시 행으로만 실현된다고 할 수 없다. 「밤이면」은 자유시의 행 구분을 하고 있지만, 그 리듬이 행으로 인한 것이라기보다는 반복되는 구문에 의해 발생한다. 「밤이면」에서는 "불이 켜인다"가 6번 반복되면서 리듬을 형성한다. 여기서 행은 호흡의 열림과 닫힘의 역할을 하면서 리듬 형성에 기여하였다. 하지만 그것은 구문의 반복에 의한 리듬의 형성보다는 약하다. 이 시에서 행은 오히려 '의미'의 기능으로 작용한다. 첫 행에서의 "불이 켜인다"는 불이 켜지는 시의 상황을 열게 되지만 마지막 행에서 반복된 "불이 켜인다"는 마치 불이 모두 켜짐과 동시에 앞으로도 지속해서 불이 켜질 것 같은 상황을 예상하게 한다. 동일한 구문도 행의 위치에 따라 의미가 달라지고 있다.

1연과 5연에서는 "밤이면 집집마다"의 앞뒤에 "불이 켜인다"가 위치하여 불이 켜지는 상황을 완결한다. 2연에서는 "불이 켜인다"라는 구문 앞에 "멀리 가까이", "우는 듯 속삭이는 듯"을 제시하여 불이 켜지는 상황을 구체적으로 제시하고 있다. 3연에서는 동일한 구문인

보이며, 형식상으로는 이전과는 다른 모습을 보였다고 짐작된다.

한편 영국의 대표적인 낭만주의 시인의 한 사람인 셸리(1792~1822)는 1819년 피렌체의 한 숲에서 위의 시와 제목이 동일한 「서풍부」라는 서정시를 쓰기 시작하였다. 「서풍부 (Ode to the West Wind)」는 총 5부로 구성되어 있으며 이른바 자연의 이미지를 빌려 화자의 소망을 간구하는 형식을 취하고 있다. 셸리는 숨결과 영혼과 영감을 뜻하는 '바람'을 통해 자연과 인간을 동일시하고 예언자적 시인으로서 자신의 역할을 독자에게 상기시키려고 하였다(김구슬, 「시인의 영혼을 찾아서 3: 퍼시 비쉬 셸리」, 『문학마당』 6, 2007, 240~244쪽).

김춘수가 처음 「서풍보(西風譜)」를 쓸 때, 시의 내용적인 면을 비교하면 셸리의 시를 인식한 것으로 보이지 않는다. 그러나 이후 제목을 「서풍부(西風賦)」로 바꾼 것은 이후 셸리의 시 제목에 영향을 받은 것으로 보인다. 김춘수가 이 작품을 처음 쓸 당시에는 시 장르 사이의 상호텍스트성을 시도하지는 않았다. 하지만 이후 김춘수시라는 장르 안에서 혹은 다른 장르 사이에서 상호텍스트적인 시 쓰기를 시도하였다. 이 시도 셸리의 영향을 받아 이후 시의 제목을 바꾸었을 가능성이 있다.

"불이 켜인다"의 앞에 "사랑하는 이들의"라는 동일 구문의 반복을 통해 대상을 강화한다. 따라서 「밤이면」은 "불이 켜인다"라는 구문의 반복과 함께 동일 구문 사이에 구체적인 상황을 묘사하면서 시의 리듬을 형성한다. 또한, 반복되는 동일 구문 사이의 문장은 동일 구문의 상황을 구체화하는 이야기로 구성하거나 대상의 의미를 강화한다. 따라서 시 「밤이면」은 반드시 행에 의해서만 리듬을 형성하였다고 보기는 어렵다. 결론적으로 행은 호흡의 열림과 닫힘의 반복으로 리듬의 형성에 기여하지만 그 기능은 구문의 반복에 의한 리듬의 형성보다 약하게 나타난다.

다음으로 인용한 「서풍보(西風譜)」는 산문시 유형[24]의 글이지만 비슷한 구문 유형의 반복과 음절의 반복으로 리듬을 형성하는 경우이다. 엄격한 행의 구분이 없는 산문시 유형에도 어느 정도의 리듬의 발생을 보이는 예이다. "너도 아니고 그도 아니고, 아무것도 아니고 아무 것도 아닌데"라는 동일 구문 유형이 뒤에서 다시 반복되고 "꽃인듯 눈물인듯 어쩌면 이야기인듯, 뉘가 그런 얼굴을 하고"라는 구문 역시 반복된다. 또한 "아니고"와 "아닌데"와 같은 동일한 의미를 형성하는 단어의 반복과 "-듯"이라는 음절이 반복되면서 리듬은 더욱 다양하게 발생한다. 따라서 「서풍보」는 동일 구문과 동일 구문 유형, 그리고 동일한 의미의 단어와 음절의 반복을 통해 복합적인 리듬을 형성하고 있다. 인용한 두 시의 경우처럼 자유시에서의 리듬은 반드시 행으로만 발생하는 것이 아니라 동일한 단어나 구문, 구문

---

24) 여기서 말하는 산문시 형태는 김춘수가 말하는 산문시 형태를 말하는 것이 아니다. 김춘수는 산문시를 행이 없는 줄글이라 보고 리듬과 이미지가 없는 내용만 남은 시로 정의하였다. 위의 시는 김춘수가 산문시 형태를 새롭게 정의하기 이전에 창작한 것이다. 따라서 자유시와 산문시에 관한 명확한 구분 없이 쓴 몇 편의 산문시 유형의시이다.

유형의 반복 때문에 두드러진다고 할 수 있다.

　김춘수의 리듬은 정형시에서의 음수율과 같이 고정화, 정형화되어 있지 않다. 자유시의 리듬은 단어나 구, 절 혹은 그들이 형성하는 구문이 동일하게 반복되거나 유형이 동일한 구문이 반복되는 것에 의해 리듬을 발생한다. 또한, 행은 시각적인 모습이나 휴지로 인한 호흡의 열림과 닫힘을 통해 리듬의 형성에 기여하지만 동일 구문의 반복으로 인한 리듬의 발생보다는 그 영향이 적다고 할 수 있다. 오히려 김춘수의 자유시에서 행은 동일 구문의 의미 변화에 결정적인 역할을 하고 있다.

　김춘수기 산문시를 정의하고 산문시를 본격적으로 시도하기 전의 산문시 작품에서는 비교적 「서풍보」와 같이 행과 관련 없는 리듬의 형태를 자주 확인할 수 있다. 따라서 김춘수가 자유시의 리듬이 행으로 인해 형성된 것이라고 강조한 것에 비하면 행은 리듬의 형성에 기여하는 영향이 매우 적다. 오히려 자유시에서 리듬은 동일 구문이나 동일 구문 유형의 반복으로 인해 두드러지게 형성된다. 따라서 김춘수의 자유시에서의 리듬은 동일 구문이나 구문 유형의 반복과 행의 기능이 복합적으로 작용하여 발생한다고 할 수 있다.

　이경수는 현대시의 새로운 창작 방법론으로 반복 기법을 제시하면서 현대시 운율론의 한계를 극복하고, 운율적 자질로서뿐만 아니라 시의 구성적 자질이자 심리적 자질로서 그 원리를 확장하였다. 또한, 반복의 구성요소를 음소의 반복, 어휘의 반복, 구문 및 문장의 반복, 시행 및 연의 반복 등으로 나누고 반복 기법이 언술을 구성하는 원리로서 시의 의미 구조 형성에 궁극적으로 기여한다는 견해를 밝히었다.[25] 이러한 논의는 동일 구문이나 동일 구문 유형의 반복이 시의 구조적 리듬을 형성한다는 이 글의 관점과 일치한다.

반복은 리듬의 생성뿐만 아니라 의미의 강조와 변증법적 상승을 가져온다는 것이 일반적이다. 그러나 반복의 문학적 효과는 양면적이다. 반복에 의한 리듬은, 의미를 강조하기도 하고 의미와 무관하게 그 자체의 목적에 따라 전면화되기도 한다. 따라서 김춘수의 반복은 이 두 갈래의 궤적에 의해 추적할 수 있다.26)

김춘수가 본격적으로 리듬에 관한 관심을 가지고 시 창작을 시도한 예는 「타령조」 연작이다. 「타령조」 연작은 그가 우리나라의 장타령을 새롭게 변용하기 위한 시 창작이다. 하지만 이것이 앞선 시들과 완전히 다른 것은 아니며 위와 같이 기본적인 리듬에 관한 생각을 장타령에 적용한 실험이다.

김춘수가 리듬에 관해 적극적으로 관심을 가지기 시작한 것은 꽃을 소재로 한 10년 정도의 창작 기간에 대한 회의 때문이다. 그는 자신이 하는 몸짓이 릴케나 기타의 시인들이 이미 멋있게 하고 간 것들의 조강을 핥고 있는 그것으로 생각하였다. 또한 '관념이란 것이 시를 받쳐 줄 수 있는 기둥일 수 있을까'라는 생각에 이른다. 이후 그가 눈을 돌린 곳이 바로 T. S. 엘리엇의 시론27)과 옛 노래의 가락들이다. 이러한 김춘수의 회의는 앞선 그의 시론을 보더라도 오래전부터 예견되었다.

---

25) 이경수, 앞의 책, 16~17쪽, 38~39쪽.

26) 임수만, 「김춘수 시의 기호학적 연구」, 서울대학교 석사논문, 16~20쪽.

27) 엘리엇은 우리가 편견 없이 한 시인에게 접근해 보면 그의 작품이 지닌 가장 훌륭한 부분뿐 아니라 가장 개성적인 부분까지도 작고한 시인들, 즉 그의 조상들이 가장 힘차게 자신들의 불멸성을 발휘한 부분인 것을 흔히 알게 될 것이라 하였다. 그러나 전통의 유일한 형태가 앞 세대의 성과를 맹목적으로 혹은 소심하게 고수하면서 그들이 간 길을 따라가는 것이라면 전통은 확실히 거부되어야 한다고 하였다. 따라서 그것을 획득하려면 큰 노력이 필요한데 시간 속의 자기 위치, 즉 자기의 현대성을 가장 예민하게 의식하도록 하는 것이라고 하였다(T. S. 엘리엇, 황동규 역, 「전통과 개인의 재능」, 『엘리어트』, 문학과 지성사, 1978, 144~145쪽).

한국의 시(서정시)도 장르의 위기를 경험하기에 이르도록 아득히 전개하여왔다. '산문으로 서정시를 쓰지 말 것'—여기서 전연 이질의 (종전의 음리듬 중심의 형태와 그에 적당한 내용에 대하여) 시로 진화(진보 내지 발전에 대하여)하여야 할 것인지, 반동으로 전통적 음율의 새로운 소생을 꾀할 것인지는 한국 시인들의 성실한 지성에 달려 있다 할 것이다.[28]

캘버턴이 말한 30년대의 미국문학의 이념이 그대로 장 콕토나 T. S. 엘리엇의 모더니즘에 해당한다고 할 것이나 콕토의 에스프리 누보나 엘리엇의 정통주의(orthodoxy)란 것은 주지하는 바와 같이 '전통에 대한 부조리한 경멸'이 아니라, 예술상의 오랜 전통을 새로운 시대감각으로 정통화한다는 입장인 것이다.[29]

김춘수의 초기 시론이라고 할 수 있는 1959년에 발표한 「한국 현대시 형태론」의 일부이다. 그의 시 창작 전반은 초기 시론의 영향을 받았다. 서정시에 관한 회의나 전통주의에 관한 엘리엇의 주장에 관심을 가진 것도 마찬가지이다. 따라서 김춘수의 리듬에 대한 본격적인 시적 실험은 엘리엇의 전통주의와 우리의 전통 가락인 '장타령'에 대한 관심으로부터 시작된다. 그는 장타령을 아주 품격이 낮은

---

28) 김춘수, 「한국 현대시 형태론」, 『김춘수 시론 전집 1』(앞의 책), 140쪽.

29) 위의 책, 80쪽. 김춘수는 엘리엇의 시론을 정통주의(orthodoxy)로 보고 '전통(tradition)을 정통화한다'고 말하고 있다. 여기서 '정통화한다'는 정설이 되게 한다는 의미로 쓰인 것으로 보인다. 엘리엇의 시론은 전통적인 것에 대한 현대성의 발견을 말하는 것으로 시간 속의 자기 위치를 발견하는 것을 의미한다. 따라서 위의 인용문에서 김춘수가 엘리엇의 시론을 정통주의(orthodoxy)로 해석한 점은 엘리엇의 시론을 '전통을 새롭게 인식하여 현대에 정설이 되게 하는 주의'라고 해석하여 썼다.

것으로 판단하지만 이것에 엘리엇의 시론을 적용하면 현대적으로 새로운 형태의 시가 탄생할 것이라고 기대하였다.

장타령은 시장에서 각설이나 일반 시민이 부르는 민요로 반복 어휘를 가진다. 가락의 특징은 문장의 반복적인 표현으로 리듬감이 좋고 보통 4·4조로 되어 있으나 일부는 앞에 4자, 뒤에 3자로 된 것도 있다. 대부분 민요의 앞과 뒤, 중간에 같은 구문을 반복되는 것과 같은 구조이다.[30] 리듬을 강조하는 이러한 장타령의 형태를 현대적으로 변용시키기 위해 김춘수는 「타령조」 연작을 시도한다.

> 사랑이여, 너는
> 어둠의 변두리를 돌고 돌다가
> 새벽녘에사
> 그리운 그이의
> 겨우 콧잔등이나 입언저리를 발견(發見)하고
> 먼동이 틀 때까지 눈이 밝아 오다가
> 눈이 밝아 오다가, 이른 아침에

---

30) '장타령'이나 '각설이타령'은 실제로 구연하는 가창자나 연구자에게 있어 동일한 노래로 인식하고 있다. 그러나 이는 전승되는 과정에서 빚어진 결과이고 원래는 '장타령'과 '각설이타령'의 담당층이 달랐다. 각설이타령의 원형이 구걸 집단에서 불렸다면, 장타령의 원형은 장꾼들에게서 가창 되었다.
　　장에서 장꾼에 의해 불렸던 노래는 상업노동요로서의 장타령인데, 주로 장터 이름을 연상하여 주워섬기는 '장만센가'와 상품을 팔기 위해 부르는 '싸구려 타령'의 두 종류가 있었다. 장타령이나 각설이타령은 둘 다 장터에서 불렸기 때문에 동일한 작품으로 인식 되었고 장터에서 물건을 팔면서 부르던 상업노동요의 기능이 상실하여 가창유희요로 변모하였다. 장타령 노래의 원형은 장꾼들이 불렀지만 점차 각설이들의 노래가 정형화하고 오락성을 추구하게 되자 각설이타령에서 구분하였다(장성수, 「각설이타령의 담당층과 구조 연구」, 『문학과언어』 16, 문학과언어연구회, 1995, 10~15쪽). 각설이타령의 기본적 음수율은 4·4조가 가장 많고 다음에 4·3조로 이는 일반민요의 전형적 형식이다(임동권, 「각설이타령 연구」, 중앙대학교 석사논문, 1979, 76쪽).

파이프나 입에 물고

어슬렁 어슬렁 집을 나간 그이가

밤, 자정(子正)이 넘도록 돌아오지 않는다면

어둠의 변두리를 돌고 돌다가

먼동이 틀 때까지 사랑이여, 너는

얼마만큼 달아서 병(病)이 되는가

병(病)이 되며는

··무당(巫堂)을 불러다 굿을 하는가

넋이야 넋이로다 넋반에 담고

타고동동(打鼓冬冬) 타고동동(打鼓冬冬) 구슬채찍 휘두르며

역귀신(役鬼神) 하는가,

아니면, 모가지에 칼을 쓴 춘향(春香)이처럼

머리칼 열 발이나 풀어뜨리고

저승의 산하(山河)나 바라보는가,

사랑이여, 너는

어둠의 변두리를 돌고 돌다가······

—「타령조(打令調)·1」[31](고딕 강조와 밑줄은 인용자의 것임)

위 시에서는 일정한 어휘들이 동일 구문을 형성하고, 행으로 반복
하면서 리듬을 이루고 있다. 장타령의 영향을 받은 시는 대부분 강조
하고 있는 이야기를 반복하는 동일 구문으로 표현한다. 위의 시에서
장타령의 영향이라고 할 수 있는 기본적인 구문은 "사랑이여, 너는
어둠의 변두리를 돌고 돌다가"이다. 이들은 처음의 두 행과 마지막

---

31) 김춘수, 『타령조·기타(打令調·其他)』, 문화출판사, 1969, 9~11쪽.

두 행에서 동일하게 반복하면서 이야기를 형성해 간다. 여기서 '사랑'은 '변두리를 돌고 도는'것으로 우울함을 강조한다. 장타령이 같은 문장을 반복하면서 사이에 이야기를 넣는 것처럼 위 시에서도 동일 구문과 구문 유형 사이에서 시의 내용을 진행한다. 사랑은 "눈이 밝아 오는" 것처럼 잡힐 듯하지만 끝내 돌아오지 않는다는 것이 이 시에서 강조하고 있는 내용이다. 그러나 동일 구문 유형이라도 행의 위치나 동일 구문 안에서의 어휘 위치 변화에 따라 그 의미가 조금씩 달라진다.

　시의 중간 부분이라 할 수 있는 11행과 12행에서는 기본적인 반복 구문의 어휘가 도치(倒置)되어 나타난다. 이 도치는 사랑을 더 강조하면서 "변두리를 돌고 돌던" 사랑이 마침내 '병'이 되는 장면 전환의 역할을 하고 있다. 돌고 돌기만 하던 사랑이 결국 병이 되었음을 말하기 위해 "사랑이여 너는"을 뒤로 위치시켜 사랑의 결론을 유추하게 한다. 또한, 이 사랑은 앞에 "먼동이 틀 때까지"라는 시간성을 삽입하면서 돌고 돌던 사랑이 '병'으로 진행한 것을 표현한다. 이것은 동일 구문이라도 어휘가 도치되면서 '사랑'에 관한 의미가 변화한다는 것을 보여준다. 따라서 장타령을 변용한 김춘수 시의 리듬은 대부분 동일 구문이나 동일 구문 유형을 시의 앞뒤와 중간에 배치하여 형성하지만, 어휘의 도치나 구문이 위치하는 행에 따라 시적인 의미를 달리한다고 할 수 있다.

　이 시에서는 "어슬렁 어슬렁"이나 "타고동동"처럼 의성어나 의태어를 반복하여 시의 리듬을 한층 더 살리고 있다. '타고동동'은 '타고(打鼓)'라는 북을 치는 행위와 '동동'이라는 북소리를 합친 새로운 용어이다. 이것은 북을 치는 동작과 소리를 합하고 반복하여 그 효과를 선명하게 드러내었다. 마지막 행에서는 말줄임표(……)를 첨가하여 의미의 여운을 남긴다. 다시 말해 사랑으로 인해 생긴 병을 치료하기 위해 굿을 하고 넋을 달래고 귀신을 달래도 여전히 어둠의 근처를 돌고 도는 사랑이 끝내 멈추지 못함을 말하고 있다.

한편 시의 후반부는 사랑이 병이 되어 굿을 하고 "역귀신"하며 목둘레에 칼을 두른 채 "저승의 산하"를 바라보는 극단의 상황을 제시하였다. 이 상황은 위의 시에서 "되는가", "하는가", "보는가"라는 3음절로 마무리하여 한층 절망적인 상황으로 구체화한다. 여기에서 사용한 3음절의 마무리 형식 또한 장타령의 영향이다. 이처럼 타령조는 장타령을 이용하여 "그 비극적 내용을 형식화하기 위한 방법"[32]으로 매우 적절한 시도이다.

정리하면 이 시는 장타령과 같이 동일 구문을, 처음과 끝 그리고 중간에 반복하여 강조하면서 리듬을 발생한다. 또한, 중간 부분의 행에서는 이 동일 구문의 어휘가 반복 도치되면서 장면 전환의 효과를 일으킨다. 마지막으로 반복되는 동일 구문에 말줄임표를 추가하여 의미를 전환한다. 이 시에서 각각의 시행은 동일 구문의 리듬을 다양화하면서 하나의 의미를 담거나 전환하는 역할을 한다. 따라서 장타령을 현대적으로 변용한 김춘수의 시에서 리듬은 동일 구문이나 동일 구문 유형의 반복으로 인해 발생한다. 또한, 위의 시에서처럼 마지막을 3음절로 마무리하여 장타령의 효과를 더욱 극대화한다.

　　저
　　머나먼 홍모인(紅毛人)의 도시(都市)
　　비엔나로 갈까나,

---

32) 전병준, 「김수영과 김춘수의 시 비교 연구」, 고려대학교 박사논문, 2010, 138쪽.

프로이드 박사(博士)를 찾아 갈까나,

뱀이 눈뜨는

꽃피는 내 땅의 삼월(三月) 초순(初旬)에

내 사랑은

서해(西海)로 갈까나 동해(東海)로 갈까나,

용(龍)의 아들

라후라(羅睺羅)33) 처용아빌 찾아갈까나,

엘리엘리나마사박다니

나마사박다니, 내 사랑은

먼지가 되었는가 티끌이 되었는가,

굴러가는 역사(歷史)의

차바퀴를 더럽히는 지린내가 되었는가

구린내가 되었는가,

썩어서 과목(果木)들의 거름이나 된다면

내 사랑은

뱀이 눈뜨는

꽃피는 내 땅의 삼월(三月) 초순(初旬)에,

—「타령조(打令調)·2」34)(고딕 강조와 밑줄은 인용자의 것임)

위 시의 전반부는 어디로 가야 할지 모르는 '내 사랑'을 강조하기

---

33) 『타령조·기타(打令調·其他)』에는 '睺'가 '日'+'侯'로 표기되어 있다. 그러나 1977년 삼중당에서 발행한 시선집 『꽃의 소묘』에는 '候'로 표기되어 있고 2004년 현대문학에서 발행한 『김춘수 시전집』에는 '睺'로 표기되어 있다. 이 표기는 음차로 한자의 음만 따온 것이다. 따라서 『타령조·기타(打令調·其他)』의 '日'+'侯'는 '候'나 '睺'의 오기로 보인다. 이 책에서는 현대문학에서 발행한 『김춘수 시전집』의 표기 형태를 인용하였다.

34) 김춘수, 『타령조·기타(打令調·其他)』(앞의 책), 12~14쪽.

위해서 '비엔나'나 '홍모인의 도시'와 같은 실제 도시를 제시하여 구체화한다. 또한, 중반부에서 이 사랑은 동해나 서해의 "처용아빌" 찾아가야 하는 것처럼 좀 더 절실하고 근원적인 것을 갈망하는 것으로 표현한다. 그러나 "엘리엘리나마사박다니"를 중심으로 사랑은 완전히 다른 결론을 맺는다. "엘리엘리나마사박다니"는 '나의 하나님 나의 하나님 어찌하여 나를 버리셨나이까'라는 뜻으로 결국 사랑을 찾지 못하고 버려지는 것으로 이야기가 전환한다. 그래도 이 '사랑'은 거름이라도 되기를 희망함에도 불구하고 결국 '먼지', '티끌', '구린내', '지린내'가 되어 버리고 뱀이 눈뜨고 꽃피는 삼월 초순과 대비되면서 쓸쓸함을 풍긴다.

위의 시는 전반부에 3음절로 마무리하는 종결형 '갈까나'와 후반부에 4음절로 마무리하는 종결형 '되었는가'가 반복하면서 리듬을 발생한다. 이것은 장타령과 같은 형식의 마무리이다. 장타령과 같이 반복하는 구문 유형은 "뱀이 눈뜨는 꽃피는 내 땅의 삼월 초순에"이지만 위의 시는 앞에 제시한 「타령조·1」에서처럼 시의 전반부나 후반부에 배치하는 것이 아니라 중반부와 후반부에 배치하면서 변형한다. 또한, 같은 어휘로 형성된 구문이지만 "내 사랑은"의 행의 위치를 바꾸어 강조하는 의미를 달라지게 하였다.

여기서 행은 의미와 이야기의 변화에도 관여하지만, 말소리가 열리고 닫히기를 반복하는 것으로 리듬의 형성에 기여하였다. 또한, 반복하는 어휘나 문장, 혹은 동일 구문 유형 등이 리듬을 적극적으로 살리고 있다. 위의 시에서 구체적인 상황을 동일 구문과 유형 사이에 제시하는 것은 장타령의 특징과 일치한다. 행의 마지막 혹은 문장의 마지막을 "갈까나"나 "되었는가"와 같은 3음절이나 4음절로 마무리하는 것도 장타령과 유사한 방식을 변형하여 적용하였다.

「타령조·3」 역시 위의 시와 같은 방식으로 "지귀야, 네 살과 피는 삭발을 하고 가야산 해인사로 가서 독경이나 하지"라는 구문을 시의 초반과 중반, 후반에 반복하였다. 또한, 그 사이에 "환장한 너는 종로 네거리에 가서 남녀노소의 구둣발에 차이기나 하지"라는 구문을 앞의 구문 사이에 배치하면서 동일 구문에 의한 반복을 이중화하였다. 그러나 「타령조·4」 부터는 동일 구문이나 유형의 반복에 의한 리듬이 다소 약화한다.

　　　그해 여름은
　　　유월(六月) 한 달을 비만 보내다가
　　　칠월(七月) 한 달도
　　　구질구질한 비만 보내 오다가
　　　팔월(八月) 어느 날 난데없이 달려와서는
　　　서둘렀을까,
　　　지나가는 붕어팔이 노인(老人)을 불러다가
　　　못물에 구름을 띄우기도 하고
　　　수국(水菊)을 피우고
　　　그동안 썩어 있던
　　　로비비아 줄기에서도 어느새
　　　갓난애기 귓불만한
　　　로비비아를 뽑아 올리고,
　　　그처럼 너무 서두르다가
　　　웃통을 벗은 채로
　　　쿵 하고 갑자기 쓰러졌을까,
　　　정말 그처럼 허무하게

그녀의 마당에서 그해 여름은

쿵 하고 쓰러져선 일어나지 <u>못했을까</u>,

건장한 몸이

유월(六月) 한 달도

구질구질한 비만 보내 오다가 팔월(八月) 어느 날

난데없이 달려와서는……

─「타령조·6」³⁵⁾(고딕 강조와 밑줄은 인용자의 것임)

위의 시에서 장타령처럼 반복되는 구문 유형은 "구질구질한 비만 보내 오다가"이지만 2행과 3행 그리고 21행과 22행에서 어휘의 형태나 행에서의 위치가 약간씩 변형되어 반복한다. 앞부분의 구문에는 "유월 한 달을"에 이어 "칠월 한 달을"을 첨가하여 비가 오는 기간을 구체화한다. 그러나 3행에서는 한 행을 "칠월 한 달도"로 형성하면서 구질구질한 비가 이어져 오고 있음을 나타낸다. 시의 내용을 좀 더 구체화하고 있다. 또한, 행의 끝부분이 '─다가'로 마무리되면서 5번 반복되고, 끝음절 '─가'와 발음이 유사한 '─까'를 2번 반복하여 비슷한 리듬의 느낌이 나도록 배치하였다. 이것은 앞의 시들과 마찬가지로 장타령이 3음절이나 4음절로 마무리되는 것과 같은 형식이다. 이처럼 위의 시는 장타령의 특징과 함께 유사한 발음을 반복하면서 시의 리듬을 한층 더 살리고 있다.

앞의 시와 마찬가지로 김춘수 시의 리듬은 동일한 구문이나 유사한 음절의 반복으로 이루어지지만, 어휘의 대치나 도치를 통해 강조하는 의미가 달라지고 있다. 또한, 반복하는 문장이나 구문 사이에는

---

35) 위의 책, 24~26쪽.

시간의 흐름이나 상황을 구체화하고 있으며 시의 후반부를 동일 구문 유형으로 마무리하면서 구문이 가지는 의미를 강화하고 있다. 그러나 반복되는 동일 구문을 연달아 이어 쓰는 것이 아니라 동일 구문 사이에 다른 문장을 넣어 의미에 변화를 주었다.

이처럼 위의 시는 장타령과 유사한 형태의 동일 구문 유형을 반복하고 행을 3음절이나 4음절로 마무리하여 반복함으로써 시의 리듬을 형성하였다. 또한, 동일 구문이라도 구문의 연결이나 끊김, 어휘도치, 행의 위치에 따라 시의 의미가 변화한다. 이외에 「타령조·7」은 동일 구문이 시의 중반부와 후반부에 등장한다. 그러나 「타령조·7」을 포함한 그 외의 「타령조(打令調)」에서는 앞의 시들보다는 리듬의 특징이 극명하게 드러나지는 않는다. 「타령조·8」은 동일 구문이나 동일 구문 유형이 조금 변형되어 초반부와 중반부에 두 번 반복하여 「타령조·7」과 유사한 형태이다. 그러나 「타령조·9」는 앞의 타령조들과는 조금 다른 유형을 보인다.

　　재떨이에 던져진 꽁초

　　멋대로 나동그라진 꽁초

　　흰 자월 드러내고

　　천정을 치떠보는 꽁초,

　　지그시 눈을 감고

　　필터를 깨물던

　　타고 있던 그때가 멋이었구나.

　　멋이었구나, 거리로 나서자

　　밤과 낮의 뒤통수에

　　퐁 불구멍을 내 주던

그때가 그래도 멋이었구나.

재떨이에 던져진 꽁초

멋대로 나동그라진 꽁초

흰 자월 드러내고

천정을 치떠보는 꽁초는

필터 가까운 한 부분이

아직 한 번도 타지 못한 그 부분이

이젠 좀 분하고 억울할 따름이라네.

—「타령조·9」³⁶⁾(고딕 강조와 밑줄은 인용자의 것임)

　위의 시에서 반복하고 있는 장타령의 후렴구와 같은 구문은 "재떨이에 던져진 꽁초 멋대로 나동그라진 꽁초"이다. 그러나 위의 시는 '꽁초'라는 단어를 지속해서 행의 뒷부분에 배치하여 반복한다. 이러한 반복은 '꽁초'를 강조하면서 꽁초의 다양한 모습이나 상황을 제시하고 마무리하여 리듬을 살리는 것이다. 장타령의 영향보다는 동일 단어에 의한 반복이 더 두드러진다.

　하지만 앞에서 제시한 시의 특징과 마찬가지로 동일 구문이나 단어 사이에는 구체적인 상황을 제시한다. 위의 시에서는 반복하는 구문과 단어 사이에 '꽁초'의 특징을 구체적으로 제시하고 있다.「타령조·9」가 장타령의 영향이라고 할 수 있는 앞의 시들과 다른 점은 동일 구문의 반복을 시행의 후반부에 배치한 것이 아니라 중반부에 배치하고 있다는 점이다. 이것은 '꽁초'에 대한 현재 상황을 설명하는 것으로 이루어져 있으며 단지 '꽁초'의 특징을 강조하는 것에 그

---

36) 위의 책, 33~34쪽.

친다.

　다시 말해 위의 시는 시의 후반부에 동일 구문 유형의 반복보다는 꽁초가 가지는 안타까움을 제시하여 시가 강조하고 싶은 의미가 반드시 동일 구문에 있는 것이 아님을 말해준다. 장타령의 특징은 동일 구문에서 강조하는 의미가 나타난다는 점이다. 그러나 위의 시는 이와 달리 동일 구문의 역할이 묘사의 강조에 있다. 이것은 장타령에 관한 변용을 앞의 시들과는 다르게 실현한 경우라 할 수 있다. 『타령조·기타』에 실린 9편의 타령조는 위와 같은 모습으로 장타령의 현대적 변용에 관심을 가지고 시도하였다.

　위의 시집에 실린 다른 시에서는 「시·1」에서처럼 문장의 반복이 있는 것을 제외하고는 장타령을 변용한 별다른 흔적이 보이지 않는다. 위의 시집에 실린 9편의 타령조와는 별개로 이후 발간한 시선집 『꽃의 소묘』에는 「타령조(打令調)」 4편을 추가하여 총 13편이 실려 있다. 그러나 『꽃의 소묘』에 추가된 「타령조」 4편은 「타령조」 연작 형태로 쓰이긴 하였지만, 『타령조·기타』에 실린 시보다는 장타령의 유형이나 흔적이 별로 나타나지 않는다. 따라서 『꽃의 소묘』에 실린 「타령조」 4편은 분석에서 제외하였다.

　장타령에 관한 김춘수 시의 특징을 정리하면 다음과 같다. 장타령은 동일 구문과 유형의 반복을 통해 그 의미를 강화한다. 또한, 동일 구문과 동일 구문 유형의 사이에는 구문이 말하고 있는 의미를 구체화하는 상황을 제시한다. 김춘수의 「타령조」 연작에서는 위와 같이 동일 구문과 동일 구문 유형을 반복하여 의미를 강화하고 구문 사이에서 의미를 구체화하는 형태로 장타령을 현대적으로 변용하였다. 또한, 문장의 마무리를 3음절이나 4음절로 처리한 것은 장타령의 특징에 따른 것이지만 이들을 유사한 발음으로 처리하여 시의 리듬을 한층 더 살아나게 하였다.

따라서 장타령을 현대적으로 변용한 리듬은 동일 구문과 유형의 반복과 동일 음절의 반복에 의해 발생한다. 그러나 「타령조」의 시들이 모두 동일 구문 유형의 반복으로만 리듬을 실현한 것은 아니다. 이와는 다르게 동일한 단어나 유사한 음절의 반복으로도 리듬을 형성하였다. 또한, 동일 구문이 위치하는 행이나 어휘의 도치, 첨가되는 음절에 의해서 강조하는 의미를 변형하였다. 여기서 행은 호흡의 열림이나 닫힘, 혹은 유사한 의미의 반복을 통해 리듬의 형성에 기여하지만 그 영향이 그리 크다고는 할 수 없다.

장타령을 현대시에 변용하여 적용하던 김춘수는 리듬에 관해 새로운 인식을 한다. 그것은 '리듬'을 극단으로 실험해 보고자 한 것이다. 이는 김춘수가 일명 '무의미시' 창작을 하며 이미지의 응고를 제거해 가는 시기와 비슷하게 나타난다. 관념을 제거해 가고자 시도한 무의미시는 일반적으로 이를 위해 이미지를 극단화하고 동일한 이미지를 제거해 가는 과정으로 알려져 있다. 그러나 김춘수는 리듬에 의한 관념의 제거에도 깊은 관심이 있었다. 모든 관념을 제거하면 시에는 리듬만이 남는다는 것이 그것이다. 다시 말해 시에서 관념을 제거하여 주술성을 만든다.

음악과 시가 분리되지 않았던 고대에서의 시가는 강력한 음악의 힘에 힘입어 주술적인 성격을 가졌다. 음악은 직접 사람의 감정과 행동에 영향을 미치면서 강렬한 힘을 발휘한다. 마찬가지로 시에서 좀 더 음악적인 것이 강조된다면 그것은 하나의 염원을 바라는 주술적 성격을 가진다. 즉 고대의 시가 지닌 주술성은 음악과 결합하고 있는 형태로 나타난다. 이러한 형태는 "시와 일상 언어를 구별하는 결정적인 조건이고 음악과 결합함으로써 시는 강력한 주술성을 발휘"37)하기 때문이다. 이처럼 음악과 결합한 언어라는 의미에서 시가는 음악이 지닌 원초적이고 강렬한 힘과 언어가 지닌 정확성을 결합함으로써 양자가 따로 존재할 때보다 더 큰 상승효과를 발휘한다.38)

염불을 외우는 것은 이미지를 그리는 것일까? 이미지가 구원에 연결된다는 것일까? 아니다. 염불을 외우는 것은 하나의 리듬을 탄다는 것이다. 이미지로부터 해방된다는 것이다. 탈脫이미지고 초超이미지다. 그것이 구원이다. 이미지는 뜻이 그리는 상이지만 리듬은 뜻을 가지고 있지 않다. 뜻으로부터 우리를 해방시켜준다. 시가 이미지로 머무는 동안은 구원이 아닐지도 모른다.

이미지를 지워버릴 것, 이미지의 소멸—이미지와 이미지의 연결이 아니라(연결은 통일을 뜻한다). 한 이미지가 다른 한 이미지로 하여금 소멸하게 하는 동시에 그 스스로도 다음의 제3의 그것에 의하여 껴져가야 한다. 그것의 되풀이는 리듬을 낳는다. 리듬까지 지워버릴 수는 없다. 그것은 무無의 소용돌이다.39)

---

37) 오성호, 앞의 책, 147~149쪽. 오성호는 『삼국유사』의 「해가」를 예로 들면서 이를 설명하였다. 동해 용왕에게 납치된 수로부인을 구하기 위해서 고대 신라 사람들이 지어 불렀다는 「해가」로 인해 용왕이 어쩔 수 없이 수로 부인을 남편 순정공에게 되돌려 보냈다는 것이다. 당시의 사람들은 노래 즉 시가 어떤 특별한 힘, 즉 동해 용왕이라는 초월적인 존재와의 교통을 가능케 한다고 믿었다. 동시에 사람들이 소망하는 것을 성취하도록 만드는 주술적인 힘을 지니고 있다고 여겼음을 말한다. 또한, 음악이 사람의 마음을 감동하게 하고 분발케 한다는 생각은 고대인들에게 자연스럽게 받아들여졌다. 그 예로 그리스 신화에 나오는 오르페우스 이야기를 들었다. 이처럼 음악은 인간만이 아니라 금수와 신들까지도 감동하게 하는 힘을 지닌 것으로 인식하였다.

38) Emil Staiger, *Basic concepts of Poetics*(Janette C. Hudson & Luanne T. Frank tr.), Pennsylvania Univ. Press, 1991, pp. 46~47.

39) 김춘수, 「의미와 무의미」, 『김춘수 시론 전집 1』(앞의 책), 546쪽.

1976년에 발표한 『의미와 무의미』에서의 고백처럼 관념의 제거, 이미지로부터의 해방, 완전한 구원을 바라던 김춘수는 이미지마저 버린 리듬에 의해 이를 성취해 보고자 하였다. 이미지의 소멸을 위해선 시의 리듬만을 남긴다는 것이다. 이때 시도한 시는 이미지가 약화하고 언어의 반복으로 리듬을 강화한다. 김춘수는 평생 그가 시적 실험을 통해 얻고자 했던 구원을 시에서 리듬만을 강조하면서 강력한 주술성을 남기는 것으로 실현하였다. 이러한 그의 절대를 향한 지향은 「하늘 수박」에서 처음으로 나타난다.

비보야
우찌 살꼬
바보야,
하늘수박은 올리브빛이다 바보야,
바람이 자는가 자는가 하더니
눈이 내린다 바보야,
우찌 살꼬 바보야,
하늘수박은 한여름이다 바보야,
올리브열매는 내년 가을이다 바보야,
우찌 살꼬 바보야,
이 바보야,

―「하늘 수박」40)(고딕 강조와 밑줄은 인용자의 것임)

---

40) 김춘수, 『남천(南天)』, 근역서재, 1977, 14~15쪽. 위의 시는 원전과 시론, 그리고 전집에서 각각 1~4행의 행갈이가 다르다. 2004년 현대문학에서 발행한 『김춘수 시전집』에서는 "바보야, 우찌 살꼬/ 바보야,/ 하늘수박은 올리브빛이다 바보야,"로 3행으로 표기하고 있다. 그러나 김춘수가 이 시를 인용하여 설명한 『김춘수 시론 전집 1』(현대문학, 2004, 551쪽)에서는 "바보야,/ 우찌 살꼬 바보야,/ 하늘수박은 올리브빛이다./ 바보야,"로 4행으

김춘수는 시론에서 이 시를 예로 들면서 "이미지를 버리고 주문을 얻으려고 해보았다"라고 하였다. 대상의 철저한 파괴는 이미지마저 소멸한 뒤에 오는 것으로 이 이미지는 리듬의 음영(陰影)만을 남긴다. 하늘 수박이 '올리브빛'이라든가 '눈이 내린다'라든가 하는 표현에 따른 의미는 굳이 분석하여 내세울 필요가 없다. 이 시는 이미지나 의미를 버리고 단지 염불과 같은 구원, 즉 "우찌 살꼬 바보야"로 함축되는 안타까운 염원만을 남기기 위하여 시도한 것이기 때문이다. 위 시에서는 8번 반복하는 '바보야'를 통해 지속적인 음악성을 남긴다. 또한, 이 '바보야'는 앞에서 "올리브빛이", "눈이 내린다", "내년 가을이다"라는 말로 구체화하면서 리듬을 강화한다. '바람'이나 '눈'이나 '올리브' 같은 표현은 시인의 심리 상태에서 떠오른 것을 그대로 보여주는 역할만을 하고 있다.

김춘수가 반복을 통해 보여주고자 했던 것은 어떤 염원에 대한 음영이다. 위의 시에서는 "우찌 살꼬, 바보야"라는 구문을 통해 시의 음영을 남긴다. 반복되는 소리, 리듬, 주문과 같은 효과는 "각각의 단어가 갖는 의미들은 뒤로 물러나고 그 단어들이 갖는 부차적 요소들이 관계를 이루면서 제2의 의미를 창조하게"[41] 되는 것이다. 주술의 효과를 기대한 이 시는 구문의 반복과 "바보야"라는 단어의 반복이 복합적으로 시의 리듬을 형성하고 있다. 또한, 하나의 시행과 시행 사이에서 느껴지는 간격과 호흡 또한 말소리를 맺고 끊으면서 리듬이 발생한다.[42]

로 표기하였다. 이렇게 각각 행갈이가 다른 이유는 김춘수가 이 시에서 강조하는 주문을 얻고자 하는 것이므로 뚜렷한 기준이 없었던 것으로 보인다.

41) 이은정, 「김춘수와 김수영 시학의 대비적 연구」, 이화여자대학교 박사논문, 1992 21쪽.

42) 위르겐 링크는 이러한 휴식의 단락을 '휴지부'라고 하였다. 휴지부는 한 행의 여백이

여기서 시의 음영, 즉 무드나 정서, 분위기가 결국 시의 의미를 나타낸다고 한다면 확대된 의미의 영역에 포함할 수도 있다. 이로 인해 '무의미'가 무의미가 아니라는 일부 비판이 가능해진다. 하지만 그것이 김춘수가 생각한 '무의미'의 실패는 아니다. 왜냐하면, 애초에 김춘수는 분위기마저 포기한 '무의미'를 말한 적이 없기 때문이다. 결과적으로 그의 시가 정서를 남기는 '의미의 시'가 되었다는 점에서는 비판의 여지가 있다 해도 그것은 '무의미'라는 용어의 문제이지 김춘수가 의도한 시 창작과는 무관하다.

따라서 애초에 김춘수의 시, 즉 구원을 위하여 리듬만을 남기는 시에서도 음·영마저 버려지지는 않는다. 오히려 김춘수는 단어나 상황을 통해 무의식의 세계, 즉 자신의 심경 상태가 그대로 나타나 주길 바랐다는 것이 더 적절하다. 다시 말해 '자동기술'을 통해 나타나는 무의식의 세계를 강제로 비유하지 않은 채 자연스럽게 드러나는 시 창작을 시도한 것이다.[43]

「하늘 수박」은 주술적인 시적 실험의 초기 작품으로 강력한 주술성을 보이기보다는 리듬만을 남기는 시에 관한 실험적인 시이다. 그러나 『처용단장(處容斷章)』에 실린 시는 그 주술성을 매우 강화한다.

　　물또래야 물또래야

남아 있어도 그것을 채우지 않고 단락이 끝나고, 새로운 단락의 행이 시작됨으로써 나타난다. 한편 행의 인쇄 여백이 남아 있어도 의미 단락을 고려하지 않고 행을 규칙적으로 바꾸어 새로운 행이 시작되기도 하는데 이러한 것에서 시가 생겨난다고 하였다. 이에 따라 위르겐 링크는 시의 기본단위가 시행이라고 하였다(위르겐 링크, 「산문과 운문」, 고규진 외 3인 역, 『기호와 문학: 문학의 기본 개념과 구조』, 민음사, 1993, 275쪽).

43) 김춘수가 리듬과 이미지를 극단화하는 시에서 의미, 즉 김춘수가 말하는 관념은 사라지지만 시의 음영이나 분위기는 남는다. 이는 김춘수가 의도한 바로 이 책 2부 3장에서 구체적으로 다룰 것이다.

하늘로 가라,

하늘에는

주라기(紀)의 네 별똥 흐르고 있다.

물또래야 물또래야

금송아지 등에 업혀

하늘로 가라.

—「물또래」44)(고딕 강조와 밑줄은 인용자의 것임)

　'물또래'는 적우과에 속하는 곤충인 '물도래'의 방언으로 보인다.
위의 시에서는 "물또래야 물또래야 하늘로 가라"를 두 행에 걸쳐
반복하고 있다는 점 이외에는 다른 의미가 크게 발견되지 않는다.
그 하늘은 물또래의 별똥이 흐르고 있고 '금송아지'의 등에 업혀 가
기 위한 곳이라는 내용을 포함하지만 시에서 커다란 의미를 형성하
지 않는다. 처음부터 이 시는 구원받고 싶어 하는 대상을 호명하여
그 대상을 향한 명령과 같은 염원을 담기 위하여 시도했기 때문이다.
　따라서 구원을 염원하는 대상과 바람 사이에는 "금송아지 등에
업"는 행위가 끼어들지만, 이는 이 시 전체의 의미에는 영향을 주지
못한다. 이 시에서 반복하고 있는 두 행은 어떠한 의미나 내용을
설명하기 위해서 사용한 것이 아니라 '물또래'가 '하늘'로 가야 한다
는 염원만을 강조해 보여준다. 이러한 주술성은 리듬만을 남기는
극단의 시적 실험에서 더욱 적극적으로 나타난다.
　「처용단장 제2부」는 위와 같이 주술적인 시를 시도하던 시기에
창작하였다. 「처용단장 제2부」는 '서시'와 함께 '돌려다오', '보여다

---

44) 김춘수, 『남천(南天)』(앞의 책), 12쪽.

오', '살려다오', '울어다오', '불러다오', '앉아다오', 다시 '울어다오',
'잊어다오'의 9부분으로 구성되어 있다.

돌려다오.
불이 앗아간 것, 하늘이 앗아간 것, 개미와 말똥이 앗아간 것,
여자(女子)가 앗아 가고 남자(男子)가 앗아간 것,
앗아간 것을 돌려다오.
불을 돌려다오. 하늘을 돌려다오, 개미와 말똥을 돌려다오.
여자(女子)를 돌려주고 남자(男子)를 돌려다오.
쟁반 위에 별을 돌려다오.
　　　　　　　　　—「처용단장 2-1」45)(고딕 강조와 밑줄은 인용자의 것임)

　위 시에서의 간절한 염원은 "돌려다오"이다. 무엇인가를 빼앗아간
존재가 '불'이든 '하늘'이든 '개미'나 '말똥'이든 상관이 없다. 단지
불이나 하늘, 개미와 말똥은 인간의 삶에 위대한 존재이든 사소한
존재이든 빼앗긴 어떤 것을 말한다. 시의 뒷부분에서는 앞에서 빼앗
아간 존재로 여겨지는 불이나 하늘, 개미나 말똥마저 다시 돌려달라
고 한다. 이처럼 이 시는 누가 빼앗아가고 무엇을 빼앗아가고자 하는
가가 중요한 것이 아니라, 그 어떤 것이든 '돌려다오'를 강조한다.
또한, 김춘수가 리듬을 강조한 시에서 보이는 특징은 변형된 한 행을
통해 국면(局面)을 전환하고 구체화한다는 점이다. 위 시에서는 4행
에서는 '돌려다오' 앞에 '앗아간 것'을 첨가하여 돌려달라는 것을
구체화하고 4행 이후에는 빼앗아 간 대상마저 다시 '돌려달라'는 것

---

45) 김춘수, 『처용단장(處容斷章)』, 미학사, 1991, 44쪽.

으로 국면을 전환하는 부분이 그 예라고 할 수 있다.

위의 시는 "돌려다오"를 7번 반복하면서 그 강렬한 염원을 강조한다. "앗아간 것"은 4번 반복되고 "앗아간 것"과 비슷한 구문인 "앗아가고"까지 포함하여 총 5번을 반복하고 있다. 이러한 구문의 반복으로 인해 2~3행과 5~6행이 동일 구문으로 구성하면서 리듬이 한층 살아난다. '앗아간 것'을 돌려달라는 강한 염원이 다양한 리듬 유형을 반복으로 강조하고 있다. 마지막 행에 "쟁반 위에 별"을 추가하여 빼앗긴 것들에게 희망적인 요소를 더하여 돌려 달라고 시의 분위기를 전환한다.

위의 시에서처럼 하나의 간절한 어휘를 염불처럼 외운다는 것은 시의 묘사로부터의 해방, 관념으로부터의 해방과 구원을 바라는 행위이다. 리듬만을 남기기 위한 시적 실험에서 시는 일정한 염원을 남기고 주술적인 성격이 매우 강해진다. 「처용단장 2-2」 역시 '보여다오'라는 염원을 5번 반복하면서 '리듬'을 강조함으로써 주술성을 강화한다.

> 살려다오.
> 북 치는 어린 곰을 살려다오.
> 북을 살려다오.
> 오늘 하루만이라도 살려다오.
> 눈이 멎을 때까지라도 살려다오.
> 눈이 멎은 뒤에 죽여다오.
> 북 치는 어린 곰을 살려다오.
> 북을 살려다오.
>
> ─「처용단장 2-3」[46](고딕 강조와 밑줄은 인용자의 것임)

위의 시는 그칠 것 같지 않은 눈이 오는 날, 길거리에서 파는 북 치는 곰 인형을 향한 안타까운 마음을 드러내고 있다. 그것은 쉼 없이 북을 치고 있어야 하는 곰이 "오늘 하루 만이라도", "눈이 멎을 때까지라도" 그만 북 치는 것을 쉬게 해 달라는 염원이다. "살려다오"를 7번 반복하면서 그 염원을 강조하며 이 시의 리듬을 적극적으로 드러나게 하고 있다. 눈이 멎은 뒤에 "죽여다오"라는 것은 눈이 내리는 동안만이라도 살게 해달라는 역설적인 표현이며, "살려다오"와 같은 유형의 반복으로 볼 수 있다.

구체적으로 위의 시에서는 시행의 첫머리에 "살려 다오"를 사용하여 강력한 염원을 제시한다. 또한, 이어지는 시행에서 반복 기법을 활용해 구체적으로 '북 치는 어린 곰'과 '북'마저 살려 달라고 강조한다. '북 치는 곰'과 '북'을 살려 달라는 동일 구문을 시행 마지막에 한 번 더 반복하면서 리듬을 극대화하고 있다. 이 시 역시 '살려 달라'는 강렬한 염원만을 반복하면서 리듬을 강조하기 위한 시 창작이다. 이처럼 「처용단장 제2부」에서의 시편은 대부분 '-다오'라는 청원형을 사용하여 주술적인 느낌을 더욱 살린다. 또한, 김춘수 시의 리듬이 가지는 특징인 동일 구문의 반복과 동일 구문 유형의 반복을 극대화하면서 시의 음악성을 더욱 강조하고 있다. 아래의 시는 2연으로 나뉜 것처럼 구성하여 앞의 시들과는 조금 다른 느낌을 준다.

앉아다오.
손바닥에 앉아다오.
손등에 앉아다오.

---

46) 위의 책, 46쪽.

내리는 눈잔등에 여치 한 마리, 여치 두 마리,

앉아다오.

*

봄을 지나 여름을 지나

개울을 지나

늙은 가재가 사는 개울을 지나,

살구꽃 지는 마을을 지나

소쩍새와 은어(銀魚)가 사는 마을을 지나,

봄을 지나 여름을 지나

개울을 지나,

—「처용단장 2-6」47)(고딕 강조와 밑줄은 인용자의 것임)

　　현대문학에서 발행한 『김춘수 시 전집』의 각주를 보면, 문장사에서 발행한 『김춘수 전집 1·시』에서는 이 부분부터 제목이 'Ⅹ', 'Ⅺ', 'Ⅻ'로 되어 있다고 하였다.48) 위의 시는 원문을 직접 인용한 것으로 이 글에서는 제목을 특별히 구분하여 표기하지 않았다. 그러나 실제로 「처용단장 제2부」의 6, 7, 8은 위와 같은 두 개의 연 형태로 구성되어 있어서 「처용단장 제2부」의 앞의 시와는 다른 유형이다. 앞의 연은 대부분 '청원형'이고 뒤의 연은 이야기나 장면을 전환하고 있다. 따라서 앞의 시들보다 강렬한 느낌을 주지는 않는다.

　　하지만 2연에서 반복하고 있는 '지나'는 지속적인 의미를 포함하

---

47) 위의 책, 49쪽.

48) 김춘수, 『김춘수 시 전집』, 현대문학, 2004, 555쪽.

면서 리듬을 살린다. 또한 "봄을 지나 여름을 지나 개울을 지나"라는 동일 구문 반복과 "지나"라는 단어의 반복을 통해 복합적인 리듬을 발생한다. 2연에서 지나가고 있는 '어떤 것'은 1연에서 내 가까이, 즉 손바닥이나 손등에 앉기를 바라는 염원의 대상이다. 위의 시는 염원이나 주술성이 다소 약화한 상태이지만 리듬은 복합적으로 확대되고 염원은 구체화한 상황을 제시하는 구성이다.

이상에서 살펴본 김춘수의 리듬을 정리하면 다음과 같다. 그는 자유시의 리듬을 행의 기능과 밀접하게 관련하여 정의한다. 자유시에서 행은 의미나 이미지의 단락과도 관련되면서 매우 중요한 기능을 한다. 행은 말소리의 맺힘과 열림 등을 반복하면서 리듬의 형성에 기여한다. 그러나 자유시에서는 행만이 아니라 동일한 단어나 구문, 동일 구문 유형의 반복으로도 리듬 형성이 가능하다. 오히려 자유시에서는 행으로 인한 리듬보다는 단어나 구문, 동일 구문이나 동일 구문 유형의 반복으로 더욱 리듬이 실현되고 있다. 따라서 김춘수가 자유시에서 리듬을 '행의 기능'과 관련하여 강조하였다 하더라도 실제 시 창작에서 자유시의 리듬은 그 외의 다양한 원인으로도 발생한 것을 알 수 있다.

한편 김춘수는 리듬에 관하여 두 방향의 시적 실험을 거치는데, 첫 번째는 우리 가락의 현대적 변용에 관심을 가진 것으로 「타령조」 연작의 창작이 그것이다. 장타령은 동일 구문의 반복으로 리듬을 형성하지만, 김춘수는 이를 다양하게 변용함으로써 현대적인 리듬의 탄생을 시도하였다. 두 번째는 리듬에 관한 극단의 실험과정이다. 이것은 시에서 리듬만을 추구하면서 염불과 같은 주술성을 희망하는 것이다. 「처용단장 제2부」에서 청원형의 어미 종결로 마무리되는 대부분의 시편이 이에 해당한다.

제3장 이미지의 대상과 시의 의미

1. 묘사 절대주의에 의한 대상의 무화

김춘수는 하나의 시 세계를 치열하게 추구하고 나서 그때까지의 시 창작에 대해 회의한다. 이러한 시 창작 방법에 관한 끊임없는 회의는 오히려 지속해서 또 다른 시적 실험을 하는 추동적인 역할을 한다. 그의 시가 다양한 변모 과정을 거치는 이유는 이처럼 그가 시 창작 방법과 시 형태를 끊임없이 회의하고 탐색한 결과 때문이다. 김춘수가 맨 처음 관심을 가진 것은 꽃을 소재로 한 관념적인 시 세계이지만 이후 그의 관심은 우리 가락을 현대적으로 변용할 수 있는가를 실험한 리듬이다. 김춘수 시작(詩作) 초반의 관념적인 시들이 릴케의 영향이었다면 리듬에 관한 관심은 T. S. 엘리엇의 영향이었다. 이후 그는 다시 한번 크게 시 형태의 변화를 모색하는데 이미지에 관한 실험이 그것이다.

> 이때에 그동안(약 10년간) 잠재해 있었던 릴케의 영향이 고개를 들게
> 되었다. 릴케 스타일이라고 할 수 있는(나대로 그렇게 생각한)몸짓을
> 하게 되었다. 꽃을 소재로 하여 형이상학적인 관념적인 몸짓을 하게
> 되었다. 이런 상태가 10년 계속 되다가 60년으로 들어서자 또 어떤 회의
> 에 부닥치게 되었다. 내가 하고 있는 몸짓은 릴케 기타 시인들이 더욱
> 멋있게 하고 간 것이 아닌가. (…중략…) 내 앞에는 T. S. 엘리엇의 시론
> 과 우리의 옛 노래와 그 가락들이 나타나게 되었다. 그 중에서도 나는
> 아주 품격이 낮은 장타령을 붙들고, 여기에다 엘리엇의 이론을 적용시
> 켜보았다.
> 이 무렵, 국내 시인으로 나에게 압력을 준 시인이 있다. 고 김수영
> 씨다. 내가 「타령조」 연작시를 쓰고 있는 동안 그는 만만찮은 일을 벌이
> 고 있었다. 소심한 기교파들의 간담을 서늘케 하는 그런 대담한 일이다.
> (…중략…) 나는 여기서 크게 한번 회전을 하게 되었다. 여태껏 내가
> 해온 연습에서 얻은 성과를 소중히 살리면서 이미지 위주의 아주 서술
> 적인 시세계를 만들어보자는 생각이다. 물론 여기에는 관념에 대한 절
> 망이 깔려 있다.[1]

위의 인용은 김춘수가 자신의 시 형태 변모(變貌)를 정확하게 의도
하고 시도하였다는 것을 말한다. 그는 김수영에게서 자극을 받아
시의 가락에 관한 관심에서 이미지 위주의 관심으로 전환하였음을
고백한다. 흔히 김춘수에 관한 선행 연구는 그의 대표적인 시론이나

---

1) 김춘수, 「의미와 무의미」, 『김춘수 시론 전집 1』, 현대문학, 2004, 487~488쪽.

시 창작을 '무의미시'로 명명하고 그 시기의 시 또한 무의미 시론에 맞추어 분석해 왔다. 하지만 그의 고백에서처럼 시 창작에 관한 모험은 하나의 시적 지배소에 관한 철저한 분리와 그 시적 지배소가 보여줄 수 있는 모든 가능성에 대한 면밀하고 끈질긴 시도에 있었다. 단지 관념의 제거 과정에서 '무의미시'에 대한 실험이 있었을 뿐이다.

물론 이 과정에는 공통으로 관념에 대한 절망과 회의가 있다. 김춘수의 관념을 제거한 리듬과 이미지가 어떤 시적 형태를 만들어내느냐는 의문은 오랜 시적 실험과정에서 기나긴 갈등 과정에 놓인다. 앞에서 리듬에 관한 그의 관심이 전통 리듬의 현대적 변용과 리듬만을 살리는 주술적인 시 창작에 있었다면, 이미지에 관한 관심은 더욱 구체적이다. 이미지는 리듬과 함께 시를 구성하는 대표적인 요소이다. 김춘수의 이미지에 관한 탐색은 이미지라는 시의 요소를 지배소로 삼는 시 창작과 시에서 이미지만을 남기는 극단적인 시도로 나눌 수 있다.

김준오는 이미지를 '심리학적 현상인 동시에 문학적 현상'이라고 하면서 이미지의 정의를 세 가지로 분류하였다. 첫째, 이미지는 축자적 묘사에 의하든, 인유에 의하든, 또는 비유에 사용된 유추에 의하든 간에 한 편의 시나 기타 문학 작품 속에서 언급되는 감각, 지각의 모든 대상과 특질을 가리킨다. 둘째, 더욱 좁은 의미로 이미지란 시각적 대상과 장면의 요소만을 가리킨다. 셋째, 가장 일반적으로 비유적 언어, 특히 은유와 직유의 보조관념을 가리킨다.[2]

이승훈은 이미지를 '인간의 정신에 재현되는 현상'이라고 하면서 정신적 이미지, 비유적 이미지, 상징적 이미지로 구별하였다. 정신적

---

2) 김준오, 『시론』, 삼지원, 1982, 157~158쪽.

이미지는 작품을 대할 때 독자의 정신에 야기되는 감각적 경험이며 비유적 이미지는 그 이미지가 비유적으로 사용된다는 사실을 강조한다. 상징적 이미지는 시인의 이미지 선택이 그의 감각적 능력을 초월하여 기질, 가치관, 세계관과 맺는 관계, 시 속에 반복되는 이미지의 기능, 시의 전체적 이미지 유형, 신화나 의식과의 관계에 관심을 두는 것이다.3)

미들턴 머리에 의하면 이미지는 "시각적일 수도 있고, 청각적일 수도 있고 혹은 전적으로 심리적일 수도 있다".4) 따라서 시의 이미지는 단지 감각적인 차원만이 아니라 심리적인 현상을 포함하며 그것은 시인마다 매우 다르다. 이처럼 이미지는 이론가마다 그 정의와 유형이 다르지만, 김춘수는 이미지를 다음과 같이 정의하였다. 이미지는 '어떤 말이 우리 마음속에 불러일으키는 모습(상)'이며 '비유적으로 쓰이든 직접 쓰이든 간에 명확한 사물을 제시하는 단어 또는 구'이다. 또한, 그는 이미지가 하나의 심리 현상이며 개인차가 매우 심하다고 하였다.

이후 김춘수는 이미지의 유형을 비유적 이미지와 서술적 이미지로 나눈다. 여기서 비유적 이미지는 '관념을 말하기 위하여 도구로서 쓰이는 심상(心象)'이다. 이러한 이미지는 관념에 봉사하는 역할을 하고 있으므로 심상이 불순해진다. 반면에 서술적 이미지는 '이미지 그 자체를 위한 이미지'를 두고 하는 말이라고 정의하였다. 예를 들어 박목월의 「불국사」는 영화의 한 장면을 보는 느낌이며 시나리오의 지문과 같이 이미지가 제시만 된다. 또한, 이미지의 충돌이 없어

---

3) 이승훈, 『시론』, 태학사, 2005, 192~195쪽.

4) J. M. Murry, "Metaphor", *Countries of the Mind*, London: Freeman Press, 1931, pp. 1~16.

서 시의 분위기가 미묘하지 않고 단색을 띤다. 즉 대상이 있는 소박한 서술적 이미지의 한 예이다.

이승훈은 김춘수의 서술적 이미지를 설명하면서 김춘수가 제시했던 박목월의 「불국사」를 예로 들었다. 그는 여기서 서술적 이미지를 '묘사적' 이미지라고 하였다.5) 김춘수의 '서술적'은 '묘사적'이라는 것이다. 그러나 이승훈의 '묘사적' 이미지라는 것은 대상이 있는 서술적 이미지와 대상이 없는 서술적 이미지에 대하여 구체적인 구분이 되어 있지 않다. 김춘수에게 「불국사」는 설명이 없는 이미지를 표현하기에는 적합하지만, '불국사'라는 대상이 있고 음영이 단색이기에 김춘수가 궁극적으로 추구하고자 했던 '대상을 제거한 서술적 이미지'에는 합당하지 않다.

> 40년대의 「불국사」와 비교해보더라도 사정은 마찬가지다. 같은 서술적 이미지라 하더라도 사생적 소박성이 유지되고 있을 때는 대상과의 거리를 또한 유지하고 있는 것이 되지만, 그것을 잃었을 때는 이미지와 대상은 거리가 없어진다. 이미지가 곧 대상 그것이 된다. 현대의 무의미시는 시와 대상과의 거리가 없어진 데서 생긴 현상이다. 현대의 무의미시는 대상을 놓친 대신에 언어와 이미지를 시의 실체로서 인식하게 되었다고 할 수 있다.6)

위의 인용에서처럼 김춘수는 자신의 서술적 이미지를 대상이 있는 것과 대상이 없는 것으로 나누고 대상이 없는 서술적 이미지를

---

5) 이승훈, 앞의 책, 196~197쪽.
6) 김춘수, 「의미와 무의미」, 앞의 책, 512쪽.

추구한 것이다. 한편 송승환은 김춘수의 일부 시를 '사물시'로 분류하여 관념을 제거하고자 했던 몇몇 시를 분석하였다. 송승환은 김춘수가 말한 서술시의 일부를 '사물을 두고 있는 그대로 묘사한 시'로 보았다.7) 여기서 말하는 사물시나 묘사시는 대상이 있다. 다시 말해 김춘수의 서술적 이미지의 시가 '대상을 재현한 소박성이 유지된 시'라는 것이다. 그러나 김춘수가 표현하고자 했던 서술적 이미지에 관한 최종적인 실험은 대상마저 완전히 지워버린 무의식의 자유연상과 같은 것을 의도했다.8) 이것은 대상이 사라진 무의식의 세계를 말하며 오히려 조향의 글에서 밝힌 '자동기술'과 유사하다.

> ES의 영역은, 이른바 〈일차적 고정〉이라고 일컬어지는 영역이다. 곧, 이 무의식의 영역에 있어서는 관념은 흐트러져 있으며, 논리적인 통일이 없고, 어떤 정서는 다른 정서와 바꿔 놓지기 쉬우며, 서로 대립해 있는 것이 배타적으로 되질 않고, 모순되질 않고 병행되고 있다. 좌우간 전체적으로 혼돈 상태인 것이다. 이 영역에 지상명령은 쾌락을 얻는 일이다. −Anna Freud: Das lch und Abwehrmechanismen.(자아와 방위)
>
>   (…중략…)
>
>   무의식의 세계야말로 심리적 원형질이다. "심적인 것의 본질적 현실"이다. 현실적 이론, 윤리, 실용적 타산 등, 모든 현실적인 멍에에서 해방

---

7) 송승환, 「김춘수 사물시 연구」, 중앙대학교 박사논문, 2008, 6~7쪽.

8) 김춘수는 의미라는 용어를 의의와 뒤섞어 사용하였다. 메시지나 의도된 관념을 이야기할 때의 의미는 의의(significance)에 가깝다. 그러나 대상이 사라져버린 시라고 할 때는 대상의 지시적인 뜻(meaning)에 가까워진다(진수미, 「김춘수 무의미시의 시작 방법 연구: 회화적 방법론을 중심으로」, 서울시립대학교 박사논문, 2003, 36쪽). 따라서 김춘수가 말하는 대상을 제거하고자 했다는 것은 '지시적인 어떤 뜻'을 제거하기 위한 것으로 '의도된 의미'는 가지고 있다.

돼 있다는 점에서, 무의식의 세계는 일종의 〈순수의식pure consciousness〉의 세계다. (…중략…) 자동기술법을 생각해 내게 된 데에는 그 배경에 Freudism이 있었다. 말하자면 초기엔 Freud식 자유연상법을 그대로 詩法에다 원용한 것이다. (…중략…) 그리하여 정신분석의가 환자의 무의식 속에서 끄집어내려던 비논리적 비밀을 시인은 자기 자신의 무의식 속에서 蠢動하는 비밀을 자기 자신이 끄집어내려고 한 것이다.[9]

조향의 글을 길게 인용한 이유는 위에서 말한 '자동기술법'이 김춘수가 말한 절대 묘사주의, 즉 대상이 없는 '서술적 이미지'를 가장 잘 설명하고 있기 때문이다. 김춘수가 극단으로 몰고 간 이미지는 논리적으로 통일성 없이 병행한다. 다시 말해 그는 대상으로 고정할 수 있는 관념을 제거하기 위해 각기 다른 이미지를 배열하거나 대치시킨다. 이러한 서술적 이미지의 시에서 대상이나 현실은 이미 사라지고 심리적으로 굴절된 본질의 어떤 형태가 무의식으로 남는다. 즉 대상을 잃은 방심 상태이다. 이 방심 상태는 모든 현실적인 것에서 해방된 순수의 세계를 말하는 것으로 '심리적인 본질'만이 남은 상태이다. 즉 김춘수는 언어와 이미지의 불순함을 버리고 그 자체로 존재하기 위해 대상을 무화(無化)시킨다.

이미지가 대상을 가지고 있는 이상 대상을 위한 수단이 될 수밖에는 없다는 뜻으로 그 이미지는 불순해진다. 그러나 대상을 잃은 언어와 이미지는 대상을 잃음으로써 대상을 무화시키는 결과가 되고, 언어와 이미지는 대상으로부터도 자유로운 것이 된다. 이러한 자유를 얻게 된

---

9) 조향, 「초현실주의 사상과 기교」, 『시문학』 39, 2009, 145~156쪽.

언어와 이미지는 시인의 바로 실존 그것이라고 할 수 있다. 언어가 시를 쓰고 이미지가 시를 쓴다는 일이 이렇게 하여 가능해진다. 일종의 방심 상태인 것이다.10)

다시 말해 이미지의 불순을 막기 위해 대상을 무화시키고 방심 상태를 만들어 이미지 그대로 실존시키기 위한 것이 김춘수가 말하는 서술적 이미지의 목표이다. 김춘수가 무의식의 세계, 즉 방심 상태의 어떠한 세계를 남기기 위해 대상을 제거하고 이미지들로 병행시킨다는 것은 그 자체에 김춘수의 작시 의도가 깔려 있다. 이것은 창작자에 의헤 어떤 이미지가 취사 선택되고 재구성하는 자체가 이미 '의도화'되어 있음을 말한다. 따라서 김춘수가 무의식의 방심 상태를 자동기술법으로 이미지화하여 나타내는 모든 시에도 선택된 심리의 음영은 남는다. 또한, 이 분위기나 음영은 단지 단색이 아니다. 김춘수가 제시한 다음의 시를 살펴보면 그가 서술적 이미지에서 얻고자 했던 의도를 좀 더 명확하게 파악해 볼 수 있다.

① 밤은 마음을 삼켜 버렸는데
　개구리 울음 소리는 밤을 삼켜 버렸는데
　하나 둘……등불은 개구리 울음 소리 속에 달린다
　이윽고 주정뱅이 보름달이 나와 은으로 칠한 풍경을 토한다
　　　　　　　　　　　　　　　　　　　—김종한, 「고국의 시」

② The white moon is behind the white wave.

---

10) 김춘수, 「의미와 무의미」, 앞의 책, 516쪽.

And Time, O! is setting with me.

—Robert Burns, 「Open the Door to ME, O!」

(대의-흰 달이 흰 물결 뒤로 떨어지고 있다. 그리고 아! 내 목숨도 지금 다하면서 있다.)

앞의 전원풍경은 맑고 명랑하다. 뒤의 정경은 어둡고 침통하다. 마치 화가들의 마티엘을 통하여 그 빛깔의 명암을 통하여 화가들의 정신 상태를 보는 거와 같다.[11]

③ 어느날 새벽, 일찍 일어났을 때
  들창에는 이슬처럼 맺히는 여러 개의 사건들이 있었다
  금시 눈감을 벽면에
  나체와 같이 벗고 있을 시간
  살아 있는 부분들이 서두는 나의 손 끝에 와 닿는다
  메마르고 꺽꺽한 사지에 매여 달린 이 오랜 푸르름.
  맨살로 뒤 업는 체과의 뒤끝
  나의 서가에 가늘고 긴 무명의 겨울이 머물듯이
  몸을 비비고 다시 누워 있는
  원서의 첫장에는 언제나 전원을 통해 오는 사건들이 있었다.

—이동연, 「새벽」

④ (…중략…)
  이 시는 그 배경되는 사상이나 관념을 캐고 들면 들수록 우스운 것이

---

11) 위의 책, 344~345쪽.

될 것이다. 그냥 그러한 '새벽'이 그려져 있을 따름이다. 그 심상들이 빚어내는 빛깔의 명암을 그 미묘함을 파악하면 될 것이다.12)

(원 숫자는 인용자의 것임)

김춘수는 위의 시들이 각각 '맑고 명랑'하거나 '어둡고 칙칙한' '빛깔의 명암'으로 정신 상태를 드러내고 있다고 하였다. 따라서 김춘수는 심상이 빚어내는 '빛깔의 명암'으로 시의 미묘함을 파악할 것을 요구한다. 위의 시와 함께 제시한 조향의 「바다의 향기」는 빛깔의 명암이 미묘하면서 '순수'하다고 하였다. 말하자면 이미지가 관념의 도구로 쓰이지 않고 그 이미지가 그 자체를 위하여 동원되고 있지만, 시마다 각각의 빛깔, 명암, 혹은 분위기를 가진다는 것이다.

김춘수는 시론 곳곳에서 서술적 이미지로 시도한 시의 예를 들어 설명하고 있는데 중요한 것은 이들이 각기, 앞에서 제시한 것처럼 명암, 분위기와 같이 음영, 뉘앙스 등을 남기고 있다. 또한, 이것은 자동기술법에 따라 남겨진 심리적인 어떤 상태가 단색일 수는 없다는 것이다.

정리하면 김춘수가 시의 이미지를 통해 보여주고자 했던 시 세계는 '대상이 제거된 이미지만 남은 것'으로 '미묘한 음영'을 남긴다. 그가 말한 서술적 이미지란 은유나 직유, 알레고리나 상징을 포함한 비유적 이미지와 반대되는 개념이다. 또한, 그 대상이 물질만을 말하는 것이 아니라 관념이나 현실, 역사적인 모든 것이다. 따라서 그에게서 '서술적 이미지'는 대상 묘사가 아닌 '심리적으로 굴절된 어떤 형태'를 남기는 '묘사 절대주의'이다.

---

12) 위의 책, 367쪽.

선행 연구에서 서술적 이미지, 즉 관념을 제거한 무의미시를 논할 때, 긍정적인 평가와 부정적인 평가가 함께해 왔다.13) 긍정적인 평가의 이유는 무의미시가 하나의 시 작품, 다시 말해 하나의 새로운 시 형태를 제시했다는 것이다. 반대로 부정적 평가는 '무의미'라는 용어 자체를 문제 삼거나 '무의미시' 작품에서 나타나는 의미를 거론하면서 시론과 실제 시 작품에 괴리가 있는 실패작이라는 것이다. 이 두 가지 평가는 각기 완전히 다른 입장이다.

그러나 긍정적인 태도에서 하나의 시 형태를 제시했다는 것은 시의 형식적인 측면에 대한 평가인 반면 부정적인 측면에서의 평가는 무의미시 이론과 실제에 대한 모순을 비판한다. 이것은 시 작품을 분석할 때, '시인의 의도'와 '시의 의미'의 차이를 명확하게 구분하여 평가하지 않은 것에 대한 결과물이다. 김춘수의 '무의미시'는 애초에 시의 완전하고 완결한 '무의미한' 시 작품의 추구가 아니다. 그것은

---

13) 이승훈, 김준오는 긍정적인 견해에서 서술적 이미지를 설명하고 있으나 김춘수의 이론과 비슷하여 생략하였다(이승훈, 앞의 책, 194~199쪽; 김준오, 앞의 책, 166~168쪽). 부정적인 평가는 대표적으로 황동규와 김종길, 오세영의 논의를 들 수 있다. 앞 장에서 이미 살펴본 오세영을 제외한 부정적인 평가는 다음과 같다.

　황동규는 김춘수의 시가 시론을 따르지 못한다고 단언한다. 그는 김춘수가 예로 든 「수박」이라는 시에서 김춘수 스스로 밝히길 한 장면의 광채가 떠오른다고 하였지만, 「수박」이라는 시에 나타난 다섯 개의 사물이 하나의 구심점을 갖고 있지 못하다고 하였다. 또한, 김춘수가 무의미시를 내세우고 있지만, 그 이론에 동반하는 작품들이 나오고 있지 않다고 하였다. 오히려 무의미 시론을 밝히고 있을 때 가장 확실한 의미를 지니는 시들을 쓰고 있다고 비판하였다(황동규, 「언어의 생기」, 『사랑의 뿌리』, 문학과지성사, 1976, 179~224쪽).

　김종길은 애초에 무의미시는 결코 성립할 수 없다고 말한다. 그는 김춘수의 '서술적'이라는 말은 '묘사적'이라는 말이라고 하는 것이 더 적절하다고 하면서 시에서 관념이나 의미를 배제하는 것이 그 자체에 시적 의미를 빚어낸다고 하였다. 따라서 어떠한 모더니스트, 어떠한 초현실주의자의 작품도, 그것이 시가 되는 한은 '언어시'라는 규정을 벗어날 수 없다고 하였다. 김춘수의 무의미는 통상적인 의미의 탈 이미지이지 더 높은 차원에서의 무의미화는 결코 될 수 없다고 보았다(김종길, 「시의 곡예사: 춘수시의 이론과 실제」, 『시에 대하여』, 민음사, 1986. 272~277쪽).

단지 김춘수가 대상을 제거하는 이미지의 시적 실험과정에서 사용한 용어일 뿐이다. 따라서 이러한 시를 분석할 때 "의미는 무엇인가라는 철학적 질문보다는 의미는 어떻게 제시되고 차단되는가라는 방법적인 측면의 접근"14)이 필요하다.

다시 말해 김춘수가 무의미시에서 시도하고자 했던 목적은 '관념과 대상을 제거한 이미지'에 대한 실험이다. 그것이 귀납적으로 다양한 이론에 의해 부인된다고 하더라도 김춘수가 보여주고자 했던 의도마저 부인하는 것은 올바른 비판이 아니다. 김춘수의 무의미시에 관한 시론은 대상을 제거하는 이미지, 그것을 표현해낸 시를 말하는 것이지 무의미나 의미의 용어 문제가 아니며 시의 성패를 위한 것도 아니기 때문이다. 따라서 김춘수의 무의미시 분석은 먼저 김춘수의 의도를 파악해 보는 것으로 시작하여야 한다. 김춘수는 자신의 무의미시에 관해 다음과 같이 밝히고 있다.

'무의미'라고 하는 것은 기호논리나 의미론에서의 그것과는 전연 다르다. 어휘나 센텐스를 두고 하는 말이 아니라, 한 편의 시작품을 두고 하는 말이다. 한 편의 시 작품 속에 논리적 모순이 있는 센텐스가 여러 곳 있기 때문에 무의미하다는 것은 아니다. (…중략…) 이 경우에는 반 고흐처럼 무엇인가 의미를 덮어씌울 그런 대상이 없어졌다는 뜻으로 새겨야 한다. (…중략…) 대상이 없으니까 그만큼 구속의 굴레를 벗어난 것이 된다. 연상의 쉼 없는 파동이 있을 뿐 그것을 통제할 힘은 아무 데도 없다. 비로소 우리는 현기증 나는 자유와 만나게 된다.15)

---

14) 임수만, 「김춘수 시의 기호학적 연구」, 서울대학교 석사논문, 1996, 14쪽.
15) 김춘수, 「의미와 무의미」, 앞의 책, 522쪽.

무의미시에 관한 변명의 글 같기도 하지만 위의 글에서 김춘수는 무의미시가 무엇을 말하는지를 명확히 제시하고 있다. 그렇다고 해서 김춘수의 무의미시 시론이 완전하다는 것은 아니다. 시론만이 아니라 시 작품에서 나타나는 '의미'를 어떻게 규정지을 것이냐에 따라서 작품에 관한 평가와는 별개이다. 단지 선행되어야 할 것은 서술적 이미지, 즉 대상을 제거하고자 하는 시 창작을 했던 김춘수의 의도와 이것이 시에서 어떻게 표현되어 있는지를 구분하여 분석하는 일이다. 이를 위해선 먼저 그가 말하는 시의 대상은 무엇을 말하는지, 즉 그가 제거하고자 했던 대상은 과연 무엇인지를 파악해 보아야 한다. 위에서 인용한 것처럼 김춘수는 대상을 제거한 서술적 이미지의 시는 결과적으로 분위기, 명암, 음영이나 연상의 파동 등을 남긴다.

　따라서 이 시적 실험과정은 무의미시라는 용어를 통해서 보다는 이미지에 대한 새로운 시적 실험으로 보고 분석해야 한다. 앞에서 제기한 시론에서 파악한 김춘수의 이미지에 대한 논의를 실제 시 창작과 비교하는 것이 우선이다. 김춘수가 이미지로의 시적 실험에서 대상을 제거하는 것은 무엇인지를 파악하고 그 실체를 규명해야 한다. 이 과정이 중요한 이유는 이후 리듬과 이미지에 대해 완전히 새로운 국면을 맞이하는 김춘수의 시 형태와도 밀접한 관련이 있기 때문이다.

　이미지를 달리 말하면 "시인이 전달하고 싶은 관념이나 실제 경험 또는 상상적 체험들을 미학적으로 그리고 호소력 있는 형태로 형상화시킬 수단을 찾는"[16] 것이다. 여기서 말하고 있는 '관념', '실제

---

16) 김춘수, 「한국 현대시 형태론」, 앞의 책, 159쪽.

경험', 또는 '상상적 체험' 등이 시의 대상이다. 김춘수가 말하는 대상은 대표적으로 관념을 가리킨다. 김춘수에게서 관념은 사물에 관한 통상적인 개념만이 아니라 사회, 역사적 현실을 포함한다. 따라서 김춘수가 제거하고자 했던 대상은 단순한 사물이나 풍경이 아니라 사물이나 인간의 인식에 포함하고 있는 기존의 관념, 현실과 역사에 얽힌 이데올로기 등이다.[17]

다시 말해 김춘수가 말한 대상을 제거한 서술적 이미지 시는 단순히 사물로서의 대상을 제거한 것만을 말하는 것이 아니다. 현실, 역사, 체험 등을 포함한 관념을 직접적인 비유로 표현하는 것이 아니라 심리적으로 굴절된 어떤 형태, 즉 무의식의 내면을 설명 없이 그대로 제시하여 보여주는 자동기술을 말한다. 김춘수는 여기서 이미지가 가질 수 있는 또 하나의 관념을 철저히 배격하기 위해 하나의 이미지가 형성되려고 할 때 또 하나의 이미지로 이를 제거해 가는 방식을 택한다. 이것은 아무리 하나의 행이나 연이 서술적 이미지로 제시되었다고 해도 같은 서술적 이미지가 반복됨으로써 생기는 또 하나의 관념을 제거하고자 하는 절대성의 노력이다.

---

17) 권혁웅은 김춘수가 관념, 사상을 의미와 동일시하여 서술적 심상이 의미, 관념, 사상 등을 갖지 않은 것이라고 하였다. 그는 대상과 관념, 사상을 동일시한 것은 비약된 사고이며 서술적 심상에서도 시적 대상이 없을 수는 없다고 하였다. 그러나 김춘수는 대상을 관념, 사상과 동일시하여 대상의 소거를 관념과 사상의 소거로 간주한다. 따라서 김춘수가 대상을 소거한다는 말은 실제의 대상이 시에서 삭제된다는 말이 아니라, 사회적 의미를 부여하여 읽을 만한 대상이 시에 없다는 말로 읽어야 한다고 하였다.
한편 그는 김춘수가 논리적인 혹은, 자유연상에 따라 대상을 재구성한다고 분명히 밝히고 있다고 하면서 그의 시는 이러한 논리와 자유연상이라는 내적 준거에 비추어 정교하게 구성되어 있다고 하였다(권혁웅, 「한국 현대시의 시작방법 연구: 김춘수·김수영·신동엽의 시를 중심으로」, 고려대학교 박사논문, 2000, 2000, 50~54쪽). 이러한 권혁웅의 지적은 김춘수의 시에서 대상은 의미, 관념, 사상 등을 말하며 이들을 소거한다고 하더라도 그대로 펼쳐지는 것이 아니라 내적 준거라는 어떠한 시인의 의도에 의해 시가 창작되고 있음을 말한다.

중요한 점은 '무의식의 내면'에 관한 것이다. 시인이 의도한 것은 의식적인, 혹은 관념적인 그 어떤 것을 제거해 가는 과정에서의 이미지 순수성이다. 여기서 시는 '심리적으로 굴절된 시인의 어떤 형태'가 남는다. 이것을 김춘수는 분위기, 혹은 음영이라고 말했다. 대상을 제거한 이미지의 시에서 분위기 혹은 음영으로서의 시적 의미는 남기 마련이다. 그가 시론에서 대상을 제거한 서술적 이미지의 시를 제시하면서도 음영이나 분위기의 색깔을 강조한 것이 그 예라고 할 수 있다.

> 눈 속에서 초겨울의
> 붉은 열매가 익고 있다.
> 서울 근교(近郊)에서는 보지 못한
> 꽁지가 하얀 적은 새가
> 그것을 쪼아 먹고 있다.
> 월동(越冬)하는 인동(忍冬)잎의 빛깔이
> 이루지 못한 인간(人間)의 꿈보다도
> 더욱 슬프다.
>
> —「인동(忍冬) 잎」18)

먼저 김춘수는 그의 시 「인동(忍冬) 잎」을 예로 들면서 자신이 원하는 이미지의 표현에 관해 설명한다. 김춘수는 「인동 잎」에서 마지막 행의 '더욱 슬프다'라는 관념의 설명으로 인해 이 시는 서술적 이미지 시로 실패하였다고 하였다. 앞에서 설명한 것처럼 그는 서술적

---

18) 김춘수, 『타령조·기타(打令調·其他)』, 문화출판사, 1969, 69~70쪽.

이미지의 시에서 단순한 사생만을 추구하는 것이 아니다. 그는 폴 세잔이 사생을 거쳐 추상에 이르게 된 것처럼 리얼리즘을 확대하면서 초극해 가는 것에 시가 있다고 믿었다.

혹은 사생이라 해도 시는 실제 풍경을 그대로 그리지 않고 대상을 선택하여 배치한다고 본다. 말하자면 실제의 풍경과는 전혀 다른 풍경을 만드는데 이것이 풍경 또는 대상의 재구성이다. 이 과정에서는 논리가 끼어들고 자유연상이 끼어든다. 그는 논리와 자유연상이 더욱 날카롭게 개입하면 대상의 형태가 무너지고, 마침내 대상마저 소멸하는 과정에 이른다고 하였다. 따라서 그가 시적 대상을 제거한 이미지를 추구할 때는 대상의 제거와 함께 자유연상으로 인한 어떤 음영이 남는다. 그는 이러한 시의 유형을 다시 몇 가지로 제시하였다.

> 운모 같이 서늘한 테이블
> 부드러운 얼음, 설탕, 우유
> 피보다 무르녹은 딸기를 닮은 유리잔
> 얇은 옷을 입은 적으이 고달픈 새악시는
> 길음한 속눈썹을 깔아매치며
> 가녈핀 손에 들은 은사실로
>
> ―이장희, 「하일소경」 일부19)

위의 시에 관해 김춘수는 관념이 일체 배제된 '물질시'이지만 밀도가 약하고 선명도도 덜하다고 하였다. 논리와 자유연상이 날카롭게 개입한 것이 아니므로 상징파적인 수사를 벗어나지 못하고 있다고

---

19) 김춘수, 「시의 위상」, 『김춘수 시론 전집 2』, 현대문학, 2004, 235쪽에서 재인용.

하였다. 박목월의 「불국사」 역시 물질시라고 할 수는 있으나 논리와 자유연상이 약하게 개입되었다고 평가하였다. 이와 달리 김춘수는 백석의 「멧새소리」와 「추야일경」은 치밀하다고 평가한다. 「멧새소리」는 내부의 정경묘사로, 「추야일경」은 외부의 정경묘사로 이루어져 있다.

> 닭이 두 홰나 울었는데
> 안방 큰 방은 홰줏하니 당등을 하고
> 인간들은 모두 웅성웅성 깨여 있어서들
> 오가리며 석박디를 썰고
> 생강에 파에 청각에 마눌을 다지고
>
> 시래기를 삶는 훈훈한 방안에는
> 양념 내음새가 싱싱도 하다
>
> 밖에는 어데서 물새가 우는데
> 토방에선 햇콩두부가 고요히 숨이 들어갔다
>
> ─백석, 「추야일경」 전문[20]

김춘수는 백석을 이미지즘 계열의 시로는 이 땅에서도 매우 특이하다고 평가한다. 백석의 시는 매우 토속적이다. 위의 시는 글자 그대로 외부 정경묘사로만 구성하고 있다고 하였다. 설명을 철저히 배제하고 있어 몇 개의 낱말들 즉 '오가리', '석박디', '당등' 등이

---

20) 위의 책, 237쪽에서 재인용.

유별나게 돋보인다고 하였다. 다시 말해 백석은 설명을 철저히 배제한 채 내부 정경묘사와 외부 정경묘사를 보여주는 시의 특색을 보인다. 다음으로 김춘수는 '논리의 뒤틀림'이 역력한 시의 일부를 거론한다. 박남수의 「새·3」과 김광림의 「석쇠」 일부, 김영태의 「자주꽃 속에」 일부 등이 그것이다. 이들은 그대로의 물질시가 아니다. 즉 이미지의 조형성에만 관심이 쏠려 있는 것이 아니고 일체의 설명을 배제한 상태와는 또 다른 '논리의 뒤틀림'이 역력하다고 하였다.

즉 시가 정서나 감각의 차원에서 한 걸음 나아간 상태이며 따라서 짙은 음영과 논리의 다층화를 얻게 된다는 것이다. 다시 말해 위의 시들은 순수 이미지즘의 단순화 경향을 극복한 상태이다. 따라서 김춘수가 추구하고자 했던 대상이나 설명이 배제된 이미지의 시는 단순한 물질시를 말하는 것이 아니라 '짙은 음영'은 물론 '논리적 뒤틀림'의 시를 말한다. 또 다른 유형으로 토막토막의 사고가 '불연속으로 흐름'을 이루는 경우를 예로 든다.

> 그는 산 너머 인자한 곳이었다.
> 태에서 달이 나온다.
> 계수나무는 토끼여서
> 시궁창의 넋이었다.
> 너는 지식을 믿지 않는다.
> 믿음은 아직도 모르는 곳이다.
> 그녀를 위하여 집을 짓는다.
>
> —김구용, 「팔곡·2」 일부[21]

---

21) 위의 책, 248쪽에서 재인용.

김춘수는 위의 시가 한 글월 안에서 앞뒤가 불연속적으로 이어지고 있다고 하였다. 행과 행 사이의 불연속 또한 두말할 나위가 없다고 하였다. 설명을 배제한 위의 시는 김춘수의 시 유형과 가장 가깝다. 김춘수의 시에서 이미지가 형성되려고 할 때 다른 이미지로 대신하는 경우, 그것은 매우 불연속적이다. 그러나 김춘수의 시는 위의 시보다는 묘사적이다. 결국, 위에 제시한 유형과 김춘수의 시론을 비교해보면 그는 단순한 물질시나 스케치풍의 풍물시나 서경시를 추구한 것이 아니다. 그는 이미지의 조형성에만 관심을 가지지 않고 대상이 심리적으로 굴절되어 무의식의 어떠한 상태를 보여주는 것을 추구한다. 따라서 그의 절대적 이미지 시는 대상이 제거되었으나 시의 음영이 짙게 드러난다.

　　김춘수는 「눈물」이라는 자신의 시에 관한 설명을 하면서 시에 나타나는 '바다', '맨발', '발바닥', '아랫도리'와 같은 것들은 모두 물이고 보이지 않는 부분에 있다고 하였다. 여기에 그는 시의 제목을 '눈물'이라고 함으로써 하나의 무드(정서)를 빚어주었다고 하였다.[22] 김춘수 스스로 절대적 묘사의 이미지를 그리면서 고의로 무드를 의식하여 쓰고 있음을 말한다. 따라서 그의 절대적 이미지 시에서는 무드, 혹은 심리적 음영마저 사라지는 것은 아니다. 이러한 심리적 음영이나 무드가 '의미'의 영역인가 아닌가는 별개의 문제이다. 단지 김춘수가 의도하고자 했던 절대적 묘사의 이미지는 애초에 본질적인 심리의 상태가 음영을 의도적으로 보인다.

　　정리하면 김춘수는 시의 본질적 요소인 이미지를 시적 지배소로 삼아 대상을 제거한 절대적 묘사, 즉 대상이 없는 '서술적 이미지'를

---

22) 김춘수, 「의미와 무의미」, 『김춘수 시론 전집 1』(앞의 책), 552쪽.

남기고자 했다. 여기서 대상은 단순한 사물이 아니라 관념이나 현실, 역사적 체험 등이다. 대상을 제거한 이미지는 '심리적으로 굴절된 어떤 형태'를 남기는데 이는 시인의 무의식 세계를 보여준다. 김춘수는 이를 시의 분위기나 음영이라고 하였다. 한편 방법적으로는 이미지와 이미지 사이에서 생길 수 있는 관념조차 제거하기 위해 하나의 이미지가 형성되려 할 때 또 다른 이미지를 제시한다. 결국, 김춘수는 대상을 제거한 이미지를 통해 관념으로부터의 철저한 도피를 시도하였지만, 그것이 시의 분위기나 음영의 제거를 말하는 것은 아니다.

이후 김춘수의 시를 통한 '절대'로의 지향은 이미지마저 버리는 결과를 낳는다. 이미지를 버리면 시에서 리듬의 음영만을 남기게 되고, 이것은 그가 다시 모든 묘사마저 버리고 리듬으로 돌아가는 과정이기도 하다. 그러나 여기서 그는 커다란 한계에 직면한다.

관념으로부터 떠나면 떠날수록, 내 눈앞에서는 대상이 무너져버리곤 한다. 속이 시원하기도 하고, 때로는 불안하기도 하다. 이 불안 때문에 언젠가는 나는 관념으로 되돌아가야 하리라. 그걸 생각하면 나는 몹시 우울해 진다. 그러나 사람에게는 어떤 한계가 있는 모양이다. 절대란 하나의 지향의 상대일 뿐 거기 오래 머물 수가 없다.[23]

인용문은 김춘수가 다양한 시적 변모 과정을 거치면서도 끝내 원했던 '절대'에 이르지 못함을 보여주는 고백이다. 이 고백은 또한 그의 시가 '리듬'이나 '이미지'의 극단적인 실험을 통해 절대에 이르고자 하지만 결코 완전한 절대를 이룰 수 없었음을 말한다. 단지

---

23) 위의 책, 550~551쪽.

김춘수는 그 과정에서 시적 성과와 의미를 남겼을 뿐이다. 위의 고백에서 또 다른 중요한 제시는 '관념으로의 되돌아감'이다. 그는 결국 「처용단장」 3, 4부에서부터 관념으로 돌아가려는 모습을 보이고 나서, 이후 완전한 관념으로 돌아가는 '산문시'로 이행한다. 김춘수의 산문시는 리듬과 이미지의 극단에서 이 둘을 완전히 제거해 버리고 관념으로 돌아가는 것을 말한다. 여기에 관해서는 다음 장에서 상세히 논하고자 한다.

김춘수의 이미지에 관한 논의를 정리하면 다음과 같다. 그는 우리 가락을 현대적으로 변용하는 과정에서 크게 회의한 후, 이미지로 그의 관심을 선회한다. 김춘수는 이미지를 비유적 이미지와 서술적 이미지로 나눈다. 그의 서술적 이미지는 대상을 제거하고 이미지 그 자체, 즉 본질적이며 심리적인 어떤 상태만을 남기는 것을 말한다. 여기서 대상은 단순한 사물을 말하는 것이 아니라 일반적인 관념이나 역사와 현실 등을 가리킨다. 그는 이미지 위주의 시에서 역사나 현실을 제거하기 위해 대상을 제거한 서술적 이미지의 시를 창작하고자 하였다. 또한, 제시되는 이미지가 또다시 하나의 이미지를 형성하여 이미지를 고정화하는 것을 제거하기 위해 이미지를 대치시킨다. 이러한 과정에서 김춘수의 서술적 이미지의 시는 음영, 즉 분위기를 남긴다. 이 분위기는 일정한 단색이 아니라 미묘한 음영을 남기며 논리적인 뒤틀림을 보이기도 한다. 이러한 실험은 김춘수가 철저히 의도한 것으로 일정한 특징을 보이며 서술적 이미지의 시를 형성하였다.

이후 그는 이미지마저 버리는 극단의 시적 실험과정을 거치는데 그것은 다시 리듬으로의 돌아가는 것이다. 이것은 앞 장에서 분석한 주술적인 성격이 강한 시를 남기는 형태로 시도되기도 한다. 한편 그는 이러한 리듬과 이미지에 관한 치열한 분석과 극적인 시적 실험을 하면서 관념에서 떠나 있는 자신에 대해 불안을 느낀다. 그의 관념에 대한 불안은 이후 리듬과 이미지를 버리고 완전히 관념으로 돌아가는 극단적인 형태를 남긴다. 「처용단장」 3, 4부에서부터 보이기 시작한 관념의 징후가 그의 시적 실험을 산문시로 이행하게 하는 행태로 나아가는 예라고 할 수 있다.

2. 연상의 거리와 심리적 굴절

김춘수가 장타령을 현대적으로 변용하여 「타령조」 연작을 쓰면서 우리 가락에 관심을 기울이고 있을 무렵, 그는 자신의 시작에 관하여 깊은 회의를 느꼈다고 하였다. 우리 가락을 현대적으로 변용하기 시작한 것이 이전에 쓰인 '관념의 몸짓'에 의한 회의라면 「타령조」 연작 이후의 회의는 붓을 던질 만큼 좀 더 깊이 다가온 것이라 할 수 있다. 여기에는 앞에서 인용한 것처럼 김수영의 영향이 컸던 것으로 보인다. 그는 김수영이 소심한 기교파들의 간담을 서늘하게 하는 대담한 일을 하고 있다고 평가하면서 자신의 세계를 크게 회전하겠다고 다짐한다. 이러한 그의 다짐은 지금까지의 연습에서 얻은 성과를 소중히 하면서 이미지 위주의 서술적인 시 세계를 만들고자 하는 것으로 나아가게 하였다.

이 과정에서 김춘수는 자신의 시 세계를 변모하기 시작하는데, 1976년에 발표한 『의미와 무의미』에서 이에 관해 구체적으로 진술하였다. 여기에서 그가 1960년대 후반부터 자신의 시 세계가 회전했다고 하는 것은 1969년에 발표된 「타령조」 연작 이후부터를 말한다.

『의미와 무의미』 시론을 기술한 이후 출간된 시집은 오랜 창작 기간을 두고 나중에 발표한 시집 『처용단장(處容斷章)』(1991)을 제외하면 1977년에 발간한 『남천』, 1980년에 발간한 『비에 젖은 달』과 1988년에 발간한 『라틴점묘』 등이 있다. 『라틴점묘』가 대부분 기행시로 구성되었다고 볼 때, 김춘수가 서술적 이미지에 관한 시를 쓰기 시작하고 발표한 시는 『남천』과 『비에 젖은 달』에 포함되어 있다. 위의 두 시집에 실린 시에서는 그가 이전의 연습을 바탕으로 서술적인 시를 쓰겠다고 한 모습이 일부 포착된다. 그러나 그것은 앞에서 시도한 리듬에 관한 관심과 연관하여 나타난다.

> 메콩강(江)은 흘러서 바다로 가나,
> 메콩강(江)은 흘러서 바다로 가나,
> 부산(釜山) 제(第)1부두(埠頭)에서
> 귀뚜라미 한 마리가 울고 있다.
> 가을이 오면 어디로 가나,
> 가을이 오면 어디로 가나,
> 여름을 먼저 울자, 여름을 먼저 울자.
>
> —「잠자는 처용」[24] (고딕 강조는 인용자의 것임)

위의 시는 1977년에 발표한 시집 『남천』에 실린 것이다. 구성을 보면 동일 구문이 연속적으로 반복하면서 리듬을 형성하고 있다. 또한, 1, 2행과 3, 4행, 그리고 5, 6행과 7행은 각각의 이미지가 독립되어 있다. 김춘수는 자신의 시에서 '바다'나 '눈물'과 같은 유사한 시어

---

24) 김춘수, 『남천(南天)』, 근역서재, 1977, 20쪽.

를 사용하여 동일한 시에서 이미지를 배치하는 경우가 자주 있다. 위의 시에서도 메콩강이나 부산, 그리고 가을이 오는 것과 여름이 우는 것은 무관한 이미지 같지만, 이들은 바다나 눈물이 관여하면서 일정한 음영을 보여주고 있다.

다시 말해 "메콩강이 흘러서" 바다로 가는지를 알 수 없듯이 "가을이 오면" 이후 어디로 가야 할지 모르는 상황을 제시하고 있다. 시의 전반부에서 울고 있는 "귀뚜라미"는 후반부에서 "여름을 먼저" 울고자 하는 주체와 동일시되면서 쓸쓸한 음영, 즉 분위기를 남기고 있다. 결국, 이 시는 앞에서 시도했던 리듬의 반복으로 인한 효과와 이미지를 그대로 서술하는 모습이 동시에 드러난 시의 예라고 할 수 있다. 여기서 이미지와 이미지 간에는 바다와 눈물로 연상되는 음영 이외에는 특별히 연관이 없는 것들로 서술되어 있다. 따라서 이 시는 본격적으로 대상을 무화한 절대적인 서술시를 쓰기 이전의 중간 단계의 형태이다. 같은 시집에 실린 다음 시는 좀 더 서술적 이미지에 가까워지고 있다.

하늘 가득히
자작나무 꽃 피고 있다.
바다는 남태평양(南太平洋)에서 오고 있다.
언젠가 아라비아 사람이 흘린 눈물,
죽으면 꽁지가 하얀 새가 되어
날아간다고 한다.

―「리듬·Ⅰ」[25]

---

25) 위의 책, 8쪽.

위의 시는 확실하게 시의 리듬이 줄어들면서 이미지에 기울고 있다. 이 시는 4개의 각기 다른 이미지로 구성하는데 그 이미지는 '하늘 가득한 자작나무 꽃' – '남태평양' – '아라비아 사람의 눈물' – '죽어서 꽁지가 하얀 새의 날아감' 들이다. 이들은 다소 떠오르는 연상 간의 거리가 먼 이미지로 병치하였다. 이렇게 시에서 연상 간의 거리가 먼 이미지를 병치하는 것은 시에서 형성된 이미지가 하나의 이미지로 응고되는 것을 막기 위한 것이다.

그렇다면 이 시에서 남은 것은 이 시를 쓸 당시의 김춘수 자신에게 깔려 있던 '심리적인 어떤 상태'뿐이다. 또한, 그 상태는 의미화되어 있지 않고 음영으로 나타난다. 하지만 이러한 상태의 제시는 무작위적인 것은 아니며 시인이 의도한 '음영'의 심리를 선택, 재구성한다. 결과적으로 이 시는 김춘수가 절대적인 서술적 이미지에서 '대상을 제거하고 이미지만을 남기는 심리적인 어떤 상태의 음영'을 보이는 경우이다.

이 시의 제목을 '리듬'이라 한 것은 시의 내용과는 다소 무관해 보인다. '리듬'이라는 제목은 그가 "이미지가 응고되려고 할 때 소리로 그것을 처단하거나 소리가 또 이미지로 응고하려는 순간, 하나의 장면으로 처단하고자" 했던 의도와 맞물려 하나의 트릭으로 제시한 것이다.26) 다시 말해 이 시는 철저하게 떠오르는 연상 간의 거리를 멀게 하는 이미지와 이미지를 대치하면서 또한 이 이미지들이 다시

---

26) 김춘수는 1976년 「의미와 무의미」에서 자신의 시 「눈물」을 예로 들면서 시 자체에서는 눈물이 보이지 않지만 '바다'나 '맨발', '발바닥'과 '아랫도리' 등과 관련하여 제목을 '눈물'이라고 하였다고 말한다. 그것들은 모두가 물이지만 보이지 않는 부분이며 '눈물'이 개입하여 하나의 무드(정서)를 빚기 위한 트릭이라고 하였다(김춘수, 「의미와 무의미」, 『김춘수 시론 전집 1』, 549~550쪽). 그러나 「리듬·I」의 시는 무드와 관련한 트릭이라기보다는 이미지의 응고를 막기 위한 트릭의 일종이라고 할 수 있다.

응고되려는 것을 막기 위해 소리로 처단하는 형식을 취하기 위해서 '리듬'이라는 제목을 붙였다.

그러나 이후 동일 시집인 『남천(南天)』에서 발표한 이중섭에 관한 9편의 시는 위의 시와는 달리 초기 시에서 보이는 감상이 그대로 드러난다. 김춘수가 본격적으로 대상을 제외한 서술적 이미지의 시를 창작하고 발표한 「처용단장」이 오랜 기간에 걸쳐 창작한 작품의 모음이라고 볼 때, 이중섭에 관한 시는 그런 창작과는 별도로 시도하였던 예이다.27) 김춘수는 자신과 관계하는, 혹은 애정이 있는 어떤 대상에 관한 시를 쓸 때, 대부분 감상성을 드러낸다.28) 이는 그 대상에 대한 연민이 밑바닥에 깔려 있어 그가 말한 관념의 일부인 감상이 지워질 수 없다는 것을 보여준다. 혹은 그런 대상에 관하여는 관념을 제어할 수 없음을 인정하고 시를 쓰기 때문일 것이다. 이러한 시는 그가 리듬이나 이미지에 대한 철저한 시적 실험을 위해 쓴 시라기보다는 대상에 대한 감상을 그대로 표현하고자 쓴 시이다.

다시 말해 『남천(南天)』에 실린 이중섭에 대한 시는 그가 리듬과 이미지에 대한 철저한 탐색과 극단적인 시적 실험의 과정에서도 종

---

27) 황동규가 김춘수의 무의미시를 비판한 결정적인 이유는 이중섭에 관한 시편 때문이다. 황동규는 이전에도 김춘수가 제시한 이미지가 하나의 음영을 보여주는 것에 의문을 제시하면서 김춘수의 시가 시론을 따르지 못한다고 평가하였다. 이중섭에 관한 시에 대하여는 이를 더 강하게 비판하였다. 왜냐하면, 이중섭과 관련한 시들은 의미를 초월하기는커녕 가장 확실한 의미가 있기 때문이다. 그는 이중섭에 관한 시 「이중섭·2」를 구체적으로 분석하면서 이 시에서는 아픔과 외로움 그리고 슬픔의 감상이 그대로 드러나 있다고 하였다(황동규, 「시론과 작품」, 앞의 책, 223~224쪽).

그러나 위에서 지적한 것처럼 김춘수는 『처용단장』에서 발표한 시를 쓰면서 그 외의 시편들, 즉 정서나 리듬이 보이는 시를 섞어 발표하였다. 따라서 위 시편은 무의미시와 다른 유형으로 보는 것이 적합하다. 『처용단장』에 있는 시가 모두 음영이나 의미를 담은 것이라고 보고 비판하는 의견과는 다른 분석이 필요하다.

28) 이 책에서 이후 제시할 아내에 관한 시나 도스토예프스키를 읽고 등장인물에 대한 심정을 그대로 서술한 시가 그 예이다.

종 자신의 감상성을 버릴 수 없는 시를 창작했음을 보여준다. 이처럼 김춘수가 「처용단장」 이후 산문시나 서정시로 그의 시 세계를 회전한 것은 시론 곳곳에서 고백한 것처럼 관념을 제거하는 시에 대한 피로와 불안이 함께 작용했기 때문이다. 김춘수 자신이 긴장감을 버리고 썼다는 『비에 젖은 달』에도 리듬이나 이미지에 관한 특별한 징후가 나타나지 않는다.

긴장감을 버리거나 편하게 놓고 쓰고자 한 시 대부분은 위의 시처럼 리듬과 이미지에 대한 철저한 탐색이 보이지 않는 경우가 많다. 「처용단장」을 쓰면서 발표한 위의 시는 각자의 시에 대한 의도를 달리하였다. 『남천』과 『비에 젖은 달』 이후, 김춘수가 본격적으로 '이미지'를 서술적으로 쓴, 대상을 잃은 절대적 이미지의 서술시를 발표한 것이 바로 20년을 매달려 쓴 시집 『처용단장』이다.

『처용단장』을 통해 보여주고자 했던 김춘수의 이미지에 관한 시적 실험의 특징을 정리하면 다음과 같다. 먼저 김춘수는 이미지를 정의할 때 '어떤 말이 우리 마음속에 불러일으키는 모습(상)'이라고 하였다. 여기에서 이미지는 '하나의 심리 현상'이다. 심리 현상은 물리 현상과 달라서 개인차가 매우 심하다. 김춘수가 추구하고자 하는 묘사 절대주의의 시는 '어떤 상태'를 암시하는 이미지의 연속이다. '어떤 상태'라는 것은 시의 대상이 시인의 개인차에 따라 '심리적으로 굴절된 무의식'의 어떤 것이다. 또한, 이 상태는 하나의 단순한 상태일 수도 있지만 대부분 어떤 복합 상태를 보여준다. 김춘수가 「불국사」와 비교하여 제시한 이상의 「꽃나무」는 그가 추구하고자 하는 이미지, 그 자체가 남아 심리 상태를 그대로 보여주는 하나의 예이다.

벌판한복판에꽃나무가하나있오. 근처에는꽃나무가하나도없오. 꽃
나무는제가생각하는꽃나무를열심으로생각하는것처럼열심으로꽃을
피워가지고섰오. 꽃나무는제가생각하는꽃나무에게갈수가없오. 나는
막달아났오. 한꽃나무를위하여그러는것처럼나는그런이상스러운흉내
를내었오.

—이상, 「꽃나무」

30년대의 지도나 40년대의 불국사는 모두 외부의 장면들의 감각적인
인상만을 배열하고 있다. 그러나 이 시에서의 꽃나무는 관념은 아니지
만, 심리적인 어떤 상태의 유추로서 쓰이고 있는 듯하다.[29]

위의 시에 관해 김춘수는 꽃나무가 "관념은 아니지만, 심리적인
어떤 상태의 유추"로서 쓰이고 있다고 하였다. "심리적인 어떤 상태
를 이렇게밖에는 말할 수 없을 때" 그것은 비로소 이미지 그 자체가
된다는 것이다. 따라서 위의 시는 사생적 소박성을 가지고 있는 「불
국사」와는 달리 이미지가 곧 대상이다. 즉 이미지가 곧 대상 그 자체
로 나타날 때, 이미지가 시의 실체로 나타나서 시를 형성한다. 그러
나 대상이 무화(無化)된 이미지가 그 자체인 시는 단지 이상이나 김춘
수만의 것은 아니다. 김춘수가 예로 든 김구용의 「어느 날」, 김광림
의 「석쇄」, 이승훈의 「사진」, 문덕수의 「선에 관한 소묘 (1)」, 조향의
「바다의 층계」들 역시 대상을 무화한 이미지로 이루어진 시이다.[30]

---

29) 김춘수, 「의미와 무의미」, 『김춘수 시론 전집 1』(앞의 책), 511~512쪽.

30) 이외에도 김춘수는 전봉건의 「속의 바다(21)」의 일부, 박남수의 「새 1·3」, 김종삼의 「올페
   의 유니폼」, 김영태의 「자주꽃 속에」 일부를 대상을 잃은 서술적 이미지 시의 일부로
   인용하였다. 이 중에 전봉건의 「속의 바다」 일부를 인용하면 다음과 같다.

위의 시와는 다른 김춘수 시의 특징은 이러한 대상을 무화시킨 심리적 상태를 좀 더 상세하게 적극적으로 표현한다는 점이다. 그는 대상을 제거한 단순한 서술에 그치기보다는 좀 더 심리적으로 굴절된 어떤 상태를 표현하였다. 일부 그의 시에서 나타나고 있는 심리가 굴절된 연상은 연상 간의 거리를 멀리하기 위하여 다른 이미지로 대치해 나아가는 과정에서 나타난다.

다시 말해 김춘수가 '이미지'의 시적 실험을 통해 말하고자 한 것은 대상을 제거한 심리적인 어떤 상태를 보여주는 것이며 이것은 굴절되거나 복합적인 상태이다. 김춘수의 이러한 상태 제시는 시가 가지는 고정된 이미지의 처단이 자신을 억압해 온 역사나 관념의 처단이라는 생각과 일치하는 것으로 시를 통한 자기 구원의 한 형태이다. 「처용단장」을 쓰고 있던 시기에 발표한 다른 시집에는 종종 「처용단장」에서 시도한 것과 같은 시를 발견할 수 있다.

남자와 여자의
아랫도리가 젖어 있다.
밤에 보는 오갈피나무,
오갈피나무의 아랫도리가 젖어 있다.

춤을 춘다
아직도 나는 춤추고 있어
나는 맨발이지
모래는 자꾸 반짝이면서 뜨겁다
물새가 난다
김춘수에 의하면 위의 시는 대상이 무엇인지 명확히 하지 않은 채 이미지 그 자체, 즉 시인의 실존 그 자체를 보여주는 방심 상태의 일종이다(위의 책, 514~515쪽).

맨발로 바다를 밟고 간 사람은
새가 되었다고 한다.
발바닥만 젖어 있었다고 한다.

—「눈물」31)

　　김춘수는 자신의 시론에서 위의 시를 예로 들면서 이 시는 "세
개의 다른 이미지와 두 개의 국면"을 보여주고 있으며 관념이 없는
"내면 풍경의 어떤 복합 상태"라고 하였다. 그가 말한 세 개의 이미지
란 1~2행, 3~4행, 그리고 5~7행을 말하며 두 개의 국면이란 1~4행과
5~7행을 말한다. 세 개의 다른 이미지와 두 개의 국면은 이 시가
어떤 통일된 대상(관념)이 없음을 말하며 이에 따라 시는 표면적으로
비유 없이 서술적으로 묘사하고 있다.

　　관념에서 떠날수록 대상은 무너진다. 김춘수에게서 대상은 관념
이기도 하다. 김춘수가 이처럼 대상을, 관념을 무화시키고자 하는
것은 관념으로부터 탈피하여 시 속에서 새로운 자유를 누리고자 하
는 것이며 따라서 묘사의 정도에 따라 현실적일 수도 비현실적일
수도 있다. 예를 들어 "남자와 여자의 아랫도리"가 젖어 있다는 것은
어떤 의미에서 실현 가능한 상황이지만, "바다를 밟고 간 사람"이
'새'가 되었다는 것은 비현실적인 시적 세계에서만 가능한 일이기
때문이다.

---

31) 김춘수, 『처용』, 1974, 민음사, 115쪽. 이 시의 원전은 위와 같이 두 연으로 나누어져
　　있으나 전집이나 김춘수가 시론집에서 인용하는 경우에는 한 연으로 구성하였다. 1연과
　　2연의 상황이나 시의 주체가 다르다. 처음 이 시를 창작할 때는 이를 구별하기 위해
　　2연으로 분리한 것으로 보인다. 그러나 김춘수의 서술적 이미지 시들은 어차피 이미지와
　　이미지를 병치하는 것으로 나타난다고 볼 때, 이후 김춘수가 연의 구분이 굳이 필요
　　없다고 판단하여 수정했을 가능성도 있다.

한편 이미지가 고정되는 것을 제거해 가는 방식에서, 연상은 대치하기보다는 병치한다. 다시 말해 세 개의 이미지들이 완전히 다른 상태를 보이기보다는 묘하게 연결되어 있다. 그것은 "젖어 있다"라는 단어에 의한 이미지 간의 연상이 가깝게 느껴진다. 즉, 위의 시는 하나의 분위기, 다시 말해 무드나 음영을 보여준다. "젖어 있다"라는 것은 '슬프다'나 '안타깝다'라는 식으로 감상의 직접적인 표현이나 비유는 아니지만, 대상에 관해 심리적으로 굴절된 상태를 서술적으로 보여주는 어휘이다. 김춘수가 말한, 서술적 이미지를 사용하여 심리적 음영을 나타낸 대표적인 예이다.

김춘수는 위와 같은 시 창작을 통해 관념이나 대상으로부터의 자유를 위해 이미지를 고정화하지 않지만, 그의 심리적 저변에는 하나의 통일된 무의식의 상태가 일정하게 흐르고 있음을 보여주고자 하였다. 그 상태는 대부분 슬픔이나 허무를 동반하지만, 이것은 위에서 지적한 대로 그 어느 것에서도, 그 어떤 새로운 시 창작에서도 구원을 얻지 못하는 불행한 심리의 내면이다. 위의 시와 비슷하지만, 아래의 시는 이미지가 주는 연상의 거리가 이보다 멀게 느껴지는 경우이다.

계수(桂樹)나무 한 나무
토끼 한 마리
돛단배에 실려 인도양(印度洋)을 가고 있다.
석류(石榴)[32]꽃이 만발하고, 마주 보면 슬픔도

---

32) 1969년에 발표된 『타령조·기타(打令調·其他)』에는 '자류(柘榴)꽃'으로 되어 있다. 그러나 현대문학에서 2004년 발행한 『김춘수 시전집』에는 '석류(石榴)꽃'으로 수정하고 있다. 현대문학에서 발행한 전집에서는 각주를 통해 시인이 전집을 엮으면서 수정하였다고

금은(金銀)의 소리를 낸다.

멀리 덧없이 멀리

명왕성(冥王星)33)까지 갔다가 오는

금은(金銀)의 소리를 낸다.

—「보름달」34)

위 시의 1~3행까지는 동화를 떠올리게 하지만 그것이 어떤 정서를 보이지는 않는다. 그러나 이후의 시행에서는 '슬픔'이나 '덧없이 멀리'라는 어휘를 통해 시의 분위기를 만들고 있다. '금은의 소리' 역시 그 소리만으로는 어떤 정서도 보여주지 않는다. 이 시는 "집중을 일으키는 이미지가 존재하기보다는 심상들이 단지 고정된 중심에서 벗어나려는 형상"35)을 취하고 있으며 '슬픔'이나 '덧없이 멀리'와 합하여 하나의 분위기를 보여준다.

하지만 위의 시는 김춘수가 원하던 대로 완전하게 관념에서 벗어났다고는 할 수 없다. 그는 시 「인동 잎」에서 마지막 행에 "더욱 슬프다"를 첨가함으로써 관념을 죽이는 것에 실패했다고 하였다. 마찬가지로 위의 시는 두 개의 이미지로 나누어져 있지만 '슬픔'이나 '덧없이'라는 어휘에서 이미 관념을 내포하고 있다. 단지 「인동 잎」에서는 '슬프다'라고 형용사를 사용하고 「보름달」에서는 '슬픔'이라는 명사를 사용했다는 차이가 있을 뿐이다. 이러한 결과는 그의 고백

밝히고 있다. '자류꽃'은 '석류꽃'의 유의어이다.

33) 명왕성에서 '명'은 일반적으로 '冥(어두울 명)'을 사용하지만 『타령조·기타(打令調·其他)』에서는 '暝(저물 명)'을 사용하였다.

34) 김춘수, 『타령조·기타(打令調·其他)』(위의 책), 77~78쪽.

35) 이민정, 「김춘수 시 연구」, 경원대학교 박사논문, 2006, 51쪽.

대로 이미지만 남기고 관념을 죽이는 일이 매우 힘든 일임을 확인시켜 준다. 다시 말해 그는 끊임없이 관념에서 벗어나고 싶어 하지만 그것이 매우 힘든 일임을 시 창작을 통해 깨닫는다. 그러나 「처용단장 제1부」에서는 위의 시보다는 좀 더 관념이나 대상을 제거해낸 예들을 확인할 수 있다.

벽(壁)이 걸어오고 있었다.
늙은 홰나무가 걸어오고 있었다.
한밤에 눈을 뜨고 보면
호주(濠洲) 선교사(宣敎師)네 집
회랑(回廊)의 벽에 걸린 청동시계(靑銅時計)가
겨울도 다 갔는데
검고 긴 망토를 입고 걸어오고 있었다.
내 곁에는
바다가 잠을 자고 있었다.
잠자는 바다를 보면
바다는 또 제 품에
숭어새끼를 한 마리 잠재우고 있었다.

(…중략…)

탱자나무 울 사이로
겨울에 죽도화가 피어 있었다.
주(主)님 생일(生日)날 밤에는
눈이 내리고

내 눈썹과 눈썹 사이 보이지 않는 하늘을
나비가 날고 있었다.
한 마리 두 마리,

—「처용단장 1–3」[36]

위의 시에서 시적 상황은 "걸어오고 있었다", "잠을 자고 있었다", "피어 있었다"로 구성하며 몇 개의 이미지가 하나의 음영을 보이지만 이미지들은 각각 독립되어 있다. 이 시는 연상의 거리가 가까운 것과 먼 것이 복합적으로 섞여 있다. 벽에 걸려 있는 청동시계나 죽도화가 피어 있고 나비가 날고 있는 장면은 현실에서 가능한 모습이지만 그 이외의 부분은 모두 비현실적인 세계이다. "밤의 이미지로 대변되는 두 가지 분위기, 즉 두려움, 낯섦과 평온함, 아늑함이 이루는 미분화된 감정을 이 시기의 작품에서는 대상 묘사라든가, 대상이 뚜렷지 않은 상상이나 기억 속의 사물들이 이루는 초현실적인 분위기 속에서 연출하고 있다."[37]

이 시에서 앞의 장면은 유년의 꿈속에 나타난 것으로, 벽과 홰나무가 걸어오고 청동시계가 검은 망토를 입고 걸어오는 것으로 표현한다. 뒤의 장면은 유년의 경험이 시인의 의식에서 재생된 것으로, 호주 선교사 집안의 이국적 풍경과 성탄절의 눈 내리는 풍경을 그리고 있다. 즉 낯설고 어두운 색채와 평화롭고 아늑한 분위기의 "무의식과 의식이 접목되어 새로운 세계를 보여주고 있다고 볼 수 있다".[38] 그러나 여기서 의식은 이미 심리적으로 굴절된 상태이다.

---

36) 김춘수, 『처용단장(處容斷章)』, 미학사, 1991, 28~29쪽.
37) 임수만, 앞의 글, 37쪽.
38) 노철, 「김수영과 김춘수의 시작 방법 연구」, 고려대학교 박사논문, 1998, 116쪽.

위의 시는 감상을 직접 드러내기보다는 시인에게 굴절된 무의식의 심리 상태와 어린 시절의 굴절된 심리 상태가 하나의 대상이나 이미지의 병치와 대치를 통해 나타난다. 김춘수는 「처용단장 제1부」에 이르러 비로소 그가 실현하고자 했던 묘사 절대주의의 시, 즉 관념을 제거한 이미지의 서술적 표현을 실현하였다. 이들의 이미지는 또한 각각을 제거해 가는 상태로 드러나며 매우 복합적인 상황을 제시하고 있다. 다시 말해 위의 시는 관념을 대신하고 있는 비유적 이미지를 버리고 감상의 상태를 직접 표현하지 않는 서술적 이미지를 보인다. 또한, 하나의 이미지는 이어지는 이미지를 통해 그 이미지가 하나로 고정되어 가는 것을 제거해 가면서 내면의 굴절된 심리 상태를 복합적으로 보여주고 있다.

문제는 위의 시에는 "있었다"가 8번 반복되면서 어느 정도 시의 리듬을 형성하고 있다는 점이다. 김춘수가 하나의 시적 요소를 지배소로 삼을 때 다른 시적 요소는 약화하는 모습을 보여 왔지만, 위의 시에서는 이처럼 서술적 이미지의 시 속에서도 리듬이 매우 긴박하게 살아나 있다. 이것은 김춘수가 그의 시 세계를 리듬에서 이미지를 지배소로 하는 시 창작의 세계로 깊이 회전하였다 할지라도 앞서 보여준 리듬에 대한 의식이 완전히 사라질 수 없음을 말한다. 「처용단장 1-4」도 위의 시와 비슷한 유형의 시이다.

눈보다도 먼저
겨울에 비가 오고 있었다.
바다는 가라앉고
바다가 있던 자리에
군함(軍艦)이 한 척 닻을 내리고 있었다.

여름에 본 물새는

죽어 있었다.

물새는 죽은 다음에도 울고 있었다.

한결 어른이 된 소리로 울고 있었다.

눈보다도 먼저

겨울에 비가 오고 있었다.

바다는 가라앉고

바다가 없는 해안선(海岸線)을

한 사나이가 이리로 오고 있었다.

한쪽 손에 죽은 바다를 들고 있었다.

—「처용단장 1-4」[39]

「처용단장 제1부」의 시는 대부분 위와 같이 모두 과거형 시제를 사용하고 있다. 위의 작품에서도 "있었다"라는 과거형 시제로 전체적인 분위기를 서술한다. 과거 시제 사용은 현재의 심정, 혹은 확실하지 않은 미래의 일이나 사건이 아니라 이미 벌어진 상황, 즉 이미 확정된 상황임을 견고하게 밝힌다. 이처럼 "과거와 현재의 공존은 더는 어떤 통일된 관념으로 시적 자아를 재현하지 않는다".[40] 이 시에서 '있었다'라는 단어의 반복은 어느 정도 이 시의 리듬을 발생하고 앞의 시처럼 서술적 이미지를 시도하는 과정에서도 리듬 의식을 완전히 벗어나지 않는다.

하지만 김춘수가 이 시에서 실현하고 싶었던 의도는 리듬보다는

---

39) 김춘수, 『처용단장(處容斷章)』(앞의 책), 30쪽.

40) 함종호, 「김춘수 '무의미시'와 오규원 '날이미지시' 비교 연구: '발생 이미지'를 중심으로」, 서울시립대학교 박사논문, 2008, 93쪽.

절대적 이미지의 병치 실현이다. 리듬을 시적 지배소로 삼고자 했던 시와는 다른 경우이다. 절대적 이미지의 묘사를 김춘수가 서술적 이미지라고 표현한 것은, 하나의 관념으로 대치된 어휘나 문장이 아니라 복합적으로 무의식에 깔린 심리 상태를 그대로 드러내기 위한 서술을 하기 때문이다. 여기서 심리는 가능한 현실, 혹은 비현실일 수도 있으며 추상적일 수 있는 모든 것을 포함한다. 복합적인 심리 상태를 그대로 드러낸다.

시의 1~5행까지는 어느 정도 현실로 그려지는 풍경을 보여준다. '비 오는 겨울', '군함 한 척이 서 있는 바다'의 모습이 그대로 보일 것 같은 이미지를 남기고 있다. 그러나 7~10행까지는 다소 추상적인 풍경을 제시한다. 물새가 죽어 있고 죽은 물새가 울고 그 울음소리는 어른이 된 소리로 울고 있다. 있을 법한 외부 풍경의 묘사라기보다는 단지 물새의 울음소리를 듣고 있는 우울하고 쓸쓸한 내면을 드러낸다.

"눈보다도 먼저" 오는 겨울의 비는 앞의 1~2행과 동일하게 9~10행에서 반복하면서 겨울에 오는 비의 정서를 강조한다. 이후 군함이 있던 바다에는 갑자기 해안선만이 남아 있다. 그러곤 "죽은 바다를 들고" 한 '사나이'가 가까이 내게로 다가온다. 위의 시에서 특별히 '바다'나 '사나이'가 의미하는 것을 굳이 설명할 필요는 없다. 아니, 굳이 무엇으로 대체하여 설명하여야 할지를 적절하게 판단할 근거가 없다. 물론 김춘수의 시에서 '바다'는 그의 고향과 연결되는 소재로 자주 등장하지만, 절대적 묘사를 위한, 즉 음영이나 분위기를 위해 사용한 바다에서 그 의미를 추적하는 것은 무의미하다.

김춘수는 위의 시에서 "겨울비가 내리는 바다", "울고 또 우는 죽은 물새", "바다가 없는 해안선", "한쪽 손에 죽은 바다를 들고 있는 사나이", "그 사나이가 내게로 다가오는" 쓸쓸하고 섬뜩한 그 음영의 느낌만을 말하고 싶었을 뿐이다. 느닷없는 연상과 연상들이 이어져 있는 듯하지만 느껴지는 음영은 비슷하다. 또한, 위의 시는 외부의 풍경과 내부의 심리적인 모습이 추상적으로 나타나고 자신에게 현실감 있게 다가오는 상상할 수 있는 상황이 뒤섞여 있다. 김춘수의 복합적인 내면의 심리 상태를 외부 풍경이나 추상적인 내면을 그대로 드러내는 이미지를 사용하여 보여주고 있다. 이에 따라 보이는 시의 음영은 단연 시인 자신의 선택과 재구성에 따른다.

위의 시에서 만약 일반적이거나 물질적인 대상을 찾아낸다고 하면 '바다'나 '물새' 혹은 '사나이'이다. 이것은 결국 다양한 여러 대상이 하나의 이미지를 형성한다. 김춘수의 시에서 대상이 무엇을 말하고 있는지를 명확히 구분해야 하는 이유가 여기에 있다. 무엇을 지시하거나 표현하기 위한 것이 언어의 속성인 이상 언어를 사용하는 시에서 무엇인가 지시하는 대상은 있을 수밖에 없다. 그러나 김춘수가 말하고자 하는 대상은 일반적인 의미론적 대상이 아니다. 그가 말고자 하는 대상은 일반적인 관념과 고정화된 사회의 이념이나 이데올로기, 혹은 현실을 말한다. 따라서 위의 시에서는 대상이 없다.

김춘수의 시가 어렵다는 편견은 의미를 배제하고자 하는 시에서 굳이 의미를 찾아내려는 데에 있다. 그의 시를 굳이 의미로 해석하려 하기보다는 표현된 이미지의 음영이나 분위기 그대로를 느끼면 된다. 이렇게 본다면 김춘수는 자신이 제시한 시론에는 충분히 충실했다고 할 수 있다. 그러나 일반적인 의미나 언어의 속성에 의해 시를 분석한다면 이와는 다르게 비판받을 수 있는 여지를 남긴다.

다시 말해 김춘수의 '무의미시'는 일반적인 의미론이나 언어의 속성을 통해 비판할 수 있지만, 이는 김춘수가 시도하고자 한 '무의미시'와는 처음부터 다른 측면에서의 접근이다. 따라서 김춘수의 '무의미시'에 대한 비판은 김춘수가 시도하고자 했던 '무의미시'의 의도와 그 시적 실험의 성취를 먼저 분석하고 별도로 다른 측면의 '무의미'를 구분하여야 한다. 김춘수는 시의 제작자와 관념, 그리고 제작자의 의도에 관해 다음과 같이 말하였다.

제작자의 의도가 관념을 무시하고 있을 때 시 해석도 관념을 말하지 말아야 한다. 그러나 제작자의 의도가 관념을 무시하고 있다고 하여 그 제작자의 그러한 제작의도까지를 어떤 관념에 맞추어 말하지 말라는 것은 아니다. 한 편의 작품 속에 담긴 관념의 유무를 판별하는 일과 시인의 제작의도를 어떤 관념에 맞추어 해석해본다는 것과는 다른 차원의 과제이기 때문이다.[41]

위의 글에는 자신의 시 작품에서 시의 의도를 봐 주기를 바라는 뜻이 담겨 있다. 또한, 시 작품에서의 관념의 유무와 제작자의 의도에 의한 관념의 유무를 분별하여 구별해주어야 함을 말한다. 이것은 이 글에서 강조하고 있는 것처럼 시 작품의 의미와 시 창작에 관한 의도를 구별할 필요가 있다는 것이다. 그러나 한편으로는 관념을 제거하고자 한 작품에서 관념이 드러난다면 그것 또한 시 작자의 의도에 맞추어 관념이 없다고는 할 수 없다. 제작자의 의도를 명확히 파악하고 시 작품의 의미를 구별하여야 하지만 시 작품에서 그 의도가 명확히 나타나고 있느냐 아니냐 하는 문제는 제작자의 의도와는 별개의 논의이다.

---

41) 김춘수, 「의미와 무의미」, 『김춘수 시론 전집 1』(앞의 책), 507쪽.

김춘수는 자신의 시론을 통해 시의 제작 의도를 명확히 밝히고 자신의 시 작품을 구체적으로 제시하면서 설명한다. 이러한 태도는 그의 시에 관한 의도를 명확히 하는 데에 결정적인 도움이 되는 일이지만 잘못하면 그의 의도대로 모든 시 작품이 이루어졌다고 하는 오류를 범할 수도 있다. 김춘수의 경우 자신의 시 창작 의도에 충실하게 시 작품을 창작하려고 했음은 분명하다.

그러나 그가 대상을 잃은 시를 제작하고 이미지를 대상 그 자체로 보이고자 하는 것과 그의 시작품에서 드러나는 대상의 문제는 별개이다. 그는 대상을 관념이나 사회, 역사, 이데올로기라고 밝히고 있다. 그리고 그것의 제거를 위해 일반적인 사생, 즉 소박한 사생적 이미지를 제거하고 싶어 했다. 하지만 몇 편은 오히려 소박한 사생성이 두드러진다. 다음의 시가 그 예라고 할 수 있다.

> 팔다리를 뽑힌 게가 한 마리
> 길게 파인 수렁을 가고 있었다.
> 길게 파인 수렁의 개나리꽃 그늘을
> 우스꽝스런 몸짓으로 가고 있었다.
> 등에 업힌 듯한 그
> 두 개의 눈이 한없이 무겁게만 보였다.
>
> ―「처용단장 1-9」[42]

극도의 긴장감을 가지고 쓰인 듯한 「처용단장 제1부」의 다른 시편과는 달리, 위의 시편에서는 '팔다리가 뽑힌 게'의 모습이 매우 사생

---

42) 김춘수, 『처용단장(處容斷章)』(앞의 책), 36쪽.

적이다. 관념이나 사생, 혹은 감상을 버리려고 끊임없이 노력해 온 그가 언제나 관념으로 돌아갈 것 같은 불안을 느낀다고 말한 것처럼 그의 시에는 종종 사생과 감상이 들어 있다. 이와 같은 시는 긴장된 시적 실험으로 허무에 이르렀던 김춘수가 이후 산문시나 서정성이 강한 시로 돌아가게 된 이유를 짐작하게 한다. 위의 시는 그의 의도를 충분히 고려한다 해도 어딘가 사생과 감상이 농후하게 남은 작품 중의 하나이다.

위의 시를 제외하면 김춘수의 '이미지'라는 시적 요소에 관한 탐구는 대상을 제거한 무의식의 복합적인 심리 상태를 나타내는 것으로 정리된다. 또한, 이러한 심리 상태는 하나의 음영, 즉 분위기를 남기지만 시에서 이들이 표현될 때, 각각의 상태들에 대한 연상은 어느 정도 거리를 유지하고 있다. 다음 시는 여러 면에서 연상의 거리가 멀어진 것을 보여주는 경우이다.

새장에는 새똥 냄새도 오히려 향긋한
저녁이 오고 있었다.
잡혀 온 산새의 눈은
꿈을 꾸고 있었다.
눈 속에서 눈을 먹고 겨울에 익는 열매
붉은 열매,
봄은 한잎 두잎 벚꽃이 지고 있었다.
입에 바람개비를 물고 한 아이가
비 갠 해안통(海岸通)을 달리고 있었다.
한 계집아이는 고운 목소리로
산토끼 토끼야를 부르면서

잡목림(雜木林) 너머 보리밭 위에 깔린

노을 속으로 사라지고 있었다.

거짓말처럼 사라지고 있었다.

—「처용단장 1-7」[43]

　전체적인 심리적인 음영은 밝게 느껴지지만 이어지는 연상들은 '새장－저녁－산새의 눈－눈 속－겨울의 열매－봄－한 아이－잡목림－노을' 등으로 자유롭게 흩어져 있다. 또한, 이 연상들은 떠오르려는 사생을 다시 파괴하면서 시간과 공간을 넘나든다. '봄', '겨울', 그리고 '바다와 잡목림', '새장과 계집아이' 등으로 이어지고 끊어지는 연상을 보여주지만, 전체적인 시 속에서 느껴지는 분위기는 이미지 그 자체이다.

　위의 시는 흩어져 있는 연상만큼이나 복합적인 심리 상태를 보여준다. 다시 말해 "새똥 냄새도 오히려 향긋한 저녁"은 "잡혀 온 산새의 눈"과 대비된다. 또한 "겨울에 익는" "붉은 열매"는 벚꽃이 지는 "봄"과 대비된다. 마찬가지로 고운 목소리로 노래를 부르던 "계집아이"는 "노을 속으로 사라지고" 있다. 하나의 상태나 음영이 느껴지는 것이 아니라 매우 뒤틀린 상황들이 섞여 있다. 이 시는 하나의 이미지가 형성되려고 하는 것을 다른 이미지로 대치하여 제거하고 있는 전형적인 시적 실험이다.

　이러한 시들은 의미를 헤아려 보거나 하나의 음영으로 분석하기는 매우 힘들다. 각각의 이미지가 하나의 이미지를 형성하고 있으며 그 자체가 하나의 음영이기 때문이다. 「처용단장 1-7」은 복합적인

---

43) 위의 책, 34쪽.

심리 상태를 뒤틀리게 보여주면서 이미지를 형성하려고 하는 관념을 완전히 제거하고자 한 시의 대표적인 예이다. 다음에 제시하는 시는 위의 시편과는 다르게 이미지를 제거해 가는 과정을 그리고 있지만 특이하게 뒤의 이미지가 앞의 이미지를 물고 가는 형태이다.

> 은종이의 천사(天使)는
> 울고 있었다.
> 누가 코밑 수염을 달아주었기 때문이다.
> 제가 우는 눈물의 무게로
> 한쪽 어깨가 조금 기울고 있었다.
> 조금 기운 천사(天使)의
> 어깨 너머로
> 얼룩암소가 아이를 낳고 있었다.
> 아이를 낳으면서
> 얼룩암소도 새벽까지 울고 있었다.
> 그해 겨울은 눈이
> 그 언저리에만 오고 있었다.
>
> ─「처용단장 1-10」[44]

'은종이의 천사'는 울고 그 '눈물'은 한쪽 어깨를 기울게 한다. 그리고 그 "기운 천사의 어깨" 너머로 암소가 아이를 낳고 얼룩암소는 다시 "새벽까지 울고" 있다. 이 시에서 각각의 이미지는 연쇄되어 있다. 김춘수에게서 '눈물', '천사'는 자주 거론되는 이미지이기도

---

44) 위의 책, 37쪽.

하지만45) 위의 시에서는 "울고 있는 천사"와 "울고 있는 얼룩암소" 까지 연쇄되면서 겹치게 만들어놓았다.

이 시는 어느 정도 음영이 통일된 것으로 보이지만 매우 추상적이다. "은종이의 천사"가 울고 있는 것이나 "코 밑에 수염"을 달고 있는 것, 또는 "조금 기운 천사"의 너머로 "얼룩암소가 아이를 낳고" 있다는 모든 상황이 일반적이지 않은 표현이다. 구상에서 추상으로 넘어가는 단계의 시이다. '천사'나 '눈물'은 김춘수의 시에서 자주 사용되는 어휘이지만 위의 시에서는 그러한 일반적인 형태의 성질과는 다르다. 이처럼 김춘수는 시에서 이미지에 관한 시적 실험을 매우 다양한 형태로 실현하고 있음을 알 수 있다.

김춘수의 이미지에 관한 시적 실험의 과정을 정리하면 다음과 같다. 김춘수는 시에서 관념을 제거하는 이미지를 서술적으로 그리고자 하였다. 이 서술적 이미지는 대상이 무화(無化)한 것으로 내면의 심리 상태를 그대로 제시하는 것이다. 내면의 심리 상태는 이미 대상이 굴절된 것으로 매우 복합적으로 형성된다. 김춘수가 이러한 시들을 통해 표현하고자 한 것은 의미론적인 무의미가 아니라 대상을 제거하기 위한 것으로 그 대상은 관념과 역사, 현실 등이다.

김춘수가 이처럼 시에서 대상을 제거하고자 하는 것은 현실과 역사 속에서 자신을 억압하는 모든 것에서 벗어나고 싶은 열망 때문이다. 이러한 시들의 표면은 현실 가능한 세계와 비현실적 세계, 혹은 구상과 추상의 형태로 나타난다. 시 안에서 연상의 거리는 가까운 때도 있지만 대부분 멀게 구성하며 음영 역시 뒤틀린다. 또한, 하나의 이미지가 응고되는 것을 막기 위해 이미지와 이미지를 병치시키

---

45) 김춘수에게서 자주 거론되는 천사 이미지는 각주 26)에서 구체적으로 설명하였다.

는 형식을 취한다. 이러한 시적 실험은 김춘수의 절대를 향한 구원의 일종이다. 김춘수는 '리듬'과 '이미지'라는 시의 본질적인 요소에 관한 끊임없고 치밀한 탐색 과정을 통해 절대를 향한 구원을 추구하고 자 한 것이다.

지금까지 2부 2장과 3장에서는 김춘수가 관념을 제거해 가기 위해 리듬과 이미지에 관한 관심을 극단까지 실험해 본 시 창작에 대해 분석하였다. 그러나 앞에서 언급한 것과 같이 그는 이러한 과정을 즐기기보다는 매우 힘들고 불안해하였다. 그는 시론 곳곳에서 지속해서 이러한 시 창작에 관해 고통과 불안을 호소한다.

고인이 된 김수영에게서 나는 무진 압박을 느낀 일이 있었지만, 지금은 그렇지 않다. 관념·의미·현실·역사·감상 등의 내가 지금 그들로부터 등을 돌리고 있는 말들이 어느 땐가 나에게 복수할 날이 있겠지만, 그때까지는 나의 자아를 관철해가고 싶다. 그것이 성실이 아닐까? 그러나 나는 언제나 불안하다. 나는 내 생리의 조건의 약점을 또한 알고 있기 때문이다. 벌써 나의 이 생리 조건이 나의 의도와 내가 본 진실을 감당 못하고 그 긴장을 풀어달라고 비명을 지르고 있다.[46]

관념을 죽이는 것이 나에게 있어 얼마나 힘드는 일인가[47]

이 불안 때문에 언젠가는 나는 관념으로 되돌아가야 하리라. 그걸 생각하면 나는 몹시 우울해진다. 그러나 사람에게는 어떤 한계가 있는

---

46) 김춘수, 「의미와 무의미」, 『김춘수 시론 전집 1』(앞의 책), 539쪽.
47) 위의 책, 549쪽.

모양이다. 절대란 하나의 지향의 상대일 뿐 거기에 오래 머물 수가 없다.[48)

인용문은 '리듬'만을 지향하는 시와 '이미지'만을 지향하는 시의 창작 기간을 거치면서 나온 김춘수의 고백이다. 그는 관념으로 되돌아갈 것이라는 예상과 함께 절대라는 지향의 한계를 느끼는 시점에 다다른다. 김춘수는 여기서 지금까지와는 전혀 다른 시 세계를 추구한다. 그는 2004년 현대문학에서 발간한『김춘수 시론 전집 1』의「전집을 내면서」에서도 비슷한 고백을 한다. 그는 자신의 '무의미시'가 막다른 골목에 다다르게 되었으며 다시 의미의 세계로 발을 되돌릴 수밖에 없게 되었다고 하였다.[49) 그러나 그것은 '무의미시' 이전의 세계로 후퇴하는 것일 수는 없다고 하였다. 김춘수가 무의미 세계에서 의미의 세계로 발을 돌리면서, 이전의 세계로 되돌아갈 수 없는 과정에 그의 '산문시'가 존재한다.

그는 1959년 초기 시론인『한국 현대시 형태론』을 쓸 때부터 이미 산문시가 자유시 이후의 시 형태가 될 것을 말한 바 있다. 그가 시론 초기부터 산문시에 관해 상세히 정의하고 있는 것에 비하면 그의 산문시 창작은 오히려 늦은 감이 있다. 김춘수는 산문시 창작을 설명하면서「처용단장」3, 4부에서 이미 관념으로의 전환이 시작되었음을 말한다.「처용단장」3, 4부는 자유시와 산문이 결합하고 있다. 그러나 이러한 형태는 단지「처용단장」에만 나타났던 것은 아니다. 그가 1975년에 발간한 시「낭산의 악성—백결 선생」도 자유시와 산

---

48) 위의 책, 551쪽.
49) 김춘수,「전집을 내면서」,『김춘수 시론 전집 1』(앞의 책), 6쪽.

문이 섞여 있는 것으로 보아 그의 관념으로의 전환은 예견되었다.

　　새어나오리,
　　알천 송림을 따라
　　개운포를 지나
　　그대는 멀리멀리 가고
　　나는 아내를 맞아
　　아이를 낳았노라.
　　둘이나 낳았노라.
　　눈물은
　　배고플 때만큼이나 새어나오리,

　　(어느 날 꿈에 나는 남산 산발치를 헤매고 있었다. 하염없이 헤매고 있었다. 생시처럼 몸에 누더기를 감고 하는 일도 없이 배고파하고 있었다. 먹는 것을 생각하면 입에 군침이 돌고 슬펐다.

　　(…중략…)
　　그는 누더기를 벗어 던지고 내 팔을 자기 쪽으로 이끌어 갔다. 한번 훔쳐본 어머니의 앞쪽의 속살이 보얀 그 안개 속으로 몸을 던지며 울고 있었다.
　　"어머니!"
　　그러나 나는 낭산 밑 우리집에 와 있었다. 아버지가 저승에서 왔다고 했다. 스물두 살의 젊디 젊은 장정이었다. 아버지도 배고프다고 그랬다. 아버지도 배고파서 우는 것이라고 그랬다. 배고픈 것은 서럽지만 네 어머니를 보면 웬지 슬프다고 그랬다. 그 말을 나는 알아듣고 있었다.

나는 아마 일곱살이나 여덟 살쯤 돼 있었는 듯했다)

—「낭산의 악성—백결 선생」 중 일부50)

위의 시는 매우 긴 서사시의 일종이다. 앞의 연은 자유시 형태이며
주체는 아내와 아이가 있는 남자이다. 다음 연의 산문은 시의 주체
인, 백결선생으로 예상되는 남자의 어릴 적 체험이다. 위 시의 전체
적인 구성은 자유시와 자유시 사이에 시의 내용이나 상황을 구체적
으로 서술하는 산문이 배치된 형태이다. 시와 산문이 결합한 형태이
지만 그 형태는 시적이라기보다는 둘의 나열에 가깝다. 자유시와는
달리 산문은 괄호로 묶어 별도의 부분으로 처리하고자 했던 것은
시에서 부족한 이야기나 상황을 설명으로 보충하고자 하는 김춘수
의 생리적 습관이다.

이처럼 시와 산문을 나열하고 있는 경우는 이보다 후에 쓰인 「처
용단장」 3, 4부에서도 발견된다. 「처용단장」 3, 4부에서도 「낭산의
악성」과 같이 자유시 사이에 산문처럼 줄글로 쓰인 부분이 있지만,
이를 괄호로 처리하지 않았다. 이것은 산문과 시의 나열이나 시를
보충하기 위한 산문이 아니라 시와 산문의 공존을 모색한 것이다.

김춘수가 「처용단장」 3, 4부 이후 본격적인 산문 시집인 『서서
잠자는 숲』을 발표한 것을 보면 그는 「처용단장」 3, 4부에서부터
조금씩 관념으로 돌아가고 있는 자신을 그대로 두고자 했던 것으로
여겨진다. 아니, 오히려 김춘수는 적극적으로 관념으로 돌아가려고
산문시 창작을 시도한다.

문제는 그의 산문시에서 리듬과 이미지의 흔적은 거의 찾아볼 수

---

50) 김춘수, 『민족문학대계』 제6권, 동화출판공사, 1975, 119~150쪽.

없다는 점이다. 이것은 리듬과 이미지만을 남기기 위한 실험을 한 이전과는 반대의 모습으로 그가 관념으로 철저히 돌아가면서 리듬과 이미지를 버리는 또 하나의 극단적인 모습이라고 할 수 있다. 한편으로 이러한 산문시는 초기 시론에서 형성된 산문시의 형태에 관한 고정된 관념이 그대로 이어진 결과이기도 하다.

따라서 그의 산문시는 '산문'의 특성에 더 기울어지게 된다. 그가 자유시의 '행'을 리듬과 관련하여 매우 밀접하게 정의하여 인식함으로써 행이 없는 줄글로 된 산문시에서 리듬이 제거되는 상황이 발생한다. 이미지 역시 행과 관련하여 여러 가지 혼란한 양상으로 정의되면서 산문시에서 그 기능을 하지 못하게 된다. 리듬과 이미지의 극단에서 돌아선 관념의 세계에서, 김춘수는 이 둘이 거의 소멸한 시를 창작하게 된 것이다. 이에 대해서는 제4장에서 자세히 살펴보기로 하겠다.

제4장 산문시의 리듬과 이미지

1. 시적 요소의 약화와 관념으로의 전환

시에서 리듬만을 남기고 이미지를 제거하기 위한 오랜 시적 실험 과정을 거치면서 김춘수는 시 창작의 한계에 부딪힌다. 그는 리듬과 이미지를 극단적으로 가져가 보았던 「처용단장(處容斷章)」 1, 2부와는 달리 「처용단장(處容斷章)」 3, 4부에서부터 관념으로 돌아가려는 모습을 보인다. 관념을 제거하고자 시도되었던 시적 실험과정은 매번 관념으로 돌아가려는 갈등을 안고 있었고, 그의 그러한 갈등은 마침내 리듬과 이미지를 서서히 내려놓는 과정으로 진입한다. 시적 요소를 분리하고 극단화하던 그가 관념화된 시로의 이행을 시도한 것이다. 이렇게 김춘수가 관념으로 돌아가고자 하는 과정에 그의 산문시가 있다.

김춘수의 시적 실험이 관념으로 돌아가는 과정을 요약하면 다음과 같다. 먼저 그가 『한국 현대시 형태론』에서 김소월의 시를 분석하면서 가졌던 의문들은 이후 엘리엇과 만나면서 리듬에 대한 시적 실험으로 해소된다. 김춘수는 김소월에 와서 "한국시의 전통적 율조는 새롭고도 완미한 그것으로 지양"되었다고 평가하였다. 엘리엇의 전통론은 전통에 대한 한 경멸이 아니라 예술상의 오랜 전통을 새로운 시대 감각으로 전통화한다는 뜻이다. 따라서 김춘수는 김소월과 엘리엇을 통해 리듬의 오랜 전통을 새로운 시대 감각으로 전통화하는 데에 관심을 두게 되었다. 장타령에 관한 관심을 다시 풀어내거나 리듬만이 드러나는 주술성이 강한 시를 시도한 것이 그 예이다.

　이후 김춘수의 관심은 자유시에서 의미와 관념을 제거하기 위한 서술적 이미지, 절대적 이미지의 추구로 나아간다. 여기서 김춘수는 무의미시라는 새로운 시 형태를 성취하였다. 그러나 그는 이러한 과정에서 관념으로의 불안과 절대 지향에 관한 한계를 인식하면서 그의 시 창작이 더 나아갈 수 없게 되었음을 고백한다. 그의 이러한 회의와 위기는 그를 두 가지 방향으로 전회하게 하였다.

　먼저 그 첫 번째 방향은 자유시 안에서 관념의 회복이다. 김춘수는 그의 시론에서 의미나 정서, 관념이나 역사, 현실 등을 뚜렷한 개념의 정의나 구별 없이 시의 미학적 측면이나 형식적 측면, 다시 말해 예술적 측면과 반대되는 개념으로 사용하였다. 따라서 그가 관념으로 돌아간다는 것은 시의 철학적 측면, 즉 시의 의미나 내용의 측면으로 돌아간다는 것을 말한다. 여기서 의미나 내용은 구체적으로 정서나 역사, 현실이다. 그러나 의미로의 회귀는 여러 시적 실험과 무의미시를 거친 이후이기에 초기에 시도한 자유시와는 다른 것이 될 수밖에 없다. 결국, 그의 시는 의미와 무의미 사이의 갈등에서

의미 쪽에 기울어진 '어떠한 형태'를 추구하게 됨을 말하는데 이에 관하여는 2부 5장에서 자세히 살펴볼 것이다.

그 두 번째 방향은 새로운 시 형태로의 '산문시'이다. 이는 '시'를 넘어서려는 문학 장르의 또 다른 국면이다. 그는 본격적인 산문시를 창작하여 발간한 시집『서서 잠자는 숲』의 후기에서 본격적인 산문시 창작 이전에 이미「처용단장」3부와 4부에서 산문시에 대한 암시를 받았다고 한다. 이것은「처용단장」3부와 4부에서 시와 산문을 번갈아 제시하였던 일부 시들을 두고 하는 말이다. 다시 말해 김춘수는 '무의미시'의 시적 실험 후반기에 시와 산문을 동시에 제시하는 방법을 사용하였고 이 과정을 통해 그는 시와 산문의 해체와 통합을 통한 좀 더 적극적인 시 형태로 발전시킬 가능성을 생각했다고 할 수 있다. 이는 김춘수가 초기 시론인『한국 현대시 형태론』에서 장르의 해체라는 위기 속에서 발생하는 산문시가 결국 '변증법적 지양'에 있다는 것과 일치하며 실제 시 창작에 이를 적용했음을 말한다.

김춘수는「처용단장(處容斷章)」이후 본격적인 산문 시집『서서 잠자는 숲』을 발간하였다.1) 이 시집의 후기에서 김춘수는 자신의 산문시 창작에 대한 의도를 설명하면서 산문시에 대한 그의 인식을 동시에 드러내었다. 여기서 그는 산문시의 시도가 시를 넘어서는, 장르 해체로 가는 길이라고 하였다. 다시 말해 그에게서 산문시는 '창조 문학'과 '토의 문학'이라는 모순되는 것의 배합을 통해 두 가지를 모두 해체하는 것이며 이것을 다른 측면에서 바라보면 대립하는 것

---

1) 김춘수는『서서 잠자는 숲』의 후기에서 본격적인 산문시를 시도하고 있다고 밝히고 있으나 그렇다고 해서 그의 산문시 시도가 이 시집에서만 있었던 것은 아니다. 그의 산문시 창작은 시 창작 전반에 걸쳐 시도되고 있으며 위의 시집은 산문시라는 형태의 인식 위에서 본격적인 시도를 한 것이라는 점에서 다른 산문시들과 차별성을 가진다.

들의 변증법적 지양 현상이다.2) 김춘수에 의한 산문시는 시와 산문이라는 두 문학 장르의 해체로, 문학 이전의 원형 즉 시와 산문의 구분이 존재하지 않던 시기로 회귀이다.

그의 산문시 인식은 이미 1959년에 발간한『한국 현대시 형태론』에서 형성된 것으로 1993년에 발간한『서서 잠자는 숲』에서 보이는 인식과 크게 달라지지 않았다. 따라서 김춘수의 산문시에 대한 인식을 구체적으로 파악하려면『한국 현대시 형태론』에서 말하고 있는 그의 산문시 인식 과정을 분석해 볼 필요가 있다. 이에 앞서『한국 현대시 형태론』3)의 특징을 살펴보면 다음과 같다.

첫째,『한국 현대시 형태론』에서 김춘수는 시의 형태를 통시적, 진보적으로 분석한다. 그는 현대시가 정형시−자유시−산문시에 이르는 발전 과정이며 산문시는 점차 장르 해체의 방향으로 나아가는 위기에 존재한다고 본 것이다. 둘째, 김춘수는 산문과 운문, 내용과 형식이라는 이분법을 기준으로 하여 형태를 분석한다. 따라서 산문과 운문이 만나는 자리, 거기서 형성되는 산문시의 형식과 내용을 파악해 나간다. 셋째, 진보의 방향으로 형태를 분석하지만 그것은 결국 시의 본질론과 만난다.

김춘수가 말하는 시의 본질이라는 것은 시 자체의 본질에 관한 깊은 탐구에서 나온 용어라기보다는 단순히 시를 구성하는 시적 요소를 말한다. 왜냐하면, 그가 말하는 시의 본질이란 결국 에즈라 파

---

2) 김춘수,『서서 잠자는 숲』, 민음사, 1993, 108쪽.

3) 김춘수 시론집에 실린「한국 현대시 형태론」은 김춘수가『문학예술』에 1955년 8월부터 1956년 4월까지 연재한「형태상으로 본 한국의 현대시」를 1959년 해동문화사에서 책으로 발간한 것이다. 그러나 앞의 연재와 발간된『한국 현대시 형태론』은 일부 시 인용과 구절이 다르다(주영중,「조지훈과 김춘수의 시론 연구: 시론 형성의 문학사적 맥락을 중심으로」, 고려대학교 박사논문, 2009, 69~71쪽).

운드의 시 발전 단계에서 추출한 것으로 음율이나 시각적, 청각적 양상을 말하고 있기 때문이다. 그러므로 『한국 현대시 형태론』은 시사와 시론의 성격을 동시에 가진다고 할 수 있지만, 시의 본질에 대한 한계를 지니고 있으며 결국 이러한 한계점은 김춘수의 시 형태나 산문시 정의에 모순을 드러내는 것으로 나타난다. 그러나 김춘수는 현대시 형태에 관한 관심을 시의 사적 위치와 본질을 해명하는 과정과 일치하는 것으로 파악하고 이를 발전시킨다.

시의 형태가 진보한다는 관점에서 김춘수는 먼저 그 과정이 정형시 이전의 자연발생적, 감성적인 것에서 정형시 이후의 기교적, 논리적인 것으로 발전하였다고 보았다. 여기서 정형시 이전은 산문을, 정형시 이후에는 운문을, 다시 말해 자연발생적인 소박한 상태가 원초적 산문에서 회귀적 운율(이 글에서의 '리듬')에 관심을 가지는 것으로 발전되었다고 하였다. 그러나 운문과 정형의 시 형태가 '발랄한 생기'를 잃을 때 다시 이전으로 돌아가는 자유로운 형태가 나타난다고 한다. 이때 발생하는 형태는 처음의 자연발생적 산문과는 다르며, "운문을 겪은 다음이기 때문에 형태는 운문이 나타나기 이전의 산문이 취한 그것과는 달리 기교적이고 논리적인 것이 된다".[4] 이것은 그 이전의 운문, 즉 정형보다 한층 시의 효과를 형태에서 얻으려는 심리가 움직였기 때문이라는 것이다.

이러한 예는 산문에서는 리듬을 보려고 하지 않기 때문에 언어의 의미만을 투명하게 하기 위한 이미지 본위의 형태나 문자의 시각적인 효과를 나타내기 위한 형태주의 형태, 혹은 언어의 차원을 달리하는 의미 이전의 언어 상태를 추구하는 형태 등으로 구분한다. 따라서

---

4) 김춘수, 「한국 현대시 형태론」, 『김춘수 시론 전집 1』, 현대문학, 2003, 30쪽.

김춘수는 현대시의 형태에 관한 새로운 시도는 장르에 혼란을 일으 킨다고 하였다. 여기서 그는 형태를 다음과 같이 정의한다.

> 원래 형태form란 것은 문체style까지를 포함할 수 있는 것이겠으나 여 기서는 형태와 문체를 분리하고자 한다. 왜냐하면 문체를 형태 속에 포함시켜놓으면 형태의 부담이 너무 커져서 감당하기 어렵기 때문이 다. 하여 문체를 제외한 형태만을 대상으로 하기로 한다.
> 문체를 제외한 시에 있어서의 형태란? 운율meter의 유무를 우선 가리 고, 있으면 어떻게 있는가, 없는가 하는 그 운율의 있고 없는 대로의 시의 청각적, 시각적 양상이다. (…중략…) 따라서 정형시의 정형시 양 상, 자유시 혹은 산문시의 정형이 아닌 양상이 시에 있어서의 형태인 것이다.5)

위의 인용문에서 김춘수가 형태를 가르는 기준은 정형시 이후에 발생한 자유시, 산문시 등에 나타나는 '양상'을 구별하는 기준으로, '운율의 유무', 그리고 '시각적·청각적 양상'이다.6) 다시 말해 그가 새로운 시 형태에 관한 분석을 위해 제시한 시 형태의 기준, 혹은 시 형태의 요소는 크게 '운율의 유무'와 '시각적·청각적 양상'(이 글 에서는 이를 '리듬'과 '이미지'로 정의하였다)7)으로 구분한다. 위의

---

5) 위의 책, 36~37쪽.
6) 위의 인용은 김춘수가 에즈라 파운드의 구분에 의지하여 형성된 개념이다. 여기서 말하 는 운율이나 시각적, 청각적 양상은 이 책에서 거론하고 있는 리듬이나 이미지라는 시적 요소의 일반적인 개념과 일치한다고는 볼 수 없다. 운율이나 이미지는 이 이 책의 앞에서 살펴본 것처럼 단순히 meter나 시각적, 청각적 양상으로 단순화할 수 없다. 이와 같은 김춘수의 개념은 그의 산문시를 정의하는 데에 여러 가지 모순을 발생시킨다. 이에 대한 자세한 논의는 이 책에서 김춘수의 산문시를 정의하는 과정을 통해 구체적으로 살펴볼 것이다.

인용문에 이어 그는 오늘날 시가 완전히 형태의 무정부 상태를 이루고 있다고 하며 형태가 없다는 말이 아니라 한 시대가 능히 시인할 만한 형태가 시에 있어서 해체되어 버렸기 때문이므로 시의 현대적 형태를 바로잡을 필요가 있다고 했다.8)

김춘수가 『한국 현대시 형태론』을 집필할 당시인 1950년대는 모더니즘 시론과 전통 시론이 공존, 대립하던 시기로, 새로운 시 형태의 출현을 어떻게 해석할 것인가에 따라 시인의 시 형태가 달라지고 있던 시점이다. 혼란한 시기에 시의 형태를 바로잡는 것은 시의 사적 위치를 바로잡고 시를 바로 세우는 데 있어 불가결의 요소이다. 김춘수가 시를 바로 세우기 위해 표명한 형태의 기준은 앞에서 언급한 대로 에즈라 파운드의 시 발전 3단계에 의지한 것이다.

이것은 시 형태를 통시적 관점에서 파악하지만 결국은 '시의 본질론'과도 만난다. 에즈라 파운드는 1913년 3월호의 시지 『포에트리(poetry)』에서 시의 근본원칙을 선언하였다. 이에 따르면 19세기 이전

---

7) 여기서 시각적·청각적 양상은 이후 논의를 볼 때, 이미지즘에 관한 특정의 일부를 말한다. 시각적·청각적이라는 용어는 '미래파 선언' 이후 비롯된 '형태주의'에서도 사용한다. '형태주의'에서 시각적인 것은 한 편의 시를 두고 3, 4종의 다른 빛깔의 잉크를 사용한다든가, 활자의 체나 호수를 여러 종으로 바꿔가면서 사용한다든가, 실제의 물체의 형을 방불하게 하려고 활자를 그 형과 근사하게 배열해 본다든가 하는 것을 말한다.
　　또한 청각적인 양상은 의미를 고려하지 않고 음 그 자체의 순수미를 즐기려고 하는 것이다. 그들은 어감이나 음율이란 말을 쓰지 않고 음향이라는 말을 쓴다. 형태주의는 비교적 회화에 더 접근해 있어 시각적인 형태에 더 많이 기울어져 있다. 대표적인 예로 김춘수는 김기림의 「일요일 행진곡」을 든다(김춘수, 「한국 현대시 형태론」, 『김춘수 시론 전집 1』, 88~91쪽). 따라서 본문에서 제시한 '음율'이나 '시각적 청각적 양상'은 위와 같은 의미보다는 이 책에서 정의한 '이미지'와 같은 뜻으로 쓰인 것이다.
8) 김춘수는 산문시에 관한 논의의 과정에서 음율과 운율 혹은 리듬을 특별히 구별하여 쓰지 않았다. 이 책에서는 시의 음악적 특성에 관한 혼란을 줄이고자 이를 모두 '리듬'이라 정의하고 그 특성을 분류하였다. 이 장에서는 김춘수의 산문시 인식을 『한국 현대시 형태론』을 통해 살펴보는 것으로 음율이나 운율, 그리고 리듬이라는 용어를 김춘수가 사용한 그대로 표기하였다. 이 글에서 쓰이고 있는 '리듬'은 필자의 정의에 의한 것이다.

까지는 노래하는 시, 즉 언어의 운율에 치중한 자연발생적인 시가 있었으며 이후 투명한 이미지의 시로 발전하였고 이후 시의 효과를 위한, 차원이 다른 새로운 논리를 획득한 시, 즉 문체의 시로 발전하였다고 하였다.

김춘수가 제시한 시 형태론의 기준은 문체를 제외하고 리듬의 문제와 이미지의 문제에 관심을 가진다고 할 때, 이것은 다분히 에즈라 파운드의 시 발전 단계와 같다. 따라서 김춘수가 시 형태의 변화, 혹은 발전 형태로 정형시에서 자유시, 산문시를 구분할 때, 첫째는 운율의 유무를 판단하고 이후 시각적·청각적 양상을 분별하는 것이다. 이는 에즈라 파운드가 시사의 흐름을 체계화한 것과 마찬가지로 김춘수가 형태의 흐름을 체계화해 보고 싶은 데에서 연유한다. 김춘수가 형태를 구분 짓는 중요한 요소는 운율의 유무와 시각적 청각적 양상인데 이러한 과정은 시 형태가 진보한다는 관점에서 접근하는 것이다. 이에 따라 시 형태에 관한 김춘수의 생각은 자유시에서의 리듬과 이미지에 관한 관심을 지나 새로운 형태인 산문시로 이어진다.

먼저 『한국 현대시 형태론』에서 김춘수는 정형시가 창가가사와 신체시를 거쳐 자유시에 이르는 과정을 설명하는데 이 과정에서 그가 중요하게 생각하는 요소는 '운율의 유무'와 '시각적 청각적 양상'이다. 여기서 운율은 차례대로 정형성을 가진 것, 변격적인, 혹은 기형적인 것, 운율이 안으로 숨어버린 것으로 발전한다고 본다. 이러한 과정의 분석에서 김춘수가 중요하게 생각한 형태의 판별 기준은 '리듬', '행 구분', '산문'이다. 즉 자유시는 리듬과 행 구분, 산문이 관여하며, '행 구분이 되어 있는, 리듬이 안으로 숨어버린 산문'이라는 것이다.

이처럼 김춘수는 자유시에서 행의 역할을 강조하였다. 행은 이후 산문시와 자유시의 형태를 정의해 가는 데에도 하나의 중요한 기준으로 작용한다. 김춘수는 자유시에서의 내재 리듬은 그것이 '리듬'인 이상 적당한 행 구분을 하고 있다고 하였다. 그러나 그는 산문체로 된 산문시에서는 행 구분이 있을 수 없다고 한다. 왜냐하면, 산문시는 줄글, 즉 산문체로 되어 있기에 행의 구분이 필요 없기 때문이다. 산문시의 줄글에 대한 정의는 몰턴[9]의 기준을 빌려온다.

　　몰턴 교수는 "산문이라는 말은 '일직'이라고 하는 어원적 의미를 가지고 있다. 글의 일직한 서채 속에는 율동에 대한 그 무엇을 말해주는 것은 아무것도 없다"라고 하고 있는데, 자유시에 있어서의 내재율은 그것이 율인 이상 원칙으로는 적당한 행 구분을 하고 있는 것이다. 산문체로 된 산문시에는 행 구분이 있을 수 없다.[10]

위에서 산문시의 '줄글'은 '산문체'를 말한다. 김춘수는 자유시도 문장으로는 '산문'을 쓰고 있지만 '산문체'는 산문시만이 쓰고 있다고 구분하였다. 이 '산문체'는 운율을 떠났을뿐더러 '일직'으로 된 소위 줄글을 말한다. 따라서 "산문시는 운율에 제동을 걸었"[11]다고 보는 것이다.[12] 김춘수는 자유시에서의 산문 문장과 산문시에서의

---

9) R. G. 몰턴(1849~1924)은 영국의 문예 비평가로 『세계문학』(1911), 『문학의 근대적 연구』(1915) 등의 저서가 있다. 이는 문학 연구의 새로운 방법론을 제시하는 획기적인 명저로 손꼽힌다.

10) 김춘수, 「한국 현대시 형태론」, 앞의 책, 47쪽.

11) 김춘수, 「시의 위상」, 『김춘수 시론 전집 2』, 현대문학, 2004, 198쪽.

12) 김춘수는 운율에 음수율, 음성율, 음위율이 있다고 하였다. 그러나 우리나라에서의 운율이란 한국어의 성격상 대부분 음수율을 말한다. 그러므로 자유시가 가지는 운율로부터의 자유는 음수율로부터 자유이다(김춘수, 「한국 현대시 형태론」, 『김춘수 시론 전집 1』,

산문 문장을 구분하기 위해 산문시에서의 산문 문장을 '산문체'라고 하였다. 산문시에서의 '산문체'가 운율을 떠났다는 기준은 몰턴이 정의한 "일직한 서체 속에는 율동이 없다"라는 규정에 따른 것이다. 따라서 일직한 서체를 쓰는 산문시에는 운율이 보이지 않아야 한다. 그러나 자유시에서는 산문 문장으로 쓰였다 하더라도 리듬이 있다. 그러므로 같은 산문 문장이라도 리듬을 가지는 자유시에서는 그냥 '산문'이라고 말하지만, 리듬을 가지지 못하는 산문시에서의 산문 문장은 자유시의 그것과 구분하기 위해 '산문체'라고 하였다.

다음으로 김춘수가 중요하게 살펴본 것은 앞에서 제시한 파운드의 시 발전 단계의 두 번째인 '청각적·시각적 양상'에 관한 중요성이다. 그는 이렇게 운율을 떠난 줄글을 가진 산문시가 시적인 데에는 청각적·시각적 양상이 있기 때문이라고 하였다. 이에 따라 2부 2장에서 지적한 것처럼 김춘수에게 한국에서 처음 '산문시'라는 장르를 개척한 사람은 정지용이다. 왜냐하면 정지용에 이르러서 줄글(산문체)로서의 시 형태와 '내용'[13]으로서의 이미지즘이 이전의 시에서는 볼 수 없었던 결합을 보여주고 있다고 판단하기 때문이다. 이러한 점에서 김춘수는 정지용의 「백록담」을 산문시의 '모범적인 작품'으

43쪽; 김춘수, 「의미와 무의미」, 같은 책, 317쪽).

　　그러나 자유시가 내재율을 가졌다는 것은 그것이 '율'인 이상 어떠한 음악적인 특징을 가졌다는 것이다. 율이 있다는 것은 행을 이루는 정형시에서의 '율'을 제외한다고 하더라도 단어나 구, 절, 문장의 반복과 같은 통사론적인 관점이나 행으로 인한 구조적 관점 같은 좀 더 다양하고 확대된 음악성이 가능하다는 것을 의미한다. 그러나 김춘수가 말한 산문시에서는 일체의 리듬을 거부한다.

13) 여기에서 '내용'은 이후 산문시가 '내용으로 보다 토의적'이라는 말을 사용할 때의 '내용'과는 다른 의미로 쓰였다. 내용으로의 이미지즘이란 위에서 전개되는 논의들을 볼 때, 시에서 표현된 시각적, 청각적 양상들을 말한다. 그러므로 이후에 논의되는 운문과 산문을 구분할 때 '창조문학과 토의문학'이라고 구분하고 '산문의 내용이 토의적'이라고 하는 경우의 내용과는 다른 뜻으로 사용하였다.

로 평가한다.『한국 현대시 형태론』에서 김춘수는 정지용의 시들이 이미 그 이전부터 시각적·청각적 효과가 뚜렷했음을 지적하며 그러한 시들이 줄글의 형태를 가지지 못했다는 것이 이상하다 하였다. 다시 말해 시각적·청각적 효과를 뚜렷하게 하기 위해서는 산문체를 사용해야 한다는 것이다.

이처럼 산문시에서 '시각적·청각적 이미지'는 김춘수에게는 산문시 형태를 이루는 중요한 요소이다. '시각적·청각적 이미지'는 형태의 발전이라는 입장에서뿐 아니라 산문체로 된 시가 하나의 본질이기 때문이다. 따라서 산문체로 되어 있으며 시각적인 이미지가 결합하여 있는 정지용의 「백록담」을 비롯한 줄글로 된 시가 산문시의 모범적인 기준이다. 정지용의 산문시에 대한 김춘수의 판단은『한국 현대시 형태론』에서뿐 아니라 후에 쓰인『김춘수가 뽑은 김춘수의 사색(四色)사화집』에서도 그대로 적용하는 것으로 보아, 그의 산문시에 관한 기준, 즉 '리듬이 없는 줄글로 된, 시각적·청각적 양상이 뚜렷한 시'라는 기준은 지속했던 것으로 보인다.

지금까지 논의한 김춘수의 산문시에 대한 인식을 정리하면 김춘수는 시의 발전 단계를 제시하면서 장르 해체의 위기에서 산문시가 발생한다고 하였다. 그리고 이 산문시는 줄글, 즉 산문체를 가지며 시각적·청각적 양상이 뚜렷해야 함을 강조하였다. 그러나 이후 그가 주장하는 산문시 형태는 '내용'을 중요한 시적 지배소로 삼는 것으로 바뀐다. 여기서 내용이란 김춘수가 산문시를 통해 돌아가고자 하는 '관념'을 말한다. 김춘수가 생각하는 관념은 앞 장에서 지적한 것처럼 역사나 현실 등이며 따라서 내용을 선택한다는 것은 결국 현실이나 역사를 드러낸다.

왜냐하면 산문과 운문은 토의 문학과 창작문학이라는 대립하는 개념이며 산문시는 내용에서보다 토의적, 비평적이어야 된다는 말을 성립해야 하기 때문이다. 정신의 방향으로서의 산문시는 주지적, 객관적, 고전주의의 편에 서 있다. 이에 따라 김춘수는 정지용으로부터 더 발전한 산문시를 제시하게 되는데, 이는 시가 산문의 토의적, 비평적 속성에 더 가까워질 때를 말하며 여기에 김구용이 있다.[14]

김춘수는 김구용의 산문시가 정지용의 「백록담」보다 내용상으로 한층 더 철저하게 파헤쳐 놓은 것이라고 하였다. 김구용의 「뇌염」이나 「탈출」은 그의 다른 시편과 함께 현실적이고 상황적이다. 그리고 그것을 비판하고 해부하는 것은 정신의 주지성이다. 따라서 김구용의 산문시는 형태로서의 산문과 토의적 속성의 내용을 포함한 산문시의 성격에 적합한 것이라고 보았다. 김구용의 시는 인생과 문명을 비판(토의)하고 있다는 의미에서 토의 문학적 성격이 농후하다. 김구용의 시에서처럼 산문시에서 행 구분을 하지 않는 이유는 이러한 토의적인 성격에 있다. 김춘수는 김구용의 산문시가 산문체를 형성하면서 시의 내용이 토의적이 되었다는 것의 의미를 다음과 같이 설명하였다.

시형태가 새롭게 산문시로 전개되자 시의 내용이 토의적으로 되었다는 것 또한 흥미 이상의 그 무엇이다. 서정시보다는 보다 객관적, 주정적, 표출적인 문학형태인 서정시와 서로 넘나들게 되었기 때문이다. 문학의 장르로서의 개성을 상실하게 되었기 때문이다. (…중략…) 하여

---

14) 여기서 말하는 '토의적'이라는 것은 '창조적'인 것에 반대되는 개념으로 산문의 특징을 말한다. 아리스토텔레스에 의하면 산문은 시에 반대되는 역사를 말하고 있는데, 시가 현실에 없는 것까지를 창조해 내는 것이라면 산문은 현실(사실)을 그대로 분석 검토하여 기록이다.

모든 문학형태의 원형은 인간성에 있다 할 것이다. 이것이 분화하여 그 기능이 세련되어감에 따라 각 문학형태는 그 구실을 하게 되었지만 다시 그 분화작용이 위기를 만나 붕괴되게 하면 각 형태는 넘나들게 되고, (…중략…) 그러니까 문학 형태의 근원으로 돌아가게 되는 것이다. 또 하나의 문제는 몰턴이 창작문학(시)과 토의 문학(역사—아리스토텔레스에 있어서의)을 갈라놓고, 토의 문학을 창작문학에서 전개된 것이라고 하고 있는데, 이 토의 문학과 창작문학도 근원에의 환원과정에 있어서는 서로 넘나든다는 그것이다.[15]

장르의 해체는 새로운 반성으로 인해 생긴다. 즉 장르가 시(서정시) 안에서의 그것에 그치지 않고, 시 외의 장르와 서로 흡수하고 반발하면서 더 나아가 창작문학과 토의문학이 서로 자극하고 흡수, 반박하는 변증법적 과정을 통하여 새로운 상태로 눈이 뜰 기회를 가진다는 것이다. 이 지점에서 나타난 것이 산문시이며 토의적인 내용을 가진다. 결국『한국 현대시 형태론』에서 김춘수가 인식하고 있는 산문시는 "리듬이 없는 산문체(줄글)를 사용하여 내용으로 토의 문학적인 성격을 가지고 있는 것"이다.

산문시에 관한 김춘수의 생각은 이후에도『한국 현대시 형태론』에서의 개념에서 크게 벗어나지 않는다. 후기 시론인『김춘수가 뽑은 김춘수의 사색사화집』에서 그는 정지용, 정진규, 허만하의 산문시를 구분하여 정리하였다. 정진규의 산문시는 잠언적인 코멘트를 행간에 깔아놓고 일상성, 즉 생활 주변을 맴돌고 있다고 하였다. 한 발 더 나아가 허만하의 산문시는 전형적인 관념시, 플라톤적인 관념

---

15) 김춘수,「한국 현대시 형태론」,『김춘수 시론 전집 1』(앞의 책), 131~132쪽.

시를 통해, 이데아의 세계, 즉 형이상학의 세계에 대한 짙은 향수를 보임으로써 시의 가치를 보여준다고 하였다.

결론적으로 김춘수는 이들이 산문시가 형태를 좀 더 완전하게 시도한 것으로 보고 그의 산문시에 대한 인식 역시 운율의 유무, 시각적·청각적 이미지의 극대화에서 토의적인 내용 등으로 나아갔다. 이로써 그의 산문시에 관한 인식은 김구용을 거치면서 '리듬'이나 '이미지'보다는 '내용'에 치우친다.

김춘수는 『한국 현대시 형태론』이나 이후의 시론에서 밝혀온 산문시의 정의에서 꾸준하게 '운율이 없는 줄글'을 강조한다. 그러나 김춘수는 '운율이 없는 줄글'의 산문시 정의에서 하나의 문제에 직면하게 되는데 그것은 '운율을 가진 산문체'에 대한 것이다. 산문체는 운율을 떠나 있어야 하는데 운율이 있는 경우가 존재하기 때문이다. 김춘수는 그것의 예로 「불노리」를 든다. 「불노리」는 산문체로 되어 있으나 운율을 가지고 있다는 것이다. 그러므로 이러한 경우를 다시 명명하는데 김춘수는 이를 '율적 산문'이라고 하여 산문시와 구분하였다. 물론 '율적 산문'을 산문시와 구분할 때에는 운율만이 문제는 아니다. 시의 다른 본질적 요소인 시각적·청각적 이미지와 내용을 포함할 경우 산문시는 좀 더 구체적인 지배소를 갖추게 된다.

그러나 산문시에서의 운율에 없다는 기준은 김춘수가 박두진이나 서정주의 시들 중에 행 구분이 없고 산문체로 쓰인 시에 관해서 "시의 장르에 대한 의식이 투명하지 않아 형태가 혼란"되어 있다고 평가하게 한다. 「해」와 마찬가지로 박두진의 시 「향현」은 줄글, 즉 산문체로 되어 있지만, 리듬이 밖으로 드러나 있으므로 일체의 리듬이 없어야 한다는 산문시의 정의에 부합하지 않는다. 김춘수는 서정주의 시 「봄」과 「부활」 역시 줄글이지만 리듬이 표면에 나타나 있기에 산문시라기보다는 '한 호기'에 지나지 않는다고 하였다. 결국, 그는 산문시가 자유시와 달리 리듬적인 면이 보이지 않는다는 것을 강조하며 그 이유는 '행이 없는 줄글'로 되어 있기 때문이라고 하였다.

지금까지 살펴본 것과 같이 김춘수는『한국 현대시 형태론』에서 '운율'의 유무로 자유시와 산문시를 분석함으로써 '리듬'을 가진 산문시를 부인하는 결과를 낳았다. 김춘수의 기준에 의하면 리듬을 가진 산문체로 형성된 형태는 산문시가 아니라 '율적 산문'이기에 시의 범주에 포함되지 않기 때문이다. 김춘수는 실제 시 창작에서도 리듬이 있는 산문시를 거의 쓰지 않았다. 초기에 형성된 산문시에 관한 인식이 이후 그의 실제 산문시 창작에도 이어졌다. 이렇게 김춘수는 '율적 산문'과 '산문시'를 분리함으로써 산문시의 구분을 더욱 엄격하게 하였다. 이것은 김춘수의 산문시가 가지는 특징이기도 하면서 한편으론 산문시의 범위를 한정하는 계기가 되었다.

정리하면 김춘수의 산문시에서 산문체는 '리듬이 없는 줄글'이며 토의적인 성격은 현실 비판적, 논리적, 주지적, 사변적인 것을 말한다. 산문시는 "형식적으로 리듬이 없고 내용적으로 토의적 성격"을 가진다. 김춘수의 산문시가 처한 위치는 여기에 있다. 산문과 운문의 지양은 단순히 두 장르의 혼합이나 배열이 될 수 없고 어떤 하나의 새로운 형태로 나아가야 한다. 하지만 창작문학이 요구하는 시의 성격과 토의문학이 요구하는 산문의 성격이 서로 처음부터 대립한 개념으로 서 있을 때, 결국 산문시는 각각의 요소들을 배치하는 형태로 남는다.

산문시는 산문의 어떤 요소와 시의 어떤 요소를 중요하게 취하여 형태를 만들어 가느냐에 따라 각기 다르게 정의된다. 그러나 김춘수가 정의한 산문시는 파운드와 몰턴의 정의에 의지하여 산문시의 기준을 엄격하게 하였고 창작문학과 토의문학의 진정한 지양을 어렵게 하였다. 장르를 해체하는, 혹은 넘어서는 또 하나의 시 형태는 애초에 기존에 정의했던 장르의 개념에서 벗어나야 진정한 새로운 형태로 존속할 수 있다. 김춘수는 장르를 해체하고 넘어서는 산문시의 형태 기준을 처음부터 기존에 정의한 장르 개념에 의지함으로써 산문시라는 새로운 시 형태의 정의를 혼란하게 하였다.

『한국 현대시 형태론』이라는 시론을 통하여 시의 형태를 바로잡아 보려는 김춘수의 치열한 노력에도 불구하고 결국 그의 산문시는 한계에 부딪힌다. 따라서 김춘수는 "산문시를 서구의 영향에 의해 촉발된 형식으로 간주하고 개념적 엄밀성을 추구"16)하면서 산문과 운문, 형식과 내용이라는 이분법적인 개념을 변증법적으로 지양하려고 하지만 이를 극복하지 못한다. 김춘수의 산문시 정의를 다른 산문시 정의와 비교해보면 그 문제점은 더 명확하게 보인다. 거론되고 있는 산문시에 대한 정의를 인용해보면 다음과 같다.

산문시는 산문으로 씌여진 시이지만 산문 장르에 비해 짧고 압축된 형태로 행과 연을 파괴한 줄글이며 심상과 리듬, 표현의 밀도 등 시적 장치를 지닌 하나의 예술 형태이다.17)

---

16) 장만호는 김춘수가 산문시에 관해 최초의 본격적이고 체계적인 접근을 하였다고 하였다. 또한, 김춘수는 한국 근현대시를 형태론적으로 접근하는 방법론을 선택함으로써 시 연구의 지평을 확대하였다고 보았다. 그는 김춘수의 산문시가 자신의 고백처럼 피동적으로 서구에서 받아왔다는 관점을 바탕으로 이루어졌다고 하였다. 따라서 형태의 변천상과 해체해 간 과정에 주목함으로써 산문시가 운율을 거부하고 줄글을 선택한 상태를 남겼다고 본다(장만호, 「한국 근대 산문시의 형성과정 연구: 1910년대 텍스트를 중심으로」, 고려대학교 박사논문, 2006, 6쪽). 장만호의 지적은 김춘수의 산문시를 장르의 해체에서 시작하여 나온 결과로 본 것이다. 그러나 김춘수의 산문시가 본격적으로 시도된 1993년에도 김춘수의 산문시 기준은 초기의 시론을 그대로 적용하였다. 이는 김춘수의 산문시 기준은 좀 더 완고한 그의 시론에 머무른 탓이다.

산문시란 일반적으로 시가 지닌 언어의 내적 특징인 은유, 환유, 이미 저리 등은 본질적으로 갖추고 있으면서 다만, 언어 진술의 외적 특징이 불규칙적인 리듬과 산문적 형태(운문의 상대개념으로서)로 되어 있는 시이다.[18]

산문시에서 산문은 형식적 측면이고 시는 정신적 측면이라는 정의는 유보사항이다. 프리스턴 대학의 시학사전 은 다음과 같이 명쾌하게 산 문시를 자유시와 구분하면서 그 독자적 특질을 기술하고 있다. 산문시 는 짧고 압축되었다는 점에서 '시적 산문'(poetic prose)과 다르고, 행을 파괴한다는 점에서 자유시와 다르고, 보통보다 명백한 운율과 소리효 과, 이미저리 그리고 표현의 밀도를 갖춘 점에서 짤막한 한 산문의 토막 과 다르다. 그것은 심지어 중간운과 율격적 연속을 지닐 수도 있다.[19]

산문시에는 행이 없으므로 리듬이 있을 수가 없고 이미지보다는 '내용'이 중요하다고 본 김춘수의 산문시 인식과는 매우 다르다. 김 춘수가 관념으로 돌아서면서 산문시의 기준에서 리듬과 이미지를 사라지게 만든 것은 에즈라 파운드와 몰턴의 이론에 기초하여 산문 시를 정의한 영향이 크다. 하지만 더 중요한 것은 김춘수의 시론과 시 창작 전반에서 알 수 있듯이 그의 시적 실험과정이 시의 요소 중에 하나의 요소를 지배소로 강조하면 다른 하나의 요소는 거의 상실되게 하는 이분법적 사고로 형성한다는 점이다. 다시 말해 그의 산문시는 산문과 운문이라는 이분법으로 인해 진정한 '지양'을 이루 지 못하고 이분법의 상태에 그대로 놓이게 되며 '산문'으로 한층 기

---

17) 김준오, 『한국현대장르비평론』, 문학과지성사, 1990, 98쪽.
18) 오세영, 『한국낭만주의시연구』, 일지사, 1980, 169쪽.
19) 김준오, 『시론』, 삼지원, 1982, 155쪽.

울어진다.

　김춘수는 평생 이러한 이분법의 갈등에 놓여 있었다. 의미와 무의
미가 그렇고 산문과 운문이 그러하다. 산문시의 대표 시집 제목인
『서서 잠자는 숲』이나 그 후 발표된 산문시가 반 정도를 차지하고
있는 시집인 『의자와 계단』의 서문에서도 이런 이분법에 관한 그의
고민을 엿볼 수 있다. 자유시 안에서의 의미와 무의미처럼 산문시는
산문과 운문이라는 두 대립 관계의 끝없는 지양이었지만 오르지 못
하는 또 다른 '지향'이었다.

　김춘수의 산문과 운문이라는 이분법적인 도식은 오랜 역사가 있
다. 이분법적인 구분과 대립의 기원은 플라톤에게서 시작한다. 플라
톤은 산문을 이성의 언어로, 시는 단지 흉내와 모방의 예술로 보았
다. 시에 관해 부정적인 플라톤과는 다르게 하이데거는 '일상 언어의
저속성에서 벗어나는 시'를 '진리의 장소'로 이해하였고 이러한 하이
데거의 현상학적 접근 방식에 영향을 받은 야우스는 하이데거의 일
상어와 시 사이의 이분법을 더욱 강화하는 방향으로 나아갔다.

　야우스는 시의 본질을 일상어와의 명백한 구분을 통해 '해석하는'
과정에서 '장르의 규범(normes du genre)', 즉 일상어를 벗어나는 기준
의 목록을 제시하고 이것을 시를 판단하는 준거로 파악하였다. 그러
나 산문과 운문의 이분법이 '문학성의 문제'를 총체적으로 제기하는
데 결정적으로 방해가 된다고 사유했던 말라르메는 시를 구성하는
주요 요소가 정형률과 숫자 또는 전통적인 수사법이 아니라는 사실
을 인식하였다. 그는 자유시와 산문시의 진정한 가치가 대립을 벗어
난 새로운 지점이 현대성이 형성되는 지점이라고 하였다.[20]

---

20) 조재룡, 『앙리 메쇼닉과 현대비평』, 길, 2007, 32쪽 재인용.

메쇼닉에 따르면 현대성이란 "장르의 혼용"을 통해서 잠시 도래하는 개념이다. 메쇼닉에게 현대성이란 '미지의 무엇'을 항해 끊임없이 나아가는 과정에서 늘 변화무쌍한 모습을 취하게 되는데 이것은 의미를 추구하는 과정이다. 이 과정, 즉 의미를 추구해 가는 과정은 '리듬'으로 정의한다. 메쇼닉의 이러한 리듬론은 앞에서 지적한 대로 산문 즉 디스크루 전반에 걸친 상황으로 이르러 이 글에서는 범위를 넘지 않고자 하였다.21)

이러한 현대성의 '변해 가는 무엇'에서 '달아나는 무엇'으로의 과정에 보들레르의 산문시가 존재한다. 최초의 산문시를 쓴 것으로 알려진 보들레르는 산문시를 통해 이전까지 존재해 왔던 전통적, 수사학적 이분법을 벗어나 실천의 영역에 이르고자 하였다. 19세기 중반, 라틴어로 된 운문 텍스트를 산문의 형식으로 번역할 것인가, 운문의 형식으로 번역할 것인가의 대립은 직·간접적으로 '산문과 운문 양자의 대립을 부정하는 문학', 즉 시적 산문과 산문시를 탄생

---

21) 앙리 메쇼닉의 리듬론은 기호의 이분법적인 대립을 뛰어넘으려는 인식의 전이를 보여주었다. 그는 시가 디스쿠르의 조직'이라고 한다면 이 디스쿠르를 조직하는 무엇, 즉 주체가 있고 이러한 디스쿠르의 주체화가 극명하게 드러나는 장소를 시라는 텍스트로 보았다. 그러나 그는 이후 리듬이 전적으로 시에만 관여하는 것이 아니라 디스쿠르(여기서 'discours'는 '담론'이나 '주장'보다는 '언어활동의 모든 대상'을 뜻한다) 전체를 바탕으로 하여 의미와 형식이라는 일원론적 사고로의 전환을 꾀한다. 따라서 그는 현대성의 문제를 문학 장르 사이의 혼용을 통해 새롭게 일어난 개념으로 파악하고 산문과 운문을 통합하는 총체적인 시학을 위해 '리듬론'을 개진하였다(앙리 메쇼닉, 조재룡 역, 『시학을 위하여』, 새물결출판사, 2004, 81~113쪽; 루시 부라샤, 조재룡 역, 『앙리 메쇼닉: 리듬의 시학을 위하여』, 인간사랑, 2007, 109~162쪽).

메쇼닉의 정의는 시의 '리듬'을 형식으로의 차원이 아닌 의미론의 차원으로 이끈 것으로 관심을 받았다. 하지만 이는 분석대상이 모든 텍스트를 중심으로 가능하다고 할 때, 장르가 존재하는 현재의 시의 특성으로 보기는 어렵다. 또한, 이는 서구의 강세적 리듬을 중심으로 시작된 이론으로 한국어에 적용하기에 적절하지 않다는 판단으로 이 책에서는 이에 관한 혼란된 인식을 피하고자 음소 차원의 '리듬' 분석은 제하였다. 하지만 보들레르나 메쇼닉의 이론은 산문시를 기존의 이분법을 벗어나는 하나의 새로운 형태로 인식해야 하는 필요성을 남겼다는 점에서 매우 중요한 의의를 지닌다.

시키는 결정적인 역할을 하였다.[22]

이처럼 메쇼닉의 프로조디 개념이나 보들레르의 산문시가 산문과 운문의 이분법을 넘어서려는 시도에서 시작한 것에 비하면, 김춘수의 산문시 인식은 기존의 이분법 안에 머물렀다. 따라서 그의 산문시는 현대적인 하나의 시 형태로 존재하지 못하고 산문과 운문 사이에서 한쪽으로 기울어지는 형태를 만들었다. '리듬'이나 '이미지'에 관한 극한 실험으로 인한 피로감과 관념으로 돌아가려는 그의 생리적인 특성이 산문시라는 형식을 통해 오히려 '산문'의 영역으로 그의 시적 실험을 기울게 했다.

한편 위에서 설명한 것처럼 산문시에 관한 정의는 아직 명확하게 통일된 것이 없고 가설적인 개념만이 있다. 산문시를 메쇼닉의 경우처럼 완전한 장르 해체로 인한 현대성의 요소로 디스쿠르 전체를 리듬론으로 포괄할 수는 없다, 산문시가 아직 '시'라는 영역에 포섭되는 한 시적인 요소를 버리고 갈 수는 없기 때문이다. 다시 말해 어떤 정의이든 산문시가 시인 이상 시적인 요소가 필요하다. 모든 장르가 완전히 해체되고 애초의 시학으로 돌아가 산문과 시가 분리되지 않은 문학으로 이행되지 않는 이상 산문시는 여전히 시 장르에 속한다.

따라서 산문시는 '산문'과 '시'라는 두 장르를 구성하는 요소 중에서 어떤 것을 취하거나 버리는가에 따라 혹은 어떤 요소를 지배소로 삼느냐에 따라 산문시의 구성 요건이나 특징을 정의해야 한다. 김춘수의 경우, 시적 요소 대부분이 제거된 형태로 산문시를 정의하였기 때문에 김춘수의 산문시는 일반적인 산문시 형태의 적절한 예는 아니다.

---

22) 조재룡, 앞의 책, 46~52쪽.

김춘수처럼 시의 형태를 새롭게 정의하고 시의 요소에 대한 각각의 실험을 집중하여 추구한 시인도 그리 흔치 않다. 그러한 그의 형태에 관한 노력은 좀 더 기존의 이론이나 사고를 넘어서는 또 하나의 새로운 형태 제시가 필요하다. 그러나 그는 끝내 기존의 이론이나 사고에서 새로운 형태를 정의하는 한계를 벗어나지 못하고 한정된 형태의 산문시 정의에 그쳤다. 또한, 이러한 한계는 그가 산문시를 지속해서 추구하지 못하고 이내 다시 자유시로 돌아가게 된 계기가 되었다. 다시 말해 김춘수의 산문시 인식은 그의 시가 한층 다양한 형태로 발전하지 못한 결정적인 이유이다.

　하지만 반대로 위와 같이 분리된 사고는 리듬과 이미지 등의 시 요소를 각각 분리하는 시적 실험을 통해 새로운 시 세계를 형성하기도 했다. 분명한 것은 『한국 현대시 형태론』에 나타나는 김춘수의 산문시에 관한 인식이나 이후의 시론에서 밝히고 있는 산문시 정의는 그 나름으로 산문시의 형태를 바로잡아 보려는 노력이었다는 점이다.

　김춘수의 산문시를 정리하면 다음과 같다. 김춘수는 초기 시론인 『한국 현대시 형태론』에서 산문시의 형태를 설명하였다. 이에 따르면 산문시는 장르가 해체되는 과정에서 발생하는 것으로 산문과 운문이라는 두 개의 장르가 변증법적으로 지양되어 나타난다. 그러나 김춘수는 서구의 이론과 기존의 이분법적인 사고로 인하여 산문시를 새로운 하나의 시 형태로 정의하는 데에 한계를 보였다. 그가 정의한 산문시는 시각적·청각적 요소를 중요시한 것에서 시의 내용으로 기울어져 간 것이다.

　그는 산문시를 산문체로 쓰인 '리듬'이 없는 산문의 성격, 즉 토의적인 시의 형태로 정의한다. 이것은 산문시가 시보다는 산문에 기운 결과를 낳았다. 김춘수의 산문시는 시로서의 한계를 가지지만 한편으론 김춘수의 산문시가 다른 산문시와 구분된다. 결국, 김춘수는 산문과 운문의 변증법적 지양을 위해 시도한 산문시를 시의 새로운 형태로 발전시키지 못하였다.

2. 줄글로 표면화된 역사와 현실

앞에서 살펴본 것처럼 김춘수의 산문시에 관한 기준은 『한국 현대시 형태론』에서 정의한 것이 이후의 산문시 창작에 그대로 적용되었다. 구체적으로 그의 산문시 정의는 리듬이나 이미지보다는 토의적인 속성인 관념, 즉 시의 내용으로 기우는 특성을 가진다. 김춘수의 산문시에 관한 대표적인 시집 『서서 잠자는 숲』을 분석해 보면 그는 산문시에서 시의 본질적인 요소인 리듬과 이미지를 현저히 약화하고 있는 것을 확인할 수 있다. 김춘수의 산문시가 시의 내용, 즉 관념이 중심이 된다고 할 때, 시의 내용은 '토의적'이다. 여기서 토의적 성격은 그의 기준에 따르면 현실·역사의 기록이나 비판, 혹은 주지적이다. 이에 따라 그의 산문시는 내용에 충실하였다. 그의 산문시는 시적인 요소가 매우 약하게 나타난다고 할지라도 그가 설정한 산문시의 기준에는 적합하다. 위에서 정의한 산문시 인식의 한계에도 불구하고 김춘수는 산문과 운문이라는 장르를 변증법적으로 지양하겠다는 의도로 산문시를 창작한다.

이처럼 모순되는 것들을 배합하여 하나의 장르로 묶는다는 것은 둘을 다 해체시킨다는 것이 된다. 그러나 이런 따위 해체현상을 다른 측면에서 바라보면 변증법적 지양현상이라고 할 수도 있다. 나는 산문시를 시도하는 내 입장을 지양 쪽으로 두려고 했다. (…중략…)

산문과 시는 나에게 있어서는 리얼리즘과 반리얼리즘을 뜻하기도 한다. 다르게 말하면 물리세계와 심리세계라고도 할 수 있다. 산문시는 나에게 있어서는 리얼리즘과 반리얼리즘, 즉 물리세계와 심리 세계의 화합적 배합이요 대립의 지양이다.[23]

김춘수는 산문시를 두 장르의 해체를 통한 변증법적 지양으로 판단하였다. 그러나 이러한 그의 산문시에 대한 지향은 앞에서 분석한 것처럼 이분법적 한계를 극복하지 못하였다. 자유시가 정형시의 틀로 설명할 수 없는 새로운 형태인 것처럼 산문시 또한 자유시의 개념으로 형성할 수 없는 새로운 시 형태이다. 결국, 김춘수의 산문시는, 위의 인용에서 밝힌 대립의 지양을 위한 산문시 창작 의도와는 달리 실제 산문시 창작에서는 시의 내용만이 나타난다.

한편 그는 이 내용적인 면, 즉 산문성에 주목하여 그의 산문을 약간 수정하여 산문시라는 형태로 내어놓기도 하는데 이는 '자기 표절'로 받아들여진다. 그러나 김춘수가 산문시의 정의를 애초에 관념, 토의적인 속성, 즉 현실이나 역사를 그대로 줄글로 표현한 것으로 본다면 그것은 오히려 '장르 해체'의 가능성에 대한 시도로 보아야 한다.

김춘수의 본격적인 산문 시집 『서서 잠자는 숲』에 대한 분석을 토대로 김춘수의 산문시가 산문과 운문이라는 두 장르의 진정한 변증법적 지양을 이루지 못했다는 견해가 있다.[24] 왜냐하면, 김춘수의

---

23) 김춘수, 『서서 잠자는 숲』(앞의 책), 107~108쪽.
24) 이창민, 『양식과 심상』, 월인, 2000, 171쪽.

산문시는 위의 설명처럼 산문과 운문의 변증법적 지양으로서가 아닌 산문의 내용에 치중해 있기 때문이다. 그러나 김춘수의 산문시가 '자기 표절'을 편리하게 하려고 산문으로 바꾸어 놓고 모방의 흔적을 가렸다고 하는 논의25)는 올바른 비판이 아니다. 김춘수의 산문시 일부가 표절로 이루어져 있고 새로운 형태인 산문시로의 완전한 이행이 이루어지지 않은 것은 분명하다. 그러나 그의 산문시 정의에 따르면 '자기 표절'은 내용으로서의 산문을 시로 끌어와 보고자 했던 시적 실험이다.

따라서 김춘수의 산문시에 대한 비판은 의도와 의미를 분리하여 분석하는 것이 우선되어야 한다. 김춘수의 시론이 자신의 시 창작에 대해 일부 변명을 보이는 것은 사실이지만 동시에 시 창작에 관한 의도를 명확하게 보여주고 있다는 점에서 양면적이다. 김춘수의 산문시 인식 과정을 그의 시론을 통해 자세히 살펴본 이유가 여기에 있다. 그의 산문시는 장르 해체와 변형의 위치에 서 있고 산문의 속성에 더 기울어져 있다. 그가 그의 일부 산문시에서 산문을 다시

---

25) 이창민은 김춘수의 자기 표절을 '모방의 흔적'을 가리기 위한 것이라거나 자신의 시의 독자를 한정하는 것이라고 하였다. 김춘수의 산문시에는 특히 자신의 시나 수필 일부분을 그대로 혹은 약간 손질하여 표절의 '흔적'이 많이 나타나고 있다고 보고 이창민은 이를 도표화하여 상세하게 비교하였다(이창민, 위의 글, 169~199쪽).

'자기 표절'이나 '혼성 모방'은 김춘수 스스로 표현한 용어이다. 이것은 자신의 시를 스스로 표절했다는 김춘수의 고백이다. 김춘수는 끊임없이 자신의 시 형태를 바꾸어온 시인이다. 따라서 '자기 표절'은 시 형태가 바뀌고 그것이 장르의 해체라는 산문시로까지 이어질 때, 시의 형태에 따라 비슷한 어휘나 문장이 어떻게 다르게 형성되는지 스스로 시험해 본 결과이다. 특히나 그러한 실험이 산문시에서 집중적으로 이루어지고 있다는 것은 이전과는 완전하게 다른 시 형태를 추구하는 과정에서 산문이라는 특성에 더 기울었던 그의 인식 때문이다. 따라서 산문의 일부가 시로 인식될 수 있는가의 실험이 그에게는 '자기 표절'이 있다. 김춘수의 산문시가 시적인 형태를 갖추고 있지 못함은 실제 시 창작에서 여실히 드러난다. 그러나 '자기 표절'이나 '혼성 모방'에 관한 비판은 시 창작 과정에서 시인의 의도를 구분해보는 작업을 선행하는 방향으로 수정해야 한다.

시로 시도해 본 이유는 이 지점에서 분석하여야 한다.

김춘수의 산문시는 본격적인 산문 시집『서서 잠자는 숲』에 대부분 실려 있다. 이 시집에 실린 산문시는 리듬이나 이미지라는 시의 본질적 요소보다는 현실이나 사실의 기록, 혹은 역사의 기록에 자기 생각을 첨부하는 형식으로 나타난다. 이러한 시의 모습은 그가 이전의 시 창작에서 추구했던 의미 제거, 역사 제거라는 인식을 버리고 역사나 관념이 시의 내용이 되고 있다는 것을 말한다. 그의 산문시가 산문의 속성에 가깝게 정의된 이유는 앞서 설명한 바 있다. 또한 '자기 표절' 역시 장르 변형에 관한 관심이라고 볼 수 있다고 하였다. 이에 따라 김춘수가 산문시로 끌어온 산문은 다른 산문과 다른 특성이 있다. 먼저 김춘수가 산문시 창작에 앞서 시와 산문을 그대로 혼용하여 발표한「처용단장」3, 4부는 앞서 제기한 그의 산문시에 대한 이분법을 그대로 보여준다.

호야, 네 숨이 멎던 그날은 시베리아로 가는 티티새의 무리가 하늘을 가맣게 덮고 있었다. 그때가 봄이던가 여름이던가, 비쭈기나무, 아니 죽어서 어느새 꽃 핀 쥐오줌풀에 가 앉은 너는(나더러) 누군가 나를 데리러와서 나를 찾아낼 때까지 꼭 꼭 숨어서 얼굴 가리고 네잎 토끼풀처럼 망국(亡國)의 왕세자(王世子)처럼 그렇게 살아라 했다.

지금은 닫힌 눈꺼풀
그 틈새로
네 눈물의
젖은 속눈썹이 조금 보인다.

—「처용단장 3-11」[26]

앞에서 인용한 「낭산의 악성—백결 선생」이라는 서사시에서는 서사시를 보충하는 형태로 괄호 안에 산문의 글을 삽입하여 좀 더 상세한 이야기를 첨가하였다. 그러나 「처용단장」 3, 4부에서는 이야기나 상황의 설명을 보충한다는 의미보다는 산문과 시를 동시에 드러냄으로써 장르 간의 해체나 혼용에 관심을 가지기 시작하였다. 위의 시는 김춘수가 산문과 시라는 두 장르가 해체, 지양하는 과정에 대한 실험의 첫 단계로 산문과 시를 각각 차례대로 나열하여 선보인 것이다.

위의 과정을 거친 김춘수의 산문시는 앞의 시적 실험에서 제거했던 관념으로 이행한다. 그에게서 관념은 역사와 현재 그리고 감상이나 의미이다. 따라서 김춘수의 산문시는 현재나 역사의 기록과 회상이거나 하나의 대상을 중심으로 자기 생각을 서술하는 등의 유형을 보인다. 먼저 아래의 시는 현재의 대상을 매개로 하여 과거 시인 자신의 회상으로 시의 내용을 채우고 있는 경우이다.

열네 살에서 열아홉 살까지 나는 지도(地圖)만 들여다보며 지냈다. 지도에 그려진 내 고향 통영(統營), 그 해안선(海岸線), 톱날처럼 날카롭기만 하던 그 무수한 요철, 지도는 물론 하나의 독특한 개념(槪念)이다. 경기중학(京畿中學)의 그 5년 동안 거기(지도)서도 가끔 새나는, 물새가 우는 소릴 나는 들었다. 가늘고 애처롭고 너무 길어 끝이 보이지 않던, 길을 가다가 요즘도 문득 그 소리, 환청일까,

—「부유스름, 혹은 뿌유스름」[27]

26) 김춘수, 『처용단장』, 미학사, 1991, 11쪽.
27) 김춘수, 『서서 잠자는 숲』(앞의 책), 13쪽.

행이 없는 완전한 줄글이다. 김춘수의 '행 없음=리듬 없음'에 의해 산문체로 된 위의 산문시에서는 리듬이 없다. 또한, 행이 없는 줄글은 토의적 성격을 가지므로 이미지 또한 약화한다. 단지 위의 시에서처럼 김춘수의 산문시는 산문의 속성에 의해 자신의 과거를 회상하여 기록한다. 이 시에서 회상을 불러일으키는 매개는 '지도'이다. 지도를 보면서 그 안에 그려진 자신의 고향인 '통영'을 찾게 되고 어린 시절의 자신을 떠올린다.

위의 시에서 지도는 단순한 그림으로 남는 것이 아니라 고향의 특색과 연결된다. 해안선과 비슷한 "무수한 요철", 그리고 "경기중학 시절의 그 5년"이 지도를 통해 현재의 나와 만나고 있다. 그가 고향에서 듣던 '물새가 우는 소리' 역시 지금도 환청처럼 되살아나고 있다. 가늘고 애처로운 길을 가다가도 어린 시절에 듣던 소리가 가끔 들리는 것은 그 시절의 길과 같은 현재의 길에서이다. 현재 시인의 심정과도 같은 그 길에서 그것은 모두 환청일지도 모른다.

이 시는 지도를 보며 떠오른 고향과 어린 시절의 기억을 현재 상황이나 심정과 대비하여 담담하게 써 내려간 것이다. 시라고 보기에는 짧은 산문의 성격에 더 가깝다. 이 산문시에서 시적인 모습을 보이게 하는 것은 오히려 제목이다. '부유스름'은 '부유스름하다'의 파생어로 선명하지 않은 어떤 상태를 말한다. 선명한 지도에 비해 선명하지 않고 점점 흐려지는 자신의 기억을 '부유스름 혹은 뿌유스름'이라는 제목으로 대신하였다. 시「새」역시 이와 같은 형태이다.

　　나는 그때 방문 한복판에 내 낯짝만한 크기로 박혀 있는 유리조각에 얼굴을 대고 밖을 내다보고 있었다.
　　그 새는 꽁지 끝이 희고 몸뚱이에 비해 꽁지가 긴 편이다. 등의 털은 다갈색이다. 어른의 손 길이만 할까 그만한 크기의 새다. 뜰에는 사철나무 열매가 붉게 빛나고 있다. 눈이 내린 뒤의 설청(雪晴)의 하늘이다. 새는 눈 속의 그 사철나무 붉은 열매를 쪼아먹고 있다. 동생은 구둘목에서 잠이 들어 있고 어머님은 인두질을 하고 계신다. 화로에 잿불이 하얗게 식어가고 있다.

(…중략…)

나는 다니던 학교를 자퇴하고 늦가을에 잠시 집에 내려와 있었다. 우리가 뒤청이라고 부르던 뒤채의 대청마루에 나는 멍하니 앉아 있었다. 저녁무렵이다. 서쪽 하늘이 훤하게 낙일(落日)을 받고 있었다. 뒤청은 북면이다. 뒤청 앞에 뒤뜰이 있고 그 저쪽에 높이 쌓아올린 축대가 있고 그 축대 또 저쪽의 비탈진 곳에 집이 여러 채 모여 있다. 그 중의 한 채, 그 한 채에는 마당 한쪽에 고목이 된 우람한 느티나무가 한 그루 서 있다. 망개나무 넝쿨이 온몸을 휘감고 있다. 망개알 몇 선연한 빛깔로 아직도 지지 않고 있다. 그러자 그 새가 또 나타났다. 키 큰 조모님은 허리를 구부정히 낮추시고 내 얼굴을 살펴보셨다. 내 눈빛이 달라져 있었던 모양이다. 그 뒤로도 10년에 한번쯤 그 새는 내 앞에 나타나곤 한다.

—「새」28)

매우 길게 서술되어 있지만, 앞의 「부유스름, 혹은 뿌유스름」과 같은 구성의 시이다. 이 시는 어린 시절의 과거를 회상하고 있는데 그 회상의 고리는 현재와 연결된다. 회상의 매개는 '새'이다. '새'라는 대상을 상세히 묘사하고 그와 관련한 사건을 과거의 일기처럼 풀어썼

---

28) 위의 책, 16~17쪽.

다. 10년에 한 번쯤은 반복되어 나타나는 그 새가 지금의 화자에게 과거를 떠올리게 하고 연결 짓는다. 이 시는 그가 밝힌 것처럼 자신의 산문 일부를 따온 것이다. 김춘수는 시와 함께 산문도 충실히 병행하여 발표하였다. 그렇다면 '산문시'라는 이름의 시 형태를 시도하면서 그 많은 산문 중에 왜 이 부분을 따왔을까 하는 의문이 생긴다.

이 시는 새에 관한 모습이 마치 눈앞에 보이듯 설명되어 있다. 사철나무 열매는 붉게 물들어 있고 '설청의 하늘'이 펼쳐져 있다. 또한, 뒷부분에 등장하는 '뒤청'에는 축대가 있고 비탈진 곳에 집이 모여 있고 '우람한 느티나무'가 한 그루 서 있다. 여기에 '새'가 다시 나타난다. '내 눈빛'이 달라진 것은 조모님이 '내 얼굴'을 살펴보는 것으로 표현한다. "꽁지 끝이 희고 등이 다갈색인 꽁지가 긴 새", "붉은 열매가 빛나고 있는 사철나무", "잿불이 하얀 화로", "비탈진 곳에 여러 채의 집이 모여 있는 축대가 보이는 뒤청", "선연한 빛깔의 망개나무", "구부정이 몸을 낮춘 키 큰 조모님과 새를 보는 눈빛이 달라져 있는 나" 등이 마치 한 폭의 그림처럼 떠오른다.

김춘수의 산문시가 리듬이나 이미지를 약화하는 줄글이며 관념으로서의 시적 내용을 중심으로 하는 특징을 가지고 있다 하더라도 위의 시처럼 설명만으로도 마치 한 폭의 그림을 보고 있는 것과 같은 선명함을 가진다. 이 시는 김춘수가 앞서 시도한 것처럼 이미지를 비유하지 않고 서술적으로 묘사한 것과 같은 효과를 보인다. 김춘수가 산문시에서 이미지를 약화했다고 해도 위의 시처럼 이미지를 그리고 있는 산문에서 시의 속성을 찾아낸 경우이다.

그러나 "이 시는 이미지의 응축을 통해 순간을 포착했다기보다는 통시적인 흐름으로 진술하고 있다".29) 따라서 위의 시 「새」는 산문에서 '산문시'로의 가능성을 보고 장르 전환과 해체를 시도한 것이다. 물론 이는 일반적으로 정의하는 산문과는 매우 다른 형태이다. 시라고 하기에는 산문과 크게 차이가 나지 않지만, 최소한 김춘수가 정의한 산문시에서 시적인 효과를 최대화하기 위한 산문과의 결합이다.

　　뜻밖이다. 겨울 에게해(海)는 납빛으로 가라앉았다. 눈앞의 사라미스 해협(海峽)은 낮고 좀스럽다.
　　나는 눈을 감는다. 60년 전 우리집 넓디넓은 마당귀 키 큰 감나무 제일 높은 가지 끝에 한 마리 앉아 있다. 꽁지 통박한 옛날의 그 새(鵲). 울지는 않고 이상한 눈으로 나를 본다. 너는 왜 거기 가 있는가 하는.
　　　　　　　　　　　　　　　　　　　　　　　　　　　　—「까치」30)

　　올 봄에는 자주 쑥이 눈에 띈다. 좀 유난스럽다. 길을 가다가도 문득 눈에 띈다. 손톱이 엷어지고 뒤로 자꾸 휘곤 한다. 어릴 때 먹은 쑥버무리가 문득문득 생각난다. 숨을 쉬면 코에서 쑥 냄새가 난다.
　　　　　　　　　　　　　　　　　　　　　　　　　　　—「빈혈(貧血)」31)

　　위의 두 편의 시는 앞의 시들과 유사하다. 과거에 관한 회상이 여기서도 펼쳐진다. '새'와 '쑥'이라는 현실에서 보이는 어떠한 매개를 통해 이 시는 과거의 자신에 관해 떠오르는 기억들을 그대로 표현했다. 「까치」에서는 앞선 시들처럼 과거를 회상하는 매개가 특별히

---

29) 김지선, 「한국 모더니즘시의 서술기법과 주체 인식 연구: 김춘수, 오규원, 이승훈 시를 중심으로」, 한양대학교 박사논문, 2008, 42쪽.
30) 김춘수, 『서서 잠자는 숲』(앞의 책), 21쪽.
31) 위의 책, 55쪽.

존재하지는 않는다. 단지 "납빛"의 바다가 시인 자신의 고향을 떠올리게 한다. 바다 앞에서 시인은 눈을 감음으로써 고향의 기억으로 돌아간다. 그때 떠오르는 고향의 모습은 "감나무 제일 높은 가지 끝에" 앉아 있는 "이상한 눈으로 나를 보는" '새'이다. 마지막 문장인 "너는 왜 거기가 있는가"는 과거와 현재를 동시적으로 놓고 하는 질문이다. 이 마지막 문장을 통해 과거와 현재의 나를 일치시키면서 자신의 현재 감정을 토로한다.

「빈혈」은 가끔 눈에 띄는 "쑥"을 통해 과거를 회상한다. "손톱이 엷어지고 뒤로 자꾸 휘"는 쑥은 마치 현재의 자신을 비유하는 듯하다. 마지막 문장은 「까치」와 마찬가지로 과거와 현재에서 동시적으로 맡아지는 냄새를 시사한다. 시의 제목인 '빈혈'은 과거와 현재에 여전히 존재하는 쑥이지만 어릴 때 먹은 "쑥버무리"보다 무엇인가 결핍된, '엷어지고 휘어진' 쑥과 같은 현재의 어떤 것을 표현한다.

위의 시들에서는 「부유스름, 혹은 뿌유스름」이나 「새」보다도 시적인 요소를 찾기 힘들다. 일상에서 떠오르는 하나의 회상을 현재 상황이나 심정과 연결하면서 그대로 나열한 것에 불과하다. 시라기보다는 단순한 산문의 한 단락을 옮겨온 것과 같은 형태이다. 「백모의 맥」, 「고추잠자리」도 같은 유형의 시이다. 이처럼 과거에 대한 회상의 유형이지만 그 대상이 자신이 아니라 과거의 어떤 한 인물이며 이에 대한 회상을 기록하거나 편지 형식으로 쓰인 시도 있다.

소월(素月) 김정식(金廷湜)의 하늘이란 것이 왜 있지 않는가. 갠 날에 가랑비가 내리는, 여우의 암컷이 시집가는, 우린 그걸 우리 한국인(韓國人)의 여우비라고 왜 하지 않는가, 그렇다면 단재(丹齋) 신채호(申采浩) 선생의 하늘은 왜 없는가, 선생 가신 지 어언 50년, 이 땅의 시인(詩人)들

을 보라, 하늘에는 왜 아직도 입이 없는가,

―「하늘에는 왜 아직도」³²⁾

라잔 우랄철도(鐵道)의 소역(小驛) 아스타보보역(驛)의 역장실 한쪽
구석에서 눈을 감았다. 오랜 불면 탓일까 눈꺼풀이 하늘하늘 처져 있었
다. 1910년 11월 20일 아침. 장녀(長女) 아렉산드라가 먼 길 혼자 떠나는
아버지 손을 한번 꼭 잡아주었다. 늑대가 울고 으루나무숲을 눈보라가
휘몰아치고 있었다. 향년(享年) 82세, 조문객은 현지 주민 외는 시의(侍
醫)한 사람뿐이었다고 한다.

―「대(大) 톨스토이」³³⁾

위의 시 두 편은 이미 죽은 사람에 관한 연민을 그대로 드러낸다.
「하늘에는 왜 아직도」라는 시에서는 '않는가', '없는가'라는 동일 유
형의 종결형이 어느 정도의 리듬을 발생한다. 하지만 이러한 표현은
산문시에 리듬을 고려하였다기보다는 시의 대상에 관한 안타까움을
드러내기 위해 쓰인 것이라고 보는 것이 더 타당하다. 「하늘에는
왜 아직도」는 단재 신채호 선생이 소월 김정식처럼 "하늘"이나 "한
국인의 여우비"로 기억되지 않는 안타까움을 적은 시이다. 이와는
다르게 「대(大) 톨스토이」는 실제로 살아 있었던 인물에 대한 회상이
라기보다는 소설 속에 존재하는 인물에 대해 안타까움을 드러낸다.
위의 예는 김춘수의 산문시에서 자신이나 어떤 인물에 대한 과거를
회상하여 쓴 경우이다.

---

32) 위의 책, 33쪽.
33) 위의 책, 40쪽.

위의 시들은 산문시 이전의 김춘수가 탐색해 온 리듬이나 이미지에 대한 시적 요소의 치밀한 시적 실험이 아니라 담담하게 과거와 현재를 연결하여 산문의 기록 형식으로 적어나간 것이다. 따라서 이들은 시의 기본적인 요소가 현저히 줄어들고 산문에 가까운 형식이다. 김춘수가 산문시는 내용, 즉 관념으로 돌아가서『서서 잠자는 숲』의 후기에서 밝힌 것과는 달리 산문시에서 산문과 운문의 변증법적인 지양이 이루어지지는 않았다. 이와 같은 시는 오히려 지금까지 실험해 온 리듬과 이미지에 대한 탐색과 관념의 갈등에서 벗어나 한 번은 편하게 모든 걸 내려놓고 시를 쓰고 싶었던 것이 아닌가 할 정도로 시의 내용이나 구성이 단순하다.

앞에서 지적한 것처럼 산문시라는 것이 산문과 시라는 두 영역의 해체와 지양이라는 문제에 처해 있다 해도 그것이 '시'인 이상, 시적인 요소를 배제할 수는 없다. 그러나 김춘수는 변증법적 지양보다는 오히려 지금까지의 시적 요소를 극한으로까지 끌어 올리며 가져야 했던 갈등과 좌절, 혹은 긴장에서 벗어나기 위해 '쉼표'라는 이름으로 시적인 요소에 대한 극단적 실험의 의지를 버렸다고 보는 것이 더 적절하다. 여하튼『서서 잠자는 숲』에 실린 「뤼옹에서」, 「48년의 그」, 「마속정전」, 「돌각담」, 「배우 에이킴」, 「다미로프의 하늘」 등은 과거에 존재했던 어느 한 대상에 대한 묘사나 그리움을 표현하는, 위와 같은 구성으로 쓰인 시의 예이다.

또 다른 유형은 인물이 아닌 물질적인 대상이나 풍경에 대한 묘사와 생각을 표현하는 경우이다. 이와 관련된 시들은 「낮잠」, 「놀이딱지」, 「바다 밑」, 「쥐오줌풀」, 「쓸쓸한 완구」, 「가을비」, 「얼굴」, 「저자에서」, 「노부부」, 「어떤 스냅」 등이 있으며 그 중 대표적인 두 편을 인용하면 다음과 같다.

넓적넓적한 꽃잎을 여러 개나 달고 대구 만촌동 옛 내 집 연못에
수련꽃이 피었다. 너무너무 흐뭇하다. 하늘은 쾌청, 연못가 수련꽃 그늘
을 고개 빳빳이 세운 어인 삽사리 한 마리 가고 있다. 66년 전 소꿉질친
구 옥수수 같은 머리를 땋고 댕기를 길게 드리우고,

—「낮잠」34)

버스가 한 대 정차하고 있고 출입구 근처에는 책가방을 든 고등학교
학생인 듯 수삼 인의 청소년들이 서 있다. 이쪽과 저쪽 버스 바로 앞켠의
플라타너스의 체통 큰 줄기에 제각기 한 사람씩 바바리 코트의 사나이
가 몸을 기대고 있다. (…중략…) 뒤통수가 보인다. 코트의 깃을 세우고
비를 맞으며 가고 있다. 하염없이 가고는 있는데 아주 가버리지는 않는
다. 사진 속의 다른 한 사나이가 다른 바바리 코트의 그를 하염없이
바라보고 있다. 그도 코트의 깃을 세우고 있다. 모발(毛髮)이 비에 젖는
다. 버스가 움직이고 빗속에 그만 혼자 남는다. 그런 느낌이다.

—「어떤 스냅」35)

위의 두 편은 눈앞의 어떤 풍경을 그대로 그려내고 있다. 「낮잠」은
집 연못에 핀 수련꽃을 대상으로 하여 수련꽃에 대한 풍경과 감상을
적었다. "66년 전"은 정확히 어떤 시점을 근거로 계산된 기간인지는
모르지만 오래된 "소꿉질친구"를 떠오르게 하는 시간이다. 수련꽃
그늘을 지나가는 "삽사리"와 함께 한적한 오후를 떠올리게 한다.
'낮잠'이라는 제목 역시 평화로운 오후를 표현한다.

---

34) 위의 책, 11쪽.
35) 위의 책, 35쪽.

「어떤 스냅」의 앞부분은 사진을 보고 사진에 있는 모습을 그대로 적어 나간 것이다. 그러나 중반부에서부터는 사진의 주위에 갑자기 비가 내리면서 사진 속에 있던 바바리코트의 사나이가 비를 맞으며 걸어간다. 버스는 떠나고 사진 속의 다른 사나이가 빗속에 혼자 남은 그를 바라보고 있다. 자기 생각을 최대한 자제하고 사진의 모습을 상세히 기록한 것으로 비 온 후의 모습을 상상하여 표현하였다.

이것은 앞의 시들과는 달리 내 주위에서 벌어진 자연현상으로부터 시작한 고정된 사진의 현상이 움직이는 심리 세계로 이동하였다. 단순히 "그런 느낌이다"라는 마지막 문장은 담대해지려는 노력이지만 오히려 '그런 느낌'이라는 자신의 감정을 표출하여 전체적인 시 구성과 어색하게 맞물려 있다. 결과적으로 위의 두 시는 어떤 대상을 두고 그것과 연결되는 주위의 모습을 적어간 것이지만 「어떤 스냅」은 자신의 상상을 현실처럼 드러내는 구성으로 앞의 산문시와는 조금 다른 모습을 포함하고 있다.

김춘수의 산문시 창작은 『서서 잠자는 숲』 전체와 『의자와 계단』의 일부를 끝으로 더는 지속하지 못한다. 앞서 시도했던 리듬이나 이미지에 관한 시 창작 과정보다 산문시의 창작 과정이 길지 못했음은 그의 산문시가 시의 본질적인 속성에서 멀리 떨어져 나와 버린 탓이다. 김춘수의 초기 시론부터 꾸준한 탐색의 과정을 거친 산문시 이론이 실제 그의 시 창작에서는 별다른 시적인 흥미를 주지 못하였다.

그러나 김춘수의 산문시는 리듬과 이미지라는 시적 요소를 활용하여 관념과 대상을 제거하고자 했던 그가 다시 관념으로 돌아선 시기에 쓰였다는 점에서 매우 중요하다. 또한, 그의 산문시는 리듬과 이미지의 제거나 약화라는 특징을 가지면서 앞의 시기에서 극단적으로 변화했다. 따라서 김춘수의 산문시 시기는 '자기 표절'이나 '혼성 모방'의 시기로 파악하기보다는 김춘수의 시 인식에 커다란 변화를 가져왔던 시기로 보아야 한다.

지금까지는 주로 그가 산문시를 본격적으로 시도하고 창작하였다고 밝힌 시집 『서서 잠자는 숲』을 중심으로 분석하였다. 그러나 이 시집이 발표되기 이전에 창작한 시들 중에는 그의 의도와는 무관하게 창작된 산문시 형태의 시를 종종 발견할 수 있다.

이것이 무엇인가? 할아버지의 할아버지의 그 또 할아버지의 천년(千年) 아니 만년(萬年), 눈시울에 눈시울에 실낱같이 돌던 것, 지금은 무덤가에 다소곳이 돋아나는 이 것은 무엇인가?

네가 잠든 머리맡에 실낱같은 실낱같은 것, 바람 속에 구름 속에 실낱같은 것. 천년(千年) 아니 만년(萬年), 아버지의 아저씨의 눈시울에 눈시울에 어느 아침 스며든 실낱같은 것. 네가 커서 바라보면, 내가 누운 무덤가에 실낱같은 것. 죽어서는 무덤가에 다소곳이 돋아나는 몇포기 들꽃……

이 것이 무엇인가? 이 것이 무엇인가?

—「눈물」36)(고딕 강조와 밑줄은 인용자의 것임)

첫 시집인 『구름과 장미』에 실린 시이다. "실낱같이"라는 표현은 "실낱같이 돌던 것"과 "실낱같은 실낱같은" 혹은 "실낱같은 것"처럼 약간씩 변화된 구문 유형이지만 이의 반복으로 시에서 리듬이 살아나면서 매우 급하게 진행되는 분위기를 형성한다. 또한 "천년 아니

---

36) 김춘수, 『구름과 장미』, 행문사, 1948, 49~50쪽. 위의 시는 원본과 현대문학 김춘수 시 전집에 실린 것과는 띄어쓰기에서 차이가 있다. 원본과 달리 전집에서는 "실낱같은 것"이 "실낱 같은 것"으로 "이 것이"는 "이것이"로 "몇포기"가 "몇 포기" 표기하였다. 원본에서는 시에서 강조하고 싶은 바를 고려한 반면, 전집에서는 맞춤법을 고려하여 수정한 것으로 보인다.

만년"의 반복과 앞뒤로 이어지는 "할아버지의 할아버지의 그 또 할아버지의"나 "아버지의 아저씨의 눈시울에 눈시울에"같은 유사 구문의 반복에 의한 강조는 이 시에서 점점 파고 들어가는 깊이감을 형성한다. 마찬가지로 "이 것이 무엇인가"의 반복 역시 시의 제목으로 상기되는 '눈물'에 집중하게 하는 기능을 하고 있다.

이처럼 위의 시는 두 개의 단락으로 된 산문체로 형성된 산문시이다. 김춘수의 엄격한 산문시 기준에 의하면 위와 같은 시는 산문시라고 할 수 없다. 왜냐하면, 줄글에 리듬이 나타나 있기 때문이다. 이 시를 김춘수의 앞선 분류에 의하면 「해」와 같은 잡거시대로 보거나 과도기의 한 유형이라고 봐야 한다. 행이라고 할 수 없는 줄글에서 리듬을 보이는 이 시는, 김춘수가 산문시에 관한 인식을 밝힌 『한국 현대시 형태론』을 쓰기 전에 발표한 것이다.

위와 같이 김춘수의 경우는 산문시에 관한 인식이 명확하지는 않았던 시기에 창작한 시들이 오히려 산문시 인식 이후의 시보다 좀 더 시적인 요소를 가지고 있다. 또 하나의 시적 요소라 할 수 있는 이미지에 관한 것 역시 비유적 이미지를 사용하여 줄글 형태로 창작된 시를 발표한 것을 보면, 김춘수의 철저한 산문시 인식은 오히려 자연스러운 산문시로의 이행을 방해하였다. 그가 자신의 시론에서 밝힌 것처럼 시가 먼저 있고 형태를 정의해 가는 과정을 거쳤더라면 그의 산문시는 좀 더 시적인 형태가 되었을 것이다. 결국, 김춘수의 산문시가 좀 더 발전된 방향으로 나아가지 못하고 다시 자유시 형태의 시 창작으로 선회한 것을 보더라도 김춘수의 산문시는 인식과 창작 과정에서 많은 모순과 한계를 지녔다고 평가할 수 있다.

지금까지 살펴본 김춘수의 산문시를 정리하면 다음과 같다. 김춘수의 산문시는 『한국 현대시 형태론』에서 인식한 기준이 그대로 시 창작으로 이어졌다. 그의 산문시는 '리듬'이 없는 산문체로 쓰인 줄글의 형태를 가지며 내용상으로 매우 토의적인 속성을 가진다. 김춘수가 본격적으로 산문시를 창작하여 발표한『서서 잠자는 숲』에 실린 시는 그 내용이 과거의 회상이나 기록, 대상에 대한 묘사나 감상의 기록 등으로 되어 있다.

산문시의 내용이 이렇게 시적인 요소보다는 산문에 기울어진 이유는 김춘수의 산문시 인식에 따른 것이다. 따라서 그의 산문시는 산문과 운문이라는 두 장르의 진정한 변증법적 지양을 이루지는 못하였다. 하지만 김춘수의 산문시는 그가 오랜 기간 관념과 대상을 제거하고자 했던 이전의 시 창작에서 관념으로 돌아선 시기라는 점에서 의의가 있다. 이 관념의 선회는 역사와 현실에 대해 억눌림에서 벗어나고 싶었던 갈망이 어느 정도 해소되고 새로운 역사나 현실을 시로 담아 자신의 구원을 이루고자 한 의욕의 발로였다.

제5장 리듬과 이미지의 다양한 변주

1. 시적 긴장의 이완에 의한 정서의 강화

지금까지 살펴본 대로 김춘수는 시의 본질적인 요소라 할 수 있는
'리듬'과 '이미지'에 대한 치밀한 탐색을 통해 다양한 시적 성취를
이루었다. 시론과 함께 시 창작을 해 온 김춘수에게 시론은 그의
시 형태에 관한 변화와 의도를 명확하게 보여준다. 결과적으로 그의
시론에 의한 시 창작은 그것의 성공 여부를 떠나 매우 성실하게 이루
어졌다. 한편 그의 시론이 가지는 모순과 한계는 새로운 시 형태를
시도할 때 나타나곤 하는데, '산문시'가 그 대표적인 예다. 그러나
김춘수가 시도해 온 리듬과 이미지에 관한 극단의 실험은 '시란 무엇
인가'라는 생각과 함께 시를 지배하는 시적 요소에 관한 치밀한 사고
를 가능하게 하였다. 모순과 한계를 보이는 '산문시'에서도 그는 장

르 해체와 새로운 형태의 시 창작이라는 끊임없는 노력을 하였다.

김춘수는 자신의 시 창작이 매우 힘들고 단 한 편도 쉽게 쓰인 것이 없다고 고백하였다. 또한, 시적 요소를 극단으로 밀고 나간 후 늘 좌절과 회의를 느낀다고도 하였다. 절대를 향한 그의 노력은 어쩌면 애초에 이루어질 수 없는 한계를 가지고 있어, 그로 인해 매번 좌절감을 느낀 것이다. 그는 관념으로의 제거를 시도하는 과정에서 조차 관념으로 돌아가려는 자신을 억제하며 불안을 느낀다. 이런 불안 때문에 그는 오히려 반사적으로 시적인 요소보다는 관념에 치우치는 과정을 겪기도 하였다. 김춘수의 이러한 갈등과 불안의 여정은『의자와 계단』이라는 시집에서부터 쉬어가기 위한 준비를 하게 된다. 제목을 통해 말하고자 한 것처럼 그는 늘 계단을 향해 올라가고 있지만 동시에 의자에서 쉬기를 원한다.

그렇다면 그(의자)는 무엇일까? 그는 스스로를 무엇을 표상하는 기호가 아니라 무엇 그 자체라고 한다. 말하자면 그는 안식 그것이다. 그러나 이 세상에는 그런 것은 없다. 그러니까 그 자리(의자)는 늘 비어 있다. 누군가를 기다리는 자세로 있다. 나는 왜 이런 따위 배배 꼬인 말들을 늘어놓고 있는가?

내 속이 한시도 반반하게(편안하게) 펴진 날이 없었으니 어쩌겠는가? (⋯중략⋯) 계단도 그렇다. 제 아무리 올라간다 해도 계단에는 한계가 있다. 높은 곳은 낮은 곳의 상대개념이다. 어린애들도 다 알고 있는 이 이치를 그러나 나만이 까먹는다. 간혹 그런 일이 있다. 나는 지금 어디쯤 발을 디디고 있는가? (⋯중략⋯) 하늘이란 아무 데도 없는 곳을 뜻한다. 유토피아와 같다. (⋯중략⋯)

시집『들림, 도스토예프스키』를 낸 이후 좀 편안한 자세를 가누기로

했다. 그동안 몸에 밴 것들이 자연스레 드러나도록 그때 그때 쓰고 싶은 대로 쓰기로 했다.[1]

『의자와 계단』의 책머리에 적힌 위의 글을 길게 인용한 이유는 김춘수의 유토피아를 향한 시적 여정에 대한 심경을 그대로 보여주고 있기 때문이다. 그는 끝나지 않는 계단의 오름에 대해 피로를 느끼며 자신의 한계를 인식하고 편안해지고 싶은 마음을 솔직하게 고백한다. 그리고 그는 지금까지 몸에 밴 것들을 자연스럽게 풀어놓고 쓰고 싶은 대로 시를 쓰고자 한다. 많은 시론을 정립하고 시의 요소들을 치밀하게 분석하고 관념의 제거와 회귀를 통한 다양한 시 형태들을 시도한 그에게는 어쩌면 당연해 보이기까지 하다. 몸에 밴 대로 쓰고자 한 『의자와 계단』에서는 앞서 시행했던 산문시와 자유시 혹은 자유시와 산문의 결합 형태가 모두 나타난다.

> 햇살 한 톨 떨어져 뉘 집 담장에 햇살의 작은 웅덩이를 만든다. 애들이 너더댓 둘러앉아 모닥불 쬐듯 팔을 뻗고 손을 내민다. 멀리 또는 가까이 눈 주는 곳과 눈빛은 저마다 다르다. 이럴 때 그 동아리에서 얼른 발을 빼는 애가 있다. 그 애는 토끼털 귀막이를 하고 잎 진 도토리나무 밑에 가끔 오도카니 서 있다. 입술이 얇고 콧날이 섰다.
>
> 해지자
> 어디서 눈을 맞고 돌아오는
> 새끼 다람쥐.

---

1) 김춘수, 「책머리에」, 『의자와 계단』, 문학세계사, 1999.

그 애는 겨우내

볼이 할쑥하다.

―「겨울」2)

위의 시는 산문시와 자유시의 유형을 동시에 배치하였다. 물론 김춘수는 위의 시 이전에도 「처용단장」 3, 4부에서 자유시와 산문을 동시에 섞어가며 산문시로 이행하는 모습을 보였다. 그것은 시인이 관념으로 돌아가고자 하는 욕구를 실현하는 과정 일부로 의도한 것이다. 위의 시는 그러한 모든 과정을 거친 후에 나타난 것으로 굳이 산문시와 자유시라는 형태에 구애받지 않고 좀 더 편안한 자세를 가지고 창작하고자 하는 모습이다. 「처용단장」 3, 4부에서의 시도가 장르 해체라는 관점에서였다면 산문시 이후에 등장한 이러한 유형의 시는 편안하게 자신의 모습을 드러내고 싶은 의도이다. 『의자와 계단』의 뒷부분에 나란히 발표한 「의자를 위한 바리에떼」와 「계단을 위한 바리에떼」도 이러한 자신의 두 상황을 마치 의자와 계단에 비유하여 그대로 드러낸다.

누가 나를 부른다.

돌아보면 너무나 아득하다.

내 키만한 수렁이 있고

그 언저리는 언제나 봄이다.

게가 한 마리 거품을 물고 있고

키 큰 오동나무가 아물아물 꼭대기에 하늘빛 꽃을 달고 있다.

---

2) 김춘수, 『호(壺)』, 한밭미디어, 1996, 36쪽.

낮달이 나를 자꾸 따라 온다.
나를 누가 기다리고 있다고,

한밤에 잠을 깬다. 거실로 나와 불을 켜고 소파에 앉는다. 앞을 본다.
선반 위에 수반이 있다. 자갈이 하얗게 깔렸다. 짙은 쥐빛의 작은 돌이
하나 놓였다.

돌이 혼자서 한숨을 쉬었다가 뭔가 혼잣말을 시부렁거린다. 그런가
하면 갑자기 입을 다물어 버린다. 표정이 싸늘해진다. 누군가의 옆얼굴
을 닮았는데 그가 얼른 생각나지 않는다. 불을 끄고 방으로 들면서 또
한 번 그쪽을 본다. 돌의 표정은 지워지고 돌이 있다는 윤곽만 희미하다.
그러나 그 윤곽은 하나의 표정이 되고 있다. 돌아앉은 먼 산의 앉음새다.
무겁게 가라앉았다. 소파에 놔둔 내 몸의 무게일까.

—「의자를 위한 바리에떼」 일부[3]

이 시에도 자유시와 산문시 유형이 자연스럽게 배치되어 있다.
이 시는 시집 후기의 고백처럼 자유시나 산문시, 관념의 제거나 회귀
라는 갈등을 해결하고자 하는 것보다는 그대로 편하게 놓아두는 것
을 택했다. 위의 시 앞부분은 아득한 곳을 향해 나아가고 있는 '나'를
누군가가 따라오는 상황이지만 뒷부분은 소파에 앉아 있는 자신의
모습이다. 하지만 이 둘의 상황은 모두 아득하고 무겁다. 마치 어느
순간에도 편할 수 없었던 김춘수 자신을 보여준다. 또한, 앞부분과
비교하면 뒷부분은 현재 상황을 그대로 서술하여 시적인 요소가 약
화한다.

---

 3) 김춘수, 『의자와 계단』(앞의 책), 63~67쪽.

의자와 계단은 관념의 제거와 회귀, 자유시와 산문시 사이에서 끝없는 갈등 과정을 거친 자신과 동일시되어 있다. 김춘수의 오랜 시적 실험과정을 그대로 보여준다. 즉 '의자와 계단'이라는 자신의 두 상태, 새로운 형태와 유형의 시 창작 실험에 민감하게 반응하면서 구원을 향한 걸음을 걸어가던 자신과 한편으론 편하게 쉬고 싶은 자신의 두 모습을 동시에 나열해 놓았다.

「계단을 위한 바리에떼」는 위와는 반대로 산문시 유형이 앞서 제시하고 이어 자유시 유형이 배치했다. 여기서 자유시는 기존의 자유시 형태로, 산문시는 김춘수가 정의한 산문시 형태로 실현된다. 따라서 「의자를 위한 바리에떼」와 「계단을 위한 바리에떼」는 김춘수가 아무리 그가 앞서서 시도한 리듬과 이미지에 관한 실험을 쉬어간다 해도 그 흔적이 '몸에 밴대로' 나타나는 경우다. 『의자와 계단』에는 긴장감을 가지고 창작한 산문시가 수록된 『서서 잠자는 숲』과는 달리 좀 더 시적인 속성을 보이는 예도 있다.

일자무식 사파타는 알고 있다. 어머니의 품은 뜨뜻하고 아내의 가슴은 따뜻하다는 것을, 누이의 살결은 깨끗하고 옥수수죽은 배를 불려준다는 것을, 동포들이 닭 한 마리도 먹지 못하고 있는데 자기만 닭 한 마리를 먹는다면 그건 몸의 힘을 **빼**는 짓거리인 것을 일자무식 사파타는 알고 있다. 멕시코 옥수수가 어디서 자라며 언제 익는가를,

─「멕시코 옥수수」4)

앞 장에서 제시한 초기의 산문시 형태인 「눈물」이라는 시 보다는

---

4) 위의 책, 21쪽.

리듬이 두드러지지 않지만 확실하게 『서서 잠자는 숲』에서 발표된 산문시와는 다르게 리듬의 흔적이 보인다. 그가 '행'이라는 시의 구조적 요소보다 어휘가 가질 수 있는 통사론적인 반복으로 인한 리듬의 가능성을 인정했다면 산문시에서도 이처럼 어느 정도의 리듬이 나타났을 것이다. 정형성의 운율을 벗어나 '행'의 중요성을 강조하여 이루어진 리듬의 개념은 김춘수 산문시의 특징이기도 하지만 한계였음이 다시 확인된다. 그가 형태를 생각하기에 앞서 자연스러운 시 창작으로서의 산문시를 시도하였을 때, 앞서 제시한 리듬이 살아난 「눈물」이나 위의 「멕시코 옥수수」와 같은 산문시도 가능했다.

이처럼 형태에 민감했던 그가 형태에 관한 한 다양한 시적 성취를 남긴 것과는 반대로 형태에 관한 인식이 앞서서 새로운 시 형태로 발전하지 못하였다. 산문시에 대한 형태 인식이 뚜렷하기 이전의 시나 지금까지 몸에 밴 것을 자연스럽게 드러내는 이 시기의 시가 산문시로서 오히려 자연스럽다. 이 시기는 시 창작 과정 내내 시의 요소나 형태에 긴장감을 가지고 쓰인 시기를 벗어나 훨씬 자유스럽다. 그러나 김춘수는 『의자와 계단』에 실린 산문시 몇 편을 끝으로 다시 자유시로 돌아간다.

내가 태어났을 때는
너는 이미 죽어 있었다.
태어나자마자 나는
눈썹이 세고 코피를 쏟았다.
열여섯 살이던가 일흔여섯 살이던가
아무 데도 없는 어딘가 먼 바다 해 저무는 그런 곳을
나는 맨발로 가고 있었다.

소리내지 않는 목관악기, 멍하니

입을 벌리고 있었다.

사족(蛇足)도 있고, 누이를 닮은 자주꽃방망이꽃이

이를 앓고 있었다.

박수가 되어 나는

죽은 네 목소리를 내고 네 혼을 불러냈다.

내가 죽은 뒤에

네가 또 태어나리라.

—「박수가 되어—제2번 비가」5)

이 시는 제목에서부터 '비가'라는 어휘의 사용으로 정서적인 측면을 강조하였다. 그러나 시의 구성은 다소 복합적이다. 1행에서의 '너'라는 대상은 구체적으로 명시되지 않았다. 이후의 행에서 '나'에 관한 모습이 그려지지만, 이 역시 일관된 이미지는 아니다. 한편 8~9행과 10~11행은 마치 나와는 아무런 상관이 없는 이미지처럼 보인다. 그러나 앞부분과 마찬가지로 "악기"가 멍하니 입을 벌리고" 있고 "자주꽃방망이꽃"이 이를 앓고 있는 것이 구체적으로 무엇을 의미하고 있는지가 명확하지 않다. 단지 이들은 앞의 두 행의 주체를 마지막 두 행에서 바꾸어서 반복함으로써 이 시가 말하고자 하는 바를 짐작하게 한다.

마치 불교의 윤회설을 보는 듯한 이 시는 혼을 부르는 '박수'와 같은 능력으로 '네가 죽고 내가 태어나고 내가 죽고 네가 태어나'는 생의 반복을 말한다. 앞의 두 행과 유사한 뒤의 두 행의 반복은 시의

---

5) 위의 책, 38쪽.

리듬을 형성한다. 또한, 시의 중반부에서는 이미지를 전환하고 분위기를 암시하면서 마지막 두 행에서 생의 섭리를 나타내는 복합적인 양상을 보인다. 리듬과 이미지라는 두 시적 요소에 대한 다양한 형태 실험을 거치는 과정에서 자연스럽게 묻어나고 있는 한 유형이다. 이러한 모습은 시집 『의자와 계단』을 발표한 시기 전후에 창작한 시에서 종종 나타난다.

놀이 지고
산이 운다.
집으로 가나, 늙은 수꿩 한 마리
뒤뚱뒤뚱거린다.
예술의 전당 그런 곳에서
당신을 만난다.
루오 할아버지가 그린 예수의 얼굴처럼
언제 문드려졌나 당신 얼굴에도
코가 없다.

—「모택동」6)

그의 기차의 연기라는 그림에는
기차도 연기도 없다.
산비탈 아스름히 길이 나 있다.
그의 소리라는 그림에는
소리가 없다. 그

---

6) 위의 책, 44쪽.

넓고넓은 벌판을

한 무더기 억새가 흔들어댄다.

바람 때문이라고 한다.

바람은 아무 데도 보이지 않는데

바람 때문이라고 한다.

—「뭉크의 두 폭의 그림」[7]

그림과 연관하여 지어진 이 두 편의 시는 이미지만을 위주로 하는 사생적 시이거나 이미지가 이미지를 제거해 가는 것과 같은 서술적 이미지의 시도로 보긴 어렵다. 자연 풍경이나 그림의 풍경을 묘사하지만 이후 자신의 관념이나 생각과 연결하여 시어들로 구성하였다. 시 「모택동」의 앞부분은 "늙은 수꿩 한 마리"를 그대로 묘사하지만, 뒷부분에서 모택동으로 추정되는 인물은 매우 주관적인 관점을 가지고 묘사한다. "수꿩 한 마리"나 "코가 없이 문드러진 얼굴"이 하나의 이미지는 아니다. 그렇다고 해서 앞의 이미지를 제거하기 위해 뒤의 이미지를 대치하여 내세웠다고 보기 어렵다.

또한 「뭉크의 두 폭의 그림」은 두 개의 그림에 대한 자기 생각을 표현하지만 서로 대치된 이미지는 아니다. "기차도", "연기도", "소리"도 없는 이 그림들은 그 원인이 "바람" 때문이라는 것으로 통일한다. 「모택동」에서는 그 대상을 "예수의 얼굴"로 비유하고 「뭉크의 두 폭의 그림」에서는 그림의 모습을 서술한다. 그러나 이것은 절대적인 서술적 이미지 시가 아니라 대상이 있는 소박한 형태의 서술적 이미지이다.

---

7) 김춘수, 『거울 속의 천사』, 민음사, 2001, 112쪽.

서술적 이미지에 관해 오랜 실험을 한 김춘수가 이후 시기의 시에
서는 굳이 비유적 이미지나 서술적 이미지를 구분하고 서술적 이미
지만을 강조한 시를 창작하지 않는다는 것을 보여준다. 시적 긴장을
줄이고 편안하게 창작함으로써 이제까지 시도해 왔던 시 형태들이
다양하게 펼쳐지고 있다. 시적 긴장을 완화한 김춘수의 시가 자연스
러운 형식으로 드러난다.

한편 이렇게 시적인 긴장이 완화된 김춘수는 서정성이 강한 시를
창작한다. 『의자와 계단』이후 발간한 『거울속의 천사』는 서정적인
자유시8)의 느낌이 매우 강조되어 있다. 『거울속의 천사』는 김춘수
의 아내가 죽은 후 2년 후에 발간한 것으로 여든아홉 편의 시가 실려
있다. 김춘수는 이 시집에 수록된 시가 단시일에 쓰인 것이라고 하면
서 이것은 아내가 그렇게 이끌어준 것이라고 하였다. 제목에서 느껴
지는 것처럼 '거울속의 천사'는 김춘수의 곁을 떠난 아내를 가리킨
다. 위의 시집에 실린 시는 몇 편을 제외하고는 거의 자유시로 쓰여
있는데 이것은 김춘수가 무엇보다 자유시에서 편안함을 느끼고 있
기 때문이다. 또한, 아내에 관한 김춘수의 마음은 관념이나 시적 실
험과는 무관한 자신만의 정서를 표현한 것이기에 서정적인 양상을
띤다. 아내의 죽음은, 앞에서 편안하게 쓰고자 했던 시기와 맞물려
그가 가장 자유롭게 쓸 수 있는 양식과 정서로 표현하였다. 아내와
관련한 서정의 양식은 김춘수의 초기 시 창작 기간에도 종종 나타났

---

8) 서정시는 시인 자신의 심혼적 자기표현의 시다. 조동일은 서정시에서는 작품의 내적
   자아가 작품의 내적 세계를 일방적으로 대상화하며, 따라서 객관적인 시간과 공간의
   제약을 넘어서서 자기의 태도를 선언할 자유를 지닌다고 하였다. 따라서 본디 서정시는
   서정시가 지닌 주관성은 강렬한 내면의 표현으로 나타난다(조동일, 「자아와 세계의 소설
   적 대결에 관한 시론」, 『한국소설의 이론』, 지식산업사, 1977, 78~104쪽; 오성호, 『서정시
   의 이론』, 실천문학사, 2006, 361~362쪽).

었다.

> 빈 꽃병에 꽃을 꽂으면
> 밝아 오는 실내(室內)의 그 가장자리만큼
> 아내여,
> 당신의 눈과 두 볼도 밝아오는가,
> 밝아오는가,
> 벽(壁)인지 감옥(監獄)의 창살인지 혹(或)은 죽음인지 그러한 어둠에 둘러싸인
> 작약(芍藥)
> 장미(薔薇)
> 사계화(四季花)
> 금잔화(金盞花)9)
> 그들 틈 사이에서 수줍게 웃음짓는 은발(銀髮)의 소녀(小女) 마아 가렛을 빈 병에 꽃을 꽂으면
> (…중략…)
> 아내여,
> 당신의 눈과 두 볼에는
> 하늘의 비늘 돋친 구름도 두어 송이
> 와서는 머무는가,

—「유월에」10)

---

9) 1959년 백자사에서 발간한 시집 『꽃의 소묘(素描)』에는 '金盞花'에서의 '盞'이 '金+盞'로 표기되어 있다. 이는 '盞'의 오기로 보인다.
10) 김춘수, 『꽃의 소묘(素描)』, 백자사, 1959, 9~11쪽.

꽃에 관한 관심이 많았던 초기 시 창작에서 아내는 꽃에 비유한다. 「유월에」에서 묘사된 아내는 "밝아오는 실내"와 같이 "밝아오는" 존재이다. 또한 "작약", "장미", "사계화", "금잔화" 사이의 "마아가렛"과 같이 "웃음짓는" 아내이다. 그러나 오랜 시간이 지나 죽은 아내는 천사[11]이다. 이 두 시기 사이에 김춘수는 리듬과 이미지가 보여줄 수 있는 다양한 모든 것에 관해 시적 실험과정을 거쳤다. 이 시기의 김춘수는 리듬과 이미지에 관한 치밀한 시적 실험보다는 자신의 정서를 표현하는 것에 중점을 두었다. 앞의 시에서 아내는 "구름도 두어 송이" 머무는 휴식이지만 『거울 속의 천사』에서 묘사한 아내는 쓸쓸하고 애절하다. 리듬과 이미지에 관한 뚜렷한 긴장 없이 쓰인 이 시기의 시는 단지 자신의 정서를 강화하여 보여주었다.

마주보고 앉으면

왠지 흐뭇하고 왠지 넉넉해지는

그런 식탁이다. 그

앞자리가 비고

나는 이제 멍하니 혼자 앉아 있다.

어느새 햇살이 아쉬운 계절이 되었다.

둑길을 가다가

---

11) 김춘수의 천사는 그의 시와 산문에 지속해서 등장한다. 먼저 그는 어린 시절 다니던 유치원에서 천사를 조우한다. 이때 그에게서 천사는 매우 낯설다. 이후 나타난 천사는 릴케와 세스토예프스키, 도스토예프스키를 통한 범신론적 천사가 등장한다. 김춘수는 『두이노의 비가』의 구조와 모티브를 변형 모방한 『쉰 한편의 비가』를 발표한다. 여기서 천사는 인간의 불완전성에 대한 비탄과 환호로 시작하여 삶과 죽음을 전체로 용해하는 제한되지 않은 내면 공간의 신화적인 형상이다. 이후 천사를 죽은 아내와 연결하면서 한국적인 정서를 가진 서열이 없는 천사가 된다(권온, 「김춘수의 시와 산문에 출현하는 '천사의 양상': 릴케의 영향론 재고의 관점에서」, 『한국시학연구』 26, 한국시학회, 2009, 12쪽).

가지빛으로 말라가는
키 큰 갈대를 저만치 바라본다.
그 언저리 햇살이 저 혼자
햇살의 웅덩이를 만들고 있다.
귀가길은 언제나 별이 아스름했다.
집을 바로 거기 두고
그때 우리는 어딘가 먼 데로 하염없이
눈을 주고 있었다.
왜 그랬을까,

—「귀가(歸嫁)길」12)

왠지 눈시울이 젖어오고
어깨가 거북해진다.

발목 실한 낙타풀 여럿
사막을 가로질러 내 어깨에 와 앉는다.
끈끈한 허리
구만리(九萬里) 하늘을 날아 산을 넘어
메뚜기 한 무리
선잠에서 막 깨난 내 어깨에 와 앉는다.
올여름 그들은 내 어깨를 믿는다고
힘 내라고,

—「올여름」13)

---

12) 김춘수, 『거울 속의 천사』(앞의 책), 16쪽.

위와 같은 시에서 리듬과 이미지는 시적 요소로 크게 작용하지 않는다. 또한, 리듬의 특성이나 비유적 이미지 혹은 서술적 이미지로의 시도도 필요하지 않다. 그는 단지 자신의 지금 심경을 그대로 시로 나타내는 정서 표현에 집중하였다. 아내에 관한 시에서는 초기 시보다 정서가 좀 더 적극적으로 드러난다. 이것은 아내가 죽은 후, 천사로 비유하는 아내에 관한 애절함이 더욱 표면화하기 때문이다. 「귀가(歸嫁)길」에서의 아내는 시인 자신을 쓸쓸하게 하고 "먼 데로" 눈을 주고 있었던 지난 시간을 후회하게 한다. 「올여름」에서는 자신을 격려하던 아내의 죽음을 실감하며 "눈시울이 젖어" 온다. 이러한 '나'를 격려하는 것은 "메뚜기 한 무리"로 매우 외롭고 쓸쓸한 정서를 그대로 표현하고 있다.

『거울속의 천사』에 실린 시 대부분에서는 오랜 시적 여정을 지나온 그의 시 형태에 관한 도전이 이제는 쉬어감과 동시에 아내의 죽음으로 인해 더욱 고양된 정서가 나타난다. 위와 같이 정서를 표현하기 위해 창작한 시 대부분은 리듬이나 이미지를 특별히 의식하여 창작하지 않았다. 자신의 정서를 드러내기 위해선 오히려 리듬과 이미지라는 두 요소에 관한 시적 긴장이 불필요했다.

아내에 관한 시를 모아 발표한 『거울속의 천사』 이후에 김춘수는 새로운 형태의 시를 발표한다. '비가'라는 제목의 연작 형태로 된 시이다. 이 시집에서는 앞에서 보였던 정서의 강화가 두드러지는 것은 아니지만 여전히 김춘수의 치열했던 리듬과 이미지라는 두 요소에 대한 실험은 보이지 않는다.

---

13) 위의 책, 64쪽.

균열진

작은 틈새기로도 해가 든다.

바람이 인다.

바위를 깨고 스며간 그 매미 울음소리

지금은 너무 고요하다.

웃통 벗은

알몸인 내 가슴의 모든 나뭇잎으로

너를 위한

나는 그늘을 쳤다.

여름이여,

떠나가면서 너는 왜

나를 한 번 돌아보지도 않는가,

—「작은 틈새기로도—제1번비가」[14]

특별하게 의식적으로 리듬을 살린다거나 이미지를 강조한다거나 혹은 관념의 제거를 위해 대치하는 것과 같은 극단적인 모습이 없다. 이 시는 오직 떠나가는 여름에 관한 아쉬움을 드러낸다. 시의 말미에는 직접적인 감상을 토로하면서 서정적인 양상을 띤다. '비가'라는 제목에서도 느껴지듯이 이 시기의 김춘수는 시적 실험보다는 쓸쓸한 정서의 표현에 집중한다.

리듬과 이미지에 관해 치밀한 시적 여정을 거쳤던 김춘수에게 관념이나 정서로의 회귀는 마치 자신의 본질을 그대로 나타내는 것과 같이 편하다. 결론적으로 김춘수의 치열한 시적 실험은 산문시를

---

14) 김춘수, 『의자와 계단』(앞의 책), 37쪽.

거쳐 서정적인 양식으로 돌아서면서 그 긴장이 완화되었다. 이 시기의 시는 리듬이나 이미지에 관한 치열한 실험도 어떤 요소의 완전한 제거도 보이지 않는다. 오히려 자신의 정서 표출에 중심을 둔 시 창작에서 리듬과 이미지는 자연스럽게 섞이고 융합한다.

이 장에서 살펴본 김춘수 시의 특징을 정리하면 다음과 같다. 김춘수는 리듬과 이미지라는 시적 요소에 관한 치밀한 탐색과 극단적인 실험과정을 거치면서 관념으로 돌아갈 것 같은 불안과 갈등을 가져왔다. 이것은 이후 산문시 창작에서 산문과 운문을 변증법적으로 지양하고자 했던 시도로 이어진다. 그러나 김춘수의 산문시는 리듬과 이미지를 제거한 형태로 창작함으로써 또 다른 극단적인 모습을 보였다.

이후 김춘수는 『의자와 계단』이라는 시집의 서문을 통해 자신의 시를 몸에 밴 대로 쓰고자 한다는 의도를 밝히면서 시적 긴장을 완화한다. 이러한 시적 긴장의 완화는 이제까지 김춘수가 보여 왔던 다양한 시적 실험이 자연스럽게 융합하고 표면화한다. 한편으로 그는 초기에서 보여주었던 서정적인 시를 다시 창작하는데 이것은 아내의 죽음과 맞물리면서 그 정서가 강하게 드러난다. 다시 말해 이 시기에 쓰인 김춘수의 시는 시적 긴장을 완화하고 정서에 기울면서 자신을 편하게 내려놓은 모습을 보인다.

2. 형태의 다양화와 말놀이

김춘수의 본격적인 산문시에 관한 탐색은 그리 오랜 기간에 걸쳐 이루어지지 않았다. 이것은 그가 앞서 시의 본질적인 두 요소인 리듬과 이미지에 대해 적극적인 자세로 기나긴 창작 의지를 보인 것과는 다르다. 리듬과 이미지에 관한 나름의 정의와 시적 성취와는 달리, 형태 인식의 과정에서부터 한계를 보여 온 산문시는 리듬과 이미지를 제거한 형태였다. 시적인 요소보다는 산문적인 경향이 강해지면서 그의 산문시는 지속적인 시 창작으로 이어지지 못한다.

그 이후 김춘수는 서정성이 강한 자유시로 돌아서지만, 일부에서는 여전히 시 형태에 관한 그의 관심을 지속하였다. 그것은 자유시에서의 리듬과 이미지의 새로운 시도는 아니지만, 산문시를 통해 형성했던 장르 해체에 관한 도전이 이어진 것이다. 이러한 도전은 두 가지 형태로 나타나는데 그 첫 번째는 편지 형식의 시 창작이다. 이 편지 형식의 시 창작은 도스토예프스키를 되풀이해 읽으면서 형성된 비극성에 대한 문제 풀이이다.

다른 위치에 있다. 그는 선과 악을 가치관의 차원에서 보고 있다. 선과 악은 갈등하고 있는 것이 사실이지만 이 악을 압도해야 한다고 그는 가치관, 즉 이념의 차원에서 말하려고 한다. (…중략…) 여기서 우리는 하나의 계시를 받게 된다. 인간 존재의 이 비극성은 역사의 비극성이 될 수 없다는 그 계시 말이다. 이미 인간의 존재 양식은 한 패턴으로 굳어 있다. (…중략…)

나는 오래 전부터 도스토예프스키를 되풀이 읽어왔다. 그때마다 나는 그에게 들리곤 했다. 그러는 그 자체가 나에게는 하나의 과제였고 화두였다. 이것을 어떻게 풀어야 하나? 나는 나대로 하나의 방법을 얻었다. 그의 작중 인물들끼리 서로 대화를 나대로 시켜봄으로써 나는 내 과제, 내 화두의 핵심을 나대로 다시 짚어보고 암시를 받을 수 있을 것 같았다.[15]

1994년에 발표한 시집 『들림, 도스토예프스키』는 도스토예프스키의 소설에 나오는 주인공이나 등장인물 각각의 심정이나 고백을 담은 편지 형식이 대부분이다. 서정적인 자유시가 김춘수 자신의 개인적인 내면의 정서를 드러내지만, 『들림, 도스토예프스키』에서의 시는 소설에 나오는 등장인물의 감정에 충실하다. 이렇게 자신의 혹은 누군가를 대신하여 그들이 느끼는 정서에 관심을 가지고 쓰인 시는 리듬과 이미지에 민감하지 않다. 또한, 김춘수 산문시의 내용이었던 역사 기록이나 현실을 말하는 것과도 다르다. 이와 같은 시에서 중요한 것은 정서의 표현이다.

불에 달군 인두로
옆구리를 지져봅니다.
칼로 손톱을 따고
발톱을 따봅니다.
얼마나 견딜까,
저는 저의 상상력의 키를 재봅니다.
(…중략…)
저를 찌릅니다. 마침내 저를 죽입니다.
그게 현실입니다.
7할이 물로 된 형이하의 이 몸뚱어리
이 창피를 어이 하오리까
스승님,

---

15) 김춘수, 『들림, 도스토예프스키』, 민음사, 1994, 91~93쪽.

자살 직전에

미욱한 제자 키리오프 올림.

―「존경하는 스타브로긴 스승님께」16)

　도스토예프스키의 소설 속에 등장하는 19명의 인물을 대상으로
하여 창작한 시는 마지막에 '올림'이라는 단어를 통해 편지 형식임을
강조한다. "얼마나 견딜까", "어이 하오리까" 등의 표현은 이 시에서
화자가 되는 '키리오프'의 심정이면서 동시에 도스토예프스키의 소
설을 읽은 시 창작자의 심정이다. 편지 형식이란 자기 뜻이나 감정을
전달하고 싶은 대상자에게 직접 전달하기 위해 쓰는 것으로 매우
솔직한 것이 특징이다. 김춘수는 도스토예프스키의 소설을 읽으면
서 그에게 "들리곤 했다"라고 하였다. 김춘수가 도스토예프스키에게
'들렸다'는 것은 도스토예프스키의 사상이나 감정에 동화되고 있다
는 것이다.

　도스토예프스키 소설 속의 등장인물의 심정은 곧 김춘수 자신의
심정이 되어 가장 솔직한 형식으로 이를 표현하였다. 이러한 시는
시적인 요소나 현실, 역사의 직접적인 기록이 아닌, 감정의 어떤 상
태나 생각을 가장 쉽고 정확하게 전달하고 표현한다. 곧 김춘수는
일기 형식이라는 새로운 시 형태로 좀 더 적극적인 내면의 생각을
표면화한다.

　위와 같은 시의 형태는 리듬과 이미지가 강화하거나 관념으로 기
울어진 시와는 또 다른 유형의 시로, 끊임없는 그의 시적 실험을
보여주는 예이다. 그러나 이는 아내나 혹은 어머니, 즉 일반적으로

---

16) 위의 책, 20~21쪽.

공감할 수 있는 대상에 대한 정서가 아니라 도스토예프스키의 소설을 읽은 사람들에게 좀 더 쉽게 전달될 수 있는 정서라는 한계를 보인다. 김춘수의 이러한 시 창작은 자신이 소설을 읽고 나서 가지게 된 느낌과 정서, 특히 그 비극성을 강조하는 것에 목적이 있다. 시적 요소를 각각의 지배소로 삼아 시 형태에 민감하기보다는 관념과 정서로 돌아선 시기에 그 정서를 표현하기에 적절한 새로운 시 형태의 모색이다.

두 번째로 김춘수는 도스토예프스키의 소설 『카라마조프의 형제들』에 나오는 한 장면을 극화시켜 '극시'를 시도한다. 극시에서는 편지 형식의 시보다는 한층 더 리듬이 드러난다.

> 대심문관 왜 또 오셨소?
> 　　　이미 당신은
> 　　　역사의 말뚝을 박지 않았소?
> 　　　당신 자신이 더 잘 알 것이오.
> (…중략…)
> 대심문관 왜 말이 없으시오?
> 　　　뭔가 할 말이 있어 다시 오지 않았소?
> 　　　말해 보시오.
> 　　　나는 당신을 잘 알고 있소.
> 　　　　　　　　　　　　—「대심문관—극시를 위한 데생」[17] 일부

인물과 장소, 그리고 대화로 구성한 위의 시는 매우 긴 형태로

---

17) 위의 책, 77~589쪽.

시와 극의 장르 해체와 혼합을 실험한 것이다. 산문시에서 산문과 시의 변증법적 지양을 온전히 이루지 못했다 하더라도 김춘수는 시가 장르의 해체와 변증을 통해 새로운 상태로 남을 가능성에 관한 기대가 여전하다. 시와 희곡을 이용하여 실험한 위와 같은 예가 이에 해당한다. 대사는 일방적인 대심문관의 말로 이어져 있지만, 질문과 답을 동시에 보여준다. '－소?'나 '－시오?'로 끝나는 질문에 다시 '－소'와 '－시오'로 답하는 형식으로 구성되어 있어 대사 속에 반복적인 '리듬'이 드러난다.

극시의 형태이므로 이미지보다는 배경이나 상황을 산문으로 설명하고 있어서 시의 이미지 요소는 거의 찾아볼 수 없다. 위와 같은 실험은 시적인 요소를 넘어서는 새로운 형태와 요소에 대한 갈망이다. 결국, 김춘수는 이렇게 시적 요소를 각각의 지배소로 삼아 극단적인 실험을 하고도 얻지 못하는 구원에 대한 갈망을 장르 해체로 넘어가면서 해결하고자 했다

『거울속의 천사』이후 발간한 『쉰한 편의 비가(悲歌)』는 김춘수가 생전에 펴낸 마지막 시집이다. 그는 『쉰한 편의 비가』가 마치 마지막 시집임을 예감하듯 책 뒤에 자신의 시적 여정을 정리하는 글을 남긴다. 하지만 그는 이 시집에서도 또 한 번 다른 시적 행로를 표명한다. 이는 그의 유토피아를 향한 지향이나 해방에 관한 욕구를 해결하기 위한 지속적인 시적 실험을 했다는 표명이다. 그는 『쉰한 편의 비가』에서 심리적으로 해방된 상태의 '놀이'라는 시 창작에 집중하였다. 놀이는 무상의 행위이며 공리성은 없다. 김춘수는 기나긴 시적 여정 속에서 인간의 한계성을 인정하고 순수시가 현실적으로 존재할 수 없음을 인정하였다. 그는 단지 그 '궤적'에 의미가 있다고 생각했다. 따라서 시에 관한 그의 다양한 모험은 모두 이 '과정'에 있다.

인간에게는 양면이 있다. 그것들이 갈등한다. 논리적으로는 해결이 없다고 나는 생각하게 됐고 지금도 그 생각 그대로다. 해결이 없다는 것은 구원이 없다는 것과 같은 말이다. 논리적으로 구원은 나에게는 없다. 그러나 현실은 다르다.

현실에서는 논리적으로 안 되는 것을 되는 것처럼 처신해야 할 때가 있다. (…중략…) 나의 논리와 나의 내면은 오랫동안 갈등상태에 있었다. 이 상태를 나는 인간 존재의 비극성이라고 인식하게 됐다. 그러나 거듭 말하지만 현실을 이런 모양으로는 살 수는 없다. 역사도 진보도 때로 있는 것처럼 살아야 한다. 이 또한 모순이요 비극이다. (…중략…) 그러니까 시도 문화도 이상적인 상태로는 현실에서는 불가능하고 다만 어떤 궤적(이상 상태로 가는)이 있을 뿐이다. 이 또한 갈등이요 비극이다.

말놀이로서의 시는 난센스 포에트리다. 그러나 나의 경우는 완전한 난센스포에트리가 되지 못하고 있다. 난센스란 의미가 완전히 증발된 상태다. 그러나 나의 시에는 의미의 여운, 알레고리성이 바닥에 눈에 띄게 깔려 있다. 난센스와 알레고리가 갈등하고 있다고도 할 수 있겠다.[18]

위의 인용을 절대적인 구원을 향한 순수시의 지향 과정인 시적 실험이 성공적이지 못한 것에 대한 변명이다. 그러나 한편으로는 순수나 절대, 인간의 한계에 관한 깨달음이다. 그가 관념의 제거를 위한 시도를 하면서도 늘 불안을 안고 있었던 것 또한 유토피아를 향해 완전한 해방을 이룰 수 없는 인간의 한계를 비극적으로 인식하고 있었기 때문이다. 그는 이러한 비극적 인식으로 '비가(悲歌)'라는 형태의 시를 창작하고도, '비가를 위한 말놀이'를 통해 끝없이 해방

---

18) 김춘수, 『쉰한 편의 비가(悲歌)』, 현대문학, 2002, 71~76쪽.

을 갈망한다.

　김춘수에 관한 대부분의 연구는 이미지에 집중하고 있어서 언어 그리고 리듬은 그리 큰 관심을 받지 않았다. 특히 그의 대표적인 시인 '무의미시'를 이야기할 때도 리듬은 무의미시의 일종으로 일부 거론될 뿐이다. 김춘수가 이미지에 관해 자신의 시론을 정립하고 이에 관한 시 창작을 해 온 것은 사실이지만 김춘수의 시는 많은 부분 리듬에 기대고 있다. 운문과 산문에 관해 이분법적 사고를 확고하게 가지고 있던 김춘수는 산문시에서 리듬을 제거하는 것과 반대로 자유시의 리듬을 중요시했다. 그의 '이미지'에 관한 시를 비유적 이미지와 서술적 이미지로 집약한다면, 「타령조」로 시작된 '리듬'에의 집중은 다양한 과정을 거쳤다.

　'말놀이'라는 제목으로 시도한 시들 역시 '리듬'에 관한 새로운 시적 실험이다. 김춘수의 시집을 시간상으로 살펴보면 새로 발간한 시집의 경향을 앞의 시집에서 시도하고 있음을 알 수 있다. '말놀이'에 관한 시 또한 그 이전의 시집에서 비슷한 유형을 선보인다.

　　명도(明圖)가

　　아냐

　　명사(明沙)

　　명사(鳴沙)

　　명사(鳴謝)

　　명사(螟詞)

　　명사(銘謝)

　　명사(名師)

　　명사(明絲)

명사(名士)

그래 나는 명사고불(名士古佛)

이야

명신대부(明信大夫)

콧대높은

　사바다는 그런 함정이 자기를 기다리고 있는 것을 전연 알지 못했다. 희망을 가지고 계까지 갔지만 이상하다고 느꼈을 때는 이미 늦어 있었다. 창구(窓口)와 옥상(屋上)에서 비 오듯 날아오는 총알은 그의 몸을 벌집 쑤시듯 쑤셔놓고 말았다. 백마(白馬)가 한 마리 눈 앞을 스쳐갔을 뿐 아무것도 생각할 틈이 없었다. 그 뒤에 일어난 일들은 그의 알 바가 아니다. 그의 시신(屍身)은 말에 실려가 그의 동포들의 면전(面前)에 한 벌 누더기처럼 던져졌을 뿐이다.

— 보아라, 사바다는 이렇게 죽는다.

— 「처용단장 3-36」[19] 일부

　「처용단장」 3, 4부는 김춘수의 고백처럼 산문시를 본격적으로 창작하기 이전에 자유시와 산문을 동시에 드러낸 형태이다. 하지만 위의 시에서는 자유시라기보다는 언어, 즉 말에 대한 놀이와 유사한 시적 실험을 발견할 수 있다. "명도(明圖)"는 무당이 자신의 수호신으로 삼고 위하는 거울을 말한다. 그러나 "명사(明沙)"는 곱고 깨끗한 모래를 말하는 것으로 앞의 명도와는 무관하다. 이 시에서 생략한 앞부분은 아픈 '나'를 위해 굿을 하는 무당을 설명하고 있다. 거기서

---

19) 김춘수, 『처용단장』, 미학사, 1991, 94~95쪽.

시작한 "明圖(무당이 자신의 수호신으로 삼고 위하는 거울)"는 몇 단계의 동일 발음을 거쳐 "名士古佛(문과에 급제한 사람의 아버지)"이 되고 "明信大夫(조선시대, 의빈의 종3품 품계, 고종 2년 문관의 품계)"가 된다.

이러한 동음이의어의 단계는 몸이 아픈 자신을 스스로 위로하는 과정으로 볼 수도 있으나 분명하게 그 의도를 확인할 수는 없다. 따라서 이 시의 동음이의어는 특별하게 어떤 의미를 띠기보다는 전형적인 말놀이의 일종이다. 이렇게 김춘수가 "현실의 이야기를 유희 과정에 놓는 것은 현실적 이야기를 새로운 환경에 놓음으로써 굳이나 사바다 이야기를 의미와 무관한 독립적인 세계로 만드는 작업"[20]이다. 따라서 말의 유희는 언어로 재구성한 새로운 세계를 제시한다.

> 웬일일까, 너무 팍팍해서 그럴까, 비렁뱅이 또는 거렁뱅이 또는 가난뱅이, 아참 초랭이, 초랭이는 방정맞다고 방정초랭이, 소매(小梅)라고도 했다. 이런 따위 뱅이 또는 랭이들이 줄을 이어 가고 있다. 웬일일까, 버드나무 버들개지 같은 버들꽃이 피고, 한길을 간들간들 조랑말도 가고 있다.
>
> —「비렁뱅이 거렁뱅이」[21]

이 시에서는 '—뱅이'와 '—랭이'가 결합한 단어와 '버들'과 결합한 단어를 나열하면서 동일한 반복의 느낌을 살리는 리듬을 만든다. 마지막 문장에서도 동일 음운의 반복을 통해 이 시의 상황을 그리고 있다. 산문시에서 리듬이 없다고 정의하고 내용으로 역사나 현실을

---

20) 노철, 「김수영과 김춘수의 시작 방법 연구」, 고려대학교 박사논문, 1998, 121쪽.
21) 김춘수, 『서서 잠자는 숲』, 미학사, 1993, 72쪽.

기록하려 했던 김춘수에게서 위의 시는 매우 예외적으로 보인다. 위의 시에서 김춘수는 리듬을 의도했다기보다는 우리말이 주는 어감에 관심을 가졌다. 결과적으로 그 '말놀이'는 동일한 음운이나 단어의 반복을 보여주면서 리듬이 드러난다. 「비가를 위한 말놀이」에서 보이는 동일 구문에 의한 '말놀이' 역시 비슷한 경우이다. 「비가를 위한 말놀이」는 총 9편을 발표하였는데 이들은 '언어'와 '리듬'의 혼합과 '언어'와 '이미지'의 혼합으로 구성하고 있다.

> 없는 것이 없는 것이 아니라
> 있는 것이 있는 것이 아니라
> 없는 것이 있는 것이 아니라
> 길을 가다 얼씨구 너 느닷없이 주저앉아버리는 그런 일이 있다지만
> 그런 일이 있다면 어쩔 테냐,
> 너 어쩔 테냐,
>
> ─「비가를 위한 말놀이·4」[22]

마지막에 반복하고 있는 '어쩔 테냐'는 마치 아무 말이라도 대답을 해야 할 것 같은 분위기를 풍긴다. 그러나 막상 시를 읽다 보면 딱히 어쩌겠다고 대답해야 할지 모르는 난감함을 느낀다. 이 시는 '없는 것'과 '있는 것'이 교차하면서 구문을 만들고 같은 구조로 행을 통해 반복하면서 리듬을 형성하는 말놀이이다. '말놀이'는 제목, 단어, 뜻 그대로 '말을 가지고 노는 놀이'일 것이다. 그러나 말, 즉 언어의 속성상 의미를 버린 단순한 무상의 '놀이'가 가능할 수는 없다. 위의

---

22) 김춘수, 『쉰한 편의 비가(悲歌)』(앞의 책), 64쪽.

시에서도 '있는 것'과 '없는 것'에 관한 생각은 가능하다.

또한 마지막 행에서 강요하듯 묻고 있는 '어쩔 테냐'는 더욱 의미를 강조한다. 그러나 형식적으로 볼 때 위의 시는 같은 구문이 반복하는 행을 통해 '리듬'이 두드러짐은 확실하다. 언어의 의미마저 버리고 가려는 김춘수의 노력에서 오히려 리듬이 강화되어 나타난다. 이러한 언어와 리듬의 결합은 몇 편의 다른 '말놀이' 시에서도 확인된다. 동요풍이라는 소제목이 붙은 「비가를 위한 말놀이·5」나 「비가를 위한 말놀이·6」 등이 그 예이다. 하지만 다음의 시는 '동요풍'이라는 소제목이 붙었지만, 위와는 조금 다른 유형이다.

> 겨울에 눈 맞고 혼이 난 층층나무
> 혼이 난 층층나무
> 봄이 와서 아지랑이 피어나면
> 슬그머니 고개 든다.
> 이젠 괜찮다 괜찮다고
> 슬그머니 고개 들어본다.
> 층층나무 바보
> 이 바보.
> 겨울은 한 번 가면 다시는 아니 온다더냐,
> 머리에 붕대 감은
> 아폴리네르 그 아저씨처럼,
>
> —「비가를 위한 말놀이·2—동요풍으로」[23]

---

23) 위의 책, 62쪽.

‘동요풍으로’라는 소제목이 아니더라도 위의 시는 매우 동요적이다. ‘층층나무’에 관한 단순한 묘사나 ‘층층나무’를 향해 ‘바보’라고 부르는 모습이 그렇다. 층층나무는 산지의 숲속에서 자라는 낙엽교목의 일종으로 가지가 층층으로 달려서 수평으로 퍼지는 특성을 가진다. 층층으로 퍼져 있는 탓에 겨울에 눈도 쉽게 쌓이고 눈 쌓인 모습이 붕대를 감은 것처럼 보인다. 눈이 녹아 봄이 되면 눈의 무게에 눌려 있던 가지들이 일어선다. 위의 시는 앞의 시에 비하면 ‘말놀이’라고 하기에는 의미의 무게가 깔려 있다. “머리에 붕대 감은 아폴리네르 그 아저씨처럼”이라는 비유적 이미지 표현이 보여주듯 간결하지만 선명하게 의미가 나타난다. 『의자와 계단』에서부터 몸에 밴대로 편하게 쓰고 싶어 하는 모습이라고 할 수도 있을 만큼 이미지와 의미가 자연스럽게 살아있다.

그러나 이것을 다르게 보면 무상의 행위인 ‘말놀이’를 통해서도 의미의 여운을 남길 수밖에 없다는 한계를 말한다. 그의 말대로 그는 ‘진정한 난센스 포에트리’를 얻지 못하고 의미의 여운, 알레고리성을 눈에 띄게 바닥에 깔아 두었다.

    호랑이 담배 피던 시절
    개가 짖지 않던 시절
    게가 앞으로 바로 걷던 시절
    배암에게도 발이 있던 시절
    열매의 윗쪽에
    꽃이 피던 시절
    아빠가 아기 낳던
    시절

아빠가 낳은 아기 낳자마자

구름 밝고 하늘 밟고 멀리멀리

어디론가 가버린 시절, 그 시절

너에게는 손이 한쪽만 있었단다.

똑똑히 보아라, 다시 한 번 또 보라,

—「비가를 위한 말놀이·3」[24]

위의 시는 '시절'이라는 단어로 마무리하는 행의 반복과 함께 행마다 하나의 상황을 보여준다. 동의어로 마무리하는 행에 의해 리듬이 발생한다. 8행에서 "시절"을 한 행으로 배치하면서 이 시는 새로운 국면으로 전환한다. "아빠가 아기 낳던 시절"에서 그 아빠가 낳은 아기가 바로 "멀리멀리 어디론가 가버린 시절"로 바뀐다. 위의 시역시 '개'나 '게'의 발음의 유사성에 의한 나열이나 '시절'의 반복과 묘사 등이 특징으로 나타나지만, 완전한 넌센스에 이르고 있지는 못한다. 시행을 통한 국면의 전환이나 유사한 구조의 '행'을 통한 반복이다. 각각의 시행이나 몇 개의 시행이 모여 '리듬'과 '다양한 상황'을 배치하면서 '리듬'과 '의미'의 여운이 함께 나타난다. 김춘수는 이처럼 생의 마지막까지 다양한 형태의 시를 실험한다.

지금까지 살펴본 것처럼 김춘수는 리듬이나 이미지를 지배소로 삼은 각각의 시 유형에 집중하거나 혹은 그 두 요소의 제거를 통한 관념으로의 이행을 시도하는데 그 어느 것에도 만족하지 못한다. 그가 그런 시를 창작하고 나서나 새로운 시 유형이나 형태를 시도할 때마다 밝히고 있는 글을 보면, 그는 늘 갈망과 좌절, 그리고 불안을

---

24) 위의 책, 63쪽.

경험한다. 시를 통한 구원에의 희망은 결국 '허무'나 '비극성'이라는 깨달음만을 남긴다는 것이다. 그 어느 것에서도 구원을 얻지 못한 그는 마침내 시를 가능하게 하는 그 모든 요소, 즉 '리듬'과 '이미지', 더 나아가서 관념으로서의 '내용'마저 버린다.

✽ 말라르메는 백지의 공포라고 했다. 백지 한 장에 완벽한 세계를 그려 넣어야 한다는 그 강박감을 말한 것이리라. 나의 백지는 말라르메와는 다르다. 언어로부터 해방, 의식으로부터의 해방이다. 해방(백지)이 주는 불안을 독자도 나와 함께 느낄 수 있을까?

—「　」25)

'리듬'도 '이미지'도 '내용'도 '제목'도 없는 그야말로 완전한 백지를 제시한 경우이다. 이 시는 김춘수의 설명대로 말라르메처럼 백지에 완벽한 세계를 그려 넣어야 한다는 의지가 드러난다. 김춘수는 시를 통해 완전한 해방을 누리고자 하는 강박감이 그를 시적 여정 내내 지배했다고 해도 과언이 아니다. 결국, 그는 "시를 쓰지 않고

---

25) 김춘수, 『달개비꽃』, 현대문학, 2004, 42~43쪽.

백지만을 남겨두는 수법"26)에 까지 이른 것이다. 김춘수의 유고 시집인 『달개비꽃』에 실린 이 시에서는 '시'라고 할 수 있느냐 없느냐의 유무를 떠나 리듬과 이미지, 내용마저 버리고 완전한 해방을 꿈꾼 김춘수를 확인할 수 있다.

김춘수는 처음에 리듬과 이미지라는 두 요소를 지배소로 삼은 시들을 창작하였고 이후 리듬과 이미지만을 남기는 극단적인 실험을 거친다. 또한, 리듬과 이미지는 시의 내용으로 전환하는 산문시에서 드러내지 않으려고 했다. 시 창작을 통해 구원을 얻고자 했던 김춘수가 마침내 이 모두를 버리는 실험에 이른 것이다.

이 장에서 살펴본 김춘수의 다양한 형태의 실험을 정리하면 다음과 같다. 앞에서 김춘수는 '리듬'과 '이미지'라는 시적 요소를 분리하고 그것을 시에서 적극적으로 실현하거나 제거해 가는 과정을 거치고 이 두 요소를 완전히 제거한 산문시를 창작하면서 관념으로 돌아간다. 이후 김춘수는 다시 초기의 서정 형식의 시를 창작한다. 그러나 그가 초기의 서정적인 시로 돌아간다 해도 오랜 기간 시도하였던 시의 새로운 형태에 대한 실험은 멈추지 않는다.

따라서 그는 마지막까지 새로운 시 형태를 시도한다. 김춘수의 시 창작 말기에 시도하였던 시적 실험은 크게 세 가지로 나눌 수

---

26) 정효구, 「김춘수 시의 변모과정 연구: 창작 방법론을 중심으로」, 『개신어문연구』 13, 개신어문학회, 1996, 443쪽. 1996년에 발표된 정효구의 글은 그해 발표된 김춘수의 시집까지를 포함하여 분석하였다. 정효구는 김춘수의 변모 과정을 3단계로 나누고 그 마지막 단계는 『서서 잠자는 숲』에서부터라고 하였다. 그는 김춘수의 시를 존재와 세계에 대한 〈물음〉-〈부정〉-〈부정을 통한 긍정〉의 단계로 정리하였다. 이것은 이 책과 분석의 방향은 달리하지만, 산문시 창작 시기를 중요한 변화의 단계로 인식한 것은 이 책의 분석과 일치한다. 또한, 그는 김춘수가 '리듬'과 '이미지'에 관한 치밀한 탐색 과정에서 느끼는 갈망이나 구원이 끝내 이루어지지 못함을 인지하였다. 결국, 김춘수가 끝내 '백지'를 내어놓을지 모른다는 그의 예상은 이 책에서 김춘수가 '리듬'과 '이미지', '내용'마저 버린 마지막 단계를 설정한 과정과 일치한다.

있다. 첫 번째로 그는 도스토예프스키의 작중 인물들에게 편지를 보내는 형식의 시이다. 이것은 시의 대상에 관해 가장 솔직한 자신의 정서를 표출하려는 방법으로 시도하였다.

두 번째는 '극시'이다. 이것은 도스토예프스키의 소설 『카라마조프의 형제들』에 나오는 장면을 극화시켜 대화하는 형식으로 구성한다. 이러한 김춘수의 시적 실험은 시와 다른 문학 장르와의 결합을 시도한 것으로 장르 해체를 통한 새로운 시 형태의 실험이다. 세 번째로 그는 '말놀이'라는 연작을 통해 언어와 리듬, 이미지라는 요소를 결합한 유희적인 시적 형식을 보여주었다.

이처럼 다양한 시적 실험의 시도에서 김춘수가 얻고자 했던 것은 시를 통한 구원이었다. 하지만 김춘수는 하나의 시적 실험을 마무리할 때마다 매번 불안을 느껴왔으며 완전한 해방을 이루지 못하는 허무와 비극성만을 남긴다. 결국, 김춘수는 시의 기본적인 창작 요소라고 할 수 있는 '리듬'과 '이미지' 그리고 '내용'마저 버리는 시를 남기기에 이른다. 다시 말해 첫 시집부터 유고 시집에 이르기까지 살펴본 김춘수의 시적 여정은 불안과 허무 속에서도 완전한 해방에 이르기 위해 끊임없는 시도로 이어져 왔음을 확인할 수 있다.

제6장 김춘수의 시적 실험과 의미

    김춘수는 시 창작 전 기간 매우 다양한 시적 실험과정을 거쳐 왔다. 이러한 시적 실험에서 그는 자신만의 독특한 시론과 시를 형성했다. 이에 따라 김춘수 연구의 대부분은 그의 시적 변모 과정을 추적하거나 그의 대표적인 시론이라 할 수 있는 무의미시에 관한 분석이 주를 이루었다. 김춘수에 대해서는 오랫동안 의미 있는 연구물이 축적되어 왔지만, 이들 연구는 대부분 김춘수 자신의 시론에 의지하거나 이론에 의지하여 분석하는 한계점으로 보인다. 따라서 이 글은 이러한 기존 연구의 문제점을 지양하고 김춘수 시의 기본적인 창작 방법론인 '리듬'과 '이미지'에 주목하여 그 변모를 살펴보고자 하는 목적으로 시도되었다.

    김춘수의 다양한 시적 실험과정은 일반적으로 시의 기본적인 요소라고 할 수 있는 리듬과 이미지에 관한 세밀한 탐구와 극단적인 실험을 통해서 이루어진다. 여기서 김춘수가 보여준 리듬과 이미지에 관한 실험과정은 분리, 제거, 융합의 단계를 거친다. 이 단계마다 김춘수는 자신의 시를 해명하는 시론을 발표하기도 하였다. 그러나 그렇다고 해서 그의 시론과 시 작품이 반드시 일치하는 것은 아니다. 시론에서의 의도와 시 작품에서의 의미가 일치하는 것은 아니기 때문이다. 시의 '의도적 의미'와 '실제적 의미'가 다르다.

또한, 김춘수가 리듬과 이미지를 요소로 삼아 실험한 시 형태는 일반적인 시 형태와도 다르다. 따라서 김춘수의 시 연구는 리듬과 이미지에 관한 그의 시론을 일반적인 논의와 비교하여 특징과 한계를 구별하는 것이 선행되어야 한다. 이 글은 김춘수 시의 변모 과정을 리듬과 이미지라는 시의 기본적인 요소를 중심으로 하여 분석하되 김춘수의 시론에서 보이는 의도와 실제 시 작품에서의 의미를 분리하여 분석하는 것을 중심으로 하였다. 또한, 김춘수 시의 특징은 일반적인 리듬과 이미지에 관한 논의와 다른 지점에서 형성한다고 보고 리듬과 이미지의 일반적인 논의를 비교하여 분석하였다.

김춘수는 자유시에서 리듬과 관련하여 '행'의 중요성을 매우 강조하였다. 그러나 자유시에서의 리듬을 행만으로 실현하는 것은 아니다. 김춘수의 시에서도 리듬은 행 이외의 다양한 원인으로 발생하였다. 자유시의 리듬은 통사론적인 관점과 시의 구조적인 특징을 결합하면서 확장한다. 김춘수 시의 리듬은 단어나 구, 절, 즉 구문이나 구문 유형의 반복과 행으로 발생하였다.

한편 김춘수는 리듬에 관하여 두 방향으로 시적 실험을 하였다. 그 첫 번째는 우리의 가락을 현대적으로 변용하는 것이다. 이것은 장타령의 특징을 다양하게 변용하여 시도한 「타령조」 연작에서 드러난다. 장타령은 동일 구문의 반복으로 리듬을 형성하지만, 김춘수는 이를 다양하게 변용하여 현대적인 리듬의 탄생을 시도하였다. 두 번째는 리듬에 대한 극단적인 실험과정으로 시에서 리듬만을 남기는 경우이다. 이것은 김춘수가 시에서 염불과 같은 주술성을 희망하는 것으로 나타난다. 이에 관한 실험은 「처용단장 제2부」에서 청원형의 어미로 종결되는 대부분의 시편에서 확인할 수 있다.

'리듬'에 관한 시적 실험 후 김춘수는 지금까지의 시 창작을 크게 회의하고 '이미지'에 관한 관심으로 선회한다. 그는 이미지를 비유적 이미지와 서술적 이미지로 나누고 면밀히 고찰하였다. 서술적 이미지는 대상을 제거하고 이미지 그 자체를 남기는 것이다. 여기서 대상은 일반적인 관념이나 역사, 현실을 말한다. 관념을 제거하기 위해 대상의 무화를 시도한 김춘수는 이미지가 또 하나의 이미지를 형성하는 것을 막기 위해 이미지를 대치시키기도 하였다. 이러한 과정에서 김춘수의 서술적 이미지 시는 음영 형태의 분위기를 남긴다. 이 분위기는 일정한 단색이 아니라 미묘하고 논리적인 뒤틀림을 보인다. 서술적 이미지의 시는 내면의 심리 상태가 그대로 나타나고 이 대상이 굴절되어 매우 복합적인 상태로 형성되기 때문이다.

이러한 시의 표면은 현실 가능한 세계와 비현실적 세계, 혹은 구상과 추상의 형태를 보인다. 시 안에서 연상은 서로 거리가 가까운 예도 있지만 대부분 멀게 구성한다. 이후 그는 이미지마저 버리는 극단의 실험과정을 거치며 다시 리듬으로의 돌아간다. 주술적인 성격을 가진 시 형태가 그 예이다. 위와 같은 리듬과 이미지에 관한 김춘수의 시적 실험은 다양한 시론과 시적 성취를 남기지만 한계를 보이기도 하면서 동시에 그의 시 세계를 완전히 변화시키는 단계에 이른다. 그가 다시 관념으로 돌아가고자 한 산문시의 창작 기간이 그 시기라고 할 수 있다.

그가 시도한 산문시는『한국 현대시 형태론』에서 형성된 그의 산문시 인식 과정과 일치한다. 김춘수의 산문시는 장르의 해체와 변증법적 지양을 위한 것이지만 그 기반이 기존의 이론과 이분법이 되면서 김춘수만의 독특한 형태와 한계를 보인다. 결국, 그가 정의한 산문시는 산문의 속성에 더 기울어져 리듬과 이미지를 제거하고 시의 내용만 남긴다. 그는 산문시를 산문체로 쓰인 리듬이 없는 산문의 성격, 즉 토의적인 성향의 시 형태로 정의하였다. 김춘수의 산문시는 시로서의 한계를 보이지만 오히려 김춘수의 산문시가 다른 산문시와 구분되는 특징을 가진다. 김춘수가 산문시를 본격적으로 창작하여 발간한『서서 잠자는 숲』에 실린 시는 그 내용이 과거의 회상이나 기록, 대상에 대한 묘사, 감상의 기록 등이다.

  리듬과 이미지를 제거하는 극단적인 형태의 산문시를 창작하였던 김춘수는 이후 그의 시적인 긴장을 완화해 가는 과정에 들어선다. 그가『의자와 계단』의 서문에서 밝혔듯이 지금부터는 자신의 시를 몸에 밴 대로 쓰고자 한 것이다. 이러한 시적 긴장의 완화는 이제까지 김춘수가 보여 왔던 다양한 시적 실험이 자연스럽게 융화하는 형태로 드러난다. 한편으로 그는 초기에 보여주었던 서정적인 시를 다시 창작하는데 이것은 아내의 죽음과 맞물려 정서를 매우 강화하는 모습을 보인다. 김춘수는 새로운 시 형태에 관한 시적 실험도 일부 시도하였다. 그것은 시를 편지 형식으로 표현하거나 희곡의 형태와 같은 모습으로 시를 창작하는 것과 '말놀이'를 통해 언어의 다양한 가능성에 대한 실험으로 나타난다.

  결국, 김춘수의 오랜 시적 실험은 '리듬'과 '이미지'에 관한 구체적인 탐색과 극단화, 제거, 융합의 과정을 거친다. 김춘수의 이러한 다양한 시적 실험은 절대를 향한 구원 때문이다. 그는 관념을 역사와 현실로 규정하고 이를 벗어나고자 하는 노력으로 리듬과 이미지라는 미학적 요소를 극단화시켜보거나 제거하는 형식을 취했다, 그러나 김춘수는 이와 같은 다양한 시적 실험의 과정에서 늘 관념으로 돌아갈 것 같은 불안을 느낀다. 이러한 불안은 시에서도 온전하게 극단화한 시를 형성하지 못하는 요인이 되었으며 결국 그를 관념으로 돌아오게 하였다. 김춘수가 관념으로 돌아온다는 것은 벗어나고자 했던 역사와 현실로 회귀한다는 것이다.

구원을 향한 김춘수의 절대적인 노력은 결국 '리듬'도 '이미지'도 '내용'도 없는 백지 상태의 시를 창작하는 결과를 낳기도 하였다. 이처럼 김춘수는 리듬과 이미지라는 시의 기본적인 요소에 관한 치밀한 탐색과 극단적인 실험을 통해 타령조의 시나 무의미시, 혹은 새로운 형태의 시를 제시하는 다양한 시적 성취를 이루지만 그 과정에서 몇 가지 한계를 드러내었다. 결국, 김춘수의 시적 실험이 끝내 허무나 비극을 남기더라도 그의 시에 대한 다양한 탐색, 즉 기본 요소인 리듬과 이미지로 시를 구조하고자 한 시도와 그로 인해 탄생한 다양한 시 형태는 시사적으로 의미 있게 평가받아야 한다.

1. 기본 자료

1) 시집

김춘수, 『구름과 장미』, 행문사, 1948.

김춘수, 『늪』, 문예사, 1950.

김춘수, 『기』, 문예사, 1951.

김춘수, 『인인』, 문예사, 1953.

김춘수, 『꽃의 소묘』, 백자사, 1959.

김춘수, 『타령조·기타』, 문화출판사, 1969.

김춘수, 『남천』, 근역서재, 1977.

김춘수, 『비에 젖은 달』, 근역서재, 1980.

김춘수, 『라틴점묘·기타』, 탑출판사, 1988.

김춘수, 『처용단장』, 미학사, 1991.

김춘수, 『서서 잠자는 숲』, 미학사, 1993.

김춘수, 『호』, 한밭미디어, 1996.

김춘수, 『들림, 도스토예프스키』, 민음사, 1997.

김춘수, 『의자와 계단』, 문학세계사, 1999.

김춘수, 『거울 속의 천사』, 민음사, 2001.

김춘수, 『쉰한 편의 비가』, 현대문학, 2002.

김춘수, 『달개비꽃』, 현대문학, 2004.

한용운, 『님의 침묵』, 미래사, 1991.

2) 시선집 및 전집

김기림, 『김기림 전집 2』, 심설당, 1988.

김춘수, 『제1시집』, 문예사, 1954.

김춘수, 『부다페스트에서의 소녀의 죽음』, 춘조사, 1959.

김춘수, 『처용』, 민음사, 1974.

김춘수, 『김춘수 시선』, 정음사, 1976.

김춘수, 『꽃의 소묘』, 삼중당, 1977.

김춘수, 『처용이후』, 민음사, 1982.

김춘수, 『꽃을 위한 서시』, 자유문학사, 1987.

김춘수, 『샤갈의 마을에 내리는 눈』, 신원문화사, 1990.

김춘수, 『돌의 볼에 볼을 대고』, 탑출판사, 1992.

김춘수, 『김춘수 시 전집』, 현대문학, 2004.

김춘수, 『김춘수 시론 전집 Ⅰ』, 현대문학, 2004.

김춘수, 『김춘수 시론 전집 Ⅱ』, 현대문학, 2004.

서정주, 『미당 시전집 1』, 민음사, 1994.

정지용, 『정지용전집 시』(3판 9쇄), 민음사, 2010.

3) 시론집 및 기타

권혁웅, 『시론』, 문학동네, 2010.

박윤우 외, 『한국현대시론사』, 모음사, 1992.

김준오, 『시론』, 삼지원, 1982.

김준오, 『시론』(제4판), 삼영사, 2011.

김춘수, 『한국 현대시 형태론』, 해동문화사, 1959.

김춘수, 『시론』, 송원문화사, 1971.

김춘수, 『민족문학대계』, 동아출판사, 1975.

김춘수, 『의미와 무의미』, 문학과지성사, 1976.

오규원, 『현대시작법』, 문학과지성사, 1990.

오세영, 『시론』, 서정시학, 2013.

이승훈, 『시론』, 태학사, 2005.

홍문표, 『시어론』, 양문각, 1994.

2. 국내 논저

1) 논문 및 평론

강홍기, 「한국현대시운율연구: 내재율론」, 성균관대학교 박사논문, 1988.

권승혁, 「에즈라 파운드 시의 추상화: 소용돌이주의자의 모반」, 『현대영미시연구』 11(2), 한국현대영미시학회, 2005.

권온, 「김춘수 시의 유희적 특성 연구: 중기시와 후기시를 중심으로」, 『한국문학평론』 12, 한국문학평론가협회, 2008.

권온, 「김춘수의 시와 산문에 출현하는 '천사'의 양상: 릴케의 영향론 재고의 관점에서」, 『한국시학연구』 26, 한국시학회, 2009.

권혁웅, 「김춘수 시 연구: 시 의식 변모를 중심으로」, 고려대학교 석사논문, 1995.

권혁웅, 「소리―뜻을 중심으로 구성되는 현대시의 리듬: 님의 침묵, 별헤는 밤을 중심으로」, 『한국문학이론과비평』 59, 한국문학이론과비평학회, 2013.6.

권혁웅, 「이육사 시의 리듬 연구」, 『한국시학연구』 39, 한국시학회, 2014.

권혁웅, 「정지용 시의 리듬 연구」, 『한국근대문학연구』 29, 한국근대문학회, 2014.

권혁웅, 「한국 현대시의 시작방법 연구: 김춘수, 김수영, 신동엽의 시를 중심으로」, 고려대학교 박사논문, 2000.

김구슬, 「시인의 영혼을 찾아서, 3: 퍼시 비쉬 셸리」, 『문학마당』 21, 2007.

김현, 「존재 탐구로서의 언어: 김춘수론」, 『세대』 14, 1964.

김현, 「테로리즘의 문학: 50년대 문학소고」, 『문학과지성』 여름호, 1971.

김두한, 「김춘수의 무의미 시와 포스트모더니즘」, 『비평문학』 32, 한국비평문학회, 2009.

김명철, 「김춘수 후기시 연구: 유형에 따른 화자의 태도 변화를 중심으로」, 고려대학교 석사논문, 2007.

김영태, 「처용단장에 관한 노우트」, 『현대시학』 2(8), 1970.7.

김예리, 「김춘수 시에서의 무한의 의미 연구」, 서울대학교 석사논문, 2004.

김용직, 「아네모네와 실험 의식」, 『시문학』 9, 1972.4.

김용태, 「김춘수 시의 존재론과 하이데거와의 거리 (1)」, 『어문학교육』 12, 한국어문교육학회, 1990.

김유중, 「영미 고전주의적 경향의 모더니즘 시론이 한국 현대시에 미친 영향에 대한 고찰」, 『우리말글』 26, 우리말글학회, 2002.

김종태, 「김춘수 처용연작의 시 의식 연구」, 『우리말글』 28, 우리말글학회, 2003.

김지녀, 「김춘수 시에 나타난 주체와 타자의 관계 양상 연구」, 고려대학교 박사논문, 2012.

김지선, 「한국 모더니즘시의 서술기법과 주체 인식 연구: 김춘수, 오규원, 이승훈의 시를 중심으로」, 한양대학교 박사논문, 2008.

김현자, 「한국현대시의 구조와 청자의 반응에 대한 연구」, 『이화여대논총』 52, 이화여자대학교, 1989.

남기혁, 「김춘수의 무의미시론 연구」, 『한국문화』 24, 서울대학교 한국문화연구소, 1999.

노지영, 「무의미의 주제화 형식과 독자의 의사소통: 김춘수의 처용단장을 중심으로」, 『현대문학의 연구』 3, 한국문학연구학회, 2007.

노철, 「김수영과 김춘수의 시작 방법 연구」, 고려대학교 박사논문, 1998.

문혜원, 「김광림의 이미지 시론 연구: 바슐라르 시론과의 관련성을 중심으로」, 『비교문학』 31, 한국비교문학회, 2003.

문혜원, 「문덕수의 주지시론 연구」, 『한국시학연구』 24, 한국시학회, 2009.

박슬기, 「한국 근대시의 새로운 리듬론, 리듬 음성중심주의를 넘어서: 주요한의 「불노리」에서의 내면과 언어의 관계」, 『한국시학연구』 36, 한국시학회, 2013.

박슬기, 「한국 근대시의 형성과 리듬의 이념」, 서울대학교 박사논문, 2011.

박정필, 「이미지에서 물자체로, 물자체에서 추상으로 : 모더니즘과 포스트모더니즘 미국시에서 이미지즘의 역사적 변화 양상」, 『안과 밖: 영미문학연구』 25, 영미문학연구회, 2008. 301~329쪽.

서준섭, 「순수시와 향방: 1960년대 이후의 김춘수 시세계」, 『작가세계』 33, 1997.

서진영, 「김춘수 시에 나타난 나르시즘 연구」, 서울대학교 석사논문, 1998.

송승환, 「김춘수 사물시 연구」, 중앙대학교 박사논문, 2008.

오규원, 「김춘수의 무의미시」, 『현대시학』 5(6), 1973.6.

오세영, 「김춘수의 무의미시」, 『한국현대문학연구』 15, 한국현대문학회, 2004.

오형엽, 「김춘수와 김수영의 시론 비교 연구: 한국 근대비평의 구조와 계보 2」, 『한국문학 이론과 비평』 16, 한국문학이론과비평학회, 2002.

윤의섭, 「감각의 복합성과 모더니즘 시의 '회화성' 연구: 1930년대 김기림, 김광균, 정지용 시를 중심으로」, 『한중인문학연구』 25, 한중인문학회, 2008.

이찬, 「20세기 후반 한국 현대시론 연구」, 고려대학교 박사논문, 2005.

이경철, 「김춘수 시의 변모양상: 초기시에서 무의미시까지」, 『동악어문논집』 23, 동악어문학회, 1988.

이기철, 「무의미시, 그 의미의 확대」, 『시문학』 59, 1976.6.

이민정, 「김춘수 시 연구」, 경원대학교 박사논문, 2006.

이민호, 「현대시의 담화론적 연구: 김수영, 김춘수, 김종삼의 시를 대상으로」, 서강대학교 박사논문, 2001.

이승훈, 「김춘수론: 시적 인식의 문제」, 『현대시학』, 1977.11.

이승훈, 「김춘수와 무의미시의 세 유형」, 『현대문학』 51, 2005.

이승훈, 「김춘수의 시와 시론」, 『현대문학』, 1982.11.

이승훈, 「무의미 시론의 문학사적 의의」, 『시와반시』 14(1), 2005.

이승훈, 「무의미시의 세 유형」, 『현대문학』 51(1), 2005.

이영섭, 「김춘수 시 연구: 무의미시의 허와 실」, 『현대문학의 연구』 22, 한국문학연구학회, 2004.

이은실, 「김춘수와 김수영 시의 모더니티: 자유에 관한 사유를 중심으로」, 『동북아문화연구』 12, 동북아시아문화학회, 2007.

이은정, 「김춘수와 김수영 시학의 대비적 연구」, 이화여자대학교 박사논문, 1992.

이주열, 「하이데거의 철학적 사유와 김춘수 시의 대비적 논고」, 『한국어문학연구』 19, 한국외국어대학교 한국어문학연구회, 2004.

이준우, 「김춘수의 무의미시에 대한 연구」, 『인문과학』 15, 목원대학교 인문과학연구소, 2006.

이형권, 「김춘수 시의 작품 패러디 연구」, 『한국언어문학』 41, 한국언어문학
　　회, 1998.

임동권, 「각설이타령 연구」, 중앙대학교 석사논문, 1979.

임수만, 「김춘수 시의 기호학적 연구」, 서울대학교 석사논문, 1996.

장경렬, 「무의미 시의 의미: 대여 김춘수의 방법론적 고뇌와 한계」, 『시인세
　　계』 13, 2005.

장만호, 「한국 근대 산문시의 형성과정 연구: 1910년대 텍스트를 중심으로」,
　　고려대학교 박사논문, 2006.

장석원, 「백석 시의 리듬: 「古夜」의 강세를 중심으로」, 『한국시학연구』 36,
　　한국시학회, 2013.

장석원, 「4 19 리듬: 산문(散文)의 리듬에 대한 시론」, 『한국근대문학회 전국
　　학술대회발표문』, 30, 한국근대문학회, 2014.6.

장성수, 「각설이타령의 담당층과 구조 연구」, 『문학과언어』 16, 문학과언어
　　연구회, 1995.

장철환, 「김소월 시의 리듬 연구: 진달래꽃을 중심으로」, 연세대학교 박사논
　　문, 2009.

장철환, 「『님의 沈黙』의 리듬 연구: ‘호흡률’을 중심으로」, 『비평문학』 46, 한
　　국비평문학회, 2012.

장철환, 「정지용 시의 리듬 연구: 음가의 반복을 중심으로」, 『한국시학연구』
　　36, 한국시학회, 2013.

전병준, 「김수영과 김춘수의 시 비교 연구」, 고려대학교 박사논문, 2010.

진수미, 「김춘수 무의미시의 시작 방법 연구: 회화적 방법론을 중심으로」,
　　서울시립대학교 박사논문, 2003.

정효구, 「김춘수 시의 변모과정 연구: 창작 방법론을 중심으로」, 『개신어문
　　연구』 13, 개신어문학회, 1996.

조점숙, 「김춘수 시 연구: 무의미시의 포스트모더니즘적 경향」, 한신대학교 석사논문, 2003.

조재룡, 「리듬과 의미: 프랑스어 리듬의 전제 조건에 비추어본 한국어 리듬의 문제들」, 『한국시학연구』 36, 한국시학회, 2013.

조향, 「초현실주의 사상과 기교」, 『시문학』 39, 2009.

조윤경, 「김춘수의 시정신과 창작방법」, 『용봉논총』 33, 전남대학교 인문과학연구소, 2004.

주영중, 「조지훈과 김춘수의 시론 연구: 시론 형성의 문학사적 맥락을 중심으로」, 고려대학교 박사논문, 2009.

지주현, 「김춘수 시의 형태 형성 과정 연구」, 연세대학교 석사논문. 2002.

최동호, 「이미지란 무엇인가·1」, 『현대시학』 243, 현대시학회, 1989.

최동호, 「이미지란 무엇인가·2」, 『현대시학』 244, 현대시학회, 1989.

최라영, 「김춘수의 무의미시 연구」, 서울대학교 박사논문, 2004.

하상협, 「시적 활동에서의 이미지의 존재론적 의미」, 『대동철학』 50, 대동철학회, 2010.

한수영, 「현대시의 운율 연구 방법에 대한 검토」, 『한국시학연구』 14, 한국시학회, 2005.

함종호, 「김춘수 '무의미시'와 오규원 '날이미지시' 비교 연구: '발생 이미지'를 중심으로」, 서울시립대학교 박사논문, 2008.

허만하, 「김춘수와 언어」, 『시와 반시』 51, 2005.

현영민, 「에즈라 파운드의 이미지스트 시학」, 『영어영문학연구』 47(1), 한국현대영어영문학회, 2003.

홍명희, 「이미지와 상상력의 존재론적 위상」, 『한국프랑스학논집』 49, 한국프랑스학회, 2005.

홍은택, 「영미 이미지즘 이론의 한국적 수용 양상」, 『국제어문』 27, 국제어문학회, 2003.

황동규, 「감상의 제어와 방임」, 『창작과비평』, 가을호, 1977.

2) 단행본

강영기, 『한국 현대시의 대비적 인식: 김수영과 김춘수』, 푸른사상사, 2005.

강홍기, 『현대시 운율 구조론』, 태학사, 1999.

권기호, 『절대적 이미지: 김춘수의 무의미시를 중심으로』, 학문사, 1982.

권영민, 『정지용 詩 126편 다시 읽기』, 민음사, 2004,

김동환·한계전 외, 『한국 현대시론사 연구』, 문학과지성사, 1998.

김용직 외, 『한국현대시사연구』, 일지사, 1983.

김윤식, 『한국 문학의 논리』, 일지사, 1974.

김윤식·김현, 『한국문학사』, 민음사, 1973.

김종길, 『시에 대하여』, 민음사, 1986.

김재근, 『이미지즘 연구』, 정음사, 1973.

김재근, 『한국현대장르비평론』, 문학과지성사, 1990.

김현, 『상상력과 인간: 시인을 찾아서』, 문학과지성사, 1991.

김현, 『책 읽기의 괴로움: 살아있는 시들』, 문학과지성사, 1984.

문혜원, 『한국 문학과 모더니즘』, 한양출판, 1994.

박철희, 『문학이론입문』, 형설출판사, 2009.

백윤복 외, 윤채한 편, 『신시론』, 우리문학사, 1994.

성기옥, 『한국 시가율격의 이론』, 새문사, 1986.

송하춘 외, 『문학에 이르는 길』, 서정시학, 2014.

송하춘·이남호, 『1950년대 시인들』, 나남, 1994.

오성호, 『서정시의 이론』, 실천문학사, 2006.

오세영, 『20세기 한국 시인론』, 월인, 2005.

오세영, 『한국낭만주의시연구』, 일지사, 1980.

원형갑, 『현대시론총론』, 형설출판사, 1982.

유평근·진형준, 『이미지』, 살림, 2013.

윤효녕 외, 『주체 개념의 비판: 데리다, 라캉, 알튀세, 푸코』, 서울대학교 출판 문화원, 2010.

이경수, 『한국 현대시와 반복의 미학』, 월인, 2005.

이승훈 외, 『김춘수연구』, 학문사, 1982.

이재철, 『시와 시론』, 탐구당, 1985.

이창민, 『양식과 심상』, 월인, 2000.

정병욱, 『한국고전시가론』, 신구문화사, 2000.

조남현 외, 『김춘수연구』, 학문사, 1983.

조동일, 『한국 민요의 전통과 시가율격』, 지식산업사, 1996.

조동일, 『한국소설의 이론』, 지식산업사, 1977.

조재룡, 『앙리 메쇼닉과 현대비평』, 길, 2007.

조창환, 『한국 현대시의 운율론적 연구』, 일지사, 1996.

최원식 외, 『한국현대시사연구』, 일지사, 1983.

황동규, 『사랑의 뿌리』, 문학과지성사, 1976.

3. 국외 논저

디이터 람핑, 장영태 역, 『서정시: 이론과 역사』, 문학과지성사, 1994.

로만 야콥슨, 신문수 역, 『문학 속의 언어학』, 문학과지성사, 1989.

로만 야콥슨 외, 박인기 편역, 『현대시론의 전개』, 지식문학사, 2001.

루시 부라사, 조재룡 역, 『앙리 메쇼닉 리듬의 시학을 위하여』, 인간사랑, 2007.

쉬클로프스키 외, 한기찬 역, 『러시아 형식주의 문학 이론』, 월인재, 1980.

앙리 메쇼닉, 조재룡 역, 『시학을 위하여』, 새물결, 2004.

옥타비오 파스, 김홍근·김은중 역, 『활과 리라』, 솔출판사, 1998.

위르겐 링크, 고규진·김용민·이지은·전동열·한성자 역, 『기호와 문학: 문학
    의 기본 개념과 구조』, 민음사, 1993.

유리 로트만, 유재천 역, 『시 텍스트의 구조 분석: 시의 구조』, 가나, 1985.

유협, 최동호 역, 『문심조룡』, 민음사, 1994.

T. S. 엘리엇, 황동규 역, 『엘리어트』, 문학과지성사, 1978.

피에르 마슈레, 「시, 이미지, 생산」, 박인기 역, 『현대시론의 전개』, 지식산업
    사, 2001.

필립 윌라이트, 김태옥 역, 『은유와 실재』, 문학과지성사, 1982.

카터 콜웰(C. Colwel), 이명섭·이재호 역, 『문학개론(*A Student Guide to
    Literature*)』, 1991.

Emil Staiger, *Basic concepts of Poetics*(Janette C. Hudson & Luanne T. Frank
    tr.), Pennsylvania Univ. Press, 1991.

Ezra Pound, *Make It New*, Yale University Press, 1935.

J. M. Murry, *Countries of the Mind*, London: Freeman Press, 1931.

찾아보기

「김춘수의 산문시 인식 연구」, 『한국시학연구』 34, 한국시학회, 2012.

「김춘수 시 연구: 리듬과 이미지를 중심으로」, 중앙대학교 박사논문, 2013.

「한국 현대시 리듬론 재고」, 『한국근대문학연구』 30, 한국근대문학회, 2014.

「한국 현대시 이미지론 재고」, 『어문론집』 62, 중앙어문학회, 2015.

「현대시 형태와 리듬에 관한 연구」, 『한국시학회』 49, 한국시학회, 2017.

지은이 **최석화**

서울 출생으로 성균관대학교에서 화학을 전공하였다. 졸업 후 시 창작 활동과 함께 시집을 출간하였으며 문학지 편집에 참여하였다. 중앙대학교 대학원에 입학하여 현대시의 기본 요소인 리듬과 이미지 연구에 집중하였다. 시의 기본 요소를 시 창작에 구체적으로 실현한 김춘수 연구를 통해 문학 석사, 문학 박사 학위를 취득하였다. 박사논문인 「김춘수 시의 리듬과 이미지를 중심으로」 외, 「한국 현대시 형태론」, 「한국 현대시 리듬론 재고」, 「한국 현대시 이미지론 재고」, 「김춘수 산문시 연구」 등을 발표하였다.
중앙대학교, 가천대학교에서 강의하였으며 현재 항공대학교와 강서대학교에 재직 중이다.

현대시의 형태와 구조

ⓒ최석화, 2023

1판 1쇄 인쇄__2023년 05월 20일
1판 1쇄 발행__2023년 05월 30일

지은이__최석화
펴낸이__양정섭

펴낸곳__경진출판
    등록__제2010-000004호
    이메일__mykyungjin@daum.net
    사업장주소__서울특별시 금천구 시흥대로 57길 17(시흥동) 영광빌딩 203호
    전화__070-7550-7776 팩스__02-806-7282

값 19,000원
ISBN 979-11-92542-60-7 93810